CASE
DE L'ONCLE TOM,

ou

SORT DES NÈGRES ESCLAVES,

PAR

M⁰ᵉ HARRIET BEECHER STOWE.

—

TRADUCTION NOUVELLE,

Par M. L. CARION.

Précédée d'une Etude sur l'Ouvrage.

A PARIS.

Chez DENTU, libraire, Palais-Royal, galerie vitrée,
et chez les principaux Libraires des départements.

A CAMBRAI,

Chez l'Auteur, rue de Noyon, 11.

LA CASE

DE L'ONCLE TOM.

Imp. de **H. CARION**, rue de Noyon, 11, à Cambrai.

LA CASE
DE L'ONCLE TOM,

OU

SORT DES NÈGRES ESCLAVES,

PAR

Mʳˢ Harriet BEECHER STOWE.

TRADUCTION NOUVELLE,

Par M. L. CARION,

Précédée d'une Etude sur l'Ouvrage.

A PARIS,

Chez DENTU, Libraire, Palais-Royal, galerie vitrée,
et chez les principaux Libraires des départements.

A CAMBRAI,

Chez l'Auteur, rue de Noyon, 11.

1853.

LA CASE

ÉTUDE

Sur le roman de Mrs Harriet Beecher Stowe.

LA CASE DE L'ONCLE TOM.

(Traduction par M. Louis CARION , avec des notes par le traducteur.

C'est avec les plus grandes préventions que nous avons entrepris la lecture du roman de Mrs Harriet Beecher Stowe.

Le charlatanisme de l'annonce et de la réclame qui, dans es rues comme dans les journaux , taquinait partout nos regards , à l'époque de l'apparition en France de *la Case de l'Oncle Tom* ; le patronage empressé de certains coryphées du socialisme ; les défiances inspirées par l'esprit de secte que l'on prêtait facilement à l'auteur , fervente méthodiste ; enfin les critiques faites de l'ouvrage par des organes de la presse habituée à défendre les principes de la vérité et de la justice contre les sophismes de l'erreur : tout nous avait mis en garde contre une œuvre qu'on nous avait présentée , d'ailleurs , comme médiocre en mérite littéraire.

Cependant , nous qui n'aimons pas à jurer *in verba magistri* , un beau soir nous avons acheté *la Case de l'Oncle Tom*, dans une des vingt traductions françaises qui en ont été faites , en prenant la sage précaution d'acquérir le même livre en langue anglo-américaine , tel que l'a écrit l'auteur.

Nous avons bientôt reconnu , à la comparaison du texte original avec le texte français , que cette traduction était encore une fois une trahison , comme il arrive presque toujours. L'auteur avait été tantôt travestie , tantôt calomniée, suivant les petites passions religieuses ou politiques de son interprète; nous devrions ajouter défigurée pour n'avoir pas toujours été suffisamment comprise.

Cette première découverte nous donna à réfléchir : nous jetâmes la traduction, pour lire attentivement l'œuvre de Mtrs Harriet Beecher Stowe dans sa propre langue.

C'est notre devoir de le déclarer : nous avons senti naître en nous, à cette lecture, une admiration profonde non pas seulement pour son livre, mais pour le caractère de l'auteur. La Case de l'Oncle Tom est, à nos yeux, la révélation d'un beau talent employé par une belle âme au service d'une juste et noble cause.

Cette déclaration que nous avons faite de vive voix, avant de l'écrire, a d'abord trouvé plus d'un incrédule parmi nos amis. Mais il ne nous a pas été difficile de faire tomber cette incrédulité devant l'examen du livre réel de Madame Stowe. La plupart, en effet, ne connaissaient de ce livre que des traductions plus ou moins exactes, parcourues rapidement, ou des comptes-rendus de journaux écrits eux-mêmes avec trop de précipitation.

Enfin, à notre prière, un autre nous-même qui possède l'anglais comme sa langue maternelle, s'est efforcé de faire parler Madame Stowe en français; et après l'avoir fait entendre à tous les lecteurs du journal que nous rédigeons, il réunit en volume ces feuilles éparses pour les présenter à un nouvel auditoire.

Chacun peut donc s'en convaincre aujourd'hui : *La Case de l'Oncle Tom* est un livre pensé avec une grande élévation de sentiments, écrit avec un talent remarquable d'observation, un roman, exempt de ces banales et fades intrigues d'amour, qui en forment ordinairement le fond; un roman, dont la morale est irréprochable, et dont l'esprit, malgré la religion de l'auteur, est bien moins protestant que catholique.

C'est un éloquent plaidoyer contre l'esclavage, où chaque argument est un personnage mis en scène de la manière la plus dramatique et la plus attrayante.

Au triple point de vue de la morale, de la civilisation et de la littérature, nous croyons cette œuvre recommandable et digne du succès prodigieux qu'elle a obtenu;

succès qui n'est nullement passager, comme l'ont voulu prétendre certains critiques, en désespoir de cause ; mais qui durera autant et plus que celui des livres qu'on peut lui assimiler.

A la fin de son livre, et dans un autre qu'elle a publié, (la clef de l'Oncle Tom) véritable arsenal de pièces justificatives, l'auteur prouve qu'elle n'a peint que des scènes réelles et des caractères d'après nature.

Ces preuves sont pour nous superflues. L'esclavage, cet attentat de l'homme sur la liberté de l'homme, est un crime qui porte naturellement ses fruits de mort: il doit abrutir également l'oppresseur et l'opprimé. Nous aurions cru sur parole Madame Stowe dans tous les tableaux déchirants qu'elle déroule à nos yeux.

Nous pensons comme elle, qu'il n'y a que deux avocats capables de défendre cette cause inique : la cupidité des hommes qui profitent de ce crime de lèse-humanité, et le servilisme des flatteurs qui sont payés pour l'excuser.

Se plaçant au-dessus des courtes visées d'un patriotisme étroit et de l'esprit de secte plus étroit encore, Madame Stowe a fait bon marché de ces austères citoyens de la république-modèle d'Amérique qui commencent par fouler aux pieds le plus sacré et le plus imprescriptible de tous les droits de l'homme, et de ces accommodants ministres de l'église anglicane qui interprètent la bible contre les esclaves, en faveur de ceux qui les vendent et qui les exploitent.

Elle poursuit jusque dans leur dernier retranchement les sophistiques apologies de l'esclavage.

Il y a des maîtres qui traitent bien leurs esclaves, comme la famille Shelby et St-Clare, sans doute : — mais ces maîtres sont exposés, comme tous les hommes, à la mort et à la ruine. Dans l'un et l'autre cas, les esclaves sont vendus et ils peuvent échoir à des marchands de chair humaine comme Halley, ou à des planteurs impitoyables et brutaux tels que Legree. Quelle institution que celle qui permet de séparer la femme du mari, comme l'Oncle Tom de la bonne Chloé, et Georges d'Elisa ; ou d'arracher les petits enfants au sein d'une mère, comme le petit Henri à la tendre et intrépide Elisa; ou la jeune fille à la vigilance et à la protection maternelles, comme Emmeline!

De ce que Madame Stowe , flétrit la coutume impie de l'esclavage , on a voulu conclure qu'elle s'élevait , avec quelques utopistes modernes , contre l'inégalité des conditions et des fortunes, contre la subordination des inférieurs aux supérieurs ; en un mot, on a fait de l'avocate des noirs une apôtre du socialisme. Deux sortes de personnes se sont laissé facilement persuader que cette accusation était fondée : celles qui attendent et celles qui redoutent le triomphe de ces extravagantes rêveries. Mais son héros , l'Oncle Tom , est une constante protestation contre ce reproche. L'humble noir est un chrétien qui ne songe ni à s'élever , ni à soustraire les autres aux obligations de leur état. La résignation à la volonté de Dieu , la fidélité et le dévouement au maître même injuste jusqu'à la plus révoltante barbarie : voilà ce qu'il enseigne , par son exemple bien plus que par ses paroles , à ses compagnons d'infortune ; toujours soumis , il ne résiste que lorsqu'il faut violer la loi de Dieu ou la charité ; et sa résistance consiste à livrer son corps à ses bourreaux , en leur déclarant qu'ils n'ont pas de droit sur son âme rachetée par le sang de l'Homme-Dieu. Ecoutez-le en face du brutal Legree qui , à force de coups , veut le contraindre à fouetter une pauvre négresse malade, laquelle n'a pas assez travaillé suivant lui :

Tom. La pauvre créature est malade et sans forces : la battre serait une action tout-à-fait cruelle... Maître, tuez-moi, si telle est votre volonté: mais me faire lever la main sur qui que ce soit, jamais vous ne pourrez m'y déterminer. Je mourrai auparavant.

Legree. Comment, maudite canaille, toi qui veux faire le dévot, n'as-tu jamais entendu dire que dans la Bible il y avait écrit en toutes lettres : *les serviteurs doivent obéir à leurs maîtres?* Et ne suis-je pas ton maître ? n'ai-je pas payé douze cents dollars, en bel et bon argent, tout ce qu'il y a dans ta mauvaise peau noire ? N'es-tu pas maintenant bien à moi , corps et âme? — dit-il , en allongeant à Tom un rude coup de son énorme botte. — Réponds donc !

Tom. Non, maître, non! mon âme n'est pas à vous; vous ne l'avez pas achetée , vous ne pouviez pas l'acheter! Elle a été achetée et payée par celui-là qui seul a le pouvoir de la garder. Vous ne pouvez lui faire aucun mal.... »

Et Tom se livre sans résistance aux deux bourreaux qui ne font qu'une plaie de tout son corps.

Plus tard , Tom repousse avec horreur l'offre que lui fait Cassy de venir tuer Legree qu'elle avait endormi avec un narcotique ; et il la fait renoncer à accomplir elle-même ce dessein. Et quand, furieux à la nouvelle de la fuite de Cassy et d'Emmeline qui ont échappé à ses brutales passions, Legree veut contraindre Tom à lui révéler leur retraite, en le menaçant de la mort, écoutez la réponse du pauvre esclave chrétien :

Tom. Maître, si vous étiez malade, ou dans la peine, ou sur le point de mourir, et que je pusse vous sauver, je donnerais pour vous tout le sang de mon cœur. Si toutes les gouttes de sang qui sont renfermées dans ce pauvre vieux corps pouvaient sauver votre âme si précieuse aux yeux de Dieu, je les verserais volontiers une à une, pour votre salut, à l'exemple du Seigneur Jésus qui a répandu tout son sang pour me racheter. O maître, n'allez pas charger votre âme du crime dont vous voulez me rendre la victime ! Vous vous nuiriez par là plus que vous ne me nuiriez. Faites-moi endurer les plus affreux tourments, mes maux seront bientôt passés ; mais si vous ne vous repentez pas, les peines qui vous attendent n'auront point de fin. »

Sambo. (Après avoir fait subir à Tom la plus cruelle flagellation.) Il est presque mort, maître.

Legree. Frappez ! frappez !.... Je ferai couler jusqu'à la dernière goutte de son sang, à moins qu'il ne révèle ce qu'il sait de nos fugitives.

Tom. Pauvre malheureux que vous êtes, voilà que vous ne pouvez plus rien me faire !... je vous pardonne de toute mon âme ! » et il perdit entièrement connaissance.

Quelques instants après, en revenant à lui, il voit ses deux bourreaux Quimbo et Sambo qui, touchés de son martyre, lui demandent pardon.

— Pauvres créatures ! — dit Tom, — Je souffrirais avec joie les tourments que j'endure, si je pouvais, par là, vous gagner au Christ ! O Seigneur ! accordez-moi ces deux âmes, je vous en supplie ! »

Si c'est là du socialisme, avouons-le, c'est celui que n'ont pas cessé de pratiquer les chrétiens depuis les catacombes. Gloire à ces socialistes qui renouvellent la face du monde, sans répandre d'autres pleurs que ceux qu'on arrache à leurs yeux, d'autre sang que celui qu'on épuise dans leurs veines !

Un autre reproche adressé par certaines critiques à Mme Stowe, c'est la partialité dont elle aurait fait preuve, dans son livre, en prêtant toutes les vertus aux esclaves, et tous les vices à leurs maîtres. Mais il faut n'avoir pas lu la *Case de l'Oncle Tom* pour émettre ou supporter une pareille assertion.

A côté des héros du livre , l'auteur est trop habile pour n'avoir pas opposé des contrastes. Sa thèse eut été incomplètement défendue , si elle n'avait pas démontré , par l'avilissement même des noirs , tous les inconvénients, tous les maux et aussi tous les dangers de l'esclavage.

Si Tom est un esclave résigné jusqu'au martyre , grâces à l'esprit chrétien qui l'anime , Georges, l'impétueux mulâtre , pour qui l'injustice des hommes et l'immoralité de l'esclavage est écrite jusque dans sa naissance , Georges le fils d'un blanc qui n'a même pas voulu voir son enfant , et d'une négresse qui l'a élevée , elle , avec toute la tendresse maternelle , Georges a toutes les fureurs du lion indompté des sables africains.

Au point de vue purement humain , nous ne connaissons rien de plus éloquent , que cette magnifique apostrophe de Georges au bon M. Wilson qui , au nom de la Bible , veut l'engager à retourner chez son maître , au lieu de chercher à recouvrer sa liberté :

— Ah ! ça, voyons, M. Wilson, — dit Georges en s'asseyant résolument en face de lui : — regardez-moi donc. Est-ce qu'en m'asseyant ici , devant vous , je n'ai pas l'air d'un homme tout aussi bien que vous-même ? Voyez mon visage , mes mains, tout mon corps — et le jeune homme se redressa avec fierté. — Ne suis-je pas un homme comme un autre ? Eh bien ! maintenant , écoutez ce que je vais vous dire, M. Wilson. J'ai eu pour père, un de vos gentlemen du Kentucky , qui fit assez peu de cas de moi , son fils , pour ne pas s'arranger de manière à empêcher que je fusse vendu après sa mort , en compagnie de ses chiens et de ses chevaux , lorsqu'il s'agirait de liquider son héritage. J'ai vu ma mère mise à l'enchère avec ses sept enfants. On les vendit un à un sous ses yeux , à des maîtres différents ; j'étais le plus jeune. Quand mon tour fut venu pour être adjugé , ma mère vint tomber à genoux devant le vieux maître qui allait m'acquérir : elle le supplia de l'acheter en même temps que moi, afin qu'elle pût , au moins , avoir un de ses enfants avec elle ; mais lui , la repoussa brutalement avec sa botte. Je l'ai vu ; et puis ensuite , je n'ai plus entendu que les cris et les gémissements de ma mère pendant qu'on m'attachait sur le cou du cheval qui devait me transporter à l'habitation de mon nouveau maître.

— Eh ! bien, ensuite ?

— Mon maître fit marché avec des hommes qui étaient là et acheta ma sœur aînée. C'était une pieuse et bonne fille , aussi belle qu'avait été ma pauvre mère ; elle avait été bien élevée , ses manières étaient distinguées. Je fus joyeux d'abord qu'un même maître nous eût achetés tous deux, car j'avais près de moi une créature amie. Bientôt ma joie se changea en tristesse. Oui, monsieur, un jour que je me tenais derrière une porte, j'entendis fouetter ma pauvre sœur : il me semblait que chaque coup retombait sur mon cœur ; hélas ! je ne pouvais ni la secourir, ni la défendre. Elle était fouettée pour avoir voulu demeurer chaste et pure comme une vierge chrétienne, et vos lois ne reconnaissent pas aux filles esclaves le droit de demeurer pures ; après avoir été battue, elle fut enchaînée sous mes yeux et un marchand l'emmena avec sa bande d'esclaves pour la vendre à New-Orléans. — On la vendait, la pauvre fille, uniquement parce qu'elle avait voulu demeurer pure ; c'était là tout son crime. Depuis, je n'en ai plus entendu parler. Je grandis ; des années, de bien longues années se passèrent pour moi sans que j'eusse un père, une mère, une âme vivante qui s'inquiétassent de moi plus que d'un chien ; pendant de longues années, il n'y eût pour moi que mauvais traitements, le fouet, les injures et l'aiguillon de la faim. Oui, monsieur, la faim, j'ai eu faim au point de m'estimer heureux de ronger les os qu'ils jetaient à leurs chiens ; et, cependant, quand je n'étais qu'un petit enfant et que je passais les nuits à pleurer, ce n'était ni le fouet, ni la faim qui m'arrachaient des larmes. Non, monsieur : je pensais à ma mère, à mes sœurs, et je pleurais parce qu'on m'en avait séparé et qu'il ne me restait plus sur la terre personne qui pût me témoigner de l'affection. Jamais je n'ai su ce que c'était que la paix et le bien-être, jamais je n'ai entendu une parole bienveillante, jusqu'au jour où je vins travailler dans votre manufacture. M. Wilson, vous m'avez traité avec bonté ; vous m'avez encouragé à bien faire ; c'est vous qui m'avez inspiré le désir d'apprendre à lire, à écrire et d'essayer de devenir quelque chose. Dieu sait combien je suis reconnaisant de toutes vos bontés. C'est pendant mon séjour chez vous que j'ai connu ma femme ; vous l'avez vue, vous savez combien elle est belle. Quand je sus qu'elle m'aimait, quand je l'ai épousée, il me semblait que je faisais un rêve, j'étais si heureux ! Oh ! monsieur, c'est qu'elle est aussi bonne que belle ! Maintenant, qu'est devenu ce bonheur auquel je n'osais pas croire ? Voilà que mon maître m'arrache à mon travail, à mes amis, à tout ce qui m'était cher, il me foule aux pieds et prétend me tenir dans la boue. Pourquoi ? Parce que, dit il, j'allais oublier ce que j'étais. Parce qu'il veut m'apprendre que je ne suis qu'un nègre ! Bien plus, pour combler la mesure, il vient s'interposer entre ma femme et moi, il veut que je rompe mon union avec elle et que je prenne une autre femme ! Et vos *lois* lui donnent le pouvoir d'exercer toutes ces infamies, en dépit de Dieu et de l'humanité tout entière. Toutes ces iniquités qui ont brisé le cœur de ma mère, de ma sœur, qui m'ont torturé moi-même, elles sont autorisées par vos lois ; tout homme au Kentucky a le pouvoir d'en faire autant et personne n'a le droit de l'empêcher. Est-ce là ce que vous appelez les lois de mon pays ? Monsieur, mon pays a été pour moi comme mon père ; il m'a renié, délaissé comme lui : je n'ai pas de pays ! Mais j'en vais chercher un. Tout ce que je demande au vôtre, c'est qu'il me laisse dans mon isolement, c'est qu'il me permette de le quitter paisiblement ; et quand je serai au Canada, où les lois m'adopteront pour me protéger, le Canada sera mon pays et il me trouvera docile à ses lois. Que si quelqu'un tente de m'arrêter, qu'il prenne garde à lui, je me défendrai en désespéré. Je combattrai pour conquérir ma liberté tant qu'ils me restera un souffle de vie. Vos pères, dites-vous, ont acheté leur liberté par les armes ; s'ils avaient le droit de combattre pour s'affranchir, pourquoi n'aurais-je pas le même droit ? »

A côté de ce caractère qui a son aspect séduisant dans son impétuosité, l'auteur dessine les plaisantes silhouettes de Sam, le noir ambitieux et diplomate, qui manœuvre pour se concilier les bonnes grâces de ses maîtres, tout en déjouant les plans du marchand Halley à la chasse des esclaves qu'il a achetés; puis d'Adolphe, l'esclave petit maître qui emprunte à l'indulgent St-Clare, sa garderobe, ses manières et jusqu'à son nom ; et descendant tous les degrès de l'abrutissement de l'homme par l'esclavage, elle arrive jusqu'aux types hideux de Sambo et de Quimbo, devenus les bourreaux dociles de leur propre race.

Par contre, l'auteur présente les blancs, tels qu'ils sont, dans notre couleur aussi bien que dans l'autre, bons on mauvais, avec leurs défauts, leurs vices et leurs vertus gradués.

M. Schelby est l'honnête homme du monde, au caractère faible et indifférent, doux maître qui ne trafique de ses esclaves que par nécessité, et qui vend Tom et le fils d'Elisa, à contre-cœur ; mais il faut bien, avant tout, payer ses dettes et sortir d'une position embarrassée.

M. Bird, est la perle des sénateurs qui, après avoir voté une loi contre ceux qui donnent asile aux esclaves fugitifs, recueille dans sa propre maison, Elisa et son fils et, par des chemins affreux court, la nuit, les mettre lui-même en sûreté chez un ami, grand partisan de l'affranchissement.

Quant à St-Clare, la providence des esclaves, c'est le type plein de distinction et de mélancolie de l'homme naturellement bon et religieux ; mais qui, un peu par faiblesse de caractère, un peu par un scepticisme qu'explique la froide hypocrisie du culte et des ministres de l'église anglicane, reste impuissant dans toutes ses bonnes intenttions , et meurt en rendant un instinctif hommage à la foi catholique qui aurait fécondé tant d'heureux dons de la nature.

Nous passons sous silence le bon M. Wilson qui prêche bien un peu , mais qui finit par aider de ses encouragements et de sa bourse la fuite de son ancien ouvrier Georges ; et ces braves Kentuckiens qui combattent , avec des arguments dignes de Nemrod , les doctrines odieuses des marchands d'esclaves ; et ces pacifiques Quakers qui guérissent avec tant d'humanité les blessures qu'un des leurs a faites , dans un accès de charité trop fervente , à un persécuteur des esclaves pris sous sa protection.

Vous n'avez, pour faire ombre au tableau, que les figures ridicules et repoussantes des marchands d'esclaves et de cet infâme planteur Legree qui est bien , il faut en convenir , un être abominable, hélas ! mais point assez rare dans notre dédaigneuse race blanche , pour que nous puissions l'appeler un monstre, ni même une exception.

Pour les femmes , madame Stowe , dans ses ravissantes et pures créations , a laissé la palme indécise entre les blanches et les noires.

Qui préférerons-nous de madame Shelby et de madame Bird , ces femmes qui , à toutes les grâces et à l'exquise sensibilité de leur sexe , joignent les vertus de la mère de famille et de la maîtresse de maison chrétienne ; ou d'Elisa, la belle et timide quarteronne , transformée tout-à-coup en lionne intrépide pour ravir son fils Henri , aux serres avides des trafiquants de chair humaine ?

A miss Ophélia , le type de la vertu sévère, exacte et compassée , opposerons-nous l'altière Cassy, à l'âme ardente et bouleversée par les plus cruelles épreuves, création des plus originales , que relève encore l'intérêt des situations dramatiques où se déploie cette nature exceptionnelle ?

Et Marie St-Clare , la créole indolente, au cœur égoïste , à l'imagination romanesque ; et l'humble compagne de Tom, la bonne tante Chloé , le modèle des ménagères ; Dina , la cuisinière désordonnée qui tire des miracles culinaires du chaos de son laboratoire ; Mammy , la Rachel noire qui ne veut pas se consoler de la perte de ses enfants , l'esclave dévouée et martyre des caprices de l'impérieuse Marie. En vérité, les femmes noires auraient la palme, sans la céleste figure d'Evangéline. Il est vrai que madame Stowe ne nous a qu'à demi convaincu, lorsqu'elle nous a affirmé avoir conversé avec cet ange de la terre.

N'oublions pas de mentionner Topsy, la négrillonne déjà pervertie par l'excès des sévices exercées contr'elle, et ramenée au sentiment du juste et à l'amour du bien par l'angélique charité d'Eva.

Quand à la vieille Prue, l'esclave abrutie par le désespoir et les mauvais traitements, c'est le cri le plus douloureux et le plus effroyable que nous ayons jamais entendu sortir des entrailles de l'opprimé contre l'oppresseur.

Il n'était donc pas juste d'avancer que madame Stowe avait, par une double partialité, sacrifié la race blanche à la race noire, et humilié notre sexe devant le sien.

On est encore moins équitable, lorsqu'on veut critiquer son œuvre au point de vue de la morale ou de la religion.

Il ne faut pas oublier que *la Case de l'Oncle Tom* est écrite par une protestante méthodiste: y chercher, dans toutes ses propositions, l'orthodoxie rigoureuse d'un livre de théologie catholique, ce serait donc une absurdité. C'est déjà beaucoup que l'esprit général du livre soit non-seulement moral et chrétien (de combien de romanciers catholiques pourrait-on en dire autant aujourd'hui?) mais encore empreint d'un profond respect pour les idées et le culte catholiques. Loin d'apercevoir une attaque, nous avons constaté plus d'un hommage rendu aux choses et aux ministres de notre religion; tandis que la froideur stérile du protestantisme et l'égoïsme hypocrite des ministres anglicans y sont signalés avec une grande verve d'ironie. Ecoutez Saint-Clare, refusant de suivre sa femme au temple protestant, qu'il appelle *une mer morte à l'usage des gens du bon ton:*

Quand je vois un individu avec la mine allongée, qui me débite, d'un ton nazillard, des textes de l'Ecriture, pour prouver la légitimité de l'esclavage, je le regarde comme un hypocrite qui veut se faire passer pour meilleur qu'il n'est.

— Vous n'êtes pas du tout charitable, — dit Marie.

— J'en demeure d'accord, — répondit Saint-Clare, — mais voyons! je suppose que le coton vienne à baisser un beau jour que, par telle cause que vous voudrez, il n'y ait plus d'espoir de le voir revenir à son prix actuel; et que par suite de cette dépréciation, les esclaves n'aient plus aucune valeur sur le marché; je vous parie qu'on vous tournera l'Écriture de façon à vous expliquer la chose. Oh! quels flots de lumières illumineraient alors les prêcheurs de vos temples et comme ils vous prouve-raient, la Bible en main, que l'équité, la raison se trouvent directement du côté opposé à celui où ils vous les montrent aujourd'hui!

Dans un autre passage, St-Clare s'indigne du manque de zèle de ces ministres protestants qui ne comptent dans leurs rangs, ni *martyrs*, ni *confesseurs*. « Quand je cher-che ce que doit être le ministre d'une religion, » s'écrie-t-il avec raison, « je regarde au-dessus de moi, jamais au-dessous. »

Plus tard, Saint-Clare frappé d'un coup de couteau en voulant séparer deux querelleurs, est ramené mourant chez lui. Le médecin lui propose de faire venir un ministre protestant. Mais Saint-Clare préfère les prières de son es-clave Tom, et il meurt en murmurant cette strophe si tou-chante du *Dies iræ* catholique :

> Recordare, Jesu pie,
> Quod sum causa tuæ viæ,
> Ne me perdas illâ die!
> Quærens me sedisti lassus....

L'ameublement de la chambre à coucher d'Évangéline, est celui d'un enfant catholique. C'est un ange aux ailes repliées qui soutient les rideaux de son lit; la cheminée de la chambre est ornée d'une statuette du Sauveur Jésus appelant à lui les petits enfants.

Tom, le héros du livre, ce chrétien que la barbarie de Legree éloigne de toute communication avec d'autres chré-tiens, et qu'il voudrait même dépouiller de toute croyance religieuse, Tom est naturellement catholique. Ses paroles, ses sentiments, ses actes, les apparitions qui viennent le consoler dans sa profonde misère : tout cela n'a rien du protestantisme. Nous ne saurions résister au désir de transcrire, pour preuve de notre assertion, la touchante scène de l'apparition du Christ consolateur.

Tom, dans l'isolement le plus complet, sans un regard ami, sans une parole de consolation, succombant sous le poids de tous les maux, n'ayant plus même la force d'ouvrir sa bible, subit la plus cruelle de toutes les épreuves. C'est en ce moment que son bourreau vient le railler de sa croyance en Dieu ; Tom peut à peine murmurer son dernier acte de foi, qui lui attire, de la part de son maître, les sarcasmes les plus sanglants et les marques du dernier mépris. Nous citons maintenant Madame Stowe :

Tom s'assit à côté du foyer comme un homme anéanti. Tout-à-coup, chacun des objets qui l'environnaient sembla s'évanouir et une figure, couronnée d'épines, meurtrie et sanglante, se dressa devant lui. Tom contemplait avec crainte et admiration la résignation majestueuse empreinte sur ce visage ; le regard plein de compassion, qui s'arrêtait sur lui, le fit tressaillir jusqu'au fond du cœur. Son âme sortit de son engourdissement, soulevée en quelque sorte par les flots de l'émotion qui se produisait en elle, il tendit les mains vers la figure et tomba à genoux ; alors, graduellement, la vision changea. Les épines acérées se changèrent en rayons de gloire et il vit ce même visage, tout-à-l'heure meurtri et ensanglanté, brillant d'une indicible splendeur, s'incliner vers lui avec l'expression de la plus tendre compassion, et il entendit une voix qui disait : « Celui qui sortira triomphant de l'épreuve s'assiéra avec moi sur mon trône : car moi-même j'ai triomphé de l'épreuve et je suis assis à la droite de mon père, sur son trône. »

Combien de temps dura cette vision ? Tom ne l'aurait pu dire. Quand il revint de son extase, le feu du foyer était éteint, ses vêtements étaient trempés par la rosée froide et abondante ; mais la terreur, le découragement qui remplissaient son âme, avaient fait place à la joie, à la paix ; il ne sentait plus la faim, ni le froid, ni les humiliations de l'esclavage, ni les privations, ni la misère. Du fond de son âme, il se détacha en ce moment de toutes ses espérances pour cette vie, et offrit à l'*infinie bonté*, le sacrifice absolu de sa volonté propre. Il leva les yeux vers les étoiles, silencieuses et éternelles images des phalanges célestes qui veillent sans cesse sur l'homme, et entonna dans la solitude de la nuit un hymne de triomphe qu'il avait souvent chanté dans des jours plus heureux, mais jamais avec l'expression de ferveur qu'il lui donnait en ce moment.

Il nous semble que le culte des images; l'admiration pour les confesseurs et les martyrs qu'on cherche en vain parmi les ministres protestants; l'hymne du *Dies iræ* dans la bouche d'un mourant ; les apparitions miraculeuses : il nous semble, disons-nous, que voilà toutes inspirations d'un cœur catholique admirablement traduites par une plume protestante.

Ne le dissimulons point pourtant : il y a quelques lignes que nous aurions voulu voir rayer du beau livre de madame Stowe :

C'est une allocution au pape Pie IX que le traducteur a fort bien relevée dans une des notes où il s'est appliqué à signaler, en les réfutant, les quelques erreurs contre la foi catholique qui, ça et là, ont pu échapper, on le conçoit, à une méthodiste.

Ce péril, ainsi évité, il ne reste plus qu'une lecture édifiante pour l'âme la plus timorée.

Maintenant, après avoir disculpé la *Case de l'Oncle Tom*, des injustes reproches qu'on lui a faits sous le double rapport des doctrines religieuses et sociales, si nous venons à examiner son mérite littéraire, nous n'aurons plus guère qu'à louer.

Le livre est attrayant : puisqu'il a fait, rien qu'en Amérique, la fortune de l'auteur en fesant celle de ses libraires. La patrie du goût a ratifié ce succès, en multipliant les éditions de la *Case de l'Oncle Tom*, malgré la faiblesse de la plupart des traductions.

Mais ce qui fait le plus grand honneur à Mme Stowe, c'est que cet attrait et ce succès ne doivent rien au scandale. On sent toujours que c'est une mère et une chrétienne qui guident la plume de l'auteur. Sortant des voies battues, ce n'est pas la ligne matérielle qu'elle s'amuse à dessiner, à l'exemple des romanciers modernes dont Watter Scott est le père et l'inimitable modèle ; ce sont les replis de l'âme humaine que fouille son hardi, mais toujours pudique ciseau.

Ses types sont tout neufs, comme le monde où elle nous introduit. Nulle part vous n'avez vu rien qui ressemblât à Évangéline, à Topsy, à Cassy ; à Cassy surtout, dans les scènes fantastiques où elle pétrifie véritablement le farouche Legree, semblable à la Conscience qui, dès ce monde, se dresse implacable contre l'homme criminel et vicieux, pour commencer son supplice éternel.

Son action ne marche pas, il est vrai, par la ligne droite, au dénouement ; mais on aime à la suivre dans les méandres où l'imagination de l'auteur se plaît à la conduire.

Quant au style, il est enchanteur par sa grâce, son pathétique et sa délicatesse. Qu'on nous permette d'en citer deux exemples.

Élisa, l'esclave fugitive, est venue se réfugier chez le

sénateur Bird, au moment même où le digne homme soutenait une discussion politique contre sa femme qui le blâmait vivement d'avoir voté la loi défendant de donner asile aux esclaves échappés des plantations.

Le récit des malheurs de la pauvre mère qui fuit pour ravir son cher petit Henri au marchand d'esclaves, a bien mieux que les raisonnements de Mme Bird, converti l'excellent homme. C'est lui maintenant qui veut sauver la fugitive, au péril même de sa réputation de sénateur ; c'est lui qui indique à sa femme jusqu'aux vêtements qu'il faut donner à Elisa et à son enfant : il se souvient, le pauvre père, qu'il vient de perdre un des siens ; et il dit à Mme Bird, d'une voix mal assurée :

— Marie, je ne sais ce que vous en penserez: mais il y a là... ce tiroir... rempli des vêtements de notre petit Henri ! — Aussitôt il se retourna et sortit en fermant la porte derrière lui.

Sa femme ouvrit la porte d'une petite chambre à coucher voisine de la sienne, et prenant une bougie, elle la plaça sur un secrétaire ; puis elle retira d'une petite cachette une clef qu'elle mit d'un air pensif dans la serrure d'un tiroir ; au moment d'ouvrir elle s'arrêta tout-à-coup; les deux petits garçons qui, comme des petits furets, s'étaient glissés dans la chambre sur les pas de Mme Bird, la regardaient en silence, et leurs yeux attentifs exprimaient à leur mère qu'ils comprenaient le sentiment qui la faisait hésiter.

O ! mère, qui lisez ces lignes, n'y a-t-il jamais eu dans votre demeure un tiroir, ou un cabinet que vous ne pouviez ouvrir sans avoir le cœur brisé, comme si vous aviez ouvert un petit cercueil ? Ah ! heureuse mère vous appellerai-je, si vous n'avez pas eu à endurer cette douloureuse émotion.

Mme Bird ouvrit tout doucement le tiroir. Il renfermait des petits vêtements de différentes formes, des piles de tabliers, des rangées de petits bas ; on y voyait même, soigneusement enveloppée dans une feuille de papier, une paire de souliers tout mignons, usés au bout par le frottement. Il y avait aussi un cheval de bois attelé à un petit chariot, une toupie, une balle, souvenirs recueillis avec bien des larmes et des brisements de cœur. Elle s'assit devant ce tiroir, et la tête appuyée dans les mains, elle pleura, et ses larmes, filtrant à travers ses doigts, vinrent arroser tous ces objets dont la vue rappelait une perte si cruelle... Mais bientôt, elle se raidit contre ce douloureux souvenir et se hâta de choisir les vêtements les plus simples et les plus solides dont elle forma un paquet.

— Maman, — dit un des petits garçons, en touchant doucement le bras de sa mère ; — est-ce que vous allez donner toutes ces choses ?

— Mes chers enfants, — se hâta de répondre Mme Bird avec

douceur: — si notre cher, notre bien aimé petit Henri nous regarde du ciel, il sera bien content de nous voir couvrir de ses vêtements un pauvre petit garçon. Je n'aurais su trouver assez de force dans mon cœur pour les donner à une personne heureuse; mais je les donne à une mère plus affligée, plus désolée que moi et j'espère que Dieu bénira ce don. •

Il y a dans ce monde, des âmes bénies, dont les chagrins deviennent une source de joie pour les autres, dont les espérances terrestres, ensevelies dans la tombe avec une grande abondance de larmes, deviennent une semence d'où germent des fleurs salutaires et un baume pour ceux qui sont dans l'affliction et la détresse.

La petite femme si délicate qui est là assise, qui verse des larmes, en rassemblant les vêtements qui lui rappellent le cher petit enfant qu'elle a perdu, pour en revêtir le fils de la fugitive qu'on poursuit, était une de ces âmes d'élite.

Bientôt Mme Bird ouvrit une garde robe, en retira un ou deux vêtements de femme, simples, mais en bon état, s'assit à sa table à ouvrage et là, aiguille, ciseaux et dé en main, elle commença à allonger les robes suivant l'avis de son mari. Elle travailla ainsi jusqu'à ce que la vieille horloge qui était placée dans le coin de la chambre, sonnât minuit et qu'elle entendît le sourd roulement des roues d'une voiture qui s'arrêtait à la porte de la maison.

Nous aurions mauvaise opinion d'un homme qui pourrait retenir ses larmes, en lisant ces lignes qu'une femme, qu'une mère, qu'une chrétienne seule a pu trouver dans son cœur.

L'autre exemple que nous voulions citer, appartient à un tout autre ordre d'idées.

Saint Clare, cet homme bon, mais léger, a la faiblesse de se laisser entraîner par d'indignes amis à une de ces orgies trop communes, même chez les gens bien élevés, en Amérique comme en Angleterre. Deux de ses esclaves sont forcés de le ramener chez lui, dans un état qui inspire à Tom autant d'horreur que de pitié :

« Le lendemain matin, Saint Clare en robe de chambre et en pantoufles était assis dans son cabinet ; il venait de remettre de l'argent à Tom et l'avait chargé de diverses commissions.

— Eh ! bien, Tom, qu'attendez-vous ? — lui dit-il. Et voyant que Tom ne bougeait pas, il ajouta : — Est-ce que tout n'est pas en règle ?

— J'ai peur que non, maître, — répondit Tom avec un visage tout sérieux.

Saint-Clare quitta son journal, posa sa tasse de café sur la table et, regardant le nègre :

— Ah! ça, Tom, qu'y a-t il ? Vous paraissez solennel comme un cercueil.

— Il y a quelque chose qui me fait grand mal, — répondit Tom. — J'avais toujours pensé que maître serait bon envers tous.

— Eh! bien, Tom, ne l'ai-je pas été ? Voyons donc, dites-moi, que vous manque-t-il ? Il y a donc quelque chose que vous désirez obtenir de moi; et ce que je viens d'entendre est la préface de votre pétition, je suppose.

— Maître a toujours été bon pour moi. Je n'ai pas à m'en plaindre sous ce rapport. Mais il y a quelqu'un envers qui maître ne se montre pas bon.

— Quoi! qu'est-ce donc que vous avez aujourd'hui, Tom ? parlez ; que voulez-vous dire ?

— La nuit dernière, entre une et deux heures, j'ai réfléchi sur ce dont j'étais témoin et c'est alors que cette pensée me vint et que je me dis : « Maître n'est pas bon pour lui-même. »

Tom en parlant ainsi tournait le dos à son maître, il tenait en main le bouton de la porte. Saint-Clare sentit la rougeur lui monter au visage.... mais il se mit à rire.

— Oh! c'est là tout, est ce tout? — dit-il gaîment.

— Oui tout ! — répondit Tom en se retournant et tombant à genoux. — O mon cher maître ! oui, je crains que vous ne vous exposiez à perdre *tout*... tout... corps et âme. Le bon livre parlant du sujet qui m'a attristé cette nuit dit : « ce vice mord comme un serpent et pique comme la vipère, » voilà ce que j'ai lu mon cher maître. »

La voix de Tom était entrecoupée par les sanglots, des pleurs inondaient ses joues.

— Vous êtes fou, Tom, vous perdez la tête, mon pauvre homme, — dit Saint-Clare dont les yeux étaient remplis de larmes. — Levez-vous, Tom, je ne mérite pas que vous pleuriez ainsi sur mon sort. »

Mais Tom demeurait à genoux et paraissait supplier son maître

— Eh! bien, je n'irai plus à leurs ignobles et folles orgies, — dit Saint-Clare, — non, Tom, sur mon honneur, je vous le promets, je n'irai plus. Je ne sais pourquoi je n'ai pas cessé depuis longtemps déjà. Je les ai toujours méprisés et je me suis méprisé moi-même pour avoir eu la faiblesse d'y prendre part ainsi, Tom, essuyez maintenant vos yeux et vaquez tranquillement à vos affaires. Allons, allons, pas de bénédictions. Je ne suis pas déjà merveilleusement bon, — ajouta-t-il, en poussant doucement Tom vers la porte. — Je vous promets de nouveau, Tom, sur mon honneur, que jamais vous ne me reverrez dans l'état où vous m'avez vu cette nuit. »

Nous ne savons qu'admirer le plus ici, ou de la franchise délicate de l'esclave chrétien qui s'exprime dans ces mots si heureux : « maître n'est pas bon pour lui-même ; » ou de la noblesse avec laquelle le maître se réhabilite aux yeux de son esclave, par la promesse qu'il lui fait.

Madame Stowe excelle partout à nous peindre ainsi, d'une manière toujours plus saisissante, l'irrésistible ascendant du bien sur le mal. Voyez son angélique création, Evangéline, aux prises avec ce petit lutin noir qu'on appelle Topsy et qui a lassé la patience et toutes les vertus impassibles de Miss Ophélia :

— Qu'est-ce qui vous rend si méchante, Topsy ? — disait-elle, — pourquoi n'essayez-vous pas de devenir bonne ? — Est-ce que vous n'aimez personne au monde , Topsy ?

— Je ne sais pas ce que c'est qu'aimer quelqu'un ; j'aime le sucre candi et les autres bonbons.

— Mais vous aimez, au moins, votre père et votre mère ?

— Je n'ai jamais eu ni père ni mère, vous le savez : je vous l'ai dit , miss Eva.

— Ah ! c'est vrai , — reprit Eva tristement. — Mais n'aviez-vous pas un frère , une sœur , ou une tante , ou....

— Non , non , rien de tout cela : je n'ai jamais rien eu , jamais personne.

— Mais, Topsy, si vous vouliez seulement essayer de devenir bonne , vous en viendriez à bout.

— Je ne pourrais jamais être autre chose qu'une négresse , quand même je serais bonne , — repartit Topsy. — Si on pouvait m'écorcher pour me rendre blanche, alors j'essayerais.

— Mais on vous aimerait quoique vous soyez noire , Topsy. Miss Ophélia serait pleine d'affection pour vous si vous n'étiez pas méchante. »

Topsy se mit à rire et à ricaner comme elle avait coutume de le faire, pour exprimer son incrédulité.

— Vous ne le croyez pas ? — demanda Eva.

— Non , elle ne peut pas me souffrir parce que je suis une négresse ! Elle aimerait autant être touchée par un crapaud que par moi. Personne ne peut aimer les nègres , et les nègres ne peuvent rien faire de bon. Mais ça m'est bien égal , dit Topsy, en se mettant à siffler.

— O Topsy, pauvre enfant , je vous aime, moi ! — dit Eva en laissant paraître la plus vive émotion et en plaçant sa main amaigrie sur l'épaule de Topsy. — Je vous aime , parce que vous n'avez jamais connu votre père, ni votre mère : parce que jamais vous n'avez eu d'amis , parce qu'enfin vous avez été jusqu'ici une pauvre fille , maltraitée par tout le monde. Oui , je vous aime et c'est pour cela que je voudrais vous voir devenir bonne. Je ne suis pas bien, Topsy, et je pense que je ne vivrai plus longtemps ; et c'est pour moi une grande peine de voir que vous vouliez rester méchante. Je voudrais vous voir essayer d'être bonne , pour l'amour de moi qui n'ai plus que bien peu de temps à rester avec vous. »

Les yeux perçants de la jeune négresse furent alors obscurcis par des larmes qui tombèrent bientôt une à une , en larges gouttes, sur la petite main blanche d'Eva. Oui, dans ce moment, un rayon d'amour divin avait pénétré les ténèbres de cette âme toute payenne, la foi venait d'y naître. Elle appuya sa tête sur ses genoux et se mit à pleurer, à sangloter, tandis que la gracieuse enfant, penchée vers elle, semblait quelqu'esprit céleste s'inclinant pour relever un pécheur.

— Pauvre Topsy! — disait Eva, — ne savez-vous pas que Jésus nous aime tous d'un amour égal? Il veut vous aimer comme il m'aime. Il vous aime autant que je vous aime, ou plutôt il vous aime davantage car il est bien meilleur que moi. C'est lui qui vous aidera à vous corriger et vous pourrez un jour aller au ciel et devenir un ange pour l'éternité, tout aussi bien que si vous étiez blanche. Pensez-y, Topsy, vous pouvez être un de ces élus dont il est parlé dans les cantiques que chante l'Oncle Tom.

— O chère miss Eva! chère miss Eva, — dit l'enfant noire — je veux essayer! oui j'essayerai de devenir bonne! Je ne me souciais de rien de tout cela jusqu'ici. »

N'est-ce pas là toute la psychologie chrétienne, mise en action avec un talent plein de grace et de naturel.

A propos de cette séraphique figure d'Evangéline, nous avons entendu émettre le doute, et nous-même nous avouons l'avoir partagé, que cette vision d'ange pût être donnée à la terre. Madame Stowe a prévu l'objection, et nous devons la laisser y répondre elle-même:

Y eut-il jamais un enfant comme Evangéline? nous demandera-t-on: Oui, il y en a eu, mais toujours leurs noms sont inscrits sur la pierre d'un tombeau; et leurs doux sourires, leurs yeux pleins d'une expression toute céleste, leurs paroles et leurs manières surnaturelles sont ensevelies dans des cœurs brisés de douleur. Par combien de parents n'avez-vous pas entendu dire que les qualités physiques ou morales des enfants qui leur restaient, ne sont pas comparables aux précieux avantages dont était doué celui que la mort a ravi à leur amour? Il semble qu'il y ait une légion d'anges, ayant pour mission de recruter les cœurs les mieux doués parmi les enfants des hommes, et de les emmener avec eux lorsqu'ils reprennent leur vol vers leur céleste patrie. Quand vous voyez les yeux d'un enfant prendre une expression réfléchie en entendant parler des choses spirituelles; quand sa petite âme se révèle par de douces paroles empreintes d'une sagesse plus grande que celle des autres enfants, n'espérez pas qu'il reste plus longtemps sur cette terre d'exil. Car il est marqué pour le ciel; la lumière de l'immortalité brille déjà dans ses yeux.

Concluons:

Mme Stowe appartient à cette catégorie d'écrivains trop rares qui imposent à leur plume un but utile à leurs semblables et spécialement à la société où ils vivent. *Bien dire la vérité*, telle pourrait être la devise de ces écrivains qui comprennent noblement leur mission et qui pourront rendre compte, sans rougir, de l'emploi de leur talent, au souverain répartiteur de tous les dons et au juge suprême de toutes les œuvres de l'homme.

La Case de l'Oncle Tom a gagné la cause de l'affranchissement universel de la race noire, parce que l'auteur l'a plaidée avec la divine autorité du Christianisme. Elle a cru et elle a eu raison de croire qu'on n'attaquait pas une société, pour lui signaler le cancer qui la ronge; et que les courtisans des républiques étaient aussi méprisables et aussi dangereux que les courtisans des monarchies.

Elle a cru encore que rien ne pouvait légitimer la confiscation de la liberté de l'homme par l'homme; et que la restitution du don de Dieu ne devait être retardée sous aucun prétexte.

Le livre de Mme Stowe est, nous le répétons, une belle action et il lui a porté bonheur. Les hommes l'ont récompensée suivant leur pouvoir. Mme Stowe peut aspirer à mieux encore; et pour nous, au lieu de vains applaudissements, nous souhaiterons à ce cœur naturellement catholique, de s'ouvrir bientôt tout entier à la féconde lumière du catholicisme.

Henri CARION.

LA CASE DE L'ONCLE TOM,

ou

SORT DES NÈGRES ESCLAVES.

—

TRADUCTION NOUVELLE.

—

CHAPITRE PREMIER.

DANS LEQUEL LE LECTEUR FAIT CONNAISSANCE AVEC UN PHILANTHROPE.

A une heure avancée de l'après-midi d'un jour glacial de février, deux *gentlemen* étaient assis, pour prendre le vin, dans une salle à manger parfaitement meublée, en la ville de P. — au Kentucky. Il n'y avait dans la salle aucun domestique, et les deux *gentlemen*, chaise contre chaise, semblaient occupés à discuter une affaire d'une grande importance.

Par respect pour les convenances, nous avons dit, ci-dessus, deux *gentlemen*. L'un des interlocuteurs, cependant, quand on l'examinait de près, ne semblait pas, rigoureusement parlant, appartenir à la catégorie des gens comme il faut. C'était un homme court et gros, sans noblesse dans les traits, avec cet air de prétention vaniteuse qui caractérise l'homme de basse condition s'efforçant de briller dans le monde. Il portait un gilet éclatant, bariolé de diverses couleurs, une cravate bleue, semée de points jaunes et attachée par un gros nœud bouffant; bref l'accoutrement était en parfaite harmonie avec l'air empesé du personnage. Ses mains épaisses et rudes, étaient surchargées de bagues; il portait une grosse chaîne de montre en or, à laquelle était attaché un paquet de breloques, de grande dimension et de couleurs très variées. Dans la chaleur de la conversation, il ne cessait de les caresser et de les faire sonner entre ses doigts ; ce petit amusement lui procurait une satisfaction évidente. Sa conversation attestait qu'il s'était complètement affranchi des règles de la grammaire de Murray, et il assaisonnait ses phrases d'expressions telles, que, malgré notre vif désir d'être exact, nous ne pouvons nous résoudre à les transcrire ici.

Quant à son interlocuteur, M. Shelby, il avait bien la tournure d'un gentleman. Son habitation élégante, le mobilier de bon goût qu'on y remarquait, annonçaient une position aisée et même opulente. — Comme je le disais plus haut, nos deux personnages étaient en train de causer d'une affaire importante, et si vous le voulez bien, nous allons écouter leur conversation.

— Oui, voilà comme j'arrangerais les choses, dit M. Shelby.

-- Nous ne pouvons pas traiter à ces conditions. Non, franchement, mon cher Shelby, je ne puis pas accepter ce marché, reprit Haley, tout en examinant à la lumière la couleur du vin que contenait son verre.

— Mais convenez cependant que Tom est un de ces sujets qu'on rencontre rarement ; il vaut bien certes le prix que j'en demande, sur quelque marché que ce soit ; courageux, honnête, intelligent, il dirige toutes les affaires de mon exploitation avec la régularité d'une horloge.

— Ah ! ça, entendons-nous : quand vous me parlez de la probité de cet esclave, vous voulez dire sans doute qu'il en a autant qu'un nègre en peut avoir ? dit Haley, en ricanant, et il se versa un verre d'eau-de-vie.

— Non pas, non pas ; je pense que Tom est un homme bon, courageux, sensible et pieux, en réalité. Depuis quatre ans qu'il est instruit de la religion chrétienne, je lui ai confié tout ce que je possède ; argent, maison, chevaux ; je lui ai donné toute liberté d'aller et de venir dans le pays, et toujours, en toutes choses, je l'ai trouvé sincère et fidèle.

— Eh ! bien, voyez ce que c'est, mon cher, dit Haley, il y a des gens qui ne veulent pas admettre qu'on puisse trouver de la véritable piété chez un nègre. Mais moi je le crois : j'ai eu, dans le dernier lot d'esclaves que j'ai acheté à New-Orléans, j'ai eu un sujet d'une parfaite piété. C'était tout-à-fait édifiant de l'entendre prier ; en outre, il était d'une douceur angélique. Ah ! j'ai fait un fort joli bénéfice avec ce gaillard-là : car je l'avais acheté d'un homme qui se trouvait forcé de vendre ; c'est vous dire que je l'ai eu à très bon marché... Oui, j'ai gagné avec lui six cents dollars. Oh ! certes, la religion chez un nègre est à mes yeux chose précieuse ; mais il faut que ce soit une religion sincère, que ce ne soit pas de l'hypocrisie.

— Je vous assure que Tom a une religion aussi sincère qu'on peut le souhaiter. Jugez-en vous-même : Dernièrement, je l'envoyai seul à Cincinnati, pour y traiter une affaire dont il devait me revenir cinq cents dollars : « Tom, lui dis-je, j'ai confiance en vous parce que je vous crois chrétien ; je sais que vous ne voudriez pas me tromper. » Tom est revenu en effet, très ponctuellement avec les cinq cents dollars. Quelques êtres sans aveu, lui avaient dit : « Tom, pourquoi donc ne « vous embarquez-vous pas pour le Canada? — Mon maître a » eu confiance en moi, répondit Tom, et je ne pourrais me « résoudre à le tromper. » Voilà ce qui m'a été rapporté textuellement. Vous devez comprendre après cela que la nécessité seule peut me réduire à me séparer de Tom. C'est pour moi un véritable sacrifice. — Il vaut amplement la somme que je vous dois et vous conclurez le marché si vous avez de la conscience.

— Ma foi, j'ai autant de conscience qu'en peut avoir un homme dans les affaires; juste autant qu'il en faut, vous savez, dit le marchand d'esclaves, d'un ton jovial. Voyons, soyez bien convaincu que je suis disposé à faire tout ce que je puis faire raisonnablement pour obliger mes amis; mais vos conditions, convenez-en vous-même, sont trop dures.... elles sont par trop dures.

Cela dit, le marchand poussa un soupir, et se versa de nouveau un verre d'eau-de-vie.

M. Shelby se contraignit un instant, puis, prenant la parole :

— Eh! bien, que voulez-vous de plus? Voyons vos conditions, à vous.

— Hé!... là!... si vous aviez un garçon ou une fille que vous pussiez me donner avec Tom, alors....

— Hum! je n'ai, dans ce moment, ni fille ni garçon dont je puisse disposer; à dire vrai, ce n'est que l'absolue nécessité qui me détermine à vendre même un seul de mes esclaves; je n'aime pas à m'en séparer.... voilà le fait !

La porte s'ouvrit en ce moment et un petit garçon quarteron, âgé de quatre à cinq ans, entra dans la salle. Il avait un extérieur d'une beauté remarquable et tout à fait attrayant. Sa chevelure noire, fine comme la bourre de soie, entourait de boucles brillantes son visage arrondi et potelé, tandis que deux grands yeux noirs, pleins de feu et de douceur à la fois, lançaient, sous les longs cils qui les abritaient, des regards curieux dans l'appartement. Une brillante robe de tartan écarlate et jaune, façonnée avec soin et bien ajustée, faisait ressortir son teint brun et la beauté de ses traits; un sans-gêne tout à fait comique, mêlé cependant d'une certaine timidité, montrait que le marmot n'ignorait pas qu'il était gâté par son maître.

— Holà! Jim Crow! dit M. Shelby en sifflant et en lui jetant une grappe de raisins, attrape, mon garçon !

L'enfant s'élança sur la proie qui lui était offerte, ce qui fit beaucoup rire son maître.

— Allons, viens ici, Jim Crow, dit-il.

L'enfant s'approcha de M. Shelby, qui caressa les boucles de ses cheveux et lui secoua légèrement le menton.

— Maintenant, Jim, montrez à ce gentleman comment vous savez danser et chanter.

Le pauvre petit entonna une de ces sauvages et grotesques chansons, si communes parmi les nègres, d'une voix sonore et parfaitement pure ; il accompagnait son chant d'une multitude d'évolutions bizarres, tantôt avec les mains, tantôt avec les pieds, puis avec tout le corps, et toujours en observant strictement la mesure de son chant.

— Bravo ! dit Haley en lui jetant un quartier d'orange.

— Maintenant Jim, lui dit son maître, marchez comme le vieux Cudjoe, quand il a son rhumatisme.

A l'instant, les membres flexibles de l'enfant parurent difformes et contournés, son dos se voûta, et, la canne de son maître à la main, il se mit à boiter tout autour de la chambre. Son joli visage d'enfant disparut pour faire place à une figure affreusement ridée ; il crachait à droite et à gauche absolument comme un vieillard.

Et les deux gentlemen d'éclater de rire.

— Allons, Jim, dit M. Shelby, montrez-nous comment le vénérable Robbins conduit le chant des psaumes.

La face si ronde de l'enfant devint aussitôt prodigieusement allongée, et il commença à psalmodier sur un ton nazillard avec une imperturbable gravité.

— Hurrah ! bravo ! quel gentil petit être ! dit Haley, c'est un fameux luron, je vous le promets.

— Dites ! ajouta-t-il tout-à-coup en frappant sur l'épaule de M. Shelby, voulez-vous me le donner avec l'autre ? et je conclus l'affaire. Oui, voyons, si vous voulez, les choses seront ainsi réglées le plus équitablement possible. »

A ce moment, la porte poussée légèrement fut entrouverte et une jeune quarteronne, qui paraissait avoir vingt-cinq ans, entra dans la salle.

Il suffisait de jeter un regard sur elle, après avoir vu l'enfant, pour acquérir la conviction que c'était la mère du petit espiègle. Mêmes yeux, grands et noirs, garnis de longs cils ; même chevelure noire et soyeuse. Son teint brun se colora d'une rougeur visible qui augmenta quand elle s'aperçut que le regard de l'étranger s'arrêtait sur elle avec une curiosité effrontée. Ses vêtemens, parfaitement propres faisaient ressortir avec avantage la pureté de ses formes. Ses mains délicates, ses jolis pieds, n'échappèrent pas au regard du marchand, accoutumé à apprécier d'un coup d'œil les qualités de la *marchandise féminine*.

Eh ! bien, Elisa ? dit le maître, en la voyant s'arrêter et jeter sur lui un regard rempli d'inquiétude.

— Pardon, monsieur, je cherchais Henri.

Aussitôt l'enfant courut à elle, lui montrant son butin qu'il avait placé dans le pan de sa robe.

— C'est bien ; emmenez-le donc, dit M. Shelby.

Elle se hâta de sortir, emportant son fils dans ses bras.

— Par Jupiter ! s'écria le marchand, rempli d'admiration : voilà une belle pièce, au moins ! Vous pourriez faire fortune avec cette créature à New-Orléans. J'ai vu, je vous jure, payer plus de mille dollars des femmes qui n'étaient pas à beaucoup près aussi belles.

— Je n'ai pas envie de faire fortune avec elle, reprit M. Shelby, d'un ton sec; et, cherchant à détourner la conversation, il déboucha une nouvelle bouteille de vin et demanda à son compagnon comment il le trouvait.

— Excellent, monsieur, — c'est un vin de première qualité, répondit le marchand; puis, frappant tout familièrement sur l'épaule de M. Shelby, il ajouta : Voyons, voulez-vous que nous fassions affaire pour cette femme? Je vous en donnerai..... Combien en demandez-vous ?

— M. Haley, elle n'est pas à vendre; dit Shelby, ma femme ne voudrait pas s'en défaire pour son pesant d'or.

— Oui, oui, voilà bien comme parlent les femmes, parce qu'elles n'entendent rien au calcul. Mais montrez-leur la quantité de montres, de plumes, de bijoux qu'on se procurerait avec le poids en or d'une esclave, et elles changeront d'avis, j'en réponds.

— Je vous le répète, Haley, il est inutile d'en parler. J'ai dit : non, et j'ai dit ce que je pensais, fit Shelby d'un ton tranchant.

— Soit, mais donnez-moi au moins l'enfant, vous devez avouer que je me montre assez raisonnable comme cela.

— A quoi donc ! s'il vous plaît, pourra vous servir cet enfant.

— Dam ! j'ai un de mes amis qui tient cette sorte d'articles, il a besoin d'acheter de beaux enfants qu'il élève pour les revendre sur les marchés. C'est purement un article de fantaisie ; on les vend pour servir de valets, jockeys, etc., à des gens riches, qui ont le moyen de les payer un bon prix. Il faut de cela dans les grandes maisons : un beau petit garçon pour ouvrir la porte, servir à table, ou accompagner en qualité de valet de pied. Cela se vend très bien ; et ce petit diable si drôle avec sa musique et sa danse, est une marchandise qui se placerait très bien.

— J'aimerais mieux ne pas le vendre, dit M. Shelby devenu pensif ; le fait est, mon cher monsieur, que je suis humain de ma nature, et j'ai quelque répugnance à arracher cet enfant à sa mère.

— Oh ! vous avez parfaitement raison. — Là !... sans doute... ce sentiment de nature... je le conçois parfaitement. Et puis il est tout à fait désagréable d'avoir ces femmes sur les bras. J'ai toujours horreur de leurs lamentations et de leurs criailleries... Oui c'est excessivement ennuyeux. Mais je m'arrange de manière à échapper à cet inconvénient. Voilà comment il faudra vous y prendre : vous enverrez la mère dehors pour un jour, une semaine ou davantage. Pendant son absence nous ferons l'affaire. Puis, à son retour, votre femme n'aurait qu'à lui donner des boucles d'oreilles, une robe neuve ou quelqu'autre bagatelle, elle serait consolée tout de suite.

— Je crains que les choses n'aillent pas ainsi.

— Dieu vous bénisse! mon cher, je vous promets que oui. Persuadez-vous donc bien que ces créatures-là ne sont pas comme les blancs ; il s'agit de savoir les mener et voilà tout. On prétend , ajouta Haley , en prenant un air doucereux , que ce genre de commerce endurcit le cœur ; je vous assure que je ne trouve pas que cela soit vrai. Le fait est que je n'ai jamais pu me résoudre à suivre la méthode de quelques marchands qui , à mon avis , est tout-à-fait condamnable. Ainsi , par exemple , j'en ai vu qui , pour vendre l'enfant d'une femme , l'arrachaient de ses bras et le mettaient en vente pendant que la mère hurlait comme une folle ; c'est là un moyen détestable... qui vous détériore la marchandise... et quelquefois même la met hors de service... Oui , mon cher monsieur , hors de service. J'ai connu , à New-Orléans , une fille d'une beauté réelle , complètement abîmée par l'emploi de ce procédé. L'individu qui négociait son achat n'avait pas besoin de son marmot , elle ne voulait pas se séparer de son enfant , elle le serrait entre ses bras , criait , pleurait , suppliait. Rien que d'y penser , mon sang se glace encore d'effroi ; car lorsqu'on lui eut enlevé son fils , et qu'on l'eut enfermée , elle devint folle et mourut au bout d'une semaine.... Oh ! c'est épouvantable , mon cher monsieur... ce fut une perte nette de mille dollars , et cela uniquement pour manque de précautions. Aussi , j'ai fait mon profit de cette expérience et je trouve qu'il est plus avantageux d'agir selon les règles de l'humanité.

Et sur ce , le marchand se renversa dans sa chaise , croisa les bras et se rengorgea , tout fier d'avoir plaidé si chaleureusement la cause de l'humanité , se jugeant apparemment un nouveau Wilberforce.

Ce sujet paraissait pour le gentlemen du plus haut intérêt ; car tandis que M. Shelby devenu tout rêveur , pelait machinalement une orange , il revint à la charge pour plaider en faveur de l'humanité , en se mettant toutefois en garde pour ne pas trop se laisser entraîner par la force de la vérité.

« On a toujours mauvaise grâce à se louer soi-même , dit-il , mais qu'on en plaisante tant qu'on voudra , je crois pouvoir me vanter d'avoir les plus beaux troupeaux de nègres qui se puissent voir.. c'est une justice qu'on m'a rendue non pas une fois , mais mille fois. Tous mes sujets sont bien logés , bien gras , magnifiques enfin ; j'en perds moins qu'aucun autre marchand. Et cela grâces à mon système... Oui , mon cher monsieur , à mon système dont la base est l'humanité. »

M. Shelby ne savait que répondre à une profession de foi si étrange , c'est pourquoi il se contenta de dire : « Ah ! vraiment ! »

— Oh ! mais , si je vous disais qu'on s'est moqué de mes principes , qu'on a jasé à ce propos sur mon compte.. Ce n'est pas chose commune que l'humanité. Mais toutes les railleries , les quolibets n'ont pu me détourner de mes sentiments philantropiques ; j'y suis demeuré fermement attaché ; aussi j'ai réalisé des bénéfices fort jolis ; oui , mon cher monsieur , je puis dire *que je suis payé pour avoir de l'humanité....* Et le marchand de nègres se mit à rire de cette plaisanterie.

Il y avait dans l'exposé de ces prétendus principes d'humanité quelque chose de si original, de si piquant, que M. Shelby ne put s'empêcher de rire. Peut-être en rirez-vous aussi, mon cher lecteur; mais vous savez que de nos jours *l'humanité* se présente sous une infinité de formes fort étranges, et nous ne sommes pas au bout des bizarreries que le monde, soi-disant *philantropique*, doit qualifier du nom d'humanité.

Quoi qu'il en soit, le rire de M. Shelby encouragea le marchand à continuer sur le même ton.

— Chose étrange! je n'ai jamais pu venir à bout de faire entrer ces idées d'humanité dans la tête de nos marchands. Voilà, par exemple, mon ancien associé Tom Loker : c'était un homme très habile, pourtant. Eh! bien, ce Tom Loker était un vrai diable pour les nègres. Un excellent cœur, du reste, ne cherchant querelle à personne; mais pour les esclaves... c'était *son système* enfin. Je lui disais souvent : « Mais, Tom, je vous l'ai déjà dit, quand vos négresses prennent du chagrin, qu'elles pleurent, à quoi bon les frapper sur la tête ou leur faire donner le fouet? C'est ridicule, c'est parfaitement ridicule, et de plus, c'est en pure perte pour vous. Je ne vois pas grand mal à ce qu'elles pleurent, qu'elles se lamentent : c'est tout naturel ça. Et si vous empêchez la nature de se satisfaire par ce moyen, elle se satisfera d'une autre manière. Et puis, mon cher Tom, faites-y bien attention, ce sytème détériore vos femmes, elles deviennent languissantes et quelquefois même laides, et on a une peine du diable à les remettre en bon état. Pourquoi ne pas vous montrer bon à leur égard et chercher à leur parler *beau?* Un peu d'humanité, mon cher Tom, vous rapporterait davantage que tous vos coups et vos gronderies, cela vous rapporterait certainement davantage. » Mais ce diable de Tom n'a jamais pu se fourrer cela dans la tête, et il m'a détérioré tant de femmes que j'ai dû rompre avec lui. C'était cependant un bon cœur et un homme qui entendait joliment la vente.

— Et vous trouvez votre système à vous meilleur que celui de ce Tom, dit M. Shelby?

— Comment donc? mais certainement, mon cher monsieur, voyez : Toutes les fois que je le puis, je prends mes précautions pour éviter les désagréments. Ainsi, quand je veux vendre un enfant, par exemple, j'éloigne la mère afin qu'elle ne le voie plus, qu'elle n'y songe plus, vous comprenez? et quand l'affaire est faite, qu'il n'y a plus moyen de l'empêcher, il faut bien qu'elle s'y résigne.

Ce n'est pas, vous savez, comme s'il s'agissait de la race blanche; les blancs sont habitués à l'idée de conserver leurs enfants, leurs femmes, etc. Mais les nègres, ne doivent pas pouvoir compter là-dessus, il est impossible qu'ils y comptent; aussi, quand on s'y prend bien, toutes ces affaires de vente d'enfants, de vente de femmes, sont très aisées.

— Je crains bien que mes esclaves ne soient pas disposés à se résiguer aussi aisément à la vente de leurs enfants, dit M. Shelby.

— Vous pourriez avoir raison. Vous autres, au Kentucky, vous gâtez vos nègres. Votre intention est bonne, sans doute, mais après tout, votre bonté est mal entendue. De nos jours, un nègre, voyez-vous, est un objet qui doit être loué à celui-ci, envoyé chez celui-là, vendu à Pierre, à Paul ; et je dis que le maître qui traite ses esclaves de manière à leur laisser entrevoir ce qu'ils ne peuvent pas légitimement espérer, ne fait pas preuve de bonté à leur égard. Changez vos esclaves de place, d'habitudes, je suis sûr qu'ils ne valent plus rien. Enfin, chacun, monsieur Shelby, pense tout naturellement que tout ce qu'il fait est bien fait, et je pense, moi, que j'ai le véritable moyen de conduire les nègres.

— On est heureux de pouvoir être content de soi, dit monsieur Shelby en haussant les épaules et en laissant paraître sur ses traits une expression de contrariété.

— Eh ! bien, dit Haley, après un moment de silence, que dites-vous pour notre affaire ?

— J'y penserai tantôt, j'en causerai avec ma femme, dit M. Shelby. Dans tous les cas, si vous désirez que l'affaire se fasse comme vous l'entendez, gardez-vous de la divulguer dans le voisinage. Si ce bruit se répandait parmi les enfants de nos esclaves, ce serait à les mettre tous en émoi.

— Cela va sans dire, nous tiendrons notre langue : mais je ne vous cache pas que je suis diablement impatient de connaître votre détermination, dit le marchand en endossant son pardessus.

— Eh ! bien, venez ce soir entre six et sept heures, et vous aurez ma réponse. Sur ce, Haley salua M. Shelby et quitta l'appartement.

— Je l'aurais volontiers jeté en bas de l'escalier, se dit en lui-même M. Shelby, quand le marchand fut sorti ; il est d'une impudence !... mais il connaît l'avantage qu'il a sur moi. Ah ! si jamais quelqu'un m'était venu dire que je vendrais un jour mon brave Tom à l'un de ces ignobles marchands, je lui aurais répondu : « Me prenez-vous pour un chien, que vous me jugez capable de pareille chose ? » Il faut cependant que j'en vienne là, je le vois. Il faudra même que je donne le fils d'Elisa ; ma femme va me quereller pour cet enfant et pour le vieux Tom aussi. Voilà ce que c'est que de s'endetter ! Ce misérable marchand connait bien l'avantage de sa position, et il en profite.

Peut-être est-ce au Kentucky qu'on peut voir l'esclavage sous la forme la plus douce. La prédominence de l'agriculture y maintient un travail régulier en harmonie avec les forces de notre nature. Là, point de ces époques périodiques qui nécessitent cette activité extraordinaire, ce travail forcé qui, dans les parties méridionales, tuent les esclaves. Au Kentucky, le travail imposé au nègre est raisonnable, il ne détruit pas sa santé. Le maître, content de voir prospérer son exploitation, est à l'abri des tentations de cette cupidité inhumaine qui ne tient aucun compte de notre nature débile lorsqu'elle entrevoit la possibilité de réaliser, en peu de temps, d'énormes bénéfices. L'intérêt d'une classe malheureuse, dépourvue de protecteurs, pèse bien peu dans la balance des avides spéculateurs des provinces du Sud.

Le voyageur qui visite quelques états au Kentucky, en voyant la douceur, l'indulgence de quelques maîtres ou maîtresses d'un côté, l'attachement, le dévouement de quelques esclaves d'un autre côté, pourrait être tenté de conclure que là se trouve réalisée la poétique utopie d'une institution toute patriarcale, dans toute son étendue. Mais à ce poétique tableau, il est une ombre épouvantable — *l'ombre de là loi.* Tant que la loi considèrera tous ces êtres humains, dont le cœur palpite, dont les affections sont aussi vives que celles des autres hommes, comme des *choses* appartenant à un maître ; tant qu'une faillite, un revers de fortune, une spéculation imprudente ou la mort d'un maître bon pour ses esclaves, exposeront ceux-ci à échanger, d'un instant à l'autre, une vie paisible et raisonnablement occupée, contre des travaux durs, au-dessus des forces humaines, pour satisfaire aux cruelles exigences d'un nouveau maître impitoyable, tant qu'on n'aura pas détruit cet état de choses, la meilleure administration de l'esclavage sera toujours vicieuse.

Somme toute, M. Shelby était un homme d'un bon naturel, affable, obligeant, disposé à rendre tout son entourage heureux; jamais il n'aurait voulu souffrir qu'un des nègres de son exploitation manquât de ce qui constitue le bien-être physique.

Il s'était engagé imprudemment dans des spéculations hasardeuses, dont le succès n'avait pas répondu à ses espérances. Par suite, une quantité considérable de billets souscrits par lui était tombée entre les mains d'Haley.

Cette explication, cher lecteur, vous donne la clef de la conversation que nous avons rapportée ci-dessus.

Quant à Elisa, en s'approchant de la porte, elle avait entendu assez de cette conversation pour comprendre que le marchand Haley faisait des offres à son maître pour acheter quelqu'esclave.

Elle se serait volontiers arrêtée plus longtemps à cette porte, après sa sortie de la salle, pour écouter : mais sa maîtresse l'appelait, il fallut bien se retirer en toute hâte.

Toujours est-il qu'elle crut avoir entendu que les offres du marchand concernaient son fils, son Henri. Se trompait-elle ? Son cœur se gonfla et battit bruyamment, et, sans le vouloir, elle étreignit son enfant avec tant de force, que le pauvre petit la regarda tout stupéfait.

« Elisa, ma fille, qu'est-ce donc qui vous trouble aujourd'hui? » dit Mme Shelby, en voyant la pauvre quarteronne culbuter le lavabo, renverser la table à ouvrage et lui présenter une longue robe de nuit au lieu de la robe de soie qu'elle lui avait dit de prendre dans la garderobe.

Elisa tressaillit. — O maîtresse ! dit-elle, en levant les yeux au ciel : et fondant en larmes, elle se laissa tomber sur une chaise, et des sanglots sortirent de son sein.

— Eh ! bien, Elisa, mon enfant ! qu'est-ce donc qui vous afflige ?

— O maîtresse ! chère maîtresse !... Un marchand d'esclaves !... il causait avec notre maître dans la salle !... Oh ! je l'ai entendu.

— Eh bien ! folle, je suppose que cela soit ?

— O maîtresse ! croyez-vous que notre maître pourrait songer à vendre mon Henri ? Et la pauvre mère retomba sur sa chaise et ses sanglots redoublèrent.

— Le vendre ! Allons donc ! vous ne songez pas à ce que vous dites ! Vous savez que M. Shelby ne fait jamais d'affaires avec les marchands d'esclaves du sud ; qu'il ne songe pas à trafiquer de ses serviteurs. Leur mauvaise conduite pourrait seule lui faire prendre ce parti extrême. Pourquoi donc, folle que vous êtes, allez-vous vous imaginer qu'on songe à acheter votre petit Henri ? Pensez-vous que tout le monde en soit épris comme vous ? Allons, chassez cette vilaine idée. Agrafez ma robe, et puis faites-moi une jolie tresse avec mes cheveux de derrière, vous savez, comme je vous ai fait voir l'autre jour...... A l'avenir, ma chère enfant, n'écoutez plus aux portes.

— Non, maîtresse, mais... si malheureusement j'avais bien entendu, vous ne voudriez pas consentir vous, n'est-ce pas, à ce qu'on vendît.....

— Vous y songez encore ? voilà qui n'a pas le sens, réellement ! Certes, je n'y consentirais pas. Puissé-je voir un de mes propres enfants vendu, si j'avais le malheur de consentir à une pareille infamie. Etes-vous rassurée maintenant ? mais, franchement, Elisa, vous êtes trop fière de ce petit Henri ; il ne peut entrer ici un homme qu'aussitôt vous ne vous imaginiez qu'il vient pour acheter votre enfant. »

La déclaration si formelle de Mme Shelby rendit le calme à l'esprit d'Elisa ; elle fit, avec sa dextérité accoutumée, la toilette de sa maîtresse, tout en riant elle-même de ses *vaines alarmes*.

Mme Shelby était, au double point de vue, intellectuel et moral, une femme vraiment distinguée. A la grandeur d'âme, à la générosité des sentimens, qui, en général, caractérisent les femmes du Kentucky, elle ajoutait une haute moralité et une piété éclairée qui était la base de toute sa conduite. Son mari, bien qu'il ne s'astreignît à aucune pratique de religion, avait néanmoins le plus grand respect pour les convictions de sa femme dont l'opinion avait sur son esprit un très grand ascendant. Ce qu'il y a de certain, c'est qu'il la laissait parfaitement libre d'exercer son zèle religieux au milieu de ses esclaves pour les instruire et les moraliser, quoiqu'à cet égard il n'eût lui-même aucune idée bien arrêtée sur l'avantage ou l'inconvénient de cette espèce de civilisation. En résumé, s'il ne croyait pas que la surabondance des mérites des saints pût profiter aux membres de l'église militante, il semblait persuadé que sa femme avait assez de piété, assez de charité pour deux, et qu'il pourrait, par le mérite de ses éminentes vertus, parvenir au ciel sans se mettre en peine de sa propre sanctification.

Ce qui pesait le plus à M. Shelby, c'était de confier à sa femme le résultat de sa conversation avec Haley : il fallait bien cependant lui en parler, et il prévoyait, avec raison, l'énergique opposition qu'il allait rencontrer.

Mme Shelby qui ignorait entièrement l'embarras dans lequel la proposition du marchand d'esclaves plaçait son mari, avait cru pouvoir compter assez sur l'excellent naturel de M. Shelby pour refuser d'ajouter la moindre foi aux soupçons d'Elisa. Elle se serait reproché de conserver dans son esprit même un doute à cet égard ; ce doute, suivant elle, eût été injurieux pour son mari. Cette pensée bien arrêtée et les préparatifs de la visite qu'elle avait le projet de rendre ce soir-là, lui avaient complètement fait oublier la cause des alarmes d'Elisa.

CHAPITRE II.

LA MÈRE

Elisa avait été, dès l'enfance, élevée par Mme Shelby. Elle était donc la favorite de sa maîtresse.

Les voyageurs qui ont visité les états du Sud, ont dû être souvent frappés de l'air distingué, de la douceur, et de la grâce qui caractérisent la plupart des femmes quarteronnes et mulâtres. Ces dons naturels chez les quarteronnes sont souvent alliés à une ravissante beauté, presque toujours, au moins, à un extérieur des plus agréables. Le portrait que nous avons donné d'Elisa, n'est pas une peinture de fantaisie. C'est la reproduction frappante de ressemblance d'une jeune quarteronne que nous avons vue, il y a quelques années, au Kentucky. — Sous la bienveillante tutelle de sa maîtresse, Elisa avait grandi sans être exposée aux séductions que la beauté, bien fatale pour une esclave, rend pour ainsi dire inévitables. Elle avait été mariée à un jeune et beau mulâtre, plein d'intelligence, esclave d'un propriétaire voisin de Mme Shelby.

Georges, c'est ainsi qu'il se nommait, avait été loué par son maître pour travailler dans une fabrique de sacs, où son adresse et son intelligence le firent bientôt considérer comme l'ouvrier le plus habile. Il avait inventé une machine pour teiller le chanvre, et en faisant la part de l'éducation et de la position de l'inventeur, on peut dire avec vérité que sa machine pouvait souffrir honorablement la comparaison avec l'ingénieux mécanisme inventé par Whitney pour épelucher le coton. (1)

Son extérieur agréable, ses manières affables, lui avaient concilié la faveur du patron de la fabrique ; cependant, comme le jeune mécanicien était, aux yeux de la loi, non un homme mais une *chose*, sa supériorité intellectuelle était soumise au contrôle d'un maître ignorant, stupide et méchant. Ce maître informé du bruit que faisait l'invention de Georges, voulut voir par lui-même en quoi consistait cette fameuse invention de son esclave ; il monta à cheval et vint visiter le fabricant. Celui-ci en le voyant arriver, n'eut rien de plus pressé que de lui parler avec enthousiasme de Georges et de le féliciter du bonheur qu'il avait de posséder un tel trésor. Il crut devoir faire venir Georges pour qu'il fît lui-même à son maître la démonstration de sa machine; l'esclave exalté, parlait avec tant d'aisance, se tenait si droit, avait un regard si animé, une expression si mâle, que le maître commença à avoir la conscience de son infériorité en présence de son esclave. — Quel besoin avait celui-ci de se donner le ton d'inventer des machines ? Est-ce pour avoir le droit de lever la tête devant des gentlemen ? — se disait en lui-même le propriétaire du mulâtre; il saurait bien mettre un terme à une pareille arrogance. Il l'emmènerait avec lui et lui ferait bêcher la terre. « Oui, oui, ajoutait-il, nous verrons un peu si ce beau faiseur d'inventions sera encore si fier quand » il aura une bêche en main. » La conséquence de ce raisonnement fut qu'il réclama le prix de la location de Georges et qu'il annonça son intention formelle de le reprendre chez lui, au grand étonnement du chef de la manufacture et de tous les ouvriers de l'atelier.

— Mais, monsieur, dit le fabricant de sacs, il me semble que votre détermination est un peu brusque au moins.

— Comment brusque ? N'est-il pas ma propriété ?

— Si votre intention est d'augmenter la location de cet esclave, nous serions tout disposés à subir cette augmentation.

— Je n'entends rien de tout cela, monsieur, je n'ai pas besoin de louer mes esclaves pour vivre, je n'attends pas après cela : quand je les loue, c'est parceque *je le veux* ; entendez-vous ?

— Mais, monsieur, il est parfaitement apte à notre affaire.

— Je ne dis pas non ; jamais il n'a été aussi apte aux affaires que je lui ai confiées, je le parierais. Mais cela ne peut m'en forcer....

— Songez au moins à la machine dont il est l'inventeur, dit un des ouvriers, assez malheureusement inspiré dans le moment.

---

(1) Une machine de cette espèce a été réellement inventée par un homme de couleur au Kentucky. (Note de l'auteur.)

— Ah ! oui ! Une belle invention vraiment ; une machine qui épargne le travail ! Mon drôle a inventé cela pour diminuer la peine, je gage ; laissez faire ces diables de nègres et vous verrez bientôt.... Ce sont tous autant *de machines qui épargnent l'ouvrage*.

Allons ! allons ! je l'emmène. »

Georges demeura comme attéré en entendant cette sentence prononcée par son maître, il était profondément blessé, mais comment se regimber contre ce pouvoir absolu ? Il croisa les bras, ses lèvres se contractèrent, le sentiment de la vengeance grondait sourdement dans son cœur ; des torrents de feu circulaient dans ses veines ; sa respiration était entrecoupée ; ses grands yeux noirs étincelaient comme des charbons ardents et il aurait donné un libre cours à l'indignation qu'il cherchait vainement à comprimer si le bon manufacturier ne lui avait frappé sur le bras en lui disant à voix basse :

« Allons partez, Georges, allez avec votre maître, pour le moment, nous tâcherons d'obtenir qu'il vous laisse revenir ici. •

Cette démarche du fabricant n'échappa point au tyran de Georges ; il ne put entendre ce qu'avait dit le manufacturier, mais il conjectura aisément qu'il donnait au mulâtre quelques paroles d'espérance et il n'en devint que plus inébranlable dans la résolution d'user de tout le pouvoir que *la loi* lui donnait sur sa victime.

Georges fut ramené à l'exploitation de son maître et chargé des plus vils travaux de la ferme. Il eut la force de se taire, et même, lorsqu'il avait à répondre aux interrogations de son maître, il sut le faire d'une manière respectueuse. Mais son regard de feu, la sombre tristesse répandue sur son visage, trahissaient les sentiments de son cœur et proclamaient hautement que jamais un homme comme lui ne pourrait s'annihiler au point de devenir *une chose*.

C'était pendant le temps heureux qu'il avait passé à la manufacture, que Georges avait fait la connaissance d'Elisa et qu'il l'avait épousée. Le maître qui l'avait en location, était plein de confiance en lui, de sorte qu'il lui laissait toute liberté d'aller et de venir comme bon lui semblait. Mme Shelby avait complètement approuvé cette union ; les femmes en général prennent grand plaisir aux négociations matrimoniales, et la maîtresse d'Elisa voyait avec satisfaction sa favorite épouser un homme de sa classe, qui lui semblait, sous tous les rapports, digne de la belle quarteronne. Elle avait voulu elle-même attacher dans les nattes des beaux cheveux de son esclave, la couronne de fleurs d'orangers, et placer sur sa tête le voile nuptial, lequel, par parenthèse, n'orna jamais plus belle tête de femme ; rien ne manqua à la toilette d'Elisa, pas même les gants blancs. Pour le repas de noces, Mme Shelby avait voulu qu'il se donnât dans la grande salle du château ; de nombreux invités vinrent y célébrer dans un banquet où ni le vin, ni les gâteaux ne furent épargnés, la beauté de la mariée et la générosité de sa maîtresse.

Pendant un an ou deux, Elisa reçut de fréquentes visites
de son mari; leur bonheur ne fut troublé que par la perte des
deux premiers enfants nés de leur union. Elisa s'était passionnément attachée à ses enfants et le chagrin qu'elle ressentit de
leur perte la fit tomber dans la plus grande tristesse qui lui attira
de la part de sa maîtresse, de douces remontrances. Mme Shelby
chercha avec une sollicitude toute maternelle à faire comprendre à cette âme si passionnée, que la raison et la religion
nous faisaient à tous un devoir de nous résigner au milieu des
plus douloureuses afflictions.

Elisa avait eu grand peine à se rendre aux avis de sa bonne
maîtresse; cependant après la naissance du petit Henri, elle revint
peu à peu à la tranquillité; bientôt les plaies qu'avait faites à son
cœur la perte de ses deux enfants se cicatrisèrent; le fils que
Dieu venait de lui donner la rattachait à la vie, elle fut encore
heureuse jusqu'au jour où Georges, arraché de la manufacture
où on le traitait avec bonté, retomba sous le joug de fer de son
propriétaire *légal*.

Fidèle à sa parole, le chef de la manufacture vint trouver
l'impitoyable maître, une semaine ou deux après le départ de
Georges. Il espérait que la boutade une fois passée, il lui
serait possible de faire revenir Georges à la fabrique. Mais à peine
eut-il entamé la conversation... — Inutile de me parler de cela
davantage, dit le propriétaire tout courroucé; je sais ce que j'ai à
faire, monsieur.

— Je n'ai pas la prétention de me mêler de vos affaires,
monsieur, je pensais seulement qu'il était de votre intérêt de
nous donner Georges en location. Comme je vous l'ai dit, nous
sommes disposés à payer l'augmentation de loyer que vous
jugerez convenable.

— Oh! je vous comprends, en voilà assez, monsieur. J'ai vu
tous vos signes, tous vos chuchotements le jour où je vous ai
repris Georges; mais je ne m'y laisserai pas prendre. Nous sommes dans un pays libre, monsieur, cet esclave m'appartient
et j'en puis disposer à ma fantaisie. M'entendez-vous?

Ainsi fut détruite l'espérance de Georges. Il n'avait plus en
perspective désormais qu'une vie de fatigues et d'humiliation
dont le fardeau devenait de jour en jour plus pesant, par suite
des indignes vexations que son cruel tyran savait imaginer.

Un jurisconsulte très humain a dit : « La plus mauvaise chose
qu'on puisse faire pour un homme, c'est de le pendre. Non, le
gibet n'est pas ce qu'il y a de pire pour un homme. Il y a pour
lui quelque chose de plus affreux : c'est l'esclavage!

CHAPITRE III.

EPOUX ET PÈRE.

Mme Shelby était sortie pour aller faire sa visite; Elisa, bout sous le péristyle, suivait machinalement des yeux la iture de sa maîtresse quand elle sentit une main s'appuyer r son épaule. Elle se retourna et un rayon de joie brilla dans s beaux yeux.

— Georges, c'est vous? Vous m'avez fait peur! Ah! que je suis ntente de vous voir! Ma maîtresse est allée passer la soirée hors; venez dans ma petite chambre, nous aurons le temps de ser tout à notre aise.

Ce disant, elle le conduisit dans une petite chambre d'une opreté ravissante, dont la porte donnait sur le vestibule; c'est qu'elle se tenait ordinairement pour travailler, afin d'être à ortée d'entendre la voix de sa maîtresse quand celle-ci l'appelait our lui donner quelqu'ordre.

— Que j'ai de joie de vous voir! Quoi donc? Georges, vous araissez triste. — Regardez notre Henri, comme il vient bien! L'enfant, comme s'il eût deviné qu'une sombre pensée travail-lit son père, le regardait avec une espèce de frayeur et s'atta-hait à la robe de sa mère.

— Voyez, dit celle-ci comme il est beau, et elle écartait es boucles de cheveux qui couvraient le front de son fils et l'em-rassait tendrement.

— Je voudrais qu'il ne fût jamais né! dit Georges avec amer-ume, et pourquoi moi-même suis-je venu au monde! »

Surprise, épouvantée à cette exclamation, Elisa se laissa omber sur une chaise, appuya sa tête contre son mari et fondit n larmes.

— Allons, il ne me manquait plus que ce malheur là! pauvre emme, j'ai tort de vous affliger, dit-il avec tendresse; oui; Elisa, j'ai grand tort. Oh! que je voudrais que vous ne m'eus-iez jamais vu; — vous auriez pu être heureuse, du moins.

— Georges! Georges! pouvez-vous parler ainsi? Que vous est-il donc arrivé? Sommes-nous menacés de quelque malheur prochain? Ce n'est pas notre sort passé qui peut vous faire enir le langage que vous tenez; car jusqu'ici, nous avons été heureux, mon ami.

— Oui, dit Georges, il est vrai, nous avons été heureux. Et prenant son fils sur ses genoux, il jeta sur lui un regard où se peignait l'orgueil paternel, puis il caressa les cheveux bouclés de l'enfant.

— C'est bien votre portrait, Elisa, et vous êtes la plus belle femme que j'aie jamais vue; vous êtes la meilleure qu'on puisse voir; et pourtant, je le répète, je voudrais ne vous avoir jamais vue, je voudrais que vous ne m'eussiez jamais connu.

— Oh ! ne dites pas cela , Georges !

— Chère Elisa ! il faut bien que je le dise. Malheur ! malheur pour moi ! tout est malheur ! Ma vie est remplie d'amertume ; ou plutôt, je ne vis plus , je me consume. Je suis un pauvre , un misérable valet, un être abject qui ne peut faire autre chose que de vous faire partager son abjection. Voilà tout. A quoi ont abouti mes efforts pour faire quelque chose, pour acquérir quelque connaissance, pour que nous pussions devenir enfin des êtres humains ? A quoi nous sert de vivre ? Je voudrais être mort !

— Oh ! Georges ! mon cher Georges ! c'est affreux ce que vous dites là ! Je comprends combien il est pénible pour vous d'avoir perdu la place que vous occupiez à la manufacture, pour revenir au service d'un maître sans pitié ; mais , je vous en conjure, supportez votre mauvais sort avec patience, et peut-être que bientôt....

— De la patience ? ai-je donc manqué de patience ? Ai-je proféré une seule parole quand , par caprice , il est venu m'arracher d'un atelier où tout le monde avait de la bonté pour moi ? Tout l'argent que j'ai gagné à la fabrique, a été pour lui, et tous diront que je travaillais bien.

— Sans doute, cela est épouvantable, mais : après tout, c'est votre maître.

— Mon maître ! et qui donc l'a fait mon maître ? qui ? voilà ce que je demande. Quel droit a-t-il sur moi ? Je suis un homme comme lui ; je suis meilleur que lui ; je m'entends mieux que lui aux affaires ; je dirigerais mieux que lui les travaux ; je sais mieux lire , mieux écrire que lui, bien que j'aie appris seul , et malgré lui. Et maintenant de quel droit veut-il me traiter comme une bête de somme? De quel droit m'arrache-t-il à un ouvrage que je connais mieux qu'il ne le connaît lui-même , pour me mettre à des travaux qu'un cheval peut faire ? C'est là ce qu'il veut ; il a juré de m'humilier , de me faire faire tout ce qu'il y aurait de plus dur et de plus vil.

— Vous m'effrayez Georges ! Jamais je ne vous ai entendu parler ainsi. — Je tremble que vous ne fassiez quelque malheur ! Oh ! mon ami , je comprends toute votre indignation ; mais je vous en conjure, calmez-vous, soyez prudent, par amour pour moi ! par amour du moins pour votre Henri !

— J'ai été prudent, j'ai été patient ; mais le mal empire chaque jour. Pour une créature humaine, il est devenu intolérable. Tout ce qu'il peut imaginer pour m'humilier, pour me torturer, il l'exécute. J'espérais que je pourrais au moins faire mon rude travail en paix ; que, dans les heures de loisir , je pourrais lire et m'instruire ; mais plus je travaille, plus il me charge d'ouvrage. Il dit que, malgré mon silence, il voit bien que le diable s'est emparé de moi , et qu'il veut le chasser. Oui, il sortira un de ces jours, mais d'une façon qui ne lui plaira guères , ou je me trompe.

— Oh ! mon pauvre ami, que faire? dit tristement Elisa.

— Chaque jour je pourrais citer des faits de la plus cruelle injustice, dit Georges. Hier, j'étais occupé à charger des pierres sur un charriot, le jeune maître Tom était là, il faisait claquer son fouet près du cheval, de sorte que la pauvre bête était épouvantée. Je le priai, le plus honnêtement possible, de cesser. Il se mit à redoubler. Je le priai de nouveau de finir, il se tourna alors vers moi et me fouetta. Je lui pris la main, aussitôt il se mit à crier, à me donner des coups de pieds; puis il courut à son père en lui disant que je l'avais frappé. Celui-ci vient tout furieux, et me dit qu'il m'apprendrait quel était mon maître. Il m'attacha à un arbre, coupa des baguettes qu'il donna à son fils et lui dit de me frapper tant qu'il fût fatigué. C'est ce qu'il a fait. Mais, si je ne l'en fais repentir quelque jour.... » Et le front de Georges se rembrunit et son regard prit une expression qui fit trembler sa jeune femme. « — Qui donc a fait cet homme mon maître? Qu'on me dise qui lui a donné du pouvoir sur moi!

— J'avais pensé, jusqu'à présent, dit Elisa avec un profond sentiment de tristesse, que je devais obéissance à mon maître et à ma maîtresse, que je ne pouvais être chrétienne qu'à cette condition.

— Pour vous, chère Elisa, la position n'est pas la même; vos maîtres vous ont élevée comme leur enfant, ils vous ont nourrie, vêtue, instruite; ils vous ont donné une bonne éducation, ils ont donc droit à vos services, à votre obéissance. Mais moi, moi, qui n'ai reçu de mon maître que de mauvais traitements, que lui dois-je? J'ai gagné cent fois la nourriture et les vêtements qu'il m'a donnés: je ne lui dois rien! Je ne puis supporter sa tyrannie plus longtemps, je ne le puis! »

Elisa, toute tremblante, gardait le silence. Jamais elle n'avait vu son mari dans une telle agitation. Que pouvaient les préceptes de morale contre une pareille tempête? C'étaient de faibles roseaux pliant sous la vague écumante.

— Et ce bon Carlo, le chien que vous m'aviez donné, ajouta Georges, il était mon compagnon fidèle; il dormait près de moi pendant la nuit; le jour, il me suivait partout. Si j'étais triste, il me regardait et semblait compâtir à ma peine. Eh! bien, dernièrement, je lui avais donné à manger quelques débris de viande que j'avais ramassés à la porte de la cuisine; mon maître survint, il prétendit que je nourrissais mon chien à ses dépens; qu'il n'avait pas besoin de nourrir les chiens de ses nègres; qu'un nègre n'avait pas besoin d'avoir un chien, et il m'ordonna d'attacher une pierre au cou de Carlo et de le jeter dans l'étang.

— Oh! Georges, vous ne l'avez pas fait, n'est-ce pas?

— Non, sans doute; mais lui l'a fait: lui, *mon maître*, et son fils Tom ont assommé à coups de pierres le pauvre animal qui se noyait. J'étais là, il me regardait et semblait me reprocher de ne pas le sauver. J'ai été condamné au fouet pour avoir refusé de le tuer moi-même. Mais, patience! il verra que je ne suis point de ceux qu'on dompte par le fouet. Mon tour viendra; et s'il n'y prend garde! ...

2

— Que ferez-vous, mon ami ? Oh ! Georges, n'allez pas commettre une méchante action ; mettez votre confiance en Dieu, agissez selon sa loi, il vous délivrera.

— Vous êtes chrétienne, Elisa, mais moi je ne le suis pas ; mon cœur est plein de fiel Et, puis-je espérer en Dieu, quand je vois de telles iniquités ?

— Oui, Georges, il faut avoir confiance en Dieu. Ma maîtresse me l'a dit, quelque malheur qui nous arrive, nous devons penser que Dieu le permet pour notre bien.

— Ils en parlent tout à leur aise, eux qui n'ont qu'à s'étendre sur un sopha, à se faire traîner dans leurs équipages ; mais s'ils étaient à notre place, ils murmureraient plus haut que nous. Je voudrais être bon, mais mon cœur est de feu, je n'ai que de la haine, je ne puis pardonner. Vous si bonne, Elisa, vous ne pourriez pardonner non plus, si vous étiez à ma place ; non, vous ne le pourriez pas. Si vous saviez tout ce que j'ai à endurer !... car je ne vous ai pas tout dit encore !

— Que peut-il y avoir de plus épouvantable que ce que vous m'avez raconté ?

— Eh ! bien, écoutez : Mon maître, dernièrement, me disait qu'il avait été bien fou de me laisser épouser une femme hors de son habitation ; qu'il haïssait M. Shelby et toute sa race, parce qu'ils étaient fiers, qu'ils semblaient toujours le regarder du haut de leur grandeur, que vous m'aviez rendu orgueilleux, et il ajoutait qu'il n'était plus disposé à me permettre plus longtemps de venir vous voir ; que je prendrais une femme parmi les esclaves de son exploitation et que je n'irais plus chez les Shelby. Je crus qu'il était de mauvaise humeur et qu'il me disait tout cela pour le plaisir de me quereller. Mais, hier, il m'a signifié que j'aurais à prendre Mina pour ma femme, à demeurer avec elle dans une case de l'habitation, ou que si je refusais il me vendrait à quelque marchand des états du sud.

— Mais il ne peut rompre notre mariage qui a été sanctionné par la religion ; nous sommes mariés tout aussi bien que les blancs, dit naïvement Elisa.

— Ignorez-vous qu'il n'y a pas de mariage pour les esclaves ? La loi de ce pays ne leur reconnaît pas le droit de se marier. Dès qu'il veut que nous nous séparions, je ne puis plus vous conserver pour femme. Voilà ce qui me faisait dire, Elisa, que je voudrais ne vous avoir jamais vue ! Voilà pourquoi je maudis le jour qui m'a vu naître ! voilà pourquoi je voudrais que ce pauvre enfant ne fût pas né ! Les maux dont nous gémissons ne viendront-ils pas l'accabler aussi, lui ?

— Oh ! non ; mon maître est si bon !

— Oui, mais il peut mourir votre maître ; et notre Henri alors serait vendu au premier venu. Nous nous plaisons à le voir si beau, si intelligent, si gentil ; eh ! bien, je vous le dis, Elisa, cette beauté, ces qualités qui font votre joie, deviendront un jour ou l'autre un glaive qui percera votre âme. On le trouvera trop beau pour vous le laisser.

Ces paroles broyèrent le cœur d'Elisa ; le marchand d'esclaves apparut ; comme si elle avait été frappée d'un coup mortel, pauvre mère pâlit, la respiration lui manqua. Elle se précipita vers le vestibule où le petit Henri, qui ne comprenait rien à la conversation si grave de son père et de sa mère, s'était retiré pour jouer à son aise ; là, le pauvre petit, à cheval sur la canne de M. Shelby, se promenait tout triomphalement. Elisa aurait voulu confier à son mari toutes ses craintes, mais elle réprima ce désir. « Non, non, pensa-t-elle, il ne faut pas lui dire ; pauvre ami, n'a-t-il pas déjà assez à souffrir ! D'ailleurs, ma maîtresse ne m'a-t-elle pas dit que mon maître ne songeait pas à vendre Henri ? Elle ne ment jamais.

— Ainsi, ma chère Elisa, bon courage et adieu ! car je vais fuir.

— Fuir ! Georges, où fuirez-vous ?

— Au Canada, répondit Georges en se redressant ; quand je serai là, je vous rachèterai. C'est tout mon espoir. Votre maître est bon, il ne refusera pas de vous vendre à votre mari. Je rachèterai ma femme et mon fils. Dieu aidant, nous viendrons à bout de conquérir notre liberté.

— Mais, mon ami, si vous étiez pris !...

— Ils ne me prendront pas, Elisa, je mourrai avant qu'ils ne me prennent. Je serai libre ou je mourrai !

— Mourir ? Ah ! vous ne voudriez pas vous tuer vous-même ?

— Non, non ! Mais, je vous le jure, ils ne me feront repasser la rivière qu'après m'avoir tué !

— Oh ! Georges, pour l'amour de moi, soyez prudent ; n'allez pas commettre un crime ! Mon ami, ne vous tuez pas vous-même, ne tuez personne. Oh ! vous avez trop à souffrir, je le sais... mais n'allez pas.... sans doute, vous ne pouvez demeurer chez un tel maître, cela est impossible : fuyez Georges, mais avec une grande prudence... Priez Dieu afin qu'il vous vienne en aide !

— Ecoutez, Elisa, voici mon plan. Mon maître m'a envoyé aujourd'hui de ce côté, sous le prétexte de me faire porter une lettre à M. Symmes qui demeure à un mille d'ici : mais son but était, j'en suis sûr, de me donner le moyen de venir vous raconter tout ce qu'il m'avait dit par rapport au mariage qu'il veut me faire contracter. C'est pour lui une grande jouissance de penser qu'il peut faire enrager *la race des Shelby*, comme il dit. Je vais à mon retour, feindre d'être résigné ; je veux qu'il soit bien persuadé que je ne garde aucun ressentiment. Toutes mes dispositions sont prises ; je sais sur qui je puis compter pour exécuter mon projet. Une semaine ou deux encore et Georges manquera à l'appel des esclaves. — Priez pour moi, Elisa, le Seigneur vous exaucera, vous !

— Priez aussi vous-même, Georges, confiez-vous en Dieu ; alors je serai tranquille, car je ne craindrai pas que vous agissiez contrairement à sa loi.

— Allons, adieu ! » dit Georges, en prenant la main d'Elisa. Les deux époux, demeurèrent quelques instants en silence se regardant l'un l'autre ; puis des sanglots, des larmes bien amères exprimèrent seuls leurs derniers adieux.

Ainsi se séparent ceux qui se rattachent à l'espérance de se revoir encore, comme à la frêle toile que tisse l'araignée.

CHAPITRE IV.

UNE SOIRÉE DANS LA CASE DE L'ONCLE TOM.

La case de l'oncle Tom était une petite construction faite avec des troncs d'arbres et contigüe *à la maison*. (C'est ainsi que le nègre par excellence a coutume de désigner la demeure de son maître.) Devant la case était un *jardinet*, parfaitement soigné qui, dans la belle saison, produisait en abondance des fraises, des framboises, et une quantité d'autres fruits et de légumes. Un magnifique bignonia écarlate et un églantier aux mille roses tapissaient la façade et entrelaçaient leurs rameaux de manière à dissimuler, presqu'entièrement, la rusticité de la construction. Pendant l'été, la brillante famille des plantes annuelles trouvait dans cet étroit domaine, un modeste coin d'où elles s'élançaient en touffes variées pour étaler aux regards les plus riches corolles. C'étaient : des pétunias, l'éclatant souci, le gracieux volubilis dont la vie est si courte, et tant d'autres jolies fleurs qui faisaient le charme de la tante Chloé (1), en même temps qu'elles flattaient son amour-propre de jardinière.

Mais pénétrons dans cette humble demeure. Le repas du soir est achevé *à la maison*, et la tante Chloé qui, en sa qualité de cuisinière en chef, en a dirigé tous les apprêts, a laissé aux *employés subalternes* de la cuisine, le soin de desservir et de laver la vaisselle, pour venir préparer dans son humble domaine le souper de son vieux mari. Et, tenez, la voyez-vous, là, devant le feu, c'est bien elle qui surveille, avec une sollicitude tout maternelle, la friture qui gémit dans cette poêle, et qui soulève gravement le couvercle de cette casserole où cuit quelque bien bon morceau, à en juger par le fumet qui s'en exhale. Admirez ce visage rond comme une pomme, noir comme l'ébène et

---

(1) Le lecteur se sera peut-être demandé déjà ce que signifie cette dénomination d'*Oncle*, donnée au héros de cette histoire. Nous leur répondrons qu'en Amérique, on nomme *oncle* ou *tante* les personnes âgées, comme nous les nommons en France *père* ou *mère*. (Note du traducteur.)

luisant, qu'on serait tenté de croire que la tante Chloé s'est verni la peau avec le blanc d'œuf qui donne un si beau brillant à ses biscotes à thé. Tout, dans sa contenance, respirait le sentiment de la satisfaction personnelle ; tout, dans son extérieur, était prétentieux, jusqu'au turban empesé qu'elle portait sur sa tête. Mais, il faut l'avouer, ce sentiment provenait de la conscience qu'elle avait de son propre mérite comme cuisinière. On lui rendait généralement cette justice que nulle ne l'emportait sur elle dans le voisinage, pour l'art culinaire.

Oui, certes, elle était cuisinière dans l'âme. Il n'y avait ni poulet, ni dindon, ni canard qui ne prît un air sombre en la voyant arriver dans la basse cour. Les pauvres bêtes semblaient alors réfléchir sur leur fin prochaine. En effet, la tante Chloé méditait constamment sur la manière dont elle fricasserait celui-ci, farcirait celui-là, rôtirait tel autre ; et l'expression de son visage pendant ces graves méditations était bien propre à jeter l'effroi parmi la gent volaille. Sa pâtisserie, dans tous les genres, gâteaux aux amendes, gâteaux feuilletés, muffins et autres espèces qu'il serait trop long d'énumérer, était un sublime mystère pour tout *pétrisseur* moins consommé qu'elle dans la pratique. Comme ses joues replètes dansaient lorsque, riant aux éclats, elle racontait avec un juste sentiment d'orgueil les efforts infructueux que l'un ou l'autre de ses rivaux avait faits pour atteindre à la perfection de sa pâtisserie !

L'arrivée d'une société *à la maison*, les apprets de dîners ou de soupers d'apparat, réveillaient toutes les puissances de son âme. Rien ne lui plaisait tant que de voir le vestibule encombré de malles : car elle prévoyait alors qu'il y aurait pour elle nouvelle occasion de déployer son talent, et partant, de nouveaux triomphes.

Tenez, voilà que la tante Chloé regarde dans le four. Ne la dérangeons pas dans l'exercice de ses fonctions culinaires avant d'avoir achevé la description de la case.

Dans un coin, se trouve un lit recouvert d'une courte-pointe blanche comme la neige ; devant le lit, un assez ample morceau de tapis recouvre le sol. C'est sur ce morceau de tapis que la tante Chloé fait élection de domicile dans les occasions solennelles. Cette portion de la case était traitée avec une considération toute particulière ; c'était un *lieu sacré* qu'on préservait, autant que possible, des incursions dévastatrices des enfants. En un mot c'était *le salon* de l'établissement. Dans l'angle opposé se trouve encore un lit, mais il est moins somptueusement paré ; évidemment, c'est là la chambre à coucher. Dans la portion que nous nommerons *la cuisine*, le dessus de la cheminée était orné de sentences de l'Écriture imprimées en caractères éclatants, et d'un portrait du général Washington, dessiné et enluminé d'une façon qui aurait certainement stupéfié ce grand homme s'il avait pu voir comment il était représenté.

Sur un banc raboteux, placé dans le troisième angle, deux enfants à la chevelure laineuse, aux brillants yeux noirs, aux joues rondes et couvertes d'une peau luisante, surveillaient un tout petit enfant qui s'efforçait de faire ses premiers pas. On sait en quoi consiste cet exercice pour toute créature humaine, à son début dans le monde: l'enfant se tient debout un instant, chancelle et culbute enfin. Ici chaque culbute était saluée par de bruyantes acclamations, comme si la petite débutante avait fait preuve de grande habileté.

Une table quelque peu *rhumatisée*, était dressée devant le feu ; elle était couverte d'une nappe et étalait aux regards des tasses, des soucoupes et tout le brillant attirail qui annonce l'approche du repas. A cette table, siégeait l'oncle Tom, le meilleur des serviteurs de M. Shelby. Puisqu'il est le héros de l'histoire que nous racontons, nous croyons devoir en offrir à nos lecteurs le *daguerréotype*.

Il avait une haute stature, la poitrine large, une force herculéenne ; il était d'un beau noir brillant ; les traits de son visage, où se peignaient le bon sens et la fermeté unie à beaucoup de bonté, offraient le véritable type africain. Tout son air attestait qu'il avait le sentiment de sa dignité, et cependant il était humble et de la plus grande simplicité.

Il était, pour l'heure, très attentivement appliqué. Il avait devant lui une ardoise sur laquelle il s'efforçait de reproduire avec tout le soin possible la copie de quelques lettres de l'alphabet. Il avait pour surveillant, dans cette grave opération, maître Georges (1), vif et intelligent garçon de treize ans, qui, par parenthèse, paraissait à la hauteur de sa qualité d'instituteur.

— Pas comme cela ! oncle Tom, pas comme cela ! disait-il avec vivacité, en voyant son élève conduire péniblement à l'envers la queue d'un *g*; vous voyez bien que cela fait un *q*. •

— C'est pourtant vrai, répartit l'oncle Tom, comment donc ça se fait-il? Et il regardait avec la plus respectueuse admiration son jeune précepteur qui, tout en se jouant, traçait une innombrable quantité de *q* et de *g* afin d'éclairer l'élève sur leur forme respective.

L'oncle Tom reprenait alors le crayon dans ses gros doigts et sa main pesante cherchait de nouveau à copier les traits déliés tracés par maître Georges.

— Oh ! blancs très adroits pour toutes choses ! — dit la tante Chloé, interrompant pour un instant ses travaux culinaires et tenant au-dessus de la poêle un lardon fiché à sa fourchette ; puis regardant maître Georges avec orgueil, elle ajouta. — Lui écrire très bien ; et lire aussi très bien ; et puis venir tous les soirs et lire à nous ses leçons, ah ! beaucoup intéressant.

— Ah ! ça, tante Chloé, je commence à avoir un vigoureux appétit, dit Georges, est-ce que votre gâteau n'est pas bientôt fait ?

---

(1) Le titre de *maître* (*Master*), se donne en Angleterre aux jeunes gens de bonne famille (Note du traducteur).

« — Oui bientôt fait, maître Georges , — dit la tante Chloé en soulevant le couvercle de la casserole pour y jeter un coup d'œil. Ah ! très-bien brunir ! un brun magnifique ! — Oh ! moi toute seule pour faire ça ! Maîtresse laisser Sally essayer pour faire gâteau, l'autre jour , elle disait : c'est pour apprendre. Et moi disais : allez promener ! ça faisait peine à moi pour voir bonne pâte abîmée en cette manière. Gâteau montait tout sur un côté , pas formé du tout , pas plus que une pantoufle ! Allez donc ! »

Après avoir ainsi stygmatisé l'inhabileté de Sally, la tante Chloé enleva le couvercle de la casserole placée sur l'arrière du poële et découvrit à la vue un magnifique gâteau de plomb dont n'aurait certainement pas rougi un pâtissier citadin.

Ce gâteau étant évidemment la pièce capitale du repas, la tante Chloé commença à se mettre en mouvement pour faire souper son monde.

— Ici, vous! Mose et Pète; allez hors de là, vous, nègres! Allez aussi, Polly, petite chérie à moi. Mama donnera à sa petite fille quelque chose bien bon, tout-à-l'heure.

Maintenant, maître Georges, vous devez metter tous les livres de côté, et asseoir avec *mon vieux homme*. Et vais retirer la poële et metter dans vos assiettes tout de suite.

— On voulait me faire revenir pour souper à la maison, dit Georges ; mais je savais bien que ce que vous aviez ici était trop bien pour que je me rendisse à cette invitation , tante Chloé.

— Ah ! vous savoir !... oh ! chéri à moi, dit la tante Chloé en renversant dans son assiette une omelette toute fumante; vous avoir bien, tante Chloé toujours tenir le meilleur pour petit maître. Oh ! vous bien dire le vrai ! — à présent vous manger ! »

Et sur cette invitation, la tante Chloé, donna à maître Georges une petite chiquenaude, pour exprimer combien elle était joyeuse de la préférence qu'il avait donnée à son souper ; puis elle retourna à sa poële.

— Attaquons maintenant le gâteau ! dit maître Georges après avoir absorbé son omelette ; et il brandissait au-dessus de l'objet en question un énorme coutelas.

— Oh ! miséricorde ! maître Georges, se hâta de dire la tante Chloé en saisissant le bras de l'impatient convive , vous pouviez pas couper lui avec ce grand pesant couteau ! Tomber tout en bas ! le tour si beau ; tout en miettes ! Ici, moi avoir un vieux mince couteau , lui , couper net gâteau. Voyez ! se fendre comme une plume avec ! Vous à présent goûter gâteau. — Pas couteau si bien couper nulle part.

— Savez - vous que Tom Lincoln prétend que Jenny est meilleure cuisinière que vous ? dit Georges en parlant la bouche pleine.

— Les Lincolns? ah ! pas beaucoup bien calculer ! dit tante Chloé, avec un air de mépris ; moi croire eux bien loin des maîtres à nous. Gens respectables, dans le droit chemin , oh ! oui : mais , pour manières nobles, commencer pas encore à savoir.

Si je metter M. Lincoln, à côté M. Shelby ! Bon seigneur !
Et Mme Lincoln ?... pouvoir dans un chambre, être comme
maîtresse, à moi, autant belle et distinguée ? Ah ! fi ! non
parlez pas à moi aucunement des Lincolns ! — Et, après c
jugement prononcé sur les Lincolns, la tante Chloé secoua l
tête avec cet air qui voulait dire : nous nous y connaissons,

— Je vous ai cependant entendu dire que Jenny était un
belle et bonne cuisinière.

— Moi disais aussi, moi pouvais dire : Bonne cuisinière, mai
pour commune cuisine ; gâteaux de maïs, Jenny pouvoir encor
faire gâteaux de maïs, pas extra, il pouvait faire passable gâteau
de maïs, mais seigneur ! allez aux plus élevées branches ; qu
peut Jenny faire bon ? Elle fait pâtés, oui, mais comment l
croûte ? Pensez-vous elle pouvoir faire pâte moëleuse pour fondr
dans la bouche ! Maintenant je allais dire : quand miss Mary éta
pour marier ; Jenny montra à moi les pâtés elle avait fait pou
le noce. Ah ! Jenny est amie à moi, vous savez ; je disais jama
rien pour mal dire de Jenny ; mais je dormir pas semaine entièr
si moi avoir fait pâtés tels. Ah ! détestables !

— Je suis bien sûr cependant que Jenny les trouvait adm
rables.

— Pour sûr, elle avoir cru. Elle avoir montré moi parceque ell
pensait eux beaucoup bien ; *innocente !* Mais, moi vais dire ! Jenn
pas rien savoir ; les maîtres à elle rien savoir. Elle jamais ap
prendre ; pas faute à Jenny, maîtres ne pouvoir rien montrer
elle. Ah ! maître Georges vous pas savoir à moitié tous avantage
de famille à vous bien plus noble que Lincoln ! »

Ici la tante Chloé soupira et une profonde émotion, causée pa
l'estime qu'elle professait pour ses maîtres, pouvait se lire dan
l'expression de son regard.

— Si je ne connais pas les avantages de ma famille, dit maîtr
Georges, je suis sûr que je sais apprécier les avantages des pât
et des puddings que vous me faites manger. Demandez à To
Lincoln comme je me glorifie de votre supériorité chaque fo
que je le rencontre ! »

Cette déclaration de maître Georges provoqua une telle satis
faction chez la tante Chloé, qu'elle se renversa sur sa chaise e
se mit à rire à larmes ; elle coudoyait, pinçait son cher *George*
en lui disant, en manière de douceurs, qu'il était un pet
monstre, qu'il la ferait mourir un jour ou l'autre à force de rir
et chaque fois que cette homicide prédiction était proférée
elle était accompagnée d'éclats de rire tels que Georges commenç
à croire qu'il pouvait devenir réellement dangereux de provoqu
l'hilarité de la tante Chloé.

Toutefois, maître Georges revint à la charge, et la tante Chlo
exaltée par la manière dont il avait fait ressortir son mérite au
près de Tom Lincoln, rappela les plus beaux faits de sa carrièr
culinaire. Elle n'oublia pas de mentionner les éloges que le géné
ral Knox avait donnés à un certain pâté de poulets dont elle éta
l'auteur, et ces éloges étaient d'autant plus précieux pour

tante Chloé, que le général était, disait-elle, grand connaisseur en pareille matière. (1)

Pendant que la tante Chloé faisait le récit de ses exploits, *en pâtisserie*, maître Georges avait si complètement rempli son stomac, qu'il lui était impossible d'incorporer un morceau de plus ; son attention s'était portée sur les négrillons qui, de l'angle où ils étaient placés, considéraient avec un œil d'envie la manière dont les deux convives apaisaient leur appétit.

— Tenez, Mose, et vous, Pète, dit-il, en leur jetant quelques morceaux de gâteau ; vous avez faim, n'est-ce pas ? Allons, tante Chloé, donnez-leur donc des gâteaux. »

Georges, après ce plaidoyer en faveur des enfants de la case, s'installa avec l'oncle Tom devant la cheminée, et la tante Chloé, après avoir retiré du four quelques gâteaux, prit sa petite fille sur ses genoux et commença à remplir alternativement sa bouche et celle de l'enfant, et à distribuer à Moïse et à Pierre leurs portions. Ceux-ci, pour manger à leur fantaisie, allèrent se rouler sous la table, où ils se faisaient l'un à l'autre mille petites niches ; se châtouillaient, se poussaient, et, en bons frères, associaient leur petite sœur à leurs amusements bruyants, en venant, par intervalles, lui tirer les pieds.

— Oh ! vous vouloir finir, peut-être !... » disait alors la mère, en allongeant un coup de pied sous la table, sans trop s'inquiéter sur lequel des deux coupables porterait le châtiment. Puis, quand ce remue-ménage devenait par trop bruyant : « Vous pouvoir pas être convenables quand blancs viennent voir nous ! Vous finir ! ou moi, si vous pas raisonnables, défaire un bouton plus bas quand maître Georges est dehors. •

Quel sens renfermait cette terrible menace ? c'est ce qu'il nous serait difficile de dire ; mais ce qu'il y a de certain, c'est que malgré son effrayante obscurité, elle ne produisait qu'une bien faible impression sur les jeunes délinquants.

— Hélas ! dit l'oncle Tom, c'est jeune, c'est espiègle, ça ne peut pas se tenir tranquille. •

Tom avait bien raison : car, dans ce moment, les deux marmots sortaient de dessous la table, la figure barbouillée de mélasse, et venaient embrasser tendrement leur petite sœur. La tante Chloé fit justice de ce nouvel attentat en appliquant un formidable soufflet sur l'une des faces enduites de sirop et envoya ses chers petits nègres se laver à la fontaine. Elle débarbouilla elle-même

(1) Dans l'intérêt de nos lecteurs, nous avons cru devoir abréger, dans cette traduction, les longues dissertations gastronomiques que l'auteur place ici dans la bouche de la tante Chloé. — Le même motif nous fait également abréger les farces un peu burlesques des négrillons, ainsi que l'énumération des coups de pieds, soufflets, etc., que la tante Chloé distribue à ses chers enfants lorsqu'ils oublient les règles de la bienséance. (*Note du traducteur.*)

sa petite fille, pendant que Moïse et Pierre sortaient en poussant mille cris joyeux, pour exécuter l'ordre de leur mère. Puis, la tante Chloé débarrassa les restes du souper, après avoir déposé la petite *Polly* (Marie) sur les genoux de son père. L'enfant s'amusa à tirer le nez de Tom, à lui égratigner la face et paraissait surtout prendre plaisir à passer ses petites mains dodues dans la chevelure laineuse de son père.

— N'est-ce pas une charmante enfant, dit Tom, en la tenant entre ses mains pour la mieux considérer : puis il la mit sur ses larges épaules et commença à danser. Moïse et Pierre revinrent en ce moment et prirent part à ce bal improvisé. La tante Chloé eut beau déclarer que ce bruit lui cassait la tête, on ne tint pas compte de ses réclamations, et les cris, les danses, les cabrioles continuèrent jusqu'à ce que tous, exténués de fatigue, furent enfin forcés de s'arrêter.

La tante Chloé voulut faire coucher Moïse et Pierre, en alléguant que l'heure du *meeting* (l'assemblée) (1) était venue. Mais ils obtinrent l'un et l'autre l'autorisation d'y assister.

Toute la maison se forma alors en comité pour aviser au moyen de disposer la case pour le *meeting*.

Après bien des propositions faites et rejetées, on se décida à placer deux tonneaux vides, qui furent assujettis, au moyen de pierres placées à chaque extrémité pour les empêcher de rouler ; des barils, des cuves renversées et quelques chaises rachitiques qu'on eut soin d'appuyer contre le mur, complétèrent l'ameublement de la case.

— Maître Georges être un si beau liseur, moi croire il restera pour lire à nous, — dit la tante Chloé ; — oh ! combien être beaucoup plus joli quand maître Georges lire! •

Georges se hâta de consentir à la demande de la tante Chloé : car un jeune garçon est toujours prêt à faire ce qui peut lui donner un air d'importance.

La case fut bientôt remplie d'une multitude où se confondaient tous les âges, depuis l'octogénaire aux cheveux blancs jusqu'à la jeune fille de quinze ans. A peine réunis, les assistants se mirent à jaser d'une manière très inoffensive sur les nouvelles du jour. On se demandait, par exemple, où la tante Sally s'était procuré le nouveau mouchoir rouge qu'elle portait sur la tête. — Ou bien on annonçait que maîtresse donnerait à Lizzy (Elisa) sa robe de mousseline mouchetée, quand sa nouvelle robe de barège serait faite. — Que M. Shelby songeait à acheter un jeune cheval alezan. Cette dernière assertion avait pour but d'établir la prospérité de l'exploitation. Quelques-uns des fidèles de cette réunion, appartenaient à des habitations voisines, ils avaient obtenu la permission d'assister au meeting, et racontaient aussi tous les faits qu'ils avaient pu recueillir tant sur *la maison* de leurs maîtres que sur le reste de l'exploitation, et les commérages circu-

---

(1) On prononce mitinn.

dent dans cette réunion d'esclaves absolument comme dans les assemblées du grand monde.

Après quelques instants de causeries, les chants commencèrent à la grande satisfaction de tous les assistants. Malgré l'impression désagréable de quelques intonations nasales, l'oreille était charmée par l'effet de ces voix naturellement belles, chantant des airs sauvages et pleins de verve.

Les paroles étaient quelquefois empruntées aux hymnes de nos églises; quelquefois elles avaient ce caractère indéfinissable de sauvagerie qui ne se rencontre que dans les chants composés pour les *camp-meetings* (assemblées en plein air).

Le refrain qui suit était emprunté à ce dernier genre; il était chanté avec une énergie et une onction indicibles :

> Mourir sur le champ de bataille,
> Mourir sur le champ de bataille,
> O mon âme quel sort glorieux ! (1)

Voici un autre chœur que les assistants semblaient affectionner tout spécialement.

> Je vole au séjour de la gloire.
> Oh ! qui de vous va suivre mon essor !
> Voyez : l'ange m'appelle, en chantant ma victoire,
> Aux rayons éternels dont luit la cité d'or.

D'autres cantiques étaient une continuelle répétition de ces mots : *les rives du Jourdain; les champs de Canaan* ou bien la *Nouvelle Jérusalem*; l'esprit des nègres si passionné, leur imagination si vive, s'attachent toujours aux hymnes dont l'expression est empruntée à la nature pittoresque.

Pendant l'exécution des chants, les uns riaient, d'autres priaient, ceux-ci applaudissaient, ceux-là exprimaient leur joie par gestes. On aurait été tenté de croire qu'ils se croyaient déjà transportés sur les rives bien-heureuses.

Des exhortations, des leçons inspirées par l'expérience, succédaient aux chants des cantiques. Une vieille aux cheveux blancs, infirme, mais respectée comme une légende vivante, se leva et, appuyée sur son bâton, elle dit :

« Bien, enfants ! je suis ravie de vous entendre et de vous voir tous, peut-être pour la dernière fois ! Car, qui sait quand il plaira à Dieu de m'appeler à la gloire du ciel? Mais je me suis préparée, enfants; j'ai disposé mon petit bagage ; je suis comme celui qui guette sur la route la voiture qui doit

---

(1) Nous avons eu quelque peine à trouver le sens spirituel de ce refrain d'un cantique ; il nous paraissait une traduction en anglais du refrain républicain de 1848 :

> Mourir pour la patrie (bis)
> Est le sort le plus beau,
> Le plus digne d'envie !

(Note du traducteur.)

» le transporter au logis; souvent, pendant la nuit, je crois en-
» tendre le bruit des roues et mes yeux cherchent à la décou-
» vrir au loin. Songez aussi à vous tenir prêts, enfants! car je
» vous le dis, la gloire qui nous attend est grande! Oui, c'est
» un sujet qu'il est important de méditer, rien n'est compa-
» rable au bonheur qui nous est réservé. »

Et pour donner plus de force à sa pensée, la bonne vieille frappait le sol de son bâton. Elle s'assit ensuite, et son visage s'inonda de larmes en entendant le chœur chanter avec entraînement :

Oh! Chanaan, terre chérie,
A toi j'aspire, ô ma patrie.

Maître Georges, à la requête de l'assistance, lut les derniers
chapitres du livre de la *Révélation*; sa lecture fut interrompue
plus d'une fois par des exclamations du genre de celles-ci : *Comme
c'est à propos! Ecoutez bien ce passage! Pensons-y bien! Il est
sûr que tout cela doit arriver!*

Georges qui était un garçon d'esprit, et qui avait reçu de sa
mère une instruction religieuse bien complète, se voyant l'objet
de l'admiration générale, hasarda quelques réflexions de son cru,
ce qu'il fit avec un sérieux imperturbable. Les jeunes gens s'é-
tonnaient de le voir parler si bien, les vieillards lui donnaient
mille bénédictions. Tous étaient unanimes pour dire qu'un docteur ne parlerait pas mieux, que c'était un véritable prodige.

En matière de religion, l'oncle Tom avait, dans tout le voisinage, l'autorité d'un patriarche. Naturellement porté au bien,
doué d'une rare intelligence qu'il avait cultivée avec plus de soin
que ne peuvent le faire généralement les nègres, il était respecté
de tous ses compagnons, au milieu desquels il exerçait une
espèce de sacerdoce. Et, hâtons-nous de le dire, l'éloquente
simplicité de ses exhortations aurait pu édifier des personnes plus
instruites que ceux auxquels il avait coutume de les adresser.
Mais qu'il était beau de le voir prier! Rien de plus touchant que
cette douce ferveur avec laquelle il faisait sa prière. Il possédait
si bien les livres saints, que, sans qu'il le recherchât, le langage
si riche de l'Ecriture se trouvait alors sur ses lèvres; un vieux
nègre, d'une grande piété, disait, en parlant de Tom : *Il a réellement le don de prière.* Il excitait à tel point la dévotion de son
auditoire quand il priait, que souvent on se laissait complètement
aller à admirer sa ferveur et qu'on oubliait de répondre, ou que
pour réparer le temps perdu dans cette contemplation, on bal-
butiait les répons d'une façon inintelligible.

Pendant que cette scène se passait dans la case de l'esclave,
une scène bien différente avait lieu dans le château du maître.

Le marchand d'hommes et M. Shelby, dans la salle à manger
où nous les avons déjà vus, étaient assis devant une table sur
laquelle se trouvaient papier, encre et plume.

M. Shelby était occupé à compter une liasse de billets; quand
il se fut assuré du compte, il les passa au marchand qui les véri-
fia à son tour.

— Tout est en règle, dit ce dernier, il ne manque plus que votre signature.

M. Shelby s'empressa de prendre les actes de vente et les signa comme un homme qui veut se débarrasser d'une affaire qui lui pèse, puis il les jeta devant Haley avec l'argent qui formait l'appoint du marché. Haley tira d'une vieille valise, un parchemin qu'il regarda un moment et qu'il avança à M. Shelby. Celui-ci s'en saisit avec une avidité mal dissimulée.

— Eh bien, voilà l'affaire faite ! dit le marchand, en se levant.

— C'est fait ! dit M. Shelby, d'un ton rêveur, puis poussant un profond soupir, il répéta : c'est fait !

— Il me semble que vous ne paraissez pas content, dit le marchand.

— Haley, n'oubliez pas que vous m'avez promis sur l'honneur que vous ne vendriez pas Tom sans savoir en quelles mains vous le livrez.

— Je ferai pour lui, comme vous avez fait vous-même, monsieur, dit le marchand.

— Pour moi, les circonstances que vous connaissez m'ont forcé la main, dit Shelby avec hauteur.

— Dam ! les mêmes circonstances peuvent aussi m'obliger. Mais je ferai tout ce qui dépendra de moi pour lui trouver une bonne place. Quant aux mauvais traitements qu'il aurait à endurer de ma part, vous n'avez pas, j'espère, la moindre crainte. S'il est quelque chose dont j'aime à remercier le Seigneur, c'est bien de n'avoir jamais été cruel.

Après la manière dont le marchand avait précédemment développé son système d'humanité, M. Shelby ne fut pas trop rassuré par cette déclaration : mais comme il ne pouvait obtenir aucune meilleure garantie, il laissa le marchand s'éloigner sans rien dire, et il se mit à fumer un cigarre.

CHAPITRE V.

DANS LEQUEL ON VERRA CE QU'ÉPROUVE LA MARCHANDISE HUMAINE EN CHANGEANT DE MAITRE.

M. et Mme Shelby s'étaient retirés dans leur appartement pour la soirée. M. Shelby, nonchalamment assis dans un vaste fauteuil, jetait un coup d'œil sur les lettres que lui avait apportées le courrier du soir. Mme Shelby, devant sa toilette, était occupée

à défaire les innombrables tresses et les boucles de cheveux dont
Elisa avait compliqué sa coiffure. En voyant la pâleur du visage
de son esclave, ses yeux hagards, Mme Shelby avait eu compassion d'elle, l'avait dispensée de venir la déshabiller et elle l'avait
engagée à aller se coucher. Cette occupation, dont elle n'avait
pas l'habitude, lui rappela tout naturellement la désolation
d'Elisa et tout ce que celle-ci lui avait dit de ses craintes ; elle se
tourna vers son mari, et lui dit négligemment:

— A propos, Arthur, quel est donc ce grossier personnage
que vous avez eu aujourd'hui à dîner?

— C'est un nommé Haley, — répondit M. Shelby, en s'agitant
sur son siége, comme un homme embarrassé par cette question,
et il continua à parcourir des yeux la lettre qu'il tenait en main.

— Haley? Qu'est-ce que cet individu et qu'avait-il, dites-moi,
à traiter avec vous?

— C'est un homme avec qui j'ai fait quelques affaires lors de
mon dernier voyage à Natchez.

— Et il pense que cela lui donne le droit de venir s'installer
chez vous, et de s'asseoir à votre table?

— Je l'ai invité, nous avions quelques comptes à régler ensemble.

— Est-ce un marchand de nègres! dit Mme Shelby en remarquant un certain embarras dans la manière dont son mari répondait à ses questions.

— Allons donc! ma chère amie, pourquoi vous mettre cette
idée en tête?

— Oh! je ne me mets pas d'idées en tête: mais c'est que tantôt,
après le dîner, Elisa est venue me trouver tout éperdue; elle
était en larmes et se lamentait parce que, disait-elle, vous étiez
en pourparlers avec un marchand d'esclaves et qu'elle l'avait
entendu vous faire des propositions pour acheter son fils.

— Vraiment! — dit M. Shelby en paraissant lire très attentivement le papier qu'il avait en main, sans songer qu'il le tenait à
l'envers. « Il faudra bien lui dire la vérité, pensa-t-il en lui-
même, autant vaut à présent que plus tard. »

— J'ai répondu à Elisa, poursuivit Mme Shelby, en continuant
à défaire les tresses de sa chevelure, qu'elle était folle de se
tourmenter ainsi; que vous ne faisiez jamais d'affaires avec ce
sortes de gens, que d'ailleurs vous n'aviez jamais eu la pensée de
vendre un seul de vos esclaves, bien moins encore un pauvre
petit enfant.

— Voilà bien comme j'ai toujours pensé, chère Emilie: mais je
ne vous cacherai pas que la position de mes affaires me force
aujourd'hui à en venir à cette extrémité. Il faut nécessairement
que je vende quelques esclaves.

— A cet être là? C'est impossible! vous ne parlez pas sérieusement, M. Shelby!

— Très sérieusement; j'en suis désolé, mais il le faut. Je me
suis décidé à vendre Tom.

— Quoi! notre brave Tom? ce bon et fidèle sujet? Celui qui

vous a servi avec tant de dévouement depuis votre enfance? Oh! M. Shelby !... Mais vous lui avez promis sa liberté ! Plus de cent fois nous lui avons renouvelé ensemble la promesse ! Après cela je puis tout croire; je puis vous croire capable de vendre le petit Henri, le fils unique de ma pauvre Elisa !

— Eh! bien, puisqu'il faut le dire, oui, j'ai vendu Tom et Henri; et je ne vois pas que j'aie commis un si grand crime, en faisant ce que font journellement tous les propriétaires d'esclaves.

— Mais pourquoi, entre tous, choisir précisément Tom et Henri? Pourquoi les vendre plutôt que d'autres, s'il faut absolument en venir à cette triste extrémité?

— Parcequ'ils ont plus de valeur : voilà pourquoi. Je pouvais en choisir une autre, par exemple; si vous le voulez, il n'est pas trop tard : le marchand m'a offert un très bon prix d'Elisa, si vous préférez ....

— Le misérable! répondit Mme Shelby, avec emportement.

— Rassurez-vous, je n'ai pas voulu entendre sa proposition. Non-seulement parceque je voulais vous éviter le chagrin que vous auriez ressenti de cette vente, mais encore parcequ'il me répugnait trop d'en venir là ; vous voyez donc que vous pouvez me croire, quand je vous dis que c'est par nécessité que j'ai vendu les autres.

— Pardonnez-moi, mon ami, je me suis laissée aller à un mouvement de vivacité : j'étais si stupéfaite, si peu préparée à ce que vous venez de me dire. Mais j'espère que vous me permettrez d'intercéder en faveur de ces pauvres créatures. Tom, bien que ce soit un nègre, est un noble cœur; son dévouement est à toute épreuve : s'il s'agissait de donner sa vie pour vous, je suis persuadée qu'il n'hésiterait pas à le faire.

— Je le sais; je ne doute pas de son dévouement pour moi ; mais à quoi bon me rappeler ses qualités? J'ai eu la main forcée.

— Pourquoi ne pas faire plutôt un sacrifice d'argent. J'en supporterais bien volontiers une partie. Voyez, mon ami, je me suis efforcée, le mieux que j'ai pu, comme une femme chrétienne devait le faire, de remplir mes devoirs envers ces pauvres êtres que la Providence a fait vivre sous notre dépendance. J'en ai pris soin, je leur ai donné l'instruction religieuse, j'ai veillé sur eux, ils m'ont fait la confidente de leurs peines et de leurs joies. Pourrais-je encore lever les yeux devant eux, si pour un misérable gain, nous allions vendre le fidèle, l'excellent Tom? si nous l'arrachions à sa famille après lui avoir enseigné qu'il lui devait tout son amour, tous ses soins? Je leur ai appris les devoirs de la famille, du père à l'égard de ses enfants, du mari envers sa femme; comment voulez-vous après cela que j'aille leur laisser supposer qu'il n'y a pas d'obligations, de devoirs, de relations de famille, qui soient sacrés pour nous quand il s'agit de l'argent? J'ai souvent entretenu Elisa de ses obligations, comme mère chrétienne, à l'égard de son fils : combien elle devait veiller sur lui, prier pour lui et en faire un bon chrétien ; que voulez-vous que je dise à cette pauvre mère, si vous lui arrachez maintenant son enfant pour le livrer corps et âme à un homme sans foi ni loi ; et cela, pour un peu d'argent? Combien de fois je lui ai répété qu'une âme était plus précieuse que tout l'argent du monde entier ! me croira-t-elle encore quand elle nous verra vendre son fils? Le vendre hélas! peut-être, pour la perte éternelle de son corps et de son âme.

— Je suis peiné, Emilie, de vous voir prendre ainsi la chose, j'en suis vraiment désolé. Je respecte votre manière de voir, bien que je n'admette pas vos principes dans toute leur étendue ; mais je vous le répète : tout cela est parfaitement inutile, je n'ai pas pu faire autrement. Tenez, j'avais l'intention de vous le cacher, mais enfin, puisque vous m'y forcez, je vous dirai qu'il fallait vendre ces deux esclaves, ou laisser vendre toute l'exploitation. Il n'y avait pas d'autre alternative. Haley était en possession d'une hypothèque ; si je n'avais pu le satisfaire pour me débarrasser de lui, il faisait haro sur toute ma propriété. J'ai cherché de tout côté, j'ai fait rentrer tous mes fonds, j'ai emprunté, j'ai même mendié : après avoir réuni tout l'argent que j'ai pu, il y avait encore déficit ; le prix de ces deux esclaves comblait ce déficit, il a bien fallu que je les vende. Haley s'est épris de l'enfant ; il a mis pour condition que je le lui céderais ; j'aurais voulu lui en donner un autre, qu'il n'aurait pas accepté. J'étais en son pouvoir, je n'avais pas le choix. Vous êtes désolée que j'aie vendu deux esclaves, trouveriez-vous mieux que je les aie tous vendus?

Mme Shelby, était demeurée comme anéantie en entendant cette explication de son mari ; quand il eut achevé, elle couvrit son visage de ses mains et dit en soupirant :

— Voilà qui prouve que Dieu maudit l'esclavage. Cruelle! cruelle et maudite institution ! tu es la malédiction du maître et la malédiction de l'esclave! Insensée ! je m'étais imaginé qu'on pouvait tirer quelque bien de cette exécrable injustice. C'est un crime de s'autoriser de la loi pour posséder des esclaves! Je l'avais toujours pensé! Dans ma jeunesse, depuis mon mariage, il m'a toujours semblé que c'était offenser Dieu que de posséder des esclaves. Mais je me disais; je les traiterai avec bonté, je les soignerai, je les instruirai et peut-être seront-ils plus heureux que s'ils étaient libres. Insensée que j'étais !

— Allons bien, ma chère femme, vous allez devenir *abolitionniste*.

— Abolitionniste? Oh! si tous les abolitionnistes savaient tout ce que je sais sur l'esclavage, ils auraient contre cette institution des thèmes inépuisables. Je suis toute convertie sous ce rapport. Vous le savez, je n'ai jamais cru qu'il était juste d'avoir des esclaves, jamais je n'ai osé me considérer comme une propriétaire d'esclaves.

— Eh! bien, vous différez en cela de bien des gens qui ne manquent pourtant ni de sagesse ni de religion. Vous vous rappelez *le ministre* B*** dans son sermon de dimanche dernier?

— Dieu nous préserve de pareils sermons! Je n'irai plus en

...dre prêcher ce M. B***. Que les *ministres* n'aient pas le pouvoir
...mpêcher ce mal, qu'ils ne puissent y remédier, je le conçois ;
...sont en cela dans la même situation que nous. Mais qu'ils se
...sent les apologistes de l'esclavage, c'est ce que je ne puis
...mprendre. Ah ! j'en suis sûre, vous-même, vous n'avez pas
...prouvé ce sermon.

— Mais... il faut convenir que nos *ministres* poussent, parfois,
...choses plus loin que nous n'oserions le faire nous, pauvres
...cheurs. Nous autres, hommes du monde, nous devons être
...bonne composition, et accepter comme ayant force de loi bien
...s choses consacrées par l'usage, bien qu'elles ne soient point
...roles de l'Evangile ; mais quand nous voyons les femmes et les
...nistres élargir beaucoup plus que nous, les lois de la modes-
...ou de la morale, nous devenons moins crédules, c'est un
...t (1). — Mais enfin, ma chère amie, j'espère que vous com-
...enez la nécessité de cette vente et que vous me rendez
...tte justice : que j'ai agi aussi bien que les circonstances me le
...rmettaient.

— Oh ! oui ! oui ! se hâta de dire Mme Shelby, en tournant
...chinalement sa montre entre ses doigts ; — je n'ai point de
...joux qui aient grande valeur ! Cette montre ne pourrait-elle pas
...us aider à réaliser l'argent qu'il faudrait ? Elle a coûté bien
...er quand on l'a achetée. Je sacrifierais volontiers tout ce que
...i, si je pouvais sauver au moins l'enfant d'Elisa.

— Je suis peiné, très peiné, Emilie, de vous voir prendre la
...ose tellement à cœur : mais il n'y a pas moyen d'y remédier.
...est une affaire faite ; les actes de vente sont signés, Haley les
...en porte-feuille, et vous devez vous estimer bien heureuse qu'il
...e soit arrivé pis. Cet homme avait en main notre ruine et le
...ilà satisfait. Si vous le connaissiez comme moi, vous verriez
...ombien il était difficile de se tirer de ses griffes.

— Il est donc bien dur ?

— Mais... ce n'est pas précisément un homme cruel, c'est un
...omme d'argent ; un homme qui ne respire que commerce et
...rofit : un de ces hommes, enfin, qui restent froids et indifférents
...u malheur d'autrui et qui ne sont pas moins impitoyables que
...a mort quand leurs intérêts sont en jeu. Il vendrait sa propre
...ère s'il en trouvait un bon prix, sans croire qu'il a fait un acte
...ruel, il ne verrait en cela qu'une bonne spéculation.

— Et ce misérable devient le propriétaire de ce bon et fidèle
...Tom ? C'est en de telles mains que tombe l'enfant d'Elisa ?

— Que voulez-vous, ma chère ! cela ne me paraît pas moins
...énible qu'à vous-même ; cette pensée m'accable, mais enfin !....

---

(1) Ces attaques, *contre les ministres anglicans*, sont très piquantes sous la plume d'une protestante. Il est vrai que
Mme Henriette Stowe parle souvent comme une catholique,
ainsi que nous aurons occasion de le faire remarquer plus d'une
fois dans le cours de cette traduction.　　　　(Note du rédacteur.)

Haley désire mener l'affaire rondement et entrer en possess[ion]
demain. Pour moi, je prends mon cheval et je m'éloigne d'[ici].
Je ne pourrais revoir Tom ; ce serait au-dessus de mes force[s].
Voyez de votre côté s'il ne serait pas mieux de prétexter u[ne]
course pour emmener Elisa. Il faut qu'elle ne voie pas emmen[er]
son fils.

— Que j'emmène Elisa? non! non! je ne veux en aucu[ne]
façon être complice dans cet acte de barbarie. J'irai voir no[tre]
pauvre vieux Tom, je prierai Dieu de l'aider dans sa détres[se].
Ils verront, quoiqu'il puisse m'en coûter, que leur maîtresse s[ait]
partager leurs afflictions et mêler ses larmes aux leurs. Qua[nt]
à Elisa, je n'ose pas y songer. Que le Seigneur nous fasse misé[ri]
corde ! Il faut que nous l'ayions bien offensé, pour que no[us]
soyions réduits à cette affreuse nécessité ! »

Sans que M. et Mme Shelby s'en doutassent, il y avait quelqu'[un]
qui prêtait à cette conversation une oreille attentive. Un gra[nd]
cabinet, ouvrant sur le corridor, communiquait à leur appart[e]
ment. Lorsque Mme Shelby avait dispensé Elisa de son serv[ice]
auprès d'elle pour la soirée, la pauvre mère dont l'esprit ét[ait]
encore inquiet, avait songé à ce cabinet ; elle s'y était caché[e]
et là, l'oreille appuyée contre le joint de la porte, elle av[ait]
suivi toute la conversation sans en perdre un seul mot.

Quand le silence régna dans l'appartement, elle s'éloigna sa[ns]
bruit. Pâle, frémissante, les yeux hagards, les lèvres contra[c]
tées, elle avait perdu cette douceur, cette timidité qui la cara[c]
térisaient jusqu'alors. Elle longea avec précaution le corrido[r]
s'arrêta un moment à la porte de sa maîtresse, et leva les ma[ins]
au ciel, pour implorer son assistance, puis elle se glissa da[ns]
sa chambre. C'était un petit appartement parfaitement propr[e]
sur le même carré que celui de sa maîtresse ; devant la fenê[tre]
était une petite terrasse où elle s'était souvent assise pour coud[re]
tout en chantant. Dans la chambre on voyait rangés da[ns]
une petite bibliothèque quelques livres et divers objets [de]
fantaisie : entr'autres, les présents des fêtes de Noël ; (1) sa m[o]
deste garderobe était dans un cabinet adjacent ; ses vêtemen[ts]
y étaient rangés avec un ordre admirable. En un mot, c'était [sa]
maison, et elle aurait été heureuse dans ce petit domaine s['il]
y avait eu du bonheur possible pour elle. Mais là, dans cet[te]
chambre, dormait son enfant ; ses longs cheveux bouclés, da[ns]
le plus charmant désordre, entouraient sa jolie tête ; son fro[nt]
n'était troublé par aucun souci, sa bouche vermeille était ent[r']
ouverte, ses petites mains potelées s'étaient dégagées des co[u]
vertures pour venir au-dessus du lit et un doux sourire fais[ait]
rayonner toute sa face. — Pauvre enfant ! pauvre petite cré[ature]

---

(1) Les fêtes de Noël, comme on sait, remplacent, en Ang[le]
terre, notre jour de l'an. C'est l'époque des étrennes. Les Amé[ri]
cains, en empruntant le langage des Anglais, ont emprun[té]
beaucoup de leurs usages.   (Note du traducteur.)

...re ! dit Elisa, ils t'ont vendu ! mais ta mère trouvera bien
moyen de te sauver !

Pas une larme ne tomba des yeux de la mère, sur l'oreiller où
reposait cette tête si chère. Dans de pareils moments, le cœur
n'a pas de larmes, il ne distille que le sang qui s'en échappe en
silence.

Elle prit un morceau de papier, un crayon, et écrivit à la
hâte : « Oh ! *maîtresse ! chère maîtresse ! n'allez pas m'accuser
d'ingratitude. — Ne me jugez pas avec trop de sévérité. J'ai
entendu tout ce que vous avez dit ce soir, vous et mon maître, et je
vais essayer de sauver mon enfant. Vous ne me blâmerez pas,
vous. Dieu vous bénisse et qu'il vous récompense pour toutes vos
bontés !* »

Après avoir plié ce billet et avoir écrit l'adresse, elle vint à
un tiroir qui contenait les vêtements de son fils ; elle en fit un
petit paquet qu'elle attacha à sa ceinture au moyen d'un mouchoir. Tel est le tact exquis d'une mère, que, dans ce moment
d'angoisses, elle n'oublia pas de placer dans son petit bagage les
jouets que son enfant affectionnait ; elle avait réservé un perroquet aux vives couleurs pour amuser son fils quand elle l'éveillerait. Ce ne fut pas sans peine qu'elle put parvenir à arracher
au sommeil le petit dormeur ; après s'être frotté les yeux, il
s'assit enfin sur son séant et commença à jouer avec son brillant
perroquet, pendant qu'Elisa mettait son chapeau et son châle.

— Où allez-vous, mère ? — dit l'enfant quand sa mère s'avança
vers le lit avec sa veste et son chapeau.

La mère qui s'était rapprochée du pauvre petit, le regarda si
fixement que celui-ci devina qu'il y avait quelque chose d'extraordinaire.

— Chut ! Henri, dit-elle, il ne faut pas parler haut ; ils nous
entendront. Un méchant homme allait venir pour enlever le petit
Henri à sa mère et l'emporter dans une prison toute noire ; mais
la mère ne le laissera pas faire. Elle va habiller son petit garçon
et elle s'enfuira bien loin avec lui. Et le vilain homme ne pourra
pas le prendre comme cela.

Tout en expliquant ainsi à son enfant le danger qui le menaçait
elle avait achevé de l'habiller ; elle le prit alors dans ses bras,
lui recommanda de rester bien tranquille, bien silencieux : puis
ouvrant la porte de sa chambre qui donnait sur l'entrée du vestibule, elle sortit sans faire le moindre bruit.

La nuit était brillante, les étoiles scintillaient au ciel, il faisait
un froid piquant. La mère enveloppa de son châle son cher
enfant qui se tenait étroitement cramponné à son cou, osant à
peine respirer.

Le vieux Bruno, énorme chien de Terre-Neuve, qui couchait
sous le péristyle, se leva, en grondant sourdement, quand Elisa
passa près de lui ; « Bruno ! » dit à mi voix la fugitive ; et le vieux
serviteur, reconnaissant une voix amie, remua la queue et se
prépara à suivre ; toutefois il semblait chercher à se rendre
compte de cette promenade nocturne. Apparemment, il eut quelque

peine à juger s'il y avait imprudence seulement dans la dém[ar]che de l'esclave, ou si cette démarche était coupable, car tan[t] qu'Elisa s'éloignait, il s'arrêta plus d'une fois, regardant altern[a]tivement la fugitive, puis la maison. Enfin comme s'il avait p[u] après de mûres réflexions, calmer ses scrupules, il se mit [à] trotter derrière Elisa. Quelques minutes de marche les amen[è]rent devant la fenêtre de l'habitation de l'Oncle Tom. Elisa s'a[r]rêtant, frappa légèrement sur le carreau de vitre.

Le *meeting*, à cause du chant des cantiques, s'était prolon[gé] jusqu'à une heure avancée; de plus, l'Oncle Tom, après av[oir] prié en commun avec les assistants, s'était mis à faire quelqu[es] prières en particulier; en conséquence, bien qu'il fût alors pl[us] de minuit, ni le brave nègre, ni sa digne compagne n'étaie[nt] pas encore endormis.

— Bon Seigneur! quoi est ça? — dit la tante Chloé en se metta[nt] sur son séant et se hâtant d'ouvrir les rideaux : « moi rêver![ou] sûrement là être Lizzy! Allons! vieux homme, vous s'habill[er] tout suite? Là aussi être Bruno; lui gratter le porte. Quoi êt[re] dans l'air donc? Je ouvrir toutsuite. »

Aussitôt fait que dit, la porte fut ouverte et la clarté de[la] chandelle que Tom avait allumée montra, aux habitans de[la] case, le visage bouleversé et les yeux hagards de la fugitive.

— Bon Sauveur! moi être effrayée pour regarder vous, Lizz[y] Avoir vous tombé malade? ou quoi être arrivé?

— Je m'enfuis, je m'en vais loin, bien loin, oncle To[m] tante Chloé! je sauve mon enfant. Notre maître l'a vendu!

— Vendu? répétèrent les deux époux, en levant les mains [au] ciel.

— Oui, il l'a vendu! Je m'étais glissée ce soir dans le cabin[et] qui donne dans l'appartement de maîtresse, et j'ai entendu not[re] maître lui dire qu'il avait vendu mon Henri et vous, oncle To[m] qu'il vous avait vendus tous deux à un marchand, qu'il irait fai[re] une promenade à cheval ce matin, pendant que le marcha[nd] viendrait prendre possession de vous et de mon enfant. »

Tandis qu'Elisa parlait, Tom restait debout, les mains levée[s] les yeux écarquillés; il lui semblait qu'il faisait un rêve horrible[;] mais quand il fut convaincu qu'il veillait, ses jambes fléchiren[t] il tomba plutôt qu'il ne s'assit sur sa vieille chaise, et sa tê[te] s'inclina.

— Le bon Seigneur avoir pitié pour nous! dit la tante Chl[oé] Oh! il pas sembler être ça une chose vraie! Quoi avoir fait m[on] homme pour maître vendre lui?

— Il n'a rien fait, on ne lui reproche rien. Notre maître aur[ait] voulu ne pas le vendre; et maîtresse — oh! elle est toujours bonn[e] Je l'ai entendue parler pour nous; mais il lui répondait que c'ét[ait] inutile, qu'il devait de l'argent à cet homme, qu'il était en s[on] pouvoir et que s'il ne s'en était débarrassé, il aurait été obli[gé] de vendre toute son exploitation, tous ses esclaves et de s'en all[er] Oui, j'ai entendu qu'il disait qu'il n'avait pas à choisir, qu'il fa[l]lait qu'il vendît Henri et oncle Tom, ou qu'il nous vendît tou[s]

…l'homme à qui il devait était impitoyable. Notre maître disait
…était triste de cela, mais oh! maîtresse! si vous l'aviez en-
…du parler!… si elle n'est pas une bonne chrétienne, un ange
…terre! il n'y en a jamais eu. Je suis bien méchante de l'aban-
…ner ainsi, mais je ne puis faire autrement. Elle-même a dit
…une âme était plus précieuse que tous les trésors du monde;
…et enfant a une âme et si je le laisse emmener par ce mar-
…nd, que deviendra son âme! Je crois que je fais bien de fuir;
…ai tort, que le Seigneur me le pardonne, mais il me semble
…je n'aurais pas la force de faire autrement.

…- Eh! bien, vieux? vous pas partir aussi? vouloir vous at-
…dre être emporté en bas la rivière où les nègres être tués par
… travail et faim? Moi davantage aimer mourir! que aller
…ais là. Etre temps, vous partir avec Lizzy. Vous avoir une
…se pour aller et revenir. Partir, vous dépêcher et moi prendre
… de tout. »

…om souleva doucement la tête, promena autour de lui son
…ard plein de tristesse, mais aussi plein de résignation et dit:
…- Non! non! je ne pars point. Qu'Elisa s'en aille, c'est pour elle
…devoir. Ce n'est pas moi qui lui conseillerai de ne pas fuir.
…st-ce qu'une mère pourrait rester en pareil cas? Mais vous
…z entendu ce qu'elle a dit. S'il faut qu'on me vende, ou que
…t soit perdu pour mon maître, esclaves et propriété, eh!
…n, qu'on me vende. Il me semble que je pourrai supporter
…malheur tout aussi bien que nos compagnons, ajouta-t-il, et
… sanglots, des soupirs qu'il s'efforçait de contenir, soulevaient
…arge poitrine. — Maître m'a toujours trouvé au poste, il m'y
…ouvera encore. Je n'ai jamais trompé sa confiance, j'ai pro-
… de ne jamais abuser de la *passe* qui m'a été donnée, je n'en
…serai jamais. Il vaut mieux que je sois vendu seul que d'être
…du avec tous les autres après qu'on se serait emparé de la
…priété de mon maître. Il n'est pas à blâmer, Chloé, il conti-
…ra à prendre soin de vous et de ces pauvres…. »

…l la voix manqua à Tom, il s'était tourné vers le lit grossier
…dormaient ses enfants: la vue de ces infortunés négrillons
…t éclater en sanglots. Il s'appuya sur le dos de la chaise,
…vrit son visage de ses fortes mains; des gémissements, des
…pirs, des sanglots débordèrent de sa poitrine, de grosses
…mes filtrèrent à travers ses doigts et vinrent mouiller le sol. »
…omme du monde qui lisez ce récit, ces larmes étaient bien
…à même nature que celles que vous pourriez verser sur le
…cueil où gît votre premier né. C'étaient des larmes de la même
…ture que celles que vous avez répandues, madame, en enten-
…t les cris de votre enfant agonisante. Car Tom était un homme,
…rous êtes vous-même un homme comme lui, monsieur. Vous
…dame, quoiqu'habillée de soie, quoique resplendissante de pier-
…ies, vous n'êtes après tout qu'une femme et les grandes
…nes, les chagrins cuisants de cette misérable vie ne distin-
…nt pas de castes.

…- Maintenant, dit Elisa, qui était restée sur le seuil de la porte, il faut que je vous dise: j'ai vu mon mari dans la soirée et je soupçonnais à peine alors ce qui nous menaçait. On l'a poussé à bout et il m'a dit qu'il allait s'enfuir. Faites tout votre possible pour lui faire savoir mon départ. Dites-lui comment et pourquoi j'ai dû me sauver; que je vais essayer d'aller au Canada. Dites-lui bien surtout que sa femme qui l'aime tendrement et qui peut-être ne le reverra jamais.... • Elle s'arrêta un instant détourna la tête et continua d'une voix étouffée: • lui recommande de se comporter en bon chrétien et de vivre de manière ce que nous puissions, au moins, nous retrouver au ciel. — Appelez Bruno, ajouta-t-elle, et fermez la porte sur lui, pauvre bête! il ne faut pas qu'il me suive. •

Quelques paroles furent échangées encore entre ces pauvres malheureux, quelques larmes, puis on se dit adieu en réclamant l'un pour l'autre les bénédictions du ciel, et la pauvre mère serrant entre ses bras son enfant effrayé s'éloigna sans bruit.

CHAPITRE VI.

LA DÉCOUVERTE.

M. et Mme Shelby, dont la discussion s'était prolongée jusqu'à une heure assez avancée de la nuit, eurent de la peine à trouver le sommeil: aussi était-il plus tard que de coutume quand ils se levèrent.

— Je suis bien étonnée de ne pas voir Elisa, dit Mme Shelby après avoir tiré plusieurs fois le cordon de la sonnette; qu'est-ce donc qui peut la retenir?

M. Shelby, devant son miroir, était occupé à repasser son rasoir; la porte s'ouvrit et un jeune garçon de couleur entra, apportait à son maître de l'eau chaude pour qu'il pût se raser.

— André, dit Mme Shelby, allez trouver Elisa, et dites-lui que voilà trois fois que je sonne pour l'appeler. — Hélas! se dit-elle en elle-même en soupirant, malheureuse affaire!

André revint bientôt avec un air tout effaré.

— Ah! Seigneur, dit-il, maîtresse! Les tiroirs de la commode de Lizzy sont ouverts, tout est bouleversé dans sa chambre et je crois qu'elle est partie. »

Ces paroles révélèrent en même temps la vérité aux deux époux.

— Assurément, dit M Shelby, elle aura soupçonné quelque chose et elle se sera enfuie.

Dieu soit loué ! dit Mme Shelby , puissiez-vous avoir deviné

Femme , vous parlez comme une folle ! En vérité , me voilà un bel embarras si elle a fait ce coup là. Haley a bien vu toutes tergiversations quand il s'est agi de vendre cet enfant et manquera pas de dire que j'étais de connivence avec la mère qu'elle emmenât son fils. Mon honneur y est intéressé. »

M. Shelby sortit en toute hâte de sa chambre.

Tout fut en mouvement dans la maison ; on criait, on courait chambre en chambre , on ouvrait, on fermait les portes , on contrait, dans toutes les parties de la maison, des visages de es les nuances possibles. Ce *remue-ménage* dura un quart ure. Une seule personne, celle qui aurait pu donner quelques ircissements sur ce qui provoquait cet émoi général, gardait silence parfait: c'était notre cuisinière en chef, la bonne e Chloé : sa physionomie naguère encore si joyeuse, était assombrie par une triste pensée : elle s'occupait, sans proférer un mot, à préparer les biscotes pour le déjeûner, comme si n'entendait rien , comme si elle ne voyait rien de tout ce ha ha.

Bientôt, une douzaine de petits lutins vinrent se percher me autant de corbeaux, sur la rampe de l'escalier qui menait estibule, tous dans l'intention d'apprendre au maître étran- da mauvaise chance qu'il avait eue dans cette affaire,

— Il va devenir tout-à-fait fou , dit André.

— Ne jurera-t-il pas? dit le petit Jean.

— Oh ! sûr qu'il jurera, dit Amandine. J'ai entendu hier au r : j'ai tout entendu moi, tout, parce que j'étais dans le ca- t à la vaisselle , vous savez, et j'entendais tout ce qu'on disait.

Amandine qui n'avait jamais en sa vie songé à comprendre ns d'un mot qu'elle entendait, prenait maintenant un air ortant, se pavanait et oubliait de dire que pendant qu'elle dans le cabinet à la vaisselle, elle avait été prise d'une si envie de dormir, qu'elle n'avait pas su résister au sommeil.

nfin, Haley parut, botté, éperonné. Aussitôt tous ces mar- de lui crier la fatale nouvelle. Ils ne furent pas trompés dans espoir d'entendre jurer le marchand : les plus énormes jure- ts tombaient de sa bouche dru comme grêle, pendant que les rillons le persifflaient en sautillant derrière lui ; ils avaient d soin toutefois d'esquiver les coups de cravache dont le chand d'esclaves voulait assaisonner ses imprécations ; bien- ls se mirent à le huer tous ensemble et coururent se rouler es foins de la remise , et , tout en harcelant Haley de leurs ards, ils se mirent à pirouetter et à crier tout leur soul.

— Ah ! si je tenais ces petits diables ! murmurait Haley entre ents :

— Oui , mais vous ne nous tenez pas, aussi ! — dit André avec r triomphant, tout en faisant derrière le dos du malheureux chand une grimace que nous n'essayerons pas de décrire.

ley entra brusquement dans la salle.

— J'apprends une singulière affaire, Shelby, dit-il; il paraî que la femme est partie avec son enfant.

— M. Haley, madame Shelby est ici : il semble que vous n vous en apercevez pas, — dit M. Shelby.

— Pardon, madame, dit Haley, en saluant d'une manièr guindée, et sans rien perdre de son air contrarié, — mais to jours est-il que c'est là une singulière affaire : Est-ce bien vra monsieur?

— Monsieur Haley, si vous voulez que nous conférions e semble, il faut d'abord que vous preniez un ton convenable que vous vous conduisiez en homme qui sait vivre. André! dé barrassez M. Haley de son chapeau et de sa cravache. Prenez siége, monsieur. Maintenant, je vous dirai que malheureuseme ce que vous avez appris est vrai. A mon grand regret, la mèr eu vent de nos conventions; a-t elle entendu elle-même not conversation? lui en a-t-on parlé? c'est ce que j'ignore; ce q je sais, c'est qu'elle s'en est alarmée et que pendant la nuit e a pris la fuite avec son fils

— Je devais cependant compter que cette affaire avait é loyalement traitée, j'avoue que.....

— Monsieur, dit Shelby d'un ton froissé, que voulez-vous di par là? Sachez que quand on met mon honneur en question, n'ai qu'une manière de répondre.

A cette sortie de M. Shelby, le marchand baissa le ton.

— Il est diablement dur, balbutia-t-il, quand on croit av fait un bon marché bien en règle, d'être frustré ainsi.

— M. Haley, si je ne faisais pas la part du mécontenteme qu'a dû vous occasionner ce désappointement, je n'aurais souffert le langage inconvenant que vous avez tenu en entra ici. Je vous déclare aussi que je n'entends pas que vous para siez insinuer que j'aurais pu, déloyalement, être complice de qui s'est passé. Au surplus, je vous dirai, que je suis dans l' tention de vous aider à retrouver votre bien. Je mets à votre d position pour cela, mes chevaux, mes esclaves et tout ce pourra faciliter vos recherches. En résumé, Haley, dit-il, en p sant soudainement du ton froissé qu'il avait pris pour remettre marchand à sa place, au ton d'aisance et de courtoisie qui était ordinaire, ce que vous avez de mieux à faire maintena c'est de ne pas vous tourmenter; nous allons déjeûner ensemble nous aviserons ensuite au parti à prendre.•

Mme Shelby se leva alors, s'excusa de ne pouvoir figurer déjeûner ce matin, à cause de ses occupations; elle chargea mulâtresse qui avait un air tout-à-fait respectable, de prépare café pour M. Haley et quitta la salle.

— La bonne Dame n'aime pas extraordinairement votre hu ble serviteur, dit Haley en s'efforçant de faire l'aimable.

— Je ne suis pas habitué à entendre parler de ma femme a cette familiarité, dit M. Shelby d'un ton sec.

— Pardon! mille pardons! C'est bon pour plaisanter, — Haley avec un rire forcé.

— Il y a plaisanteries et plaisanteries , reprit Shelby.

— Il est diablement fier maintenant que j'ai signé ces maudits papiers , murmura le marchand en lui-même ; il est devenu bien hautain depuis hier ! •

Jamais chûte de premier ministre ne produisit à la cour une sensation aussi profonde que le triste sort de Tom n'en produisit parmi tous les esclaves de l'exploitation. C'était le thème de toutes les conversations; les travaux, soit à la maison, soit dans les champs, étaient interrompus pour parler de cet évènement, et on se perdait en conjectures sur le résultat probable de cette vente. La fuite d'Elisa , fait sans exemple dans l'exploitation de M. Shelby, avait bien aussi de quoi alimenter les causeries de toute cette population en émoi.

Sam (1) le noir , comme on l'appelait communément, parce qu'entre tous les enfants de la race au teint d'ébène, il était remarquable par une peau trois fois plus foncée que les autres, Sam le noir donc, retournait dans son esprit les conséquences de la vente de Tom. Il examinait la chose sous toutes ses phases, et calculait avec une grande portée de vue , digne d'un de nos patriotes de Washington, les heureux résultats qu'elle pourrait avoir pour son bien-être personnel.

« Mauvais vent souffle maintenant ici, c't'un fait , — disait-il d'un ton doctoral en relevant son pantalon et en remplaçant par un énorme clou , un des boutons de bretelle qui faisait défaut. Cette ingénieuse substitution donna à Sam une haute idée de ses facultés intellectuelles et de ses dispositions pour les arts mécaniques : » Oui, répéta-t-il , mauvais vent souffle maintenant ici. Maintenant Tom en bas, bien ! place pour quelque nègre monter en haut. Et pourquoi pas ce nègre-ci , dit Sam en se désignant lui-même. Tom courir à cheval partout : Tom , bottes cirées ; Tom , *passe* dans la poche ; Tom le premier , plus grand que tous ; à présent , Tom en bas , pourquoi pas Sam en place? Pourquoi pas?

— Ohé! Sam! eh! Sam ! cria André en interrompant ce solilo- que, — maître dire vous prendre Bill et Jerry.

— Diantre! quoi en train maintenant, petit nègre ?

— Quoi ? vous pas savoir donc *Lizzy* avoir pris son bâton, et partir loin avec son enfant.

— Vous faire leçon à votre maître, petit ! dit Sam avec le ton le plus dédaigneux, moi avoir su *considérablement* avant vous. Moi, pas un nègre novice, dà !

— Bon! alors maître dire Bill et Jerry être *habillés* tout suite. Et vous et moi monter dessus et courir avec M. Haley pour chercher *Lizzy*.

— Bien! bien ! dit Sam ; le moment être venu. Sam être choisi pour cette chose. Sam être le nègre pour remplacer Tom. Vous voir si moi pas attraper Lizzy. Maître bientôt voir combien Sam capable!

_____

(1) Sam est le diminutif de Samuel.

4

— Ah ! mieux valoir vous regarder deux fois, Sam. Maître
pas vouloir Lizzy être prise et si vous faire, elle arracher
cheveux à vous.

— Diantre ! dit Sam, en ouvrant de grands yeux, comme
vous savoir ça?

— Avoir entendu moi-même au matin. Moi avoir porté à maî
eau pour faire barbe. Maîtresse avoir envoyé moi pour voir po
quoi Lizzy pas venir pour habiller elle, et quand moi venir dir
Lizzy être partie. Maîtresse se lever et dire : Dieu être loué! M
tre lui tout mécontent avoir dit : Femme vous parlez comme fol
Mais moi bien savoir maîtresse faire penser maître comme elle
pour nous meilleur de tenir du côté de maîtresse, moi bien d
ça à vous, Sam. »

Sur cette déclaration, le noir Sam se gratta la tête; si cette tê
n'était pas abondamment pourvue de sagesse, elle était du mo
bien pénétrée de la vérité de certain principe fort en vogue pa
mi les politiques de toute condition et de tous pays ; c'
qu'avant tout, il faut s'assurer *de quel côté la tartine est beurr*
Sérieusement occupé à méditer cet axiôme, notre noir releva
nouveau son pantalon, ce qu'il ne manquait jamais de faire qua
son esprit était embarrassé sur le choix d'un parti à prendre.

— Pas jamais savoir comment faire, pour les choses qui
passent dans *ce monde-ci!* dit-il enfin.

Notre fameux philosophe prononçait avec emphase ; *ce mond
ci*, comme s'il lui avait été loisible de vivre au milieu de plusieu
sortes de mondes. Il est vrai que son amour-propre de pense
profond devait être blessé, d'abandonner les premières concl
sions qu'il avait prises avec une si haute sagesse.

— Sûr, moi avoir dû penser maîtresse vouloir remuer tout
monde pour trouver Lizzy, ajouta-t-il d'un air réfléchi.

— Mais pas donc vous pouvoir comprendre, *noir!* maître
pas vouloir M. Haley avoir petit garçon à Lizzy ? Voilà !

— Diantre ! — dit Sam avec ce ton dont on ne peut se fai
une idée que quand on a vécu au milieu des nègres.

— Et moi dire vous, continua André, le mieux être de prép
rer les chevaux, beaucoup vite; moi avoir entendu maîtres
demander après vous. Vous avoir dit sottises assez. »

Sam aussitôt se mit à l'œuvre et parut bientôt devant la maiso
conduisant Bill et Jerry qu'il avait lancés au galop. Il sauta le
tement à terre avant d'avoir arrêté ses chevaux et, prom
comme le vent, il les attacha au poteau placé à cet effet deva
l'entrée de l'habitation. — Le cheval d'Haley était un jeune po
lain ombrageux; il se mit à ruer, à faire le rodomond, à tirer s
le licou qui le retenait captif.

— Oh! oh! disait Sam, vous méchant ? et son visage no
s'épanouit; il venait de concevoir une idée malicieuse : — Mo
vouloir vous pas bouger.

L'endroit où Sam venait d'attacher Bill et Jerry était ombra
par un hêtre touffu ; le sol que couvrait l'arbre était jonché
faines triangulaires et piquantes. Sam ramassa un de ces fruit

approcha du poulain, et le carressa comme s'il avait eu l'intention de le calmer.

Puis, sous le prétexte d'ajuster la selle, il glissa adroitement dessous la faîne traîtresse de manière à ce que le moindre poids placé sur la selle irritât la sensibilité de l'animal et cela sans qu'on pût en suspecter la cause.

— Là! — dit-il, en faisant rouler ses yeux dans leur orbite avec expression du contentement; — moi rendre vous tranquille. »

A ce moment, Mme Shelby parut au balcon et fit signe à Sam s'approcher. Celui-ci obéit, tout aussi déterminé à faire sa cour que le plus fameux solliciteur allant postuler une place vacante au palais de St-James ou à Washington.

— Pourquoi donc avez-vous été si longtemps à venir, Sam? Je vous avais fait dire par André de vous hâter.

— Dieu pardonne moi, maîtresse! Chevaux pouvoir pas être attrapés dans une minute. Eux avoir couru tout en bas la prairie. Dieu savoir combien être difficile....

— Sam! combien de fois faudra-t-il vous dire qu'il ne convient pas de répéter toujours: Dieu me pardonne! Dieu sait! et autres expressions de ce genre? C'est mal de parler ainsi.

— Dieu pardonne-moi! Moi avoir oublié, maîtresse, moi vouloir plus dire jamais.

— Mais vous venez encore de le dire à l'instant.

— Moi avoir encore? O Dieu me!... Non moi penser à présent, moi pas finir.

— Il faut y prendre garde, Sam!

— Vous permettre moi respirer, maîtresse, et moi attention; moi prendre garde toujours.

— C'est bien, Sam. Maintenant écoutez: vous allez accompagner M. Haley pour lui montrer la route et l'aider dans ses recherches. Soyez bien soigneux pour les chevaux, Sam, je vous le recommande; vous savez que Jerry boitait un peu la semaine dernière, *ne le faites pas courir trop vite.* •

Mme Shelby prononça ces derniers mots à voix basse, mais en appuyant dessus cependant.

— Laissez faire Sam pour ça! dit le nègre en exprimant par son regard qu'il avait parfaitement compris l'intention de sa maîtresse. Dieu savoir!.. Diantre! moi pas dire ça! — et Sam retenait son souffle et exprimait d'une manière si grotesque la crainte qu'il avait d'être réprimandé encore par sa maîtresse, que celle-ci, en dépit d'elle-même, ne pût s'empêcher de rire. — Oui. continua Sam rassuré, maîtresse! *moi prendre beaucoup soin des chevaux!* •

Sam retourna alors sous le hêtre et dit à André: Moi pas être surpris; si l'animal du gentlemen ruer quand lui monter dessus. Vous savoir André telles créatures faire quelquefois ruer; et il accompagnait cette prédiction d'un coup de coude dans les côtes d'André.

— Bah! dit celui-ci avec cet air d'interrogation qui semble dire: *est-ce que vous avez fait en sorte que les choses arrivent ainsi?*

— Vous savoir, André, maîtresse vouloir gagner temps. M[oi?] bon observateur, moi comprendre. Moi faire pour gag[ner] temps. A présent vous voir, vous laisser les chevaux à nous [se] brioler, promener ici et moi espérer maître Haley bientôt c[ul]buter.

— André sourit en entendant ce début du programme de [la] singulière fête que préparait Sam.

— Vous voir? continua celui-ci, vous comprendre, André[.] Quand le cheval de M. Haley, commencer pas vouloir obéi[r,] s'emporter, vous laisser les chevaux à nous, moi laisser aussi l[es] chevaux à nous; *nous venir assister* Haley. *Nous bien assist[er] lui, alors !*

Et Sam, et André se pâmèrent de rire, évitant toutefois de [le] faire d'une manière trop bruyante ; ils firent claquer leurs doig[ts] et se réjouirent par avance du plaisir que cette scène allait le[ur] procurer.

Haley parut enfin à l'entrée du vestibule : quelques tasses d'[un] excellent café avaient calmé son emportement. Il avait maintena[nt] le visage souriant, et parlait comme un homme qui a retrou[vé] sa belle humeur. Sam et André cueillirent quelques branch[es] de palmier, c'était là leur mode de coiffure, et ils se rendire[nt] auprès du poteau où étaient attachés les chevaux pour assist[er] Mʳ Haley.

Les feuilles qui composaient le couvre-chef de Sam étaient di[s]posées plutôt avec art qu'avec méthode. On n'aurait pu sou[p]çonner qu'elles étaient tressées ensemble ; elles pendaient [à] droite, à gauche ; ou se dressaient au-dessus de la tête du noi[r.] Ce laisser-aller de feuilles donnait à celui qui en était affublé u[n] air de liberté, d'indépendance qui le faisait ressembler à quelqu[e] chef de tribu sauvage. André avait formé avec les mêmes maté[riaux une masse compacte de verdure qu'il enfonça sur sa tê[te] d'un air triomphant en semblant demander aux assistans : *qui [de] vous ose dire que je n'ai pas de chapeau ?*

— Allons enfants, dit Haley, en route et dépêchons-nous ; [il] ne faut pas que nous perdions de temps.

— Nous pas perdre un morceau de temps, maître, répond[it] Sam, en présentant à Haley la bride de sa monture et en l[ui] tenant l'étrier, tandis qu'André détachait les deux autres che[vaux.

— A peine Haley eut-il touché la selle, que le fougueux poula[in] se mit à bondir comme une chèvre et démonta son cavalier q[ui] alla rouler à quelques pieds de là sur un tas de foin. Sam, cria[nt] à tue-tête, fit mine de vouloir s'élancer pour saisir la bride [du] coursier rétif : mais les feuilles de palmier dont il s'était couron[né] vinrent piquer les yeux du pauvre animal, ce qui n'était guè[re] propre à le calmer. Aussi, dans sa fureur surexcitée par cet[te] nouvelle douleur, il renversa le nègre, exprima son indignati[on] par deux ou trois hennissements et, après avoir lancé quelqu[es] ruades il se mit à fuir à l'extrémité de la plaine en compagnie d[e] Bill et de Jerry qu'André n'avait pas manqué de mettre en [li] perté, suivant qu'il avait été convenu entre lui et Sam. Suivit une scène de confusion indescriptible. Sam et André couraient en poussant des cris. Tous les chiens se mirent à aboyer. Mike, Jose, Mandy, Janny, et tous les marmots de l'habitation, filles et garçons, se mirent de la partie, criant, courant, frappant des mains, faisant des huées, bref un tintamarre des plus inopportuns en pareille circonstance.

Le cheval d'Haley, qui était vif et léger, parut vouloir entrer dans l'esprit de cette scène et y prendre goût; il avait, pour fournir sa carrière, une plaine d'environ un demi mille d'étendue, bordée de chaque côté par des plantations d'arbres; il prenait un singulier plaisir à voir jusqu'à quelle distance il pouvait permettre à ceux qui le poursuivaient d'approcher de lui. Lorsque ceux-ci n'avaient que la main à étendre pour le saisir, il frémissait, commençait à hennir comme un méchant animal qu'il était et courait se réfugier dans une des allées plantées qui bordaient la plaine. Sam ne désirait rien moins que de voir quelqu'un de la troupe arrêter le cheval jusqu'à ce que le moment convenable, suivant lui, fût venu. Il fit, pour réaliser ce but, des efforts vraiment héroïques. Comme l'épée de *Richard-Cœur-de-Lion* qui brillait toujours au plus fort de la mêlée, la coiffure de Sam se remarquait toujours, au milieu de cette lutte de vitesse; chaque fois que le cheval était sur le point d'être pris, il brandissait alors *son casque* de feuillage pour effrayer le coursier, ce qui ne l'empêchait pas de crier:

— Allons! prendre lui, prendre lui! et le cheval se mettait à courir de plus belle.

Haley courait çà et là, maudissait les poursuivants, tempêtait et jurait sur tous les tons. M. Shelby, du haut du perron, s'efforçait, mais en vain, de diriger cette chasse. Mme Shelby, de la fenêtre de sa chambre, considérait avec ravissement cette scène; elle ne pouvait s'empêcher d'en rire, soupçonnant bien au fond quelle était la cause de toute cette déroute.

Enfin, vers midi, Sam revint, avec l'air d'un triomphateur, monté sur Jerry et conduisant par la bride le cheval d'Haley tout couvert de sueur; mais les yeux étincelants de l'animal, ses narines dilatées, semblaient annoncer qu'il avait encore quelque velléité de reconquérir sa liberté.

— Lui être pris, dit Sam: si moi avoir pas été là, les autres nous encore courir, mais moi avoir pris tout suite.

— C'est-à-dire que sans vous, — grommela Haley d'un ton peu aimable, — sans vous, ça ne serait pas arrivé.

— Dieu pardonne-moi! maître, dit Sam tout consterné, moi voir courir tant pour lui attraper, moi rempli de sueur.

— Bon, bon, vous m'avez fait perdre plus de trois heures avec votre sotte manière de courir. Allons, maintenant, ne perdons pas plus de temps; assez de sottises comme cela.

— Quoi? maître, dit Sam d'un ton suppliant, moi croire vous vouloir tuer nous tous, vous tuer chevaux aussi. Nous pleuvoir sueur, pauvres bêtes fumer de sueur, vous, maître, pas pouvoir

penser partir avant *après dîner*, cheval à vous, maître, avoir be
soin être frotté, lui tout mouillé, Jerry lui boiter ; moi pas pen
ser maîtresse permettre nous partir tout suite. Nous pas dépêche
besoin ; nous pouvoir reposer. Lizzy pas jamais avoir été grand
marcheur. •

Mme Shelby qui avait écouté avec plaisir cette conversation
du vestibule, s'avança pour y prendre part. Elle exprima au mar
chand, avec le plus de courtoisie possible, tout le regret que lu
faisait éprouver l'accident qui lui était arrivé, le pressa d'accep
ter son dîner, ajoutant qu'on allait servir immédiatement.

Tout bien considéré, Haley se rendit d'assez mauvaise grâce
l'invitation de Mme Shelby, il entra en conséquence dans la sall
à manger ; Sam ne manqua pas de faire derrière le marchan
une de ces grimaces qu'on ne saurait décrire, puis il s'achemin
avec les chevaux vers l'écurie.

— Vous avoir vu lui, André, vous avoir vu ? — dit Sam aprè
avoir attaché le cheval d'Haley sous la remise. Oh ! moi, avoi
eu autant plaisir que dans le meeting pour voir lui danser e
frapper avec le pied et jurer après nous. Moi disais à moi-mêm
Toi jurer, vieux coquin, tant que toi vouloir. Toi, penser m
attraper cheval ? toi courir toi-même pour attraper, je disai
à moi-même ; moi croire encore voir lui, André. •

Et tous deux en se rappelant la scène qui venait de se passe
riaient de tout leur cœur.

— Vous avoir vu lui regarder moi quand moi avoir *apporté*
cheval à lui. Méchant ! oh ! lui, avoir tué moi, si oser. Et me
avoir fait comme innocent et humble. Et maîtresse, vous av
vu sur l'escalier ? Moi avoir vu elle rire.

— Moi courir, dit André, pas rien voir. »

Sam commença alors à bouchonner le poney d'Haley, tout e
continuant à s'entretenir avec André.

— Moi avoir beaucoup habitude pour *observation*, André : cet
chose être très importante, André, et moi recommander à vo
de étudier beaucoup ça quand vous encore tout jeune. — Vo
tenir le pied du cheval, André. — Vous comprendre, Andr
observation faire toute la différence entre nous nègres. Si m
avoir pas *observé* quel côté le vent souffler ce matin, moi avo
pas vu quoi maîtresse voulait. Ça être *observation*, ça être u
grande chose.

— Moi pense, dit André, vous pas avoir vu clair si moi p
avoir aidé vous pour *observer* ce matin.

— André, vous avoir esprit beaucoup, moi pas douter vo
avoir beaucoup esprit. Moi pas rougir pour avoir idées de vo
nous devoir jamais mépriser petits ; petits un jour peut ê
plus grands que nous. Allons, André, nous aller à la maiso
à présent. Moi être trompé ou maîtresse donner nous un b
morceau aujourd'hui.

CHAPITRE VII.

LUTTES ET ANGOISSES D'UNE MÈRE.

Il est impossible d'imaginer une créature humaine plus désolée, plus délaissée que la pauvre Elisa, au moment où elle s'éloigna de la case de l'oncle Tom.

Les souffrances de son mari, les périls auxquels il allait s'exposer, le danger qui menaçait son enfant, toutes ces amères pensées accablaient son esprit en même temps. Et puis, quels risques ne courait-elle pas en s'éloignant de la seule demeure qui fût pour elle sur la terre? Que deviendrait-elle, privée de la protection du vertueux Tom pour lequel elle avait toujours eu la plus respectueuse affection? A ces tourments venait se joindre le regret d'abandonner ces lieux si chers à son souvenir. C'est là qu'elle avait grandi; elle avait joué sous ces arbres; combien de fois, en des temps plus heureux, elle s'était promenée, le soir, dans ces belles allées, avec son jeune époux. Tout dans cette froide nuit, si brillante d'étoiles, semblait s'animer pour lui demander comment elle pouvait se résoudre à quitter un tel séjour.

Mais l'amour maternel qui croissait à mesure que le danger devenait plus pressant, criait plus haut que tous ces objets matériels. L'enfant était assez âgé pour pouvoir marcher à côté d'elle; en toute autre circonstance, elle se fût contentée de le conduire par la main, mais dans ce moment, la seule pensée de ne plus le tenir entre ses bras, la faisait frissonner et elle l'étreignait convulsivement contre son sein en s'éloignant rapidement.

Le sol gelé craquait sous ses pieds et ce bruit la faisait trembler. Le frémissement d'une feuille, une ombre qui vacillait, faisaient affluer tout son sang vers le cœur et elle hâtait sa marche. Elle s'étonnait elle-même de la force qui semblait lui être venue; son enfant lui paraissait aussi léger qu'une plume et chaque mouvement de crainte doublait son énergie et elle sentait qu'une force surnaturelle la soutenait. C'est qu'alors des lèvres pâles de la pauvre mère s'échappaient ces invocations adressées à celui qui, du ciel, protége les infortunés: Seigneur venez à mon aide! Seigneur, sauvez-moi!

S'il vous avait été dit, tendre mère, que votre Henri, ou votre petite Marie seraient arrachés de vos bras demain matin, par un brutal marchand, si vous aviez vu cet homme, si vous aviez entendu qu'il tenait en main le marché écrit qui lui livrait votre enfant, et que vous n'aviez que le temps qui devait s'écouler depuis minuit jusqu'au jour pour échapper par la fuite à ce cruel malheur, avec quelle rapidité auriez-vous couru? Combien de milles auriez-vous pu faire, dans un si court espace de

temps, avec votre cher enfant sur votre sein, sa petite tête
endormie sur votre épaule, ses bras délicats enlacés autour de
votre cou?

Car l'enfant s'était endormi. D'abord la nouveauté de ce qui se
passait, la crainte, l'avaient tenu éveillé; mais sa mère lui avait
si expressément recommandé de respirer le plus légèrement
possible, lui promettant que s'il se tenait parfaitement tranquille
elle le sauverait certainement, qu'il s'était attaché à son cou
sans oser remuer; seulement, quand il sentit venir le sommeil
il avait demandé à voix basse :

— Maman, je n'ai pas besoin de rester éveillé, n'est-ce pas?

— Non, mon chéri, dormez si vous avez sommeil.

— Mais, maman, si je dors vous ne me laisserez pas prendre
par *lui?*

— Non, tant que Dieu m'aidera, — dit-elle, en pâlissant d'effroi
pendant que ses grands yeux noirs brillaient d'un plus vif éclat

— Vous en êtes bien sûre, n'est-ce pas, maman?

— Oh! oui, bien sûre! répondit Elisa avec un ton de conviction dont elle s'étonna elle-même. Car il lui sembla que cette
voix qui répondait ainsi par sa bouche, ne lui appartenait pas

Et l'enfant avait appuyé sa tête, appesantie par le sommeil
sur l'épaule de sa mère, et il s'était endormi. Combien, la douce
chaleur que produisait sur le cou d'Elisa, les petits bras et le
souffle si paisible de la respiration du petit Henri, augmenta
l'ardeur de sa mère. Le moindre mouvement de cet être chéri qui
dormait sur son sein dans une entière sécurité était pour elle
comme une commotion électrique qui réveillait son énergie.
Qu'il est admirable cet empire de l'esprit sur le corps, qui peut
pour un temps, rendre la chair insensible, donner aux muscles
la dureté de l'acier, et communiquer aux plus faibles une force
surhumaine!

L'enclos qui limitait la ferme, la prairie, le bocage et tous ces
lieux qu'Elisa connaissait si bien, fuyaient rapidement derrière
elle, sans qu'elle songeât à ralentir sa marche, à s'arrêter pour
les revoir encore avant de les quitter. Lorsque le jour commença
à poindre, elle était sur la grand'route, à plusieurs milles de
tout ce qui avait été pour elle une patrie.

Elle avait souvent accompagné sa maîtresse dans les visites que
celle-ci rendait à quelques uns de ses parents, dans le village
de T..., à peu de distance de l'Ohio, elle connaissait parfaitement
la route qui conduisait à ce village. Gagner les rives de l'Ohio
traverser la rivière, tel était le plan d'évasion qu'elle avait
ébauché à la hâte. Pour le surplus, elle mettait tout son espoir
en Dieu.

Dès qu'elle vit chevaux et voitures se mettre en mouvement sur
la route, avec cette promptitude de perception propre à ceux
qui se trouvent dans un état de surexcitation, elle comprit que
sa marche précipitée, son air égaré pourraient la faire remarquer et qu'infailliblement elle serait bientôt soupçonnée. C'est
pourquoi elle se décida à mettre son enfant à terre, rajusta

ilette et se remit à marcher aussi vite qu'elle crut possible de
faire pour ne pas éveiller les soupçons. Elle avait eu soin de
mettre dans son paquet une petite provision de gâteaux et de
pommes ; elle s'en servit comme d'un expédient pour hâter la
marche d'Henri : elle faisait rouler une pomme à quelques pas, et
l'enfant courait pour la ramasser. Cette ruse, souvent répétée
fut en sauvant les apparences, leur fit faire plus d'un demi-mille
en peu de temps.

Bientôt ils arrivèrent près d'un épais taillis, au milieu duquel
coulait en murmurant un clair ruisseau. Comme l'enfant se plaignait alors de la faim et de la soif, elle passa avec lui par-dessus la
haie, et s'étant assise derrière un énorme rocher qui la dérobait
aux yeux des voyageurs de la route, elle retira de son petit bagage
de quoi donner à déjeûner à son fils. L'enfant, étonné et attristé
de ne pas voir manger sa mère, avait passé ses petits bras autour
de son cou et il cherchait à faire entrer dans sa bouche quelques
morceaux de son gâteau ; mais la pauvre femme craignait que si
elle cédait à ce désir, le moindre morceau qu'elle chercherait à
avaler ne la suffoquât.

« Non, non, enfant chéri, maman ne peut manger jusqu'à ce
que son petit Henri soit en sûreté. Et pour cela, il nous faut encore marcher, marcher, jusqu'à ce que nous soyons arrivés à la
rivière. » Elle se hâta de regagner la route et elle s'astreignit de
nouveau à une marche calme et régulière.

Elle était parvenue à plusieurs milles du voisinage où elle était
connue ; si elle avait rencontré quelqu'un de sa connaissance,
elle pensait que, sachant la bienveillance avec laquelle on la
traitait dans la famille Shelby, on se garderait bien de la soupçonner de fuir. Son teint était assez blanc pour qu'on ne s'aperçût
pas, sans un examen attentif, qu'elle était issue d'une race de
couleur ; son fils était aussi très blanc de peau ; elle pouvait donc
espérer qu'elle passerait sans être remarquée.

Rassurée par cette pensée, elle s'arrêta, à midi, dans une ferme
parfaitement propre pour s'y reposer un peu, et s'y procurer de
quoi dîner pour elle et pour son enfant. La distance à laquelle
elle se trouvait avait considérablement diminué le danger ; le
système nerveux qui n'était plus surexcité par les émotions,
s'était affaissé et la pauvre mère commençait à sentir la fatigue
et la faim.

La bonne femme qui dirigeait la ferme fit bon accueil à la
fugitive ; elle aimait à jaser ; c'était donc une bonne fortune pour
elle d'avoir quelqu'un avec qui elle pût causer tout à loisir ; elle
accepta sans examen les motifs qu'Elisa crut devoir lui donner
pour expliquer son voyage. « Je vais passer une semaine chez
des amis à quelque distance d'ici, » avait dit Elisa. La pauvre
mère espérait bien qu'elle ne faisait pas un mensonge en parlant
ainsi et qu'elle trouverait au-delà de l'Ohio des cœurs compâ-
tissants pour son malheur.

Une heure avant le coucher du soleil, elle entra dans le village
de T.... sur les rives de l'Ohio, fatiguée, les pieds meurtris, mais

son cœur était encore plein de courage. En arrivant, elle jeta d'abord un regard sur la rivière. C'était pour elle le Jourdain qui la séparait de la terre de Chanaan ; sur l'autre rive c'était la liberté.

On était aux premiers jours du printemps ; la rivière roulait dans ses eaux tumultueuses d'énormes glaçons dont elle semblait vouloir se débarrasser. Les rives de l'Ohio, du côté de Kentucky sont très sinueuses et les terres s'avancent dans les eaux de manière à les resserrer dans un étroit canal. Par suite de cette configuration, à l'endroit où nous sommes maintenant, des amas de glaçons, qui venaient s'empiler les uns sur les autres, formaient une barrière qui empêchait la rivière de pousser au loin les débris de glace qu'elle charriait, et un immense radeau flottant la couvrait presque d'une rive à l'autre.

Elisa s'arrêta un instant à examiner cet état de choses si peu favorable à son projet ; il lui était démontré qu'il était impossible que le bac pût traverser la rivière ainsi obstruée de glaçons ; elle se dirigea vers une petite auberge située sur la rive, pour prendre quelques renseignements à cet égard.

L'hôtesse était occupée, devant le feu, à préparer le repas du soir, quand la voix douce et plaintive d'Elisa vint frapper son oreille ; elle suspendit ses opérations culinaires et lui dit :

— Que voulez-vous ?

— N'y a-t-il pas un bac ou un batelet pour passer à B... ?

— Non, vraiment. Les bateaux ne peuvent naviguer maintenant. »

L'air consterné et désappointé avec lequel Elisa accueillit cette réponse, frappa l'hôtesse qui, pour savoir ce que cela signifiait, lui demanda :

— Vous aviez besoin de passer la rivière ? — C'est pour aller voir quelqu'un de malade peut-être ? Vous paraissez si inquiète.

— J'ai un enfant en danger, se hâta de répondre Elisa. Ce n'est qu'hier soir que je l'ai appris et je suis venue jusqu'ici tout d'une traite dans l'espoir d'y trouver le bac.

— Ah ! c'est bien malheureux, dit l'hôtesse, dont les sympathies maternelles étaient réveillées par ce que venait de lui dire Elisa, « j'en suis désolée pour vous. Salomon ! — cria-t-elle par la fenêtre, en se tournant vers un petit atelier qui était dans le fond de la maison.

Un homme, avec un tablier de cuir, parut aussitôt à la porte de l'atelier.

— Salomon ! est-ce que cet homme va conduire ce soir ses tonneaux de l'autre côté ?

— Il a dit qu'il essaierait, que s'il y avait moyen il passerait, répondit l'homme.

— C'est, dit l'hôtesse en s'adressant à Elisa, que nous avons ici quelqu'un qui doit passer ce soir des marchandises, s'il peut, s'il y a moyen ; il viendra souper ici ; attendez-le donc, c'est ce que vous avez de mieux à faire. Vous avez là un bien beau petit garçon, » ajouta-t-elle en offrant un gâteau à Henri.

Mais l'enfant, harassé de fatigue, se mit à pleurer et à se plaindre qu'il était las.

— Pauvre petit ! il n'est pas habitué à marcher, et je l'ai tant pressé, dit Elisa.

— Eh ! bien, conduisez-le ici à côté, dit l'hôtesse, en ouvrant la porte d'une chambre à coucher où il y avait un bon lit. Elisa plaça sur ce lit son enfant fatigué et prit ses mains dans les siennes jusqu'à ce qu'il fût endormi. Pour elle, il ne pouvait pas encore y avoir de repos. La pensée qu'elle était poursuivie, obsédait sans cesse son esprit et ses regards se portaient avec inquiétude sur la rivière dont les eaux tumultueuses la séparaient de la terre de la liberté.

Laissons la mère veiller un instant au chevet de son fils endormi, et occupons-nous de ceux qui sont à sa poursuite.

Mme Shelby avait bien promis que le dîner serait immédiatement servi, mais on vit cette fois encore se vérifier, ce dicton : *Il faut être plus d'un pour conclure un marché.*

En effet, bien qu'en présence d'Haley, l'ordre eût été donné de faire la plus grande diligence; bien que cet ordre eût été transmis à la tante Chloé au moins par une douzaine de petits messagers, l'illustre cuisinière, pour toute réponse à cet ordre pressant, s'était contentée de grommeler entre ses dents, de secouer la tête, et elle procédait à chaque opération culinaire avec une lenteur qui ne lui était pas habituelle, faisant tout *avec poids et mesure.*

Une même opinion paraissait exercer son influence sur tous les serviteurs de la maison : ils pensaient généralement que leur maîtresse ne leur saurait pas mauvais gré des retards qu'ils apportaient dans l'exécution de ses ordres. Et on ne saurait énumérer tous les contretemps, tous les accidents qui se succédèrent ce jour-là pour entraver le service. Un malheureux aide-cuisine fit tant et si bien qu'il renversa la sauce : il fallut bien en refaire une nouvelle avec tout le soin convenable ; la tante Chloé n'omit aucune des formalités requises; elle surveilla, tourna avec une précision calculée ; si on l'invitait à se hâter, elle répondait laconiquement *qu'elle ne se souciait pas de servir une sauce mal cuite, pour aider le premier venu à faire des captures.* L'un culbuta avec l'eau; il fallut aller en chercher de nouveau à la fontaine. Un autre, en entrant dans la salle à manger, laissa tomber le beurre sur le plancher. Pendant que les préparatifs du repas se faisaient au milieu de tous ces incidents, on venait rire à la cuisine en rapportant l'effet que ces retards produisaient sur Haley. *Il est joliment tourmenté,* disait-on; *il ne peut demeurer en place ; il va d'une fenêtre à l'autre, puis il vient mettre son nez à la porte.*

— Lui mériter d'être tourmenté! —dit avec indignation la tante Chloé. — Bien plus tourmenté encore un jour, si lui pas changer de route. *Son maître* envoyer chercher lui, et nous voir alors quelle mine lui faire !

— Lui! dans l'enfer, bien sûr, — disait le petit Jack.

— Oui, lui avoir mérité, reprit la tante Chloé d'un air en

courroux ; lui avoir brisé tant, tant de pauvres cœurs! Moi dire
à vous tous, — ajouta-t-elle en agitant sa fourchette, — être
comme maître Georges avoir lu dans le livre : âmes crier devant
l'autel, et appeler le Seigneur pour la vengeance, et le Seigneur
entendre et venger! »

La tante Chloé, qui était fort révérée dans la cuisine, fut
écoutée avec admiration, et, comme le dîner était enfin servi,
tout le personnel qui cuisinait sous sa direction, avait le loisir
de jaser avec elle et d'entendre ses observations.

— Lui brûler pour toujours, toujours, dit André.

— Moi content de voir lui brûler toujours, reprenait Jack.

— Enfants! — dit une voix qui les fit tous tressaillir : c'était la
voix de l'oncle Tom ; il venait d'entrer dans la cuisine et avait
écouté de la porte la conversation. — Enfants! je le crains, vous
ne comprenez pas ce que vous venez de dire. *Toujours* est un
mot terrible ; la signification de ce mot fait trembler quand on
y pense. Vous ne devez souhaiter pareille chose à aucune
créature humaine.

— Nous pas souhaiter pour personne : seulement pour marchands d'âmes. Pour eux nous pouvoir souhaiter ; eux si
méchants ! — répondit André.

— Nature elle-même crier contre eux, dit tante Chloé. Eux
arracher tout petit enfant des bras de sa mère, pour vendre lui.
Prendre ces pauvres petits quand ils crient en s'accrochant aux
vêtements de leur mère, et les vendre aussi ! Eux séparer mari
et femme, aussi méchante chose que s'ils tuaient les pauvres
créatures. — La tante Chloé commença à pleurer en parlant de la
séparation des époux. — Et pour tout cela, continua-t-elle, eux
pas tristes du tout, eux boire, eux fumer, eux bien tranquilles.
Oh ! Seigneur! si le diable pas prendre eux, pourquoi bon le
diable ? — Et la tante Chloé se couvrant le visage de son tablier
donna un libre cours à ses pleurs.

— *Priez pour ceux qui vous persécutent*, a dit le Seigneur.

— Moi prier pour eux ? oh ! Seigneur ça être trop dûr. Moi
pouvoir jamais prier pour eux.

— C'est la nature, Chloé, qui vous fait parler ainsi. La nature
a un grand empire sur nous; mais la grâce du Seigneur triomphe
de la nature. Vous devez penser au triste état dans lequel se
trouve l'âme de ceux qui font de tels trafics. Et alors, vous
remercierez Dieu, Chloé, de ce qu'il n'a pas permis que vous
leur ressembliez. Pour moi, je vous assure, j'aime mieux être
vendu, mille fois vendu, que d'avoir à répondre des actes dont
ils auront à répondre un jour.

— Quand eux auraient amassé une montagne d'or, le Seigneur
savoir attraper eux, n'est-ce pas, André? — dit Jack.

— André haussa les épaules et siffla en manière d'assentiment
pour cette proposition.

— J'ai grande joie que mon maître ne soit pas parti ce matin
comme il avait l'intention de le faire, — continua Tom; — il m'eût
été plus pénible de ne pas le revoir que d'être vendu. Peut-être

lui paraissait-il tout naturel à lui, d'agir ainsi : mais moi qui le connais depuis sa plus tendre enfance, il m'eût été bien dûr de ne pas lui dire adieu. Maintenant que je l'ai revu, je me sens plus disposé à me résigner à la volonté de Dieu. Mon maître ne pouvait éviter de me vendre ; oh ! sans doute, il a bien fait : mais, je crains que les choses n'aillent de travers quand je serai parti. Mon maître ne pourra pas, comme moi, avoir l'œil partout ; il ne pourra pas, comme moi, mener tout à bonne fin. Toùs nos garçons ont de bonnes intentions, mais ils sont bien négligents. C'est là ce qui m'inquiète. »

A ce moment, la sonnette se fit entendre et Tom fut mandé au salon.

— Tom, lui dit M. Shelby avec bonté, je voulais vous dire que je me suis engagé envers monsieur, à lui payer mille dollars s'il ne vous trouve pas ici quand il voudra vous emmener. Aujourd'hui il veut s'occuper de son autre affaire ; vous pouvez disposer de la journée comme vous voudrez ; allez où il vous plaira, Tom.

— Merci, maître, répondit Tom.

— Et mettez-vous bien ça dans la tête, dit le marchand, et n'allez pas attirer une méchante affaire à votre maître, avec un de vos tours de nègres. Je suis bien disposé à l'exproprier si vous n'êtes pas au poste. S'il m'avait voulu écouter, il ne se serait pas fié à vous... les nègres ! ça vous glisse entre les mains comme une anguille.

— Maître, — dit Tom, en se redressant, — je n'avais que huit ans quand notre vieille maîtresse vous mit entre mes bras ; vous aviez à peine un an, alors. « Tenez, Tom, me dit-elle, voilà celui qui doit être un jour votre jeune maître, ayez bien soin de lui. » Je vous le demande, maintenant, maître, vous ai-je jamais manqué de parole, ai-je jamais agi contrairement à vos intérêts depuis que vous me connaissez, et surtout depuis que j'ai le bonheur d'être chrétien ? •

M. Shelby était vivement ému ; des larmes roulaient dans ses yeux.

— Mon brave Tom, dit-il, le Seigneur sait que ce que vous dites est vrai, et si je pouvais l'éviter, je ne vous vendrais pas pour tous les trésors du monde.

— Et aussi sûr que je suis chrétienne, ajouta Mme Shelby, vous serez racheté, Tom, aussitôt que j'aurai réuni les moyens de le faire. — Monsieur, dit-elle à Haley, prenez bonne note de celui à qui vous le vendrez et faites-moi connaître son nom et son adresse.

— Oh ! mon Dieu, oui.... Quant à cela.... je puis vous le ramener dans un an, il ne sera pas trop détérioré encore et je vous le revendrai.

— Alors je trafiquerai avec vous, et je m'arrangerai de manière à ce que vous y trouviez votre avantage.

— Cela va sans dire... Vous comprenez qu'il m'est parfaitement indifférent à moi, de vendre ici ou là, pourvu que je fasse une bonne affaire. Tout ce que je demande, c'est de pouvoir vivre, vous comprenez madame, c'est là ce que nous cherchons tous à je pense, vous comme moi. »

M. et Mme Shelby étaient, tous deux, fatigués et mortifiés de l'impudente familiarité du marchand ; tous deux comprirent qu'il fallait absolument, cependant, maîtriser leur indignation Plus il se montrait sordide et inaccessible à la sensibilité, plus Mme Shelby redoutait de le voir réussir à prendre Elisa et son enfant. Alors elle avait recours à tous les artifices qu'une femme peut employer pour le retenir. Elle souriait avec grâce, approuvait ce que disait le marchand, causait familièrement avec lui: en un mot, elle mettait tout en œuvre pour lui faire oublier que le temps s'écoulait.

A deux heures, Sam et André amenèrent les chevaux à l'endroit où ils les avaient attachés le matin. Ils étaient bien reposés de leur escapade et paraissaient d'humeur à recommencer.

Sam, réconforté par le dîner, était en bonne disposition de se montrer plus zélé et plus officieux que jamais. Quand Haley arriva, il parlait en style pompeux du succès assuré de l'opération, maintenant qu'il allait s'y mettre tout de bon.

— Votre maître n'a sans doute pas de chiens ? demanda Haley d'un ton pensif au moment de se mettre en selle.

— Oh ! une masse de chiens ! répondit Sam aussitôt. — Là vous voir Bruno. lui crier fort, et presque tous les nègres ici avoir chacun un chien.

— Peste de l'imbécile ! — dit Haley ; et non content d'injurier le nègre, il murmura quelques invectives contre les chiens.

— Moi pas comprendre pourquoi vous maudire les pauvres bêtes.

— Quand je vous ai demandé si votre maître avait des chiens, et j'étais sûr qu'il n'en avait pas, je voulais parler de chiens dressés pour faire la chasse aux nègres. »

Sam comprenait bien ce qu'Haley entendait par des chiens pour faire la chasse aux nègres: mais il feignit de ne pas comprendre et il répondit avec un ton de bonhomie et de simplicité capable de désespérer Haley.

— Chiens à nous, flairer loin considérablement. Moi penser eux bonne espèce Jamais avoir appris à chasser les nègres, mais savoir tout d'même. Bons chiens aussi quand on fait courir eux. Ici Bruno ! cria-t-il en sifflant ; et le chien de Terre-Neuve qui était endormi se leva péniblement ; puis bientôt il accourut vers eux en bondissant.

— Allez vous faire pendre ! — dit Haley en se mettant en selle; — allons! à cheval et dépêchons-nous. »

Sam enfourchant sa monture, trouva moyen de châtouiller André qui partit d'un éclat de rire, au grand mécontentement d'Haley qui lui allongea un coup de cravache.

— Moi être étonné André, dit Sam avec un imperturbable sérieux, cette affaire être pas du tout pour rire; vous pas devoir faire un jeu de cette affaire. Rire, mauvaise manière pour assister maître.

— Je prendrai la route qui mène droit à la rivière, dit Haley d'un ton décidé, quand ils furent parvenus aux limites de la propriété de M. Shelby. Je connais fort bien les ruses des esclaves, ils spéculent toujours sur les chemins couverts.

— Certainement, dit Sam, ça bonne idée. Maître Haley toujours trouver juste. Mais être deux routes, la route pas propre : boue, monter, descendre ; et la route propre, bien nette. Laquelle maître vouloir nous prendre?

— André regarda Sam avec étonnement, en l'entendant donner ces renseignements topographiques ; il ignorait parfaitement tout cela, ce qui ne l'empêcha pas de confirmer l'assertion de son compagnon.

— Moi, continua Sam, penser plutôt Lizzy avoir choisi route pas propre ; là pas beaucoup voyageurs, elle pas autant être vue. »

Quoique Haley fût toujours en garde contre les pièges, comme un vieil oiseau qui fuit le moindre épi dans la crainte des gluaux, il inclinait cependant à se ranger de l'avis de Sam.

— Si vous n'étiez pas tous deux des satanés menteurs!.. — dit-il en les regardant comme pour lire dans leurs yeux s'il pouvait cette fois se fier à eux. Le ton de voix, l'air inquisitorial du marchand en disant cela avaient quelque chose de si comique qu'André ne put y tenir ; il se tint un peu en arrière et fut pris d'un tel accès de fou rire qu'il faillit tomber de son cheval. Sam au contraire conservait un visage impassible et du plus imperturbable sérieux.

— D'ailleurs, dit Sam, maître pouvoir faire comme lui vouloir. Nous prendre route directe si maître croire meilleure Etre tout aussi bien pour nous. Maintenant, quand moi réfléchir, moi penser aussi la route directe meilleure. Oui croire être le mieux.

— Elle aura tout naturellement choisi la route la plus solitaire dit Haley en pensant tout haut, sans s'inquiéter des réflexions de Sam.

— Pouvoir jamais dire ; femmes idées à elles. Femmes faire jamais comme nous croire ; toujours faire au contraire. Quand nous penser femme avoir dû prendre une route, nous devoir prendre certainement autre route pour être sûrs de rencontrer elle. Ainsi, moi avoir pour opinion Lizzy prendre la route pas belle : sûr elle avoir choisi l'autre. •

Cette appréciation profonde du caractère du sexe féminin, ne parut pas déterminer Haley à choisir la route directe ; il annonça qu'il était déterminé à suivre l'autre et demanda à Sam combien il leur faudrait de temps pour la parcourir.

— Un petit espace, et nous être au bout, — répondit Sam, en faisant un clin d'œil à André, puis il ajouta gravement : « moi avoir encore réfléchi et penser nous pas devoir aller dans ce chemin. Moi jamais avoir été par ce chemin. Dans ce chemin nous voir personne et si nous être égarés, où nous aller ? Le Seigneur seul savoir.

— N'importe, dit Haley, c'est par là que je veux aller.

« — Moi à présent penser avoir entendu celle-ci route être coupée ici et là par criques. Etre vrai, André? »

André répondit à cette interpellation qu'il n'était pas bien sûr que les choses fussent ainsi ; qu'il l'avait *entendu dire*, mais qu'il n'avait jamais été par là. Bref, il se déclara tout-à fait incompétent pour prononcer là-dessus.

Haley, bien persuadé qu'il n'y avait à choisir qu'entre des impostures plus ou moins énormes, crut qu'il devait se déterminer ici à prendre la route boueuse. Il était convaincu que Sam ne lui en avait parlé d'abord que par inadvertance, qu'après y avoir pensé, il cherchait à le détourner de suivre cette route afin de ne pas contrarier la fuite d'Elisa. Aussi, dès que Sam lui eut montré l'entrée du chemin, il y lança son cheval et les deux nègres le suivirent.

C'était bien réellement une vieille route, qui autrefois conduisait jusqu'à la rivière, mais depuis plusieurs années elle avait cessé d'être fréquentée par suite de l'établissement d'une nouvelle route en gravier. Pendant une heure environ, on pouvait y cheminer sans entraves ; mais ensuite, elle était coupée par des fermes et par des haies de clôture. C'est ce que Sam savait parfaitement bien ; quant à André, il y avait si longtemps que cette route était impraticable, qu'il n'en avait jamais entendu parler ; il suivait avec une aveugle soumission, murmurant bien parfois, mais uniquement contre le mauvais état du chemin qui était si nuisible aux pieds de Jerry.

— Je vous connais, mes gaillards ! —disait Haley en entendant les lamentations d'André ; — je vous connais ; mais toutes vos criailleries ne me feront pas abandonner cette route : ainsi, taisez-vous !

— Maître pouvoir suivre le chemin comme il plaît lui, • dit Sam, avec le ton de la plus humble soumission, et en même temps, il lançait à André un coup d'œil qui faillit encore faire rire celui-ci aux éclats.

Sam était réellement en verve ; après avoir annoncé qu'il avait une vue excellente, il s'écriait, tout-à-coup, qu'il apercevait un chapeau de femme au sommet de quelque monticule éloigné ; ou bien il demandait à André si ce n'était pas Lizzy qu'on voyait dans un fond. Il choisissait toujours pour pousser ces exclamations, les endroits les plus raboteux et les plus rocailleux de la route, où il était impossible d'accélérer la marche des montures : de sorte qu'il tenait constamment Haley en émoi.

Après avoir chevauché environ une heure dans ce chemin, nos trois cavaliers arrivèrent au galop dans une cour qui faisait partie d'une ferme. On ne voyait pas une âme au logis ; tous les domestiques étaient aux champs ; mais comme la ferme était bâtie à travers la route, il était évident que, dans cette direction, ils étaient parvenus au terme du voyage.

— Moi avoir pas bien dit à vous, maître ? — s'écria Sam avec l'air de l'innocence méconnue. — Pourquoi gentlemen étrangers vouloir connaître mieux le pays que nous autres nés et élevés ici?

— Ah! misérable coquin! — dit Haley, tu savais bien à quoi t'en tenir sur l'état de la route.

— Oui, moi avoir dit à vous et vous pas vouloir croire moi. Moi avoir dit la route coupée avec barrières, nous pouvoir pas passer. André avoir bien entendu moi dire à vous. »

C'était une vérité par trop incontestable pour que le marchand ne la reconnût pas; il fallut bien qu'il rengaînât son courroux et qu'il endurât sa mauvaise fortune avec la meilleure grâce possible; les trois cavaliers firent donc volte-face et s'acheminèrent vers l'entrée de cette impasse.

En conséquence de tous ces divers contre-temps, il y avait environ trois quarts d'heure qu'Elisa avait endormi son enfant dans la chambre où nous l'avons laissée, quand la petite caravane entra dans le village de T... Elisa était à la fenêtre, occupée à regarder dans la direction opposée à la route. Sam l'aperçoit, la reconnaît. Haley et André le suivaient à quelques pas: que faire? Son chapeau de feuilles lui vient encore en aide, il feint d'en être dépossédé par un coup de vent, ce qui lui fournit l'occasion de pousser un cri terrible. Il donne ainsi l'alarme à la fugitive. Aussitôt elle se rejette en arrière; il était temps, car la petite troupe qui passait en ce moment sous la fenêtre, se trouva bientôt à la porte de l'auberge.

Toutes les forces vitales d'Elisa se centuplèrent en présence du danger. La chambre où elle était avait une porte qui ouvrait sur la rivière; elle prend son enfant et s'échappe par cette issue, descend en courant les talus de la digue; au bas de cette digue, elle est cachée aux regards, mais Haley l'a aperçue avant qu'elle ait pu disparaître; il se jette à bas de son cheval, appelle Sam et André et vole sur les traces de la malheureuse mère: tel un chien courant poursuit le daim aux abois. Les pieds d'Elisa effleurent à peine le sol, la voilà au bord de l'eau, mais ils la suivent de près, ils vont l'atteindre. Alors, avec cette énergie nerveuse que Dieu donne aux malheureux sans espoir, Elisa pousse un cri sauvage et s'élançant de la rive, elle franchit d'un bond le courant fangeux qui la séparait du radeau de glace. La folie ou le désespoir pouvaient seuls faire tenter ce saut périlleux. Haley, Sam et André poussèrent un cri d'effroi et levèrent instinctivement les mains au ciel en la voyant s'aventurer ainsi au-dessus de l'abîme. L'énorme glaçon sur lequel elle retombe, s'enfonce et craque sous son poids: mais elle le quitte aussitôt, et soutenue par l'énergie du désespoir, poussant des cris sinistres, elle bondit de glaçons en glaçons, trébuchant, glissant, et se relevant toujours pour s'élancer à l'autre bord. Elle a perdu ses souliers, ses bas ont été coupés par la glace qui, maintenant, lui déchire les pieds. Son sang laisse sur chaque glaçon l'empreinte de chacun de ses pas: mais elle ne voit rien, elle ne sent rien de tout cela, jusqu'à ce qu'elle ait touché la terre. A peine si elle peut en croire ses yeux: il lui semble qu'elle fait un rêve, en apercevant la rive de l'Ohio et un homme qui lui tend la main pour l'aider à gravir cette heureuse rive.

— Vous êtes une brave femme, qui que vous soyez! dit l'homme. Elisa reconnut la voix et les traits de celui qui venait parler; c'était le propriétaire d'une ferme située dans le voisinage de l'exploitation de ses maîtres.

— Oh! M. Symmes! sauvez-moi! sauvez-moi! cachez-moi

— Eh! bien, qu'y a-t-il donc?... Mais n'est-ce pas une des filles de Shelby?

— Mon enfant! mon fils que voici.... il l'a vendu! Voilà son maître, dit Elisa en montrant la rive du Kentucky. Oh! M. Symmes, vous avez aussi un fils, vous!

— Oui certes, j'en ai un, dit le fermier en la tirant avec force pour l'aider à gravir la berge escarpée. Au reste, vous êtes une courageuse femme et j'aime l'énergie partout où je la rencontre.

Quand Elisa eut gagné le sommet de la rive, le fermier lui dit:

— J'aurais été bien joyeux de pouvoir faire quelque chose pour vous: mais il m'est impossible de vous loger. Ce que je puis faire de mieux, c'est de vous conseiller d'aller là, — dit-il, en indiquant du doigt une grande maison blanche qui se trouvait à l'extrémité de la principale rue du village. — Allez là, vous y trouverez de braves gens. Vous n'y courrez aucun danger; au contraire, on vous viendra en aide. Ce sont des gens qui sont toujours occupés à rendre des services de ce genre.

— Que le Seigneur vous comble de ses bénédictions, dit Elisa avec l'expression de la plus vive reconnaissance.

— Il n'y a pas de quoi! parbleu! Ce que j'ai fait pour vous ne vaut pas la peine qu'on en parle.

— Et... oh! oui, j'espère que monsieur ne dira rien à personne.

— Mille tonnerres! ma fille, pour qui diable me prenez-vous? Non, non, je n'en parlerai pas, soyez bien tranquille là dessus; vous êtes une bonne et honnête femme; vous avez conquis votre liberté et s'il ne dépend que de moi, vous l'aurez.

— Elisa serra son enfant contre son sein, et s'achemina promptement vers l'asile que lui avait indiqué le fermier; celui-ci la regardant s'éloigner, se disait en lui-même:

— Shelby va penser, sans doute, que je n'ai pas agi en bon voisin; mais qu'est-ce que je pouvais faire là dedans? S'il se trouve dans la même situation quelque jour pour une de ses esclaves, eh! bien, qu'il me rende la pareille et je ne m'en plaindrai pas. Il me serait tout-à-fait impossible, quand je vois une pauvre créature aux abois, haletante et s'efforçant d'échapper aux chiens qui la poursuivent, de me mettre aussi contre elle. Je ne vois pas non plus pourquoi je serais obligé de donner la chasse aux esclaves des autres. •

Ainsi raisonnait un sauvage du Kentucky, lequel, dans l'ignorance où il était des devoirs que lui imposait la constitution de son pays, se laissait aller instinctivement à agir en chrétien. S'il avait été en position d'être *éclairé*, il se serait sans doute bien gardé d'agir aussi *inconstitutionnellement*.

Haley était demeuré comme pétrifié sur le rivage d'où il avait

ait cette scène ; aussitôt qu'Elisa eut disparu à l'autre bord , il
arda Sam et André d'un air tout déconcerté.
— Ça être drôle d'affaire , — dit Sam.
— Cette femme a au moins sept diables dans le corps, dit
ey. Comme elle sautait ! absolument comme un chat sauvage.
— Bien ! à présent , dit Sam en se grattant la tête, maître
usez nous pas avoir suivi sa route! moi pas sentir courage
ez pour ça, moi pas capable, — et il se mit à rire aux éclats.
— Ah vous riez! grommela le marchand.
— Moi pouvoir pas empêcher, répondit Sam, donnant un libre
rs à la joie qu'il concentrait depuis longtemps. Elle si drôle
r sauter, enfoncer, courir et la glace casser, et ecclabousser.
comme elle avoir été vite! — Et Sam et André riaient aux
nes.
— Je vais vous apprendre à rire, mes drôles! — dit le marchand
eur allongeant des coups de cravache.
ais les deux nègres grimpèrent au sommet de la berge et
nt qu'Haley eût put les rejoindre, ils s'étaient remis en selle :
— Bon soir , maître . — dit Sam avec un grand sérieux, — moi
ndre maîtresse être inquiète beaucoup pour Jerry. Maître
ey plus avoir besoin de nous davantage. Maîtresse pas per-
tre nous passer avec les chevaux sur le pont de Lizzy. — Et
essus , donnant un coup de coude à André, il partit au galop,
i de ce dernier. Ils étaient déjà loin qu'on entendait encore
ruit de leurs éclats de rire , que le vent apportait jusqu'à
berge.

CHAPITRE VIII.

SUITE DE L'ÉVASION D'ELISA.

lisa avait opéré sa retraite désespérée à l'heure du crépus-
e. La brume grisâtre du soir , s'élevant lentement de la
ère , enveloppa la fugitive dès qu'elle eut gagné le haut de la
ge, et le courant grossi , les énormes glaçons flottants for-
rent une barrière infranchissable entre Elisa et son persécu-
r. Haley tout déconcerté regagna lentement la petite auberge
ur y délibérer sur le parti à prendre. L'hôtesse le fit entrer
s une petite salle dont le pavé était recouvert d'un tapis en
beaux. Une table recouverte d'une toile cirée noire , quelques
uvaises chaises en bois , à grands dossiers , un banc grossier
cé devant le feu , formaient le mobilier. Quelques figures en

plâtre , barbouillées de couleurs éclatantes, ornaient le manta
de la cheminée. Haley s'assit sur le banc et se mit à méditer s
la vanité des espérances humaines et sur l'instabilité du bonho
en général.

— Quel besoin avais-je de ce maudit marmot , — se disait-i
lui-même , — je me suis laissé attraper comme un nigaud que
suis. » Et, pour se consoler il se mit à réciter une litanie d'imp
cations contre lui-même, en mots fort peu choisis ; mais, n
devons en convenir , il n'y avait dans toutes ces injures rien d
de très juste et de très mérité pour celui qui se les adressait
nous ne les reproduisons pas ici , c'est que nous craignd
d'offenser le bon goût.

La voix rauque et discordante d'un voyageur qui mettait p
à terre devant l'auberge, vint couper court aux invectives q
se débitait ; il courut à la fenêtre ;

— De par tous les diables ! dit-il, si ce n'est pas là ce qu
appelle un coup de la Providence... Je ne me trompe pas, c
bien Tom Loker. •

Haley se hâta de sortir pour venir dans la salle d'arrivée. D
un coin de cette salle , près du comptoir , se tenait un hom
aux formes athlétiques, haut de six pieds et large à proporti
Il portait un vêtement en peau de buffle , poil pardessus, ce
lui donnait un air hérissé et sauvage parfaitement en rapp
avec sa physionomie. Sa tête , son visage , tout en lui annonç
au plus haut degré possible , l'habitude de cette violence brut
que rien ne peut arrêter. Que nos lecteurs se figurent un bou
dogue habillé en homme, ils auront une idée assez exacte du
ractère physique de notre personnage. Il était accompagné d
autre voyageur qui , sous plus d'un rapport formait avec lui
contraste frappant. C'était un petit individu tout grêle, souple d
ses mouvements, comme un chat. Ses yeux noirs et perça
donnaient à son regard quelque chose de l'expression d'une sou
et les traits anguleux de son visage, sympathisaient parfaitem
avec cette expression. Son long nez effilé, semblait vouloir s'in
nuer partout pour scruter toutes choses. Ses cheveux noirs et
ses étaient ramenés en avant de manière à dissimuler leur rar
Enfin il avait toute l'allure d'un rusé matois. Tandis que le col
se remplissait un énorme gobelet d'une liqueur des plus fortes
qu'il l'avalait sans proférer un mot, le petit homme, se dressant
la pointe des pieds, cherchait ça et là jusqu'à ce que son œil ay
découvert la collection des bouteilles à liqueur, il flairât avec
tention divers flacons et finit par demander d'une voix flûtée
tremblottante , et avec un air de circonspection , un verre
menthe. Quand on le lui eut versé, il le prit, le regarda avec u
complaisance marquée, comme un homme qui a pris le bon pa
ou , suivant le vieux dicton, *qui a frappe juste sur la tête du cl*
et il se mit en devoir de déguster et de savourer à loisir sa
queur.

— Qui est-ce qui aurait cru que j'aurais la chance de vous v
venir ici ? Eh ! bien, comment va, Loker ? — dit Haley en s'av
çant vers le colosse et en lui tendant la main.

Ah ! c'est vous , diable ! — répondit naïvement Loker. — st-ce qui vous amène ici , Haley ? »

omme à la physionomie *souriquoise*, qui se nommait Marks, donna aussitôt sa dégustation et, levant le nez , il se mit à er de son œil rusé le nouvel arrivant ; on aurait dit un chat ottissant pour courir après la feuille sèche que le vent a iée ou après quelqu'autre futile objet, de nature à donner ière à ses chasses fantastiques.

Je vous assure, Loker, continua Haley, qu'il ne pouvait rriver rien de plus heureux que de vous rencontrer. Je suis un embarras de tous les diables , et il faut que vous m'as- ez.

Ouais! ouais! c'est bon, dit en grondant l'aimable ami du chand. On peut toujours être sûr que quand vous êtes content oir quelqu'un , c'est que vous avez besoin de ses services. — ons donc , qu'est-ce qu'il y a ?

C'est un de vos amis, dit Haley en regardant Marks d'un air ant, votre associé peut-être ?

Comme vous dites. Hé ! Marks! tenez je vous présente l'hon- homme avec qui j'ai fait des affaires à Natchez.

Enchanté de faire sa connaissance, répondit Marcks , en ngeant sa main longue et décharnée comme la patte d'un cor- u. — M. Haley, je crois?

Lui-même, — répondit Haley. — Eh ! bien, gentlemen, puis- un heureux hasard nous fait nous rencontrer ici, je crois à pos de vous parler d'une petite affaire qui vient de m'arriver suite d'un traité. Asseyons-nous. — Allons, vieux drille, dit- n s'adressant à l'homme qui était au comptoir, — donnez-nous 'eau , du sucre, des cigarres et du *rogomme*, du vrai surtout, que nous puissions boire un bon coup. »

n alluma des chandelles, on raviva le feu et nos trois person- és prirent place autour d'une table garnie de tous les acces- es demandés par Haley pour régaler ses compagnons.

aley commença alors du ton le plus pathétique, le récit de tribulations. Loker, tout en faisant la moue, l'écoutait avec sérieuse attention, il semblait vexé de ce qu'Haley s'était sé duper par une esclave. Marcks qui mettait tous ses soins à préparer un verre de punch à son goût, se laissait parfois traire de cette grave occupation pour avancer son nez effilé et menton pointu jusque dans le visage d'Haley , et se montrait rs très attentif à la narration de sa déconfiture. Le dénoue- t parut lui causer un extrême plaisir: car il haùssa les ules, se tint les côtes, et ses lèvres minces se contractèrent me s'il avait voulu contenir l'excès de la joie qu'il éprouvait érieurement.

Ainsi donc, dit-il, vous avez été bien pris! hi ! hi ! hi ! Il faut venir que c'est proprement joué.

Oh! ces petits bons hommes causent toujours des désa- ments dans le commerce d'esclaves, — reprit, Haley d'un ton ent.

—Oui, ajouta Marcks, si nous pouvions trouver une espèce
femmes qui ne se soucient pas de leurs marmots je vous le
ce serait la plus importante invention des temps modernes
Et Marcks accompagna cette *agréable* plaisanterie d'un ricar
ment tout flegmatique.

—Oh! vous avez raison, — dit Haley. — Je n'ai jamais pu r
comprendre à cela. Ces marmots sont pour elles une source
tribulations de toute espèce ; on croirait qu'elles doivent ê
enchantées d'en être débarrassées ; pas du tout. Au contrair
plus le bambin leur cause d'embarras, moins il est propre à fa
quoi que ce soit, et plus elles s'attachent à lui.

— Passez-moi donc l'eau chaude, M. Haley, — dit Marks ;
revenant à la question, il ajouta : — Oui, monsieur, ce que v
dites-là me semble parfaitement juste ; nous avons vu tout ce
Une fois, quand j'étais dans le commerce, j'achète une fem
bien faite, jeune et tout-à-fait belle ; elle avait un marmot
maladif, bossu, que sais-je enfin ; je donnai ce pauvre estro
à un homme qui voulait bien courir la chance de l'élever, atte
qu'il ne lui coûtait rien ; je pensais, bien entendu, que la m
n'y tenait pas. Mais il fallait voir comme elle se désolait ! Je cr
vraiment qu'elle aimait davantage son enfant, précisément pa
qu'il était tout faible, tout contrefait, qu'il ne pouvait que l'e
barrasser ; et il n'y avait pas moyen de lui faire rien entend
Elle poussait des cris, se déchirait comme si elle avait perdu t
ce qu'elle aimait sur la terre. C'est réellement une drôle de cho
quand on y songe. Il n'y a pas moyen de comprendre les id
des femmes.

— Eh! bien, — dit Haley, — il m'est arrivé un tour du mê
genre. L'été dernier, j'avais acheté, au bas de la *Rivière-Roug*
une femme avec un enfant assez gentil ; ses yeux paraissai
aussi vifs que les vôtres ; mais, en l'examinant, je m'aperçus q
était aveugle ; oh! mais parfaitement aveugle. Vous sentez b
que je pensai aussitôt qu'il n'y avait pas grand mal à m'en défa
sans rien dire, et je le troquai contre un baril de Wiskey; et qua
il fut question de le prendre, voilà la femme qui devient com
une tigresse. Comme nous ne partions pas encore, ma ba
n'était pas enchaînée, de sorte que la maudite créature se m
courir ; elle grimpa sur une balle de coton avec l'agilité d
chat, saisit le couteau d'un des hommes de l'équipage, et, p
un instant, elle tint tout le monde à distance ; puis, voyant qu'e
était cernée de tous côtés, qu'il n'y avait plus moyen de résist
elle fit un demi-tour et se précipita dans l'eau, la tête la prem
avec son bambin. Et voilà tout ce qu'on en a vu, jamais elle n
revenue.

—Bah! — dit Tom Loker qui avait écouté ces histoires avec
impatience mal déguisée, — vous êtes deux pauvres sires.
femmes ne me jouent pas de pareils tours, je vous le promet

— Vraiment ? Comment faites-vous donc pour les évite
demanda Marks vivement.

— Pour les éviter ? Bast! Je suppose : j'ai acheté

me , elle a un enfant que je veux vendre : bon ! je marche
t à elle , je lui mets mon poing sur la mine et je lui dis :
garde-moi bien ça : si tu as le malheur de broncher , je
aplatis le visage. Je ne veux pas entendre un mot , pas une
llabe. Ton enfant est à moi et non pas à toi , et tu n'as pas
soin de t'en inquiéter. Je le vendrai à la première occasion ,
ais souviens-toi que si tu fais mine de crier, je te ferai
gretter d'être venue au monde. » Je vous promets qu'elles
nt bien alors que je n'ai pas envie de rire. C'est par ce
en que je les rends muettes comme des poissons. Et après ça,
y en a une qui commence à hurler.... *Vlan !..* »

; maître Loker appliqua sur la table un rude coup de poing
complétait parfaitement la théorie qu'il développait.

— Voilà ce qu'on peut appeler de l'énergie, — dit Marks , en
ssant Haley du coude et en faisant entendre son ricanement.
l'est-ce pas que c'est un original que ce Loker ? hi ! hi ! hi ! Je
s , Loker , que vous réussissez à leur faire entrer *tous vos rai-
ements dans la tête , car tous les nègres ont une balle de laine.*
ont toujours bien convaincus j'en suis sûr. Farceur de Loker !
ous n'êtes pas le diable en personne , il faut que vous soyez
frère jumeau , je vous en réponds. »

om Loker reçut le *compliment* avec toute la modestie conve-
le et il commença à se montrer aussi affable que le permet-
sa nature de boule-dogue, comme disait John Bunyan.

aley qui avait absorbé sa bonne part de l'entrepôt de liquides
garnissait la table , sentait s'épanouir ses facultés morales ,
t là un phénomène qui n'est pas sans exemple , en pareilles
onstances , parmi les personnages d'un esprit habituellement
eux et enfoncé dans leurs réflexions.

Eh ! bien , Loker , vous êtes réellement trop méchant , je
s l'ai toujours dit. Vous savez qu'à Natchez nous avons sou-
t causé de tout cela et que j'essayais toujours de vous faire
prendre que nous aurions autant de profit , qu'il était aussi
i , même pour ce monde, de traiter les esclaves avec bonté et
en outre nous avions par ce moyen , une chance plus favorable
r l'autre monde ; car enfin , quand on arrive au bout du
age et qu'il n'y a plus rien à gagner par ici , il faut bien
ger...

— Assez ! — dit Loker , — connu, n'allez pas encore me casser
pétit avec vos balivernes ; vous me donnez la colique. Et
er engloutit la moitié d'un grand verre d'eau-de-vie.

— Je dis, — continua Haley en se renversant sur le dossier de sa
ise et en gesticulant dans le but d'impressionner plus vivent son auditoire, — je dis comme cela : maintenant je m'oc-
e à mener ma barque de manière à gagner de l'argent : c'est
ma grande affaire , l'affaire essentielle , et certes je crois que
n'en occupe autant que qui que ce soit ; mais le commerce
st pas tout, l'argent n'est pas tout, *que diable!* nous avons tous
âme. Je n'ai pas peur de le dire devant qui que ce soit ; je sais
n qu'on ne me voit pas de bon œil entâmer ce chapitre ; mais

je m'en moque et je passe outre. Oui , je crois à la religion .
l'un de ces jours , quand j'aurai fait ma pelotte, que ma fortu
sera bien ronde , je veux pouvoir m'occuper de mon âme et
ses petits intérêts. Ainsi qu'est-il besoin de faire plus de
qu'il n'est absolument nécessaire d'en faire ? Il me semble que
n'est pas du tout prudent.

— Vous occuper de votre âme ? — répéta Loker avec un air
.mépris : — regardez-y d'aussi près que vous voudrez pour trouv
une âme dans votre peau.... Vous n'avez pas besoin de vo
inquiéter pour cette affaire là : je réponds que, quand bien mê
le diable passerait tout votre être dans un tamis de soie , il
serait impossible de trouver votre âme.

— Allons donc , Loker , vous vous faites de la bile mal à pr
pos ; pourquoi ne prenez-vous pas en bonne part ce qu'on
pour votre bien ?

— Laissez là tous vos bavardages, dit Loker du ton le pl
bourru. Je ne veux pas entendre plus longtemps votre radota
religieux, qui me fait suer. Après tout, quelle différence y a-t
entre moi et vous ? Vous mettez un peu plus de soin à cach
votre jeu ; c'est ce qu'on appelle faire le doucereux, l'hypocrit
vous voulez duper le diable et sauver votre peau. Est-ce que
ne devine pas juste , hé ? Et votre envie *d'avoir un jour de la*
ligion, comme vous dites, n'est pas autre chose qu'un moy
d'exploiter certains individus que vous duperiez plus facilem
ainsi. Et puis , vous souscrivez une obligation au diable pour
temps de votre vie et vous espérez vous esquiver au jour
l'échéance : voilà !

— Allons, allons, gentlemen , dit Marks , il me semble que
n'est pas là ce dont il est question. Il y a différentes manièr
d'envisager les choses. M. Haley est un parfait honnête homm
sans aucun doute , il a sa manière de voir à lui. Vous, Loke
vous avez vos idées qui peuvent être aussi très bonnes ; mai
vous le savez bien, les querelles ne tranchent jamais une que
tion. Venons-en à l'affaire d'Haley. Voyons, de quoi s'agit-i
Vous voulez que nous vous donnions un coup de main pour r
traper la femme qui vous a si bien échappé?

— La femme? oh! non, ce n'est pas mon affaire. C'est u
esclave de Shelby ; je ne veux que son enfant. Quelle folie j
faite d'acheter ce petit singe-là !

— Faites-vous jamais autre chose que des folies! — gromme
Loker.

— Allons donc , Loker , ne nous fâchons pas toujours com
ça, vous voyez que M. Haley nous met sur la trace d'une bon
aubaine, à ce qu'il me semble; soyez donc calme; ce ge
d'affaires-là, c'est mon fort à moi. Cette femme, M. Haley , dit
moi donc un peu . comment est-elle ? de quelle race ?

— Oh ! elle est très bien: c'est une femme blanche, bien élevé
J'aurais voulu que Shelby me la cédât pour huit cents dollar
j'aurais même été jusqu'à mille, et j'aurais fait sur elle un
joli profit,

« — C'est une femme blanche et belle ? bien élevée? dit Marks , dont les yeux perçants, le nez et la bouche s'agitaient à la pensée de l'entreprise. — Voyez donc maintenant, Loker, la magnifique affaire qui se présente. Nous pouvons ici travailler pour notre compte. — Nous faisons la capture; naturellement nous donnons l'enfant à Haley et nous emmenons la femme à New-Orléans pour la vendre. Est-ce que ce n'est pas une magnifique affaire ? »

Tom Loker qui avait écouté le développement du projet de Marks , la bouche béante , referma ses grosses lèvres comme aurait fait un boule dogue après avoir dévoré un morceau de viande et parut se recueillir pour digérer à loisir cette idée.

— Voyez-vous, dit Marks à Haley , tout en brûlant son punch, nous avons sur tout le rivage des juges comme il nous en faut ; ils se montrent tout-à-fait accommodants et raisonnables envers nous. Tom Loker, lui , fait le coup, c'est son emploi ; alors moi j'arrive en grande tenue, bottes cirées, enfin une mise du meilleur goût, lorsqu'il s'agit de prêter le serment. Je voudrais que vous voyiez comme je m'en tire , dit Marks avec un air tout satisfait de la manière dont il jouait son personnage. — Un jour , je suis M. Twickem , de New-Orléans; un autre jour , je suis censé tout récemment arrivé de ma plantation sur la *Rivière des perles*, où je fais travailler sept cents nègres. Ou bien , encore , je suis le parent éloigné de Henri Clay ou de quelqu'autre sommité du Kentucky. Nous avons chacun nos rôles , voyez-vous; s'agit-il de parler , de taper , de se battre, c'est Tom Loker qui entre en scène , il se tire admirablement de cette fonction; mais quand il s'agit de mentir , il n'y est plus ; ça manque de naturel, on voit tout de suite que ce n'est pas son affaire ; mais pour cela , s'il y a dans tout le pays un individu pour faire serment comme moi sur n'importe quoi et inventer des renseignements circonstanciés , composer sa figure de manière à mettre tout le monde dedans et soutenir mieux que moi son personnage jusqu'au bout : qu'il se montre, je voudrais bien le voir Je crois , ma parole d'honneur, que je me tirerais encore d'affaire quand bien même les juges y regarderaient de plus près qu'il ne font. Quelquefois même je regrette qu'ils se montrent si faciles : j'aurais plus de goût, ce me semble , à les duper s'ils se montraient plus sévères ; ce serait plus amusant, vous comprenez ?

Ici, Tom Loker, qui, comme le lecteur a déjà dû le pressentir, d'après le portrait que nous en avons tracé , était aussi lent à concevoir une pensée qu'à se mouvoir , interrompit Marks en donnant sur la table un coup de poing à tout casser. — C'est cela ! s'écria-t-il en même temps. »

— Dieu vous bénisse, Loker , dit Marks. Vous n'avez pas besoin de casser tous les verres pour cela. Gardez vos coups de poing pour une meilleure occasion.

— Ah ça! mes gentlemen , est-ce que vous ne me ferez pas entrer pour une part dans les profits ? demanda Haley.

— N'est-ce pas assez de vous rendre l'enfant quand nous l'aurons pris ? Que vous faut-il donc de plus ?

6

— Eh! bien, puisque je vous procure l'aubaine, ça méri[te]
quelque chose... quand ça ne serait que dix pour cent sur l[es]
profits nets.

— Bon! dit Loker, en proférant un épouvantable juron et [en]
déchargeant sur la table un coup de son énorme poing, comm[e]
je vous reconnais bien là, Dan Haley (1). Est-ce que vous croy[ez]
que je vais m'y laisser prendre? Comment! Marks et moi no[us]
irons faire la chasse tout bonnement pour le beau plaisir d[e]
gentlemen de votre trempe, et sans qu'il y ait rien à gagner po[ur]
nous-mêmes? Non! de par tous les diables! ou nous aurons [la]
femme pour nous et pour nous seuls et vous n'aurez pas le m[ot]
à dire, ou nous gardons la mère et l'enfant. Et qui. est-ce q[ui]
nous empêcherait donc de prendre tout, si nous le voulions? [Ne]
nous avez-vous pas montré le gibier? Je pense qu'il nous est to[ut]
aussi loisible qu'à vous-même de lui donner la chasse. Si vo[us]
nous poursuivez, vous ou Shelby, oh! vous ne risquez rien. C'e[st]
comme si vous vous amusiez à vouloir *faire lever les perdrix* [de]
l'année dernière: si vous trouvez notre piste, une fois le coup fa[it]
vous serez bien malins.

— Allons! c'est bien, n'en parlons plus —dit Haley, qui co[m]-
mençait à s'alarmer; —vous me rattraperez l'enfant et pour pr[ix]
de ce service, je vous abandonne la bonne aubaine que je vo[us]
ai indiquée. Nous avons fait déjà des affaires de loin, Loker, [et]
je sais que je peux me fier à votre parole.

— Je le crois bien; je ne fais pas le doucereux comme vou[s]
mais je ne voudrais pas mentir au diable lui-même. Ce que j[e]
promis de faire je le fais, je tiens à le faire, vous savez bi[en]
cela, Dan Haley.

— Eh! oui, oui, nous le savons Loker, promettez-moi seu[le]-
ment de déposer l'enfant, d'ici à huit jours, à tel endroit que vo[us]
me désignerez : c'est tout ce que je demande.

— Mais ce n'est pas tout ce que je demande moi, dit Loke[r]
il s'en faut de beaucoup; vous pensez bien que ce n'est pas p[our]
rien que j'ai travaillé avec vous à Natchez, Haley; je vous conn[ais]
et vous m'avez appris *qu'il faut savoir tenir l'anguille quand* [on]
l'a attrapée. Vous aurez donc à m'allonger cinquante dollars, [ou]
je ne vous envoie pas l'enfant. Oh! je vous connais!

— Quoi! quand vous avez en main une affaire qui peut vo[us]
apporter un bénéfice net de mille à seize cents dollars? Allo[ns]
donc, Loker, vous n'êtes pas raisonnable!

— Que si, que si; comment donc? n'avons-nous pas des trait[es]
en portefeuille de quoi nous occuper pendant cinq semaines? [Si]
je suppose, nous laissons toutes nos affaires de côté, nous do[n]-
nons la chasse à votre marmot, nous courons de buissons [en]
buissons pour l'attraper; et finalement, la mère nous échapp[e]
car les femmes, c'est le diable à attraper; qu'aurons-nous alo[rs]
nous donnerez-vous seulement une obole, dites? Il me sem[ble]

_____

(1) Dan est le déminutif de Daniel.

ous voir allonger la mine. Non, non! allongez vos cinquante
ollars. Si nous faisons la capture, nous nous regarderons comme
ayés et alors je vous rendrai la somme déposée; si non, eh! bien,
ça sera le prix de la peine que nous nous serons donnée. Ça n'est
que juste, n'est-ce pas, Marks?

— Sans doute, sans doute, dit Marks en prenant le ton de la
conciliation. C'est une avance d'honoraires, voyez-vous, hi! hi!
Si nous agissons en homme de loi, vous comprenez? Allons,
soyons tous de bonne humeur et prenons tout en patience,
voulez-vous? Loker mettra l'enfant à votre disposition dans un
endroit qu'il vous désignera : n'est-ce pas Loker?

— Si nous le trouvons, je le conduirai à Cincinnati et je le
déposerai chez Granny Belcher, sur le port, » répondit Loker.

Marks avait retiré de sa poche un calpin tout crasseux, il y prit
un long papier, sur lequel il promena ses yeux perçants et mar-
motta à mi-voix ce qui y était inscrit : BARNES — *Comté de
Shelby.* — Le garçon Jim, trois cents dollars pour le reprendre
mort ou vif. EDWARDS —Dick et Lucy, homme et femme, six cents
dollars. La jeune Polly et ses deux enfants, six cents dollars pour
elle ou sa tête. — Je passe en revue toutes nos affaires, dit-il à
Haley, afin de voir si nous pouvons nous charger de la vôtre. —
Loker? nous devrions mettre Adams et Spinger à la poursuite de
ces esclaves; il y a déjà longtemps qu'ils sont enregistrés

— Ils nous demanderont un prix trop élevé, — dit Loker.

— J'arrangerai cela avec eux : il n'y a pas longtemps qu'ils
sont dans les affaires, il faut bien qu'ils travaillent à bon marché,
— dit Marks en parcourant de nouveau la liste des opérations à
faire.— Nous avons là trois affaires bien aisées, puisqu'il n'y a qu'à
lier les individus ou même à faire serment qu'ils ont été tués : ils
ne peuvent pas nous demander cher pour cela. Les autres opérations, — ajouta-t-il en repliant la liste, — peuvent être différées.
Soyons donc à prendre tous les renseignements qui peuvent nous
être utiles. Ainsi M. Haley, vous êtes bien sûr d'avoir vu votre
fugitive aborder au rivage.

— Certainement que je l'ai vue; tout aussi vrai que je vous
vois.

— Et un homme l'a aidée à gravir la berge?

— Oui, oui, comme je vous l'ai dit.

— Il n'est pas douteux, dit Marcks, qu'elle aura trouvé à se
réfugier quelque part; mais où? Voilà la question, qu'est-ce que
vous en dites, Locker?

— Je vous dis qu'il nous faut commencer par passer la rivière
cette nuit même.

— Mais il n'y a pas de bateau : les glaçons sont charriés en si
grande quantité, n'est-il pas dangereux de s'exposer à passer?

— Pour cela je n'en sais rien, mais ce que je sais bien, c'est
qu'il faut absolument passer.

— Miséricorde! dit Marcks, tout en émoi, en allant regarder à
la fenêtre, — c'est qu'il fait noir comme dans un four.

— Enfin, vous avez peur, Marks. Mais, que voulez-vous, il n'y

a pas à hésiter , il faut aller. Ou bien qu'arrivera-t-il si vous
laissez un jour ou deux de répit? C'est que la femme va prendre
le chemin souterrain jusqu'à Sandusky et qu'elle y arrivera avant
vous.

— Ce n'est pas que je sois trop effrayé , dit Marks , seulement.....

— Seulement... quoi ?

— Eh ! bien , un bateau ! Vous savez bien qu'il n'y en a pas.

— J'ai entendu la femme d'ici , qui disait tout-à-l'heure qu'il
y en aurait un ce soir et qu'un homme devait traverser la rivière.
Coûte que coûte, il faut que nous passions avec lui.

— Je suppose que vous avez de bons chiens, dit Haley.

— Les meilleurs qui se puissent voir , répondit Marks. Mais
quoi peuvent-ils nous servir dans cette affaire-ci? Vous n'avez
aucun effet, ayant appartenu à la fugitive , que nous puissions
leur faire flairer.

— Mais si ! mais si ! — s'écria Haley d'un air triomphant,
voilà son châle et son chapeau que dans sa précipitation elle a
laissés sur le lit.

— C'est fameux — dit Loker , — donnez-moi donc ça.

— Cependant dit Haley, n'y a-t-il pas à craindre que les chiens
n'endommagent la femme s'ils se jettent sur elle avec violence?

— C'est une chose à bien examiner, dit Marks. Nos chiens nous
ont mis un jour, à Mobile , un esclave en pièces avant que nous
n'ayions pu leur faire lâcher prise.

— Eh ! bien, alors, voyez-vous , pour cette sorte de marchandise qui n'a de prix qu'autant qu'elle n'est pas défigurée,
chiens ne valent rien, — dit Haley, — vous comprenez?

— Oui , oui , dit Marks, et d'ailleurs , si on lui a donné l'hospitalité quelque part , nos chiens ne pourraient nous servir. n
général, on ne peut pas employer les chiens dans ces états où
esclaves trouvent moyen de s'abriter et de se faire voiturer;
n'y a pas moyen de faire suivre les traces. Ils ne sont bons q
dans les plantations où les nègres qui fuient ne trouvent p
sonne pour leur donner asile.

— Eh ! bien , dit Loker qui avait été prendre des renseignements au comptoir , ils disent que l'homme en question
arrivé avec son bateau. Ainsi Marks.... •

Le digne personnage jeta un regard de regret sur la chai
bre confortable qu'il allait quitter et se décida péniblement à
lever pour obéir. Ils échangèrent quelques mots entre eux po
bien convenir de leurs arrangements; Haley, allongea de la pl
mauvaise grâce du monde ses cinquante dollars à l'impitoyab
Tom Loker et ce beau trio se sépara pour la nuit.

Si nos lecteurs chrétiens nous faisaient reproche de les avo
laissés quelque temps témoins d'une scène qui a pu blesser le
délicatesse , nous les pririons de suspendre leur jugement et
commander un moment à leurs scrupules. Nous demanderons
permission de leur rappeler que le métier de *chasseur d'homm*
est élevé , par la sanction de la loi, à la dignité d'une *professi*

triotique. Si le vaste pays qui s'étend du Mississipi à l'Océan Pacifique devient un immense marché où l'on trafique des corps et des âmes, et si le droit de posséder son semblable se développe avec la rapidité qui caractérise tout dans ce dix-neuvième siècle, nous ne devons pas désespérer de voir le marchand et le chasseur d'esclaves prendre rang parmi les membres de notre aristocratie.

Tandis que cette scène se passait à la taverne, Sam et André, enchantés du résultat de leur expédition, poursuivaient leur route vers l'exploitation.

Sam ne se possédait plus de joie et il exprimait sa vive satisfaction par toute sorte de cris, d'exclamations extraordinaires et par une diversité d'évolutions et de contorsions de la plus bizarre originalité. Tout à coup il s'asseyait à rebours sur son cheval de manière que son visage était tourné du côté de la queue; puis au moyen d'une voltige, habilement exécutée, il se remettait en selle dans la position normale; il prenait un ton sérieux et sermonait André pour l'engager à réprimer son rire et à cesser ses folies. Tantôt, se battant les flancs, il faisait retentir de ses bruyants éclats de rire les vieux bois qui bordaient la route. Tous ces exercices ne les empêchaient pas de hâter le pas de leurs montures et il n'était que dix ou onze heures du soir quand le gravier qui garnissait la terrasse en face du perron crépita sous les pieds des chevaux. Mme Shelby se précipita aussitôt vers la balustrade.

— C'est vous, Sam? dit-elle, où sont-ils?

— Maître Haley se reposer à la taverne; lui être considérablement fatigué, maîtresse.

— Mais Elisa, Sam?

— Bien, bien; elle avoir passé le Jourdain. Elle, comme nous dire, dans la terre de Chanaan.

— Que voulez-vous dire, Sam? — demanda Mme Shelby, respirant à peine et se sentant défaillir à la pensée du sens qu'on pouvait donner à la réponse de Sam.

— Moi dire le Seigneur savoir préserver les siens. Lui avoir dit Lizzy aller au dessus de la rivière; Lizzy avoir passé l'*Hio* autant extraordinairement comme si le Seigneur avoir mis elle dans un chariot de feu, avec deux chevaux pour conduire. »

Sam avait toujours des accès de la plus fervente piété en présence de sa maîtresse et il s'évertuait à n'employer que des figures et des images tirées de l'Ecriture Sainte.

— Montez ici, Sam, dit M. Shelby qui avait suivi sa femme, et hâtez-vous de dire à votre maîtresse ce qu'elle désire savoir.

— Venez Emilie, rentrez, — ajouta-t-il en la prenant dans ses bras, — vous avez froid, tout votre corps frissonne; vous vous laissez trop émouvoir.

— Trop émouvoir? ne suis-je pas une femme? — Ne suis-je pas mère? N'aurons-nous pas, vous et moi, à répondre à Dieu de cette pauvre femme? Oh! mon Dieu! ne nous imputez pas ce péché!

— Quel péché, Emilie? Vous savez, vous-même, que no
n'avons cédé qu'à la nécessité.

— Je vous avoue, cependant, que jai grand peur que no
n'ayions été criminels en cela, — reprit Mme Shelby, — je ne p
chasser cette crainte.

— Ici, André, nègre, vous être plus vif! — cria Sam qui,
l'ordre de M. Shelby, s'avançait vers le vestibule. Vous condu
chevaux à l'écurie; avoir pas vous entendu maître appeler moi
Et après cette injonction, Sam apparut, son chapeau de feuill
de palmier à la main, sur le seuil du salon.

— Maintenant, Sam, racontez-nous bien clairement comme
les choses se sont passées, dit M. Shelby. — Savez-vous où
Elisa?

— Bien, maître; moi avoir vu elle passer sur une glace flo
tante, elle avoir passé très extraordinairement; ça être un v
miracle; et moi avoir vu un homme tendre la main de l'autre c
de l'Hio pour assister elle; et moi avoir plus rien vu après
cause du brouillard.

— Sam, je crois que ce miracle est apocryphe. Traverser s
des glaçons flottants ne me paraît pas chose facile à exécuter,
dit M. Schelby.

— Facile! moi croire être impossible pour tous, sans le Se
gneur. Maintenant moi dire justement la manière: maître Hale
et moi et André être venus à une petite taverne à côté de
rivière; moi aller un peu en avant, moi avoir *tant bonne volon*
pour pouvoir prendre Lizzy, pouvoir pas rester en arrière!
quand être arrivé à côté la fenêtre de la taverne, moi apercevo
elle, tout-à-fait bien pour être vue; et eux, venir tout près de
rière moi. Alors, moi perdre le chapeau exprès et crier fort ass
comme pour éveiller un mort. Lizzy, elle entendre, et elle
retirer quand maître Haley avoir été justement à la tavern
Alors, elle fuir par porte de côté, elle courir après le bord de
rivière. Maître Haley avoir vu elle, avoir crié fort, et avoir cou
avec moi et André pour attraper. — Elle arriver sur le bord
la rivière. Là être de l'eau coulant avec force, dix pieds de la
geur, et de l'autre côté être de la glace pour former une gran
île. Nous venir tout près d'elle et moi penser: Oh! mon Die
sûr elle être prise! Mais elle avoir gémi par un cri aigre com
moi jamais avoir entendu, et avoir sauté par-dessus l'eau sur
glace, et la glace faire crack! et l'eau écumer, Lizzy s'enfonc
et bondir sur les glaçons comme un chevreuil. Oh! Seigneu
elle avoir des muscles autres que tout le monde pour saut
ainsi: moi croire ça. »

Mme Shelby, pâle d'émotion avait écouté Sam sans proféré
une seule parole.

— Dieu soit loué! s'écria-t-elle quand il eut achevé son réc
« elle n'est pas morte. — Mais, pauvre enfant! où est-elle ma
tenant?

— Le Seigneur prendre soin, dit Sam en levant les yeux
ciel. Comme moi avoir dit, être une Providence comme m

esse a enseigné à nous. Être là toujours des instruments pour
fre la volonté du Seigneur: si moi pas avoir été là aujourd'hui,
zzy avoir été prise au moins douze fois. Et si moi pas avoir
it courir les chevaux ce matin jusqu'au temps de dîner ? Et si
oi pas avoir fait faire à Haley près de cinq milles avant de
endre bonne route ? Oh ! sans cela, lui avoir attrapé Lizzy
tant aisément qu'un chat attrape une souris. Toutes ces choses
re *Providence.*

— Il y a une sorte de Providence que vous voudrez bien ne
as servir, une autre fois, maître Sam. Je ne souffrirai pas que
us agissiez ainsi avec des gentlemen que je reçois chez moi, —
t M. Shelby en prenant un air aussi sévère que les circonstances
permettaient.

Il est tout aussi inutile de simuler la colère devant un nègre
ne devant un enfant. L'un et l'autre savent instinctivement
nétrer la véritable disposition de notre esprit, malgré tous les
forts que nous faisons pour affecter des sentiments contraires
ceux que nous éprouvons. Sam ne fut donc aucunement décou-
gé par cette réprimande, quoiqu'il prît un air triste et sé-
eux et que les coins de sa bouche, en se baissant, donnassent à
n visage l'expression du repentir.

— Maître tout-à-fait dire juste, tout-à-fait; avoir été fort
lain à moi ; moi pouvoir pas dire autrement ; maître et maî-
esse pouvoir pas encourager telles choses. Moi triste, pour
la ; mais pauvre nègre comme moi être souvent tenté pour
ir mal quand individus paraissent comme maître Haley ; lui
as du tout gentleman ; pas moyen de penser lui un gentleman ;
oi avoir été élevé chez un gentleman : pouvoir pas trouver
aître Haley ressembler à un gentleman.

— C'est bien, Sam, — dit Mme Shelby, — puisque vous paraissez
connaître vos torts, allez trouver la tante Cholé et dites-lui
ue je l'autorise à vous donner de ce jambon froid qui est resté
u dîner d'aujourd'hui. Vous devez avoir bien faim, André et
us.

— Maîtresse être considérablement trop bonne pour nous, —
t Sam, et il se hâta de saluer pour sortir.

On remarquera ici, comme nous l'avons déjà insinué, que
aître Sam, avait un talent naturel qui l'aurait fait parvenir,
dubitablement, aux plus hauts emplois dans la vie politique:
était le talent de profiter de tous les événements et de les faire
urner à l'avantage de son mérite et de son avancement. Aussi,
rès avoir fait étalage de piété et d'humilité, à la satisfaction
 salon, comme il l'espérait, il enfonça son bonnet de feuilles
r la tête et, prenant un air libre et dégagé, il s'achemina vers
 domaine de la tante Chloé, bien résolu de faire valoir son
ersonnage devant le peuple de la cuisine.

— Moi vouloir, à présent, discourir devant les nègres, — se dit
m en lui-même, — ça être une bonne occasion. Oh ! Seigneur,
x tous écouter moi et regarder avec de grands yeux. »

Nous devons dire à nos lecteurs qu'un des plus grands plaisirs

de Sam avait été d'accompagner son maître dans différen[t]
assemblées politiques ; tantôt juché sur une balustrade , tan[tôt]
perché sur un arbre , il avait toujours trouvé le moyen de[s]
placer de manière à entendre le discours des orateurs de[s]
réunions et il les écoutait avec une attention bien soutenu[e]
lorsqu'il descendait ensuite dans les assemblées de ses frères [de]
couleur, il les ravissait d'admiration en répétant d'une m[a-]
nière burlesque , des phrases pompeuses qu'il avait entendu[es]
Il débitait cette parodie avec une chaleur et une solennité i[m-]
perturbables ; et bien qu'il n'eût, en général, que des audite[urs]
de la race noire , il n'était pas rare qu'il produisît sur eux u[ne]
impression aussi profonde que s'il se fût adressé à des homm[es]
de la race privilégiée ; on écoutait attentivement, on riait , [on]
approuvait du geste et Sam se félicitait beaucoup de son succ[ès]
Il en avait conclu qu'il devait se considérer comme ayant u[ne]
vocation pour l'art oratoire , et jamais il ne laissait échapp[er]
l'occasion de pérorer.

Il faut encore que nous disions qu'il existait depuis longtem[ps]
entre Sam et tante Chloé, une sorte d'inimitié passée à l'état ch[ro-]
nique, ou plutôt une froideur bien prononcée ; mais, com[me]
cette fois, Sam méditait une expédition contre le départeme[nt]
des provisions , que cette expédition devait être nécessaireme[nt]
la base de ses opérations , il se détermina, pour le présent [à]
prendre le ton le plus conciliant possible ; il savait bien qu[il]
suivrait à la lettre *les ordres de maîtresse;* mais il savait b[ien]
aussi qu'on pouvait les interprêter d'une manière plus ou mo[ins]
large. Il se présenta donc devant tante Chloé avec l'expression [de]
la soumission et de la résignation la plus touchante: il a[vait]
l'air d'un homme qui avait souffert d'incroyables tribulati[ons]
en prenant la défense d'une malheureuse créature persécut[ée]
Il insista sur ce point que maîtresse l'avait envoyé vers la tan[te]
Chloé qui lui donnerait tout ce dont il pourrait avoir besoin p[our]
établir une juste balance entre les solides et les liquides. Il r[en-]
dait ainsi un hommage non équivoque aux droits et à la suprém[atie]
de la tante Chloé dans le département de la cuisine et de [ses]
dépendances.

Le moyen eut plein succès. Jamais un pauvre électeur, d[oué]
d'un esprit simple et droit, ne fut plus cajolé, ne reçut plus [de]
marques d'attention de la part d'un candidat à l'élection , [que]
maître Sam n'en reçut de tante Chloé. Les douceurs qu'il a[vait]
débitées à l'illustre cuisinière lui avaient concilié sa bienv[eil-]
lance. Aussi, quand bien même il eût été l'enfant prodigue [en]
personne , il n'aurait pu trouver dans sa mère un accueil [plus]
expansif. Il se trouva bientôt, à sa grande satisfaction , en [pré-]
sence d'une immense terrine en étain contenant une esp[èce]
d'*olla podrida* composée de tout ce qui avait paru sur la t[able]
depuis deux ou trois jours. On y voyait , dans un pêle-mêl[e des]
plus pittoresques, de succulentes tranches de jambon, des gât[eaux]
à la croute dorée , des fragments de pâté représentant toute[s les]
figures de mathématique imaginables, des ailes, des cuisses et[...]

siers de poulet, etc. Sam, comme le monarque de tous ces sa-
voureux débris, trônait à table, le fameux chapeau de feuilles de
palmier sur l'oreille ; il avait à sa droite André qu'il regardait
d'un air de protection.

La cuisine fut bientôt envahie par tous les compagnons du noir
qui faisaient irruption de toutes les cases de l'exploitation, avides
d'apprendre quel avait été le dénouement des exploits de la
journée. L'heure de la gloire était venue pour Sam.

L'histoire de la journée fut répétée de nouveau avec toute
sorte d'ornements, et d'enjolivements propres à en rehausser
l'éclat ; comme la plupart de nos dilettanti, Sam ne permettait
jamais qu'une histoire perdît de son merveilleux en passant par
sa bouche. La narration fut accueillie par des éclats de rire qui
furent répétés par les groupes de petits auditeurs qui se trouvaient épars çà et là dans la cuisine, les uns couchés sur le
plancher, les autres perchés dans les coins. Au moment le plus
bruyant des rires, Sam conservait un sérieux imperturbable,
seulement de temps en temps, il roulait les yeux et lançait à ses
auditeurs les regards les plus comiques, sans jamais se départir
de l'élévation sententieuse de son discours.

— Vous voir, concitoyens, disait-il, en brandissant une
cuisse de dindon, vous voir, maintenant, moi, un enfant
d'entre-vous, défendre vous tous ! oui, moi défenseur de tous !
car si quelqu'un essayer de prendre un de nous, être comme
il voulait prendre tous. Vous voir, *principe* être le même. Ça
être bien clair. Et chaque marchand venant ici rôdant pour
prendre un de nos concitoyens, lui rencontrer moi sur son chemin ; moi combattre avec lui. Moi, être l'homme pour vous tous ;
vous venir trouver moi, frères. Moi défendre toujours les droits
de vous. Moi défendre vous, jusqu'au dernier soupir.

— Mais, Sam, vous avoir dit à moi, ce matin, vous aider
maître Haley pour attraper Lizzy ; sembler à moi votre parole du
matin pas comme votre parole à présent, dit André.

— Moi dire vous maintenant, André, répondit Sam avec une
imposante supériorité, vous devoir pas jamais parler sur choses
pas connaître du tout ; garçons comme vous, André, savoir bien
penser, mais pas savoir comprendre les grands principes pour
agir.

André demeura écrasé sous ce raisonnement qui parut à toute
la jeunesse de l'auditoire être un argument sans réplique. Sam
continua.

— Ça avoir été la conscience, André : quand moi avoir pensé
courir après Lizzy, moi avoir cru maître vouloir ainsi. Quand
moi avoir su maîtresse penser autrement, moi avoir plus voulu
poursuivre Lizzy : ça être *encore plus la conscience*, parceque
nous autres savoir meilleur tenir du côté de maîtresse. Ainsi
vous voir ; moi toujours le même, moi avoir suivi les deux fois la
conscience, et avoir tenu les principes. Oui, les *principes !* —
dit Sam en saisissant un cou de poulet, — pourquoi les principes bons, si pas pour nous rester fermes ? — André vous

7

pouvoir prendre cet os, là être encore quelque chose dessus. .

L'auditoire était tellement attentif aux paroles de Sam que celui-ci ne put s'empêcher de continuer :

— Cette matière : *fermeté* , compagnons nègres , dit Sam avec le ton d'un homme qui entreprend de traiter une question abstraite , — cette chose être pas bien comprise par beaucoup. Maintenant , vous voir quand un homme tenir au matin pour une chose , et tenir au soir pour chose contraire , le peuple dire (et vrai) lui être pas dans la fermeté. — André vous avancer à moi un morceau de gâteau. — Mais nous examiner davantage. Moi espérer gentlemen et beau sexe excuser moi pour employer une comparaison ordinaire. Moi vouloir essayer arriver en haut le foin. Bien , moi mettre l'échelle sur ce côté : moi pouvoir pas arriver par ce côté, moi pas essayer davantage alors et placer l'échelle sur un autre côté : moi être pas ferme pour cela ? Moi avoir toujours fermeté puisque moi vouloir toujours monter en haut le foin. Vous bien comprendre tous, j'espère.

— Çà être la seule chose : vous avoir eu de la fermeté ; le Seigneur savoir bien !—murmura la tante Chloé qui commençait à s'impatienter ; la joie de cette soirée faisait sur le cœur de la malheureuse femme de Tom, le même effet que le vinaigre sur le nitre, suivant l'expression de l'Écriture.

— Oui , en vérité , — dit Sam , en se levant repu de viande et de gloire et s'efforçant de formuler sa péroraison. — Oui , concitoyens et dames de l'autre sexe en général , moi avoir principes , moi être fier d'avoir principes. Être très avantageux dans ce temps à présent et dans tous les temps. Moi avoir principes et y tenir ; moi vouloir être brûlé vif pour les principes ; moi vouloir marcher au bûcher et dire : moi verser tout le sang à moi .pour les principes, pour mon pays, pour l'intérêt de toute la société.

— Bien, dit tante Chloé, vous devoir prendre pour principe d'aller coucher quand être nuit , et pas tenir chacun éveillé jusqu'au matin. Maintenant, vous autres petits , si pas vouloir être fouettés , partir bien vite, tout-à-fait vite !

— Nègres ! — dit Sam en agitant son chapeau de feuilles, — moi donner à vous tous la bénédiction; vous, aller coucher à présent; vous rester toujours sages ! .

Et après cette pathétique bénédiction , l'assemblée se dispersa.

CHAPITRE IX

DANS LEQUEL ON VOIT QU'UN SÉNATEUR N'EST QU'UN HOMME.

La flamme d'un bon feu pétillait joyeusement dans la cheminée d'un élégant salon, et dorait de ses riches reflets le tapis et le brillant service à thé placés sur une table devant le foyer. Le sénateur Bird se débarrassait de ses bottes pour reposer ses pieds dans une belle paire de pantoufles neuves que sa femme lui avait brodées pendant qu'il était allé siéger au sénat. Mme Bird, dont le visage exprimait la joie qu'elle ressentait de revoir son mari, présidait aux préparatifs de la table, interrompant parfois ce soin, pour adresser quelques remontrances à une petite troupe de jeunes espiègles qui, avec la pétulance de leur âge, se livraient à toutes les gambades, toutes les mutineries qui, depuis le déluge, ont fait le désespoir des mamans.

— Tom, ne touchez pas au bouton de la porte : — quel enfant! — Marie! Marie! ne tirez pas la queue du chat! — pauvre minette! — Jim, il ne faut pas monter sur la table; je ne le veux pas!

— Vous ne pourriez vous figurer, mon ami, quelle surprise agréable vous nous avez faite en revenant ici, ce soir, — dit-elle enfin à son mari, aussitôt qu'un moment de calme lui permit de lui adresser la parole.

— Oui, oui, j'ai eu la bonne pensée de venir ici passer la nuit pour me reposer un peu en famille. Je suis horriblement fatigué; j'ai la tête brisée. »

Mme Bird jeta aussitôt les yeux sur un flacon de camphre qui se trouvait dans une armoire entr'ouverte et se disposait à l'aller chercher, mais son mari l'arrêta.

— Non, non, Marie, point de médicaments! une tasse de votre excellent thé, bien chaud, quelques instants de notre bonne vie de famille : c'est tout ce qu'il me faut. C'est vraiment une besogne fatiguante que de faire des lois. •

Et le sénateur se mit à sourire et parut se complaire dans l'idée qu'il se sacrifiait au bien de son pays.

— Et qu'ont-ils donc fait, vos sénateurs? — demanda Mme Bird quand le thé fut enfin servi.

C'était chose tout-à-fait extraordinaire pour la bonne petite Mme Bird de s'embarrasser la tête de ce qui se faisait dans l'assemblée du sénat; elle jugeait sagement qu'elle avait bien assez d'occupation à songer aux affaires de sa maison; aussi M. Bird, ne put s'empêcher d'ouvrir de grands yeux en entendant la question qu'elle lui adressait, et il répondit:

— Nous n'avons fait rien de bien important.

— Dites-moi, est-il vrai qu'on ait fait une loi pour défendre à qui que ce soit de donner à boire et à manger à ces pauvres gens de couleur qui traversent quelque fois nos campagnes? On m'a dit qu'il était question d'une loi de ce genre, mais je pensais, moi, que des législateurs chrétiens ne pourraient jamais l'adopter.

— Eh ! quoi donc, Marie, est-ce que vous allez, tout-à-coup, vous lancer dans la politique ?

— Moi ? oh quelle folie ! Je vous assure qu'en général je me soucie fort peu de toutes vos questions politiques : mais ici, je ne saurais m'empêcher de penser à cette mesure que je trouve tout-à-fait cruelle et anti-chrétienne. J'espère, mon ami, qu'une telle loi n'a pu passer ?

— On a fort bien voté une loi pour défendre de donner assistance aux esclaves qui nous viennent du Kentucky : voilà la vérité, ma chère amie ; ces diables d'*Abolitionnistes* ne prennent aucune précaution, et ils ont favorisé tant d'évasions que nos voisins de Kentucky sont maintenant extraordinairement irrités, et il a semblé nécessaire, et je dirai même chrétien et charitable, que notre état prît quelque mesure pour calmer les esprits.

— Et que dit la loi ? Nous défend-elle d'abriter pour une nuit ces pauvres créatures ? de leur donner un peu de nourriture pour les réconforter, ou quelques vieux vêtements pour les couvrir ? nous interdit-elle de les laisser tranquillement continuer leur voyage ?

— Sans doute, ma chère amie ; c'est précisément là ce que la loi défend, puisque ce serait les aider et les encourager. »

Mme Bird était une petite femme, toute timide ; un rien la faisait rougir ; ses beaux yeux bleus, son teint qui avait la fraîcheur et le duvet de la pêche, et sa gentille voix qui était bien la plus agréable du monde, tout en elle exprimait la douceur. Quant à son courage, il était de notoriété publique que le gloussement d'un coq d'Inde de moyenne grosseur, suffisait pour la faire fuir ; elle n'aurait osé approcher d'un logis gardé par un chien de taille médiocre, si celui-ci lui eût seulement montré les dents. Son mari, ses enfants étaient pour elle le monde entier, et elle cherchait à régner dans son intérieur plutôt par la persuasion et par la prière que par le commandement et la discussion. Une seule chose pouvait la faire sortir de son caractère : c'était quand sa nature douce et compâtissante se trouvait heurtée ; tout ce qui avait le caractère de la cruauté provoquait en elle une exaspération qui étonnait et alarmait tout à la fois chez une si douce créature. Certes, en général, c'était bien la plus indulgente des mères : cependant ses enfants conservaient le souvenir du châtiment qu'elle leur avait infligé pour les avoir trouvés un jour, en compagnie de quelques petits vauriens du voisinage, occupés à lapider un petit chat abandonné.

— Je vous promets que j'ai eu bien peur ce jour-là, — disait souvent maître Bill. — Ma mère vint à moi avec un air tel que je crus son esprit égaré : je fus fouetté et on m'envoya coucher sans souper, avant que j'eusse le temps de revenir de l'étonnement où me jetait ce qui se passait ; puis j'entendis ma mère pleurer derrière la porte de ma chambre et ses pleurs me firent, plus de mal que le châtiment que j'avais reçu. Mais je vous assure que dans la suite nous ne nous sommes plus avisés de lapider le moindre petit chat ! »

Quand Mme Bird entendit son mari lui annoncer que la loi contre les esclaves avait été votée, elle se leva tout-à-coup ; l'incarnat de ses joues devint plus vif, ce qui ajoutait encore à sa beauté ; elle s'avança vers son mari d'un air résolu et lui dit avec fermeté :

— J'ai besoin que vous me disiez, John, si vous trouvez cette loi juste et chrétienne.

— Vous ne me tuerez pas, au moins, Marie, si je dis.oui ?

— Je n'aurais jamais pensé cela de vous, John ! Mais vous n'avez pas voté pour, n'est-ce pas ?

— Il faut encore que je réponde affirmativement, ma belle *politique*.

— Vous devriez rougir de honte, John ! — Pauvres créatures sans patrie, sans asile ! C'est une loi honteuse, criminelle, abominable ; je violerai cette loi à la première occasion qui se présentera, et j'espère bien qu'elle se présentera : oui, certes, je la violerai, votre loi infâme ! Oh ! les choses vont aller à merveille, vraiment, si une femme ne peut donner à souper à de pauvres créatures mourant de faim, s'il lui est interdit de leur donner un lit pour la nuit ; et cela parceque ces pauvres créatures sont des esclaves dont on a abusé, qu'on a opprimés toute leur vie. Tenez : votre politique me fait pitié !

— Voyons, Marie, écoutez moi : ces sentiments sont excellents, ma chère amie, ils vous honorent et j'aime à les trouver en vous ; mais remarquez bien, ma chère, que nous ne devons pas laisser aveugler notre jugement par les sentiments de notre cœur. Ce n'est point ici une affaire privée ; l'intérêt public est en question ; l'agitation a pris un tel développement dans les masses que nous sommes bien obligés de mettre de côté nos sentiments privés.

— Je n'entends rien à la politique, John : mais je puis lire l'Evangile. J'y apprends que je dois nourrir celui qui a faim, vêtir celui qui est nu, consoler celui qui est dans la peine : et je suis bien déterminée à suivre cette loi.

— Mais si, en agissant ainsi, vous mettiez en grand péril toute la société ?

— L'obéissance à Dieu ne peut menacer la société d'aucun péril : c'est une chose certaine. Le meilleur moyen, au contraire, de sauver une société, c'est d'accomplir la volonté de Dieu.

— Fort bien ! mais écoutez-moi un instant, Marie, et je vais vous démontrer bien clairement.....

— Oh ! c'est inutile, John, vous pourriez parler ici jusqu'à demain, que vous ne me persuaderiez pas. Dites-moi, John, chasseriez-vous de votre maison, à l'heure qu'il est, une pauvre créature, tremblant de froid, mourant de faim, parcequ'elle se serait évadée d'une exploitation ? Le feriez-vous ? »

Pour être sincère, nous devons dire, que notre sénateur avait

le malheur d'être d'un excellent naturel et parfaitement accessible à la pitié ; chasser de chez lui quelqu'un dans la peine , eût
été au dessus de ses forces ; ce qu'il y avait de pis pour lui dans
la guerre que lui faisait sa femme, en cette occasion, c'est
qu'elle connaissait le bon cœur de son mari ; et en lui adressant
la question que nous venons de rapporter, elle donnait l'assaut
à l'endroit de la place qui ne pouvait être défendu. Il eut donc
recours au stratagème usité en pareil cas: c'est-à-dire qu'il
chercha à gagner du temps. Il fit : *Hem !* toussa plusieurs fois ,
tira son mouchoir de sa poche, frotta les verres de ses lunettes.
Mme Bird voyant que l'ennemi ne pouvait se défendre sur ce
terrain ; ne se fit aucun scrupule de profiter de son avantage.

— Je voudrais vous voir faire une pareille chose, John ! vraiment , je le voudrais ! Chasser de chez vous une pauvre femme
quand la neige tombe en abondance, par exemple , ou bien , cela
pourrait arriver, la prendre pour la jeter en prison. Pourquoi
non ? Que cela vous siérait bien !

— Assurément , ce serait un devoir bien pénible à remplir.

— Un devoir ? John , ne profanez pas ce mot. Vous savez bien
que ce n'est pas là un devoir. On ne peut pas regarder cela
comme un devoir! Que ces gens qui ne veulent pas que leurs
esclaves s'évadent , les traitent avec bonté, c'est dans ce sens
que j'aurais voulu voir rédiger une loi. Si j'avais des esclaves
(j'espère bien ne jamais en avoir au moins), je n'aurais pas
à redouter qu'ils cherchent à s'enfuir, ni vous non plus , John.
Je vous assure que jamais les esclaves ne songent à s'évader
quand ils sont heureux. S'ils en viennent à cette extrémité ,
pauvres gens ! ils ont bien assez à souffrir de la faim , du froid,
de la crainte d'être rattrapés, sans que chacun vienne se tourner
contre eux ; aussi bon gré, malgré votre loi, jamais je ne les
inquièterai : que Dieu m'en préserve !

— Marie , Marie , ma chère, laissez-moi raisonner avec vous.

— Je déteste les raisonnements, John, et surtout les raisonnement sur pareille matière. Vous avez la manie, vous autres,
hommes politiques , de faire mille détours pour atteindre un but
qui se trouve en ligne droite , et vous ne respectez pas vous-
même ce que vous avez statué quand il s'agit d'en venir à la
pratique. Je vous connais assez bien , John : vous ne croyez pas
plus que moi à l'équité de cette loi ; vous ne sauriez pas plus
que moi lui obéir .

En ce moment . le vieux nègre Cudjoe, factotum de la maison ,
se présenta à la porte du salon et pria sa maîtresse de vouloir
bien venir jusqu'à la cuisine ; notre sénateur, passablement
allégé par cette interruption qui lui donnait le temps de respirer , jeta sur la bonne petite Mme Bird un regard où se lisait un
mélange bizarre de contentement et de dépit; puis il s'assit dans
un fauteuil et se mit à lire les journaux.

Bientôt il entendit , à la porte la voix de sa femme qui l'appelait avec un certain empressement. — John ! John ! je vous en
prie, venez ici un instant.

Il déposa le journal qu'il tenait en main, se rendit à la cuisine et demeura frappé du spectacle qui s'offrait à ses yeux : c'était une jeune et belle femme avec des vêtements déchirés et couverts de givre ; elle n'avait pas de souliers et ses bas en lambeaux laissaient voir des pieds meurtris et saignants ; elle s'était évanouie et on l'avait couchée sur deux chaises. Son visage annonçait qu'elle appartenait à la race méprisée, mais on ne pouvait s'empêcher d'être frappé de sa beauté que le triste état où elle était réduite rendait plus touchante. A la vue de ce corps immobile comme le marbre, raidi par le froid, présentant déjà l'apparence de la mort, le sénateur sentit un frisson parcourir tout son corps. A peine pouvait-il respirer, il contemplait cette triste scène sans proférer un seul mot. Sa femme et une vieille domestique noire, la tante Dinah, cherchaient à faire revenir la pauvre femme de son évanouissement, tandis que le vieux Cudjoe qui avait pris sur ses genoux le petit enfant, retirait ses souliers et ses bas pour réchauffer ses petits pieds qui étaient froids comme la glace.

— Assurément, dit la vieille Dinah avec le sentiment de la compassion, elle fait grand peine à voir. Je crois que c'est la chaleur qui l'a fait évanouir. Elle paraissait bien quand elle est arrivée, elle me demanda si elle pouvait se chauffer un instant ; je lui demandai d'où elle venait et elle tomba sans mouvement. Jamais elle n'a fait d'ouvrages bien rudes à en juger par ses mains.

— Pauvre créature ! dit Mme Bird, au moment où la jeune femme entr'ouvrait ses grands yeux noirs et regardait vaguement autour d'elle. — Tout-à-coup, ses traits se contractèrent, elle paraissait en proie à une horrible angoisse ; elle se leva en disant :

— Oh ! mon Henri ! L'ont-ils pris ? •

A ces mots, l'enfant sauta des genoux de Cudjoe pour courir près de sa mère, il lui tendit ses petits bras.

— Oh ! le voici, — c'est bien lui. — Oh ! madame, — dit-elle d'un ton de voix suppliant. — Protégez-nous, ne permettez pas qu'on le prenne cet enfant.

— Personne ici ne vous fera de mal, pauvre femme, — dit Mme Bird avec bonté, — vous êtes ici en sûreté ; n'ayez aucune crainte.

— Oh ! que le bon Dieu vous bénisse, » dit la pauvre femme, — et couvrant son visage de ses mains, elle fondit en larmes. L'enfant voyant couler les pleurs de sa mère s'efforçait de monter sur son giron pour la caresser.

Les soins affectueux que les femmes entendent si bien et que Mme Bird savait donner mieux que qui que ce fût, rendirent enfin un peu de calme à la pauvre Elisa. Un lit fut improvisé pour elle, près du feu ; et bientôt elle s'endormit profondément ; le petit enfant, qui ne paraissait pas moins fatigué que sa mère, dormait entre ses bras ; car Elisa avait résisté aux instances pleines de bonté qu'avait faites Mme Bird, pour la séparer de son Henri ; et tout en dormant, elle le tenait embrassé sur son sein, comme si elle ne pouvait se dispenser de veiller sur lui, même pendant son sommeil.

M. et Mme Bird étaient rentrés au salon, et chose assez étonnante, aucune allusion ne fut faite, de part ni d'autre, à la conversation qui avait eu lieu précédemment; Mme Bird avait pris son tricot et son mari avait l'air de lire le journal; mais évidemment il ne pouvait, en ce moment, s'occuper de lecture: car il posa bientôt celui qu'il tenait alors et dit à sa femme:

— Je voudrais savoir ce que c'est que cette femme.

— Nous chercherons à le savoir quand elle s'éveillera et qu'elle se sera reposée un peu, — répondit Mme Bird.

— Dites donc, ma femme? — reprit le sénateur après avoir tourné et retourné ses journaux sans pouvoir distraire son esprit de la pauvre fugitive.

— Eh ! bien, mon ami ?

— Ne pourrait-elle pas mettre une de vos robes, en l'allongeant un peu, ou bien en y faisant quelqu'autre modification ? Elle paraît un peu plus grande que vous. »

On pouvait voir en ce moment un sourire de bonheur illuminer le visage de Mme Bird ; elle répondit :

— Nous verrons.

Quelques instants après M. Bird rompit de nouveau le silence :

— Dites-donc, ma femme !

— Eh ! bien, que voulez-vous?

— C'est que vous avez là ce vieux manteau en bombasine que vous conservez pour m'en couvrir quand je fais ma sieste ; vous pourriez le lui donner ; elle manque de vêtements. »

En ce moment, Dinah venait annoncer que la femme était éveillée et qu'elle désirait voir madame.

M. et Mme Bird se rendirent à la cuisine, suivis de leurs deux fils aînés : les plus jeunes de la famille étaient déjà couchés.

La femme était alors assise sur un banc, à côté du feu, elle regardait fixement la flamme du foyer, d'un air calme, abattu qui contrastait avec l'air hagard que lui donnait précédemment la frayeur qui l'agitait.

— Vous désirez me voir ? — dit Mme Bird du ton le plus bienveillant, — j'espère que vous vous trouvez mieux maintenant, pauvre femme ! »

Pour toute réponse, Elisa poussa un profond soupir : puis elle leva ses grands yeux noirs et les attacha sur Mme Bird avec une telle expression de détresse et de supplication, que la bonne petite dame fut émue jusqu'aux larmes.

— Ne soyez nullement inquiète; nous sommes vos amis, pauvre femme ! dites-moi d'où vous venez et ce que nous pouvons faire pour vous.

— J'arrive du Kentucky.

— Du Kentucky? et quand êtes-vous arrivée, dit M. Bird, prenant part à l'interrogatoire.

— Ce soir même.

— Et comment avez-vous fait pour passer ?

J'ai traversé sur la glace.

Sur la glace! — reprirent en même temps tous ceux qui ont présents.

Oui, répondit-elle sans s'émouvoir, j'ai traversé sur la ... Dieu m'est venu en aide; ils étaient là derrière moi, ils ont m'atteindre; il n'y avait pas d'autre moyen de leur ...pper.

Hélas! maîtresse, dit Cudjoe, la glace est rompue en blocs ...ottent sur l'eau, qui se heurtent l'un contre l'autre et qui ...loutissent sous les flots pour reparaître ensuite.

Oui, je le sais; je le sais! c'était bien comme vous dites; ... j'ai traversé tout de même. Je croyais que je ne pourrais ... il me semblait impossible d'atteindre l'autre rive: mais que ...portait? Je ne pouvais que mourir si je ne réussissais pas. ...eigneur m'a secourue! On ne peut savoir combien l'assistance ...eigneur est puissante, quand on ne l'a pas éprouvée. — Et ...ppelant les circonstances de sa périlleuse traversée, sa ...nnaissance envers Dieu brillait dans son regard.

Vous étiez esclave? demanda M. Bird.

Oui, monsieur; j'appartenais à un propriétaire du Ken-...y.

Il était probablement dur envers vous?

Non, monsieur, c'était un bon maître.

Et votre maîtresse, était-elle dure envers vous?

Non monsieur, oh! non, maîtresse a toujours eu beaucoup ...onté pour moi.

Qu'est-ce donc alors qui a pu vous engager à quitter une ...son où vous étiez bien traitée, pour vous enfuir et vous ...ser à de si grands périls? »

...isa porta les yeux sur Mme Bird et son regard scrutateur ...rchait à pénétrer comment serait accueillie la réponse qu'elle ... à faire. Elle remarqua que la femme du sénateur était ...é vêtue de deuil.

Madame, — dit-elle alors, — avez-vous jamais eu la douleur ...erdre un enfant? »

...ette question inattendue rouvrait une blessure encore ré-...te: car il y avait un mois à peine que la famille du sénateur ...t pleuré sur une tombe où l'on venait de déposer un enfant ...ri.

... Bird se retourna et fit quelques pas vers la fenêtre; ...e Bird fondit en larmes; mais elle prit bientôt la parole et ...anda:

Pourquoi me faites-vous cette question?... Hélas! oui! j'ai ...du un de mes enfants.

Oh! bien alors, vous compâtirez à mon malheur. Moi, j'ai ...du deux enfans l'un après l'autre, et en m'évadant j'ai dû ...ndonner leur sépulture; il ne me restait plus que celui-ci. ...ais je n'ai dormi, sans qu'il fût près de moi, je n'avais que ...au monde. Il était ma consolation et mon orgueil. Eh! bien, ...lame, ils allaient me le prendre, l'emmener loin de moi! le

vendre ! oui le vendre et l'envoyer sans sa mère dans les
du Sud, lui ! un pauvre petit qui, jusqu'ici n'a pas quit
mère. Je ne pouvais supporter cela, n'est-ce pas madam
savais que je serais incapable de rien faire, s'ils me l'enleva
et quand j'ai appris que les papiers étaient signés, qu'il
vendu, je l'ai pris dans mes bras et je me suis sauvée penda
nuit; ils se sont mis à ma poursuite alors, l'homme qui l'
acheté et quelques esclaves de mon maître; ils étaient su
point de m'atteindre, j'entendais leurs voix. Je n'ai pas hé
j'ai sauté sur la glace. Comment ai-je pu traverser la rivi
je l'ignore; mais ce que je sais, c'est que je trouvai sur la
de ce côté, un homme qui me vint en aide. »

En redisant ses malheurs, la pauvre femme ne sanglottait
elle ne pleurait pas; elle en était venue à cet excès de dou
où les larmes ne peuvent plus couler. Mais tous ceux qui l'é
taient dans ce moment témoignaient, chacun à leur mani
la vive et sympathique émotion que leur inspirait ce récit.

Les deux petits garçons, après avoir fouillé vainement
poches pour y chercher leurs mouchoirs, qui, comme le sa
bien toutes les mamans, se trouvent toujours partout ail
que là, cachèrent leurs visages désolés dans les plis de la rob
leur mère, où ils sanglottaient et s'essuyaient les yeux to
leur aise; Mme Bird avait tout le visage caché dans son m
choir, et la vieille Dinah dont la bonne figure noire était inon
de larmes qui coulaient en pleine liberté, s'écriait, avec to
la ferveur qu'on rencontre dans les meetings : Seigneur a
pitié de nous ! Et le vieux Cudjoe, s'essuyant rudement les y
avec les parements de ses manches, grimaçait de toutes
manières et répondait aux exclamations de Dinah avec
ferveur égale à la sienne. Pour notre sénateur, il était hom
d'état et par conséquent, il ne voulait pas qu'on le vît plei
comme le commun des mortels; aussi, il s'était retourn
regardait par la fenêtre; il toussait, comme si quelque chos
gênait dans la gorge; essuyait les verres de ses lunettes e
mouchait, parfois, de manière à faire soupçonner qu'il n'é
pas le moins ému de l'assistance. Mais personne de ceux
étaient là ne songeait à analyser comment chacun exprimait
émotion.

— Comment donc pouviez-vous me dire que vous avie
bon maître ? s'écria-t-il en se retournant brusquement, e
paraissant vouloir débarrasser son gosier de quelque chose
le suffoquait.

— Je l'ai dit, parce qu'il est réellement un bon maître
quoi qu'il m'arrive, je le dirai toujours; ma maîtresse aussi
très bonne : mais ils n'ont pu faire autrement. Ils devaien
l'argent; et l'homme à qui ils devaient avait, je ne sais c
ment, le pouvoir de tout saisir, et ils étaient obligés de
donner tout ce qu'il exigeait. J'ai écouté et j'ai entendu
maître qui expliquait cela à ma maîtresse; elle lui demanda g
pour moi, elle le supplia en ma faveur; mais il lui répo

avait la main forcée, que les papiers étaient signés ; c'est que j'ai pris cet enfant dans mes bras et que je me suis sauvée. Je savais que je chercherais inutilement à vivre si on me l'enlevait. Et pour qui donc vivrais-je alors?

— N'avez-vous pas un mari?

— Oui, mais il appartient à un autre homme. Son maître est si dur pour lui, et il ne lui permettait presque jamais de venir me voir ; il se montre de plus en plus impitoyable envers lui, et il a menacé mon mari de le vendre pour les états du sud : c'est comme si l'on me disait que je ne le reverrais jamais plus!.. »

Le ton paisible avec lequel cette femme prononçait ces dernières paroles aurait pu faire croire à un observateur superficiel qu'elle était tout-à-fait indifférente : mais l'expression de profonde douleur qui se lisait dans ses grands yeux noirs, révélait tout ce qu'elle souffrait dans son cœur.

— Et où pensez-vous aller, ma pauvre femme? — dit Mme Bird.

— Au Canada ; si seulement je savais où c'est ! Le Canada est-ce bien loin d'ici? — dit-elle en jetant sur Mme Bird un regard plein de simplicité et de confiance.

— Quelle triste position ! dit Mme Bird involontairement.

— Pensez-vous qu'il y ait bien loin d'ici? demanda de nouveau Eliza.

— Bien plus loin que vous ne le pensez, pauvre enfant ! Mais nous verrons à faire tout ce que nous pourrons pour vous. — Allah ! faites un lit dans votre chambre, et moi d'ici à demain matin je réfléchirai à ce que nous pouvons faire pour elle. — En attendant, n'ayez aucune crainte, pauvre femme ; placez en Dieu tout votre espoir ; il vous protègera. »

Mme Bird rentra au salon avec son mari ; elle s'assit dans sa berceuse devant le feu et se mit à réfléchir tout en se balançant. M. Bird se mit à arpenter la chambre en tous sens, grommelant à lui-même : « Diantre ! diantre ! maudite et embarrassante affaire ! » Enfin, il s'approcha de sa femme et lui dit :

— Ma chère, il faut absolument que cette femme parte d'ici, cette nuit même. L'individu qui la poursuit sera sur sa piste demain dès le matin. S'il n'y avait qu'elle, je dirais : elle se tiendra bien tranquille et nous pourrons la cacher jusqu'à ce que l'autre soit bien loin ; mais ce petit luron qu'elle a avec elle, une armée entière, cavalerie et infanterie, ne viendrait pas à bout de le faire rester en place, je vous le garantis ; il vendrait tout de suite la mêche, soit en mettant la tête à la fenêtre ou en courant à la porte. Ce serait là pour moi une belle affaire d'être surpris, dans ce moment-ci, à abriter deux esclaves ! Non ; il faut absolument qu'ils partent cette nuit.

— Cette nuit ! Comment cela serait-il possible? et où donc voulez-vous qu'ils aillent ?

— Oh ! je sais fort bien où, répondit le sénateur, de l'air d'un homme qui réfléchit : et il se disposa à remettre ses bottes. A peine avait-il introduit sa jambe dans la tige, qu'il s'arrêta à

mi-chemin , et prenant son genou à deux mains, il parut en
dans une profonde méditation.

— C'est une maudite et embarrassante affaire ! Vilaine affa
—dit-il enfin, en ressaisissant les tirants de sa botte :—c'est
ment diabolique ! — Quand la première botte fut complète
entrée , le sénateur s'assit, tenant la seconde en main ; et
ses yeux sur le tapis dont il semblait étudier le dessin. —
c'est là ce qu'il faut faire , bon gré , malgré ; je sais bien ce
va arriver quand ils sauront.... Ah bast ! qu'ils aillent tou
faire pendre ! — Il entra la seconde botte avec humeur et co
regarder à la fenêtre.

La bonne petite Mme Bird était une femme discrète
femme qui jamais en sa vie n'avait dit, en voyant ses prévi
se réaliser : « *Je l'avais bien dit !* » Dans ce moment,
qu'elle vît bien clairement la tournure que prenaient les mé
tions de son mari, elle évita fort prudemment de paraître
occuper, elle se tint tranquillement assise dans sa berce
disposée à écouter son seigneur-lige quand il jugerait à pr
de lui faire connaître ses intentions.

—Il y a mon vieux client, Van Trompe, — dit M. Bird, — qu
venu du Kentucky pour s'établir ici ; il a affranchi tous ses e
ves et a acheté une propriété située à sept milles de la cri
il s'est là enfoncé dans les bois ; personne ne s'avise d'aller d
côté sans y avoir à faire ; on ne s'amuse pas à chasser par là,
y serait donc assez en sûreté ; mais, le pire de la chose,
que personne ne saurait y conduire une voiture, excepté m

—Pourquoi donc ? Cudjoe n'est-il donc pas un excellent coc

— Certes , mais c'est qu'il faut traverser deux fois la cri
et le second passage est tout à fait dangereux, à moins qu'on
connaisse aussi bien que je le connais. J'ai passé là peut-être
fois à cheval et je sais parfaitement les détours qu'il faut p
dre. Il n'y a donc pas moyen de songer à faire autrement. Cu
mettra les chevaux à la voiture, vers minuit et j'emmènera
femme, sans faire de bruit ; pour donner un prétexte à ce voy
Cudjoe me conduira à l'auberge voisine, j'y prendrai le c
pour Colombus, il passe là vers trois à quatre heures du m
et ainsi, on pensera que c'est pour cela que je me suis fait
duire en voiture. Et demain, de bon matin, j'irai me rem
aux affaires ; je pense que je ferai fort piteuse mine au s
après tout ce qui a été dit et fait ; mais, au diable! je ne
faire autrement.

— Votre cœur est meilleur que votre tête , dans cette circ
tance, John , — dit Mme Bird, en mettant sa petite main bla
dans celle de son mari. — Aurais-je jamais pu vous aimer,
ne vous avais connu mieux que vous ne vous connaissez v
même ? — Et la bonne petite dame, dont les yeux s'ét
remplis de douces larmes, paraissait si belle, que le séna
pensa qu'il était un homme tout-à-fait remarquable pour
su conquérir l'admiration d'une si charmante créature,
lui restait-il à faire, après cela, que d'aller s'inquiéter de

ser la voiture? Il sortit sans proférer un mot. Arrivé à la
du salon, cependant, il s'arrêta, revint sur ses pas, et
une voix mal assurée:
Marie, je ne sais ce que vous en penserez: mais il y a là...
oir... rempli des vêtements de notre petit Henri! — Aus-
il se retourna et sortit en fermant la porte derrière lui.
femme ouvrit la porte d'une petite chambre à coucher
ne de la sienne, et prenant une bougie, elle la plaça sur un
taire, puis elle retira d'une petite cachette une clef qu'elle
un air pensif dans la serrure d'un tiroir; au moment d'ou-
elle s'arrêta tout-à-coup; les deux petits garçons qui, comme
petits furets, s'étaient glissés dans la chambre sur les pas de
Bird, la regardaient en silence, et leurs yeux attentifs
imaient à leur mère qu'ils comprenaient le sentiment qui la
it hésiter.
! mère qui lisez ces lignes, n'y a-t-il jamais eu dans votre
eure un tiroir, ou un cabinet que vous ne pouviez ouvrir
avoir le cœur brisé comme si vous aviez ouvert un petit
ueil? Ah! heureuse mère vous appellerai-je, si vous n'avez
u à endurer cette douloureuse émotion.
me Bird ouvrit tout doucement le tiroir. Il renfermait des
ts vêtements de différentes formes, des piles de tabliers, des
gées de petits bas; on y voyait même, soigneusement enve-
pée dans une feuille de papier, une paire de souliers tout
nons, usés au bout par le frottement. Il y avait aussi un
val de bois attelé à un petit chariot, une toupie, une balle,
venirs recueillis avec bien des larmes et des brisements de
ur. Elle s'assit devant ce tiroir, et la tête appuyée dans les
ins, elle pleura, et ses larmes, filtrant à travers ses doigts,
irent arroser tous ces objets dont la vue rappelait une perte
ruelle... Mais bientôt, elle se raidit contre ce douloureux
venir et se hâta de choisir les vêtements les plus simples et
plus solides dont elle forma un paquet.
— Maman, — dit un des petits garçons, en touchant doucement
ras de sa mère; — est-ce que vous allez donner toutes ces
ses?
— Mes chers enfans, — se hâta de répondre Mme Bird avec
uceur: — si notre cher, notre bien aimé petit Henri nous re-
rde du ciel, il sera bien content de nous voir couvrir de ses
tements un pauvre petit garçon. Je n'aurais su trouver assez
force dans mon cœur pour les donner à une personne heu-
use; mais je les donne à une mère plus affligée, plus désolée
e moi et j'espère que Dieu bénira ce don! •
ll y a dans le monde, des âmes bénies, dont les chagrins de-
nnent une source de joie pour les autres, dont les espérances
restres, ensevelies dans la tombe avec une grande abondance
larmes, deviennent une semence d'où germent des fleurs salu-
res et un baume pour ceux qui sont dans l'affliction et la dé-
sse.
La petite femme si délicate qui est là assise, qui verse des

larmes en rassemblant les vêtements qui lui rappellent le c
petit enfant qu'elle a perdu, pour en revêtir le fils de la fugi
qu'on poursuit, était une de ces âmes d'élite.

Bientôt Mme Bird ouvrit une garde robe, en retira un
deux vêtements de femme, simples, mais en bon état, s'ass
sa table à ouvrage et là, aiguille, ciseaux et dé en main,
commença à allonger les robes suivant l'avis de son mari.
travailla ainsi jusqu'à ce que la vieille horloge qui était pla
dans le coin de la chambre, sonnât minuit et qu'elle entendi
sourd roulement des roues d'une voiture qui s'arrêtait à la po
de la maison.

M. Bird entra, tenant à la main son par-dessus.

— Marie! — dit-il à sa femme, — il est temps de l'éveiller
faut que nous partions. .

Mme Bird se hâta de placer les vêtements qu'elle avait rassé
blés, dans une petite malle, qu'elle ferma ensuite, et elle p
son mari de la faire porter dans la voiture : après quoi elle
éveiller la fugitive. Celle-ci s'habilla promptement et parut bie
tôt à la porte d'entrée, couverte d'un manteau et d'un châle
avaient appartenus à sa bienfaitrice, ainsi que le chapeau do
sa tête était recouverte ; elle portait son enfant dans ses br
M. Bird la pressa de monter en voiture et Mme Bird l'accompag
jusqu'au marche-pied. Dès qu'elle fut montée, Elisa se penc
par la portière, et tendit à sa bienfaitrice une main aussi dou
aussi blanche que celle qui lui était tendue en retour. Elle fixa s
grands yeux noirs remplis de la plus vive expression, sur
visage de Mme Bird ; elle voulut parler : deux ou trois fois e
remua les lèvres sans pouvoir articuler une seule syllabe; ma
elle montra le ciel et exprima toute sa reconnaissance par un
ces regards qui ne s'oublient jamais ; puis elle retomba sur
banquette de la voiture et se couvrit le visage de ses deux main
On ferma la portière et la voiture commença à rouler.

Quelle situation critique pour un sénateur patriote, qui, pe
dant toute la semaine précédente, avait poussé les législateurs
son Etat à prendre les mesures les plus énergiques contre l
esclaves fugitifs, contre ceux qui leur donneraient l'hospitali
et contre ceux qui, d'une manière quelconque, aideraient à leu
évasion !

Notre bon sénateur, dans l'Etat où il avait l'honneur de siége
n'aurait été éclipsé par aucun de ses collègues de Washingto
pour le genre d'éloquence qui leur a acquis un renom immorte
Avec quelle sublimité il avait su pérorer, les mains dans les po
ches, comme il avait stygmatisé la faiblesse sentimentale de ce
qui mettaient l'intérêt de quelques misérables fugitifs avant le
grands intérêts de l'Etat !

Il avait défendu le projet de loi avec l'intrépidité d'un lion ;
non-seulement il était parvenu à se convaincre parfaitement lu
même de son urgence, mais il avait su faire passer cette convic
tion dans l'esprit de tous ceux qui l'avaient entendu. Mais alo
qu'il parlait si chaleureusement, l'idée d'un fugitif n'était autr

lui que celle indiquée par le sens matériel du mot ; tout au
figurait-il la vignette représentant un homme portant un
au bout d'un bâton, que les petits journaux placent en
la formule consacrée : *Enfui de chez le soussigné.* Il n'a-
mais éprouvé le pouvoir tout-à-fait magique qu'exerce sur
cœur la vue d'un être en proie à une misère réelle, ni l'im-
on produite par le regard suppliant d'une créature humaine,
une débile main qui tremble en cherchant un appui ;
il n'avait entendu le cri du désespoir poussé par un agoni-
qui réclame en vain un peu d'assistance. Jamais il n'avait
qu'entre ceux qui pouvaient contrevenir à la loi en tentant
vader, il pouvait se rencontrer une malheureuse mère, un
enfant comme celui sur la tête duquel il reconnaissait
llement le chapeau qu'avait porté le petit garçon, le fils
que la mort avait ravi à sa tendresse ; aussi, comme notre
eur n'était pas une statue de marbre, comme il n'avait pas
eur d'acier, comme il était homme et, qui plus est, comme
it un noble cœur, il était, ainsi que chacun le comprend
ent, dans une fâcheuse position par suite de son *patrio-*

ous ! nos braves frères des états du Sud, vous n'avez pas à
pher de la défaite de ce pauvre législateur ; nous avons plus
motif pour croire que plusieurs d'entre vous, en pareille
nstance, n'eussent guère fait mieux que lui. Nous croyons,
raison, qu'il existe au Kentucky, aussi bien que dans le
ssipi, des cœurs nobles et généreux qui ne sauraient rester
sibles au récit d'une souffrance. Ah ! bons et généreux
s ! est-il bien légitime de vouloir nous astreindre par une loi
s rendre des services que votre bon cœur ne vous permet-
pas de rendre vous-mêmes si vous étiez à notre place ?
oiqu'il en soit, si notre bon sénateur avait péché contre la
litique, il était dans les meilleures conditions possibles pour
mplir sa pénitence pendant ce voyage de nuit.
sortait de la longue période des pluies continuelles, et le
e l'Ohio, si mouvant, comme chacun sait, se prête admi-
ment à la formation de la boue. La route était un de ces
ains formés de rails comme on en faisait, dans le pays baigné
l'Ohio, au bon vieux temps.
« Mais, dites-moi, je vous prie, quelle espèce de route
-ce bien ? » demandera peut-être quelque voyageur de l'Est
tué à joindre à l'idée de *rails* celle d'un chemin parfaitement
ur lequel on roule avec une grande vitesse :
Apprenez donc, innocent ami de l'Est, que dans les régions
rées de l'Ouest où le bassin de boue a une profondeur telle
n ne saurait la sonder, les routes sont formées au moyen de
cs d'arbres parfaitements bruts, placés transversalement à
les uns des autres et revêtus d'une couche de terre, de
n ou de tout ce qui tombe sous la main ; et alors le naturel
ays se plaît à appeler cela une route et il s'évertue à chevau-
là-dessus. Avec le temps, les pluies finissent par enlever la

terre, le gazon ou ce qu'on avait mis sur cette charpente, dé[...]
cent les troncs d'arbres par-ci, par-là ; et leur font prendre[...]
positions tout-à-fait pittoresques, en haut, en bas, en trave[...]
ce qui forme des abîmes et des ornières remplies d'une [...]
noire.

C'était sur une route de cette espèce que notre sénateur é[...]
cahoté, faisant des réflexions morales aussi suivies que poss[...]
dans les circonstances présentes, où la voiture s'avançait com[...]
nous allons dire : d'abord d'épouvantables chocs contre[...]
troncs d'arbres qui se dressaient de façon à former barrière ;[...]
soubresauts à la suite desquels tout le véhicule craquait, [...]
patatras ! dans la boue. Le sénateur, la fugitive, le petit enf[...]
rudement balancés perdaient à chaque instant leurs position[...]
se trouvaient lancés tantôt contre la portière de droite, ta[...]
contre la portière de gauche, suivant que la voiture penc[...]
d'un côté ou de l'autre. Tout-à-coup elle est prise entre d[...]
troncs et l'on entend le vieux Cudjoe, qui du haut de son si[...]
apostrophait énergiquement ses chevaux pour les faire avan[...]
Après avoir tiré les rênes, fouetté, sans résultat, au moment[...]
le sénateur va perdre patience, la voiture se dégage avec fra[...]
et les deux roues de devant vont s'empêtrer dans un autre abî[...]
sénateur, femme, enfant, viennent alors tomber pêle mêle[...]
la banquette de devant. Le chapeau du sénateur s'enfonce [...]
ses yeux et sur son nez, il se voit traité avec le même sans-g[...]
qu'une chandelle sur laquelle on place un éteignoir ; l'enf[...]
pleure et Cudjoe sur son siége excite ses chevaux du geste et[...]
la voix ; les pauvres animaux ruent, se dressent et s'efforc[...]
de tirer sous les coups de fouet répétés. La voiture se dég[...]
cependant encore une fois et les roues de derrière s'enfoncen[...]
leur tour : une nouvelle secousse rejette les trois voyageurs[...]
la banquette du fond, les coudes du sénateur meurtrissen[...]
chapeau d'Elisa dont les deux pieds se trouvent embarras[...]
dans le chapeau du sénateur décoiffé cette fois par le ch[...]
Après quelques instants cependant, on sortit de la fondrière[...]
les chevaux s'arrêtèrent exténués de fatigue ; le sénateur retro[...]
son chapeau, Elisa redresse et rajuste le sien, calme son enf[...]
et tous trois cherchent à se prémunir contre les chocs à venir[...]

Pour un moment, ils n'eurent à endurer que les continu[...]
cahots entremêlés de soubresauts, de secousses de toute espè[...]
et ils commençaient à trouver, qu'après tout, ils ne se tirai[...]
pas trop mal d'affaire. Mais voilà tout-à-coup que la voiture s'[...]
fonce à angle droit de manière à mettre les trois voyageurs[...]
leurs pieds ; et, avec une promptitude incroyable, ils se retrouv[...]
assis sur la banquette. Cette fois, la voiture s'arrête tout de b[...]
et après s'être remué de côté et d'autre sur son siége pour[...]
précier la situation, le vieux Cudjoe se présente à la portière[...]

— S'il vous plaît, monsieur, nous voilà dans un bien mauv[...]
pas. Je ne sais vraiment pas comment nous nous en retirero[...]
Je crois qu'il faut nous mettre à chercher des rails. •

Le sénateur désespéré s'élance hors de la voiture cherch[...]

vec soin un endroit solide où il puisse se tenir. Mais un de ses
pieds glisse et s'enfonce profondément ; il s'efforce de le retirer ;
mais il perd l'équilibre et tombe tout entier dans un bain de
boue. Cudjoe le repêche dans l'état le plus déplorable.

Mais nous voulons ménager la sensibilité de nos lecteurs. Ceux
qui, en voyageant dans nos Etats de l'ouest, ont dû, au milieu de
la nuit, recourir à l'intéressante occupation de déranger les rails,
formant barrière, pour retirer leurs voitures des abîmes boueux,
comprendront tout ce qu'avait de pénible la position de notre
héros et compatiront à son infortune. Nous leur demanderons
de s'apitoyer un instant sur son sort et de nous permettre de
continuer notre récit.

La nuit était très avancée quand la voiture sortit de la crique
où elle s'était enfoncée, elle était toute dégouttante de boue. On
se remit en marche et bientôt on arriva à la porte d'une grande
ferme. Il fallut une persévérance tout-à-fait extraordinaire pour
réveiller les habitants ; enfin le respectable propriétaire vint
ouvrir. C'était un grand gaillard, velu comme un ours, haut de
six pieds et quelques pouces ; il n'avait pour tout vêtement que
ses chausses et une blouse de flanelle rouge ; une épaisse chevelure rousse, tout-à-fait en désordre, une barbe de plusieurs
jours, donnaient à ce digne homme, une apparence, qui, pour
ne pas dire plus, n'était pas très séduisante. Il s'arrêta quelques
minutes à regarder nos voyageurs, sous le nez desquels il faisait
passer sa chandelle pour étudier leur physionomie : l'expression
avec laquelle il procédait à cet examen avait quelque chose de
fort comique. — Comme notre sénateur a quelque peine à lui faire
comprendre ce dont il s'agit, laissons-le se démener de son
mieux et pendant ce temps-là nous ferons à nos lecteurs l'histoire de ce personnage.

Le vieux et honnête Jean Van Trompe avait été jadis propriétaire d'une vaste exploitation, dans l'état de Kentucky ; il avait
eu des esclaves. N'ayant de l'ours que la peau, doué par la
nature d'une âme pleine d'équité, de noblesse et de grandeur, il
avait depuis quelques années concentré en lui-même la peine
qu'il ressentait de l'application d'un système également funeste
à l'oppresseur et à l'opprimé. Bref, un jour le grand cœur de
John s'était tellement gonflé en songeant à l'injustice de l'esclavage, qu'il lui devint impossible de le contenir plus longtemps
dans sa large poitrine ; John prit son portefeuille dans son secrétaire, traversa l'Ohio, acheta le quart d'une commune en bonne
et riche terre ; affranchit tous ses esclaves, hommes, femmes et
enfants, les embarqua sur des chariots et les fit transporter
dans sa terre qu'il avait achetée pour y fonder une colonie. Puis
l'honnête homme tourna ses regards vers la crique et résolut
d'acheter dans cette direction une ferme où il pût se retirer et se
livrer en paix à ses réflexions.

— Etes-vous homme à abriter une pauvre femme et son enfant
contre des chasseurs d'esclaves ? — lui dit enfin le sénateur de
la manière la plus explicite.

8

— Je pense bien qu'oui, — répondit l'honnête John V
Trompe, d'un ton énergique.

— J'en étais sûr !

— Et s'il vient ici quelqu'un de ces coquins, — dit le bra
homme en se redressant de manière à faire valoir ses memb
musculeux — oh ! je suis prêt à les recevoir ; j'ai avec moi se
fils, tous gaillards de six pieds qui sont tout disposés comme n
à leur faire bonne réception. Vous pouvez leur présenter m
respects et leur dire qu'ils peuvent venir quand ils voudror
que ça nous est parfaitement égal, — ajouta John en passant
main dans sa chevelure touffue, — et il éclata de rire.

Harassée de fatigue, demi-morte, Elisa se traîna vers la por
tenant entre ses bras son enfant profondément endormi. L'hom
à l'extérieur si rude, approcha la chandelle de la figure de
pauvre femme, et, laissant échapper une exclamation de pit
il ouvrit la porte d'une petite chambre à coucher voisine d'u
grande cuisine dans laquelle il venait d'introduire les voyage
et invita la pauvre femme à y entrer. Il prit une chandel
la place sur la table de la chambre, et s'adressant à Elisa :

— Maintenant, dit-il, ma pauvre femme, vous n'avez
besoin d'avoir la moindre crainte ; vienne ici qui voudra ; je c
nais ces sortes d'affaires-là, dit-il, en indiquant du doigt deux
trois excellents fusils accrochés au manteau de la cheminée,
et plus on me connaît, plus on sait qu'il ne serait pas sain
venir pour prendre, malgré moi, quelqu'un dans ma mais
Ainsi, vous pouvez maintenant dormir tout aussi tranquillem
que si votre mère était là pour vous bercer ; et cela dit, il fer
la porte.

— Mais, savez-vous, dit-il au sénateur, que c'est une b
belle femme. Oui, et ce sont surtout celles-là qui ont le plus
motifs pour s'enfuir quand elles ont les sentiments que doit a
une femme vertueuse. Oh ! je sais bien tout cela. •

Le sénateur lui raconta en quelques mots l'histoire d'Elisa.

— Eh ! quoi ! est-il bien possible ! — s'exclamait le di
homme en entendant ce récit. Quoi donc ! pour une chose
naturelle ! pauvre créature ! on lui donne la chasse comme
ferait à une bête féroce, parce qu'elle obéit aux sentiments de
nature, parce qu'elle fait ce qu'une mère ne saurait s'empêc
de faire. Je vous assure que quand je vois de pareilles choses
suis furieusement tenté de jurer, — dit l'honnête Van Tromp
en essuyant ses yeux de sa large main.—Etranger, je vous le
j'ai été des années et des années sans mettre le pied dans
temple, parce que tous les *ministres* de nos environs prêchai
toujours que la Bible approuvait tous ces abus. Comme je
comprenais rien au grec et à l'hébreu qu'ils débitaient pour n
convaincre, je me suis fait l'adversaire de la Bible, des minist
et de tout. Je n'ai plus remis le pied dans un temple jusqu'à
que j'aie rencontré un ministre qui en savait autant que
autres en fait de grec, etc. Celui-là disait tout le contraire
premiers : j'ai été d'accord avec lui et je suis retourné au temp

voilà le fait, — dit John, qui pendant cette profession de foi avait débouché une bouteille de cidre dont il offrit un verre au séna- teur. — Vous feriez mieux d'attendre ici jusqu'au jour, — ajouta- t-il du ton le plus cordial, — j'éveillerais ma vieille femme et elle vous préparerait un lit en un moment.

— Merci, mon brave, — répondit le sénateur, — il faut que j'aille prendre la voiture qui part cette nuit pour Colombus.

— Eh ! bien, alors, s'il faut absolument que vous partiez, je vous donnerai un pas de conduite et je vous indiquerai un che- min de traverse qui vaut mieux que la route par laquelle vous êtes venu. Ah ! c'est une bien mauvaise route que celle-là. »

John s'équipa, prit une lanterne en main et dirigea la voiture du sénateur vers une route en pente rapide qui passait derrière la ferme. Quand ils furent sur le point de se quitter, le sénateur lui mit dans la main un billet de dix dollars. — Voilà pour elle, — dit-il d'un ton bref.

— Cela va sans dire, — répondit John tout aussi laconiquement. Ils se serrèrent la main et se séparèrent.

CHAPITRE X.

PRISE DE POSSESSION ET TRANSPORT DE LA MARCHANDISE HUMAINE.

Les premières lueurs d'une matinée brumeuse de février, en pénétrant dans la case de l'Oncle Tom, venaient éclairer des visages abattus sur lesquels était peinte la tristesse qui torturait les cœurs. — La petite table, placée devant le feu était couverte d'une toile à repasser. Une ou deux chemises fort grossières, mais parfaitement blanches, récemment polies par le fer, étaient sur le dossier d'une chaise devant le feu, et la tante Chloé en tenait une autre étendue sur la table. Elle la repassait avec soin, promenant le fer sur chaque pli, sur chaque ourlet, avec une scru- puleuse exactitude ; de temps à autre, elle portait la main à son visage pour essuyer les larmes qui coulaient le long de ses joues.

La tête appuyée sur la main, le livre du Nouveau Testament ouvert sur ses genoux, Tom était assis à côté de sa femme : mais ni l'un ni l'autre ne parlaient. — Il était encore de bonne heure et les enfants couchés tous ensemble dans leur petit lit tout grossier, dormaient paisiblement.

Tom, qui avait au plus haut degré cet amour de la famille qui, pour leur malheur, caractérise ceux de sa race infortunée se

leva et vint en silence près du lit , pour jeter un regard sur s[...]
enfants.

— C'est pour la dernière fois ! — dit-il.

La tante Chloé ne répondit pas ; seulement elle passait et r[...]
passait son fer sur la pauvre chemise qui , depuis longtemps dé[...]
était aussi polie , aussi unie que possible. Enfin , ne pouvant pl[...]
y tenir , elle déposa son fer , s'assit devant la table et élevant [...]
voix elle dit en pleurant :

— Sûr nous devoir être résignés ; mais , Seigneur ! comme[...]
pouvoir ? Si moi seulement connaître où vous aller ; comme[...]
vous être traité ! Maîtresse promettre de racheter vous dans [...]
an ou deux : mais, Seigneur ! est-ce que personne jamais reven[...]
de là ? Eux si méchants ! tuer les esclaves ! moi souvent av[...]
entendu raconter combien eux faire travailler dans les plant[...]
tions là-bas.

— J'y trouverai le même Dieu qu'ici, Chloé.

— Sûr , vous trouver le même ; mais le Seigneur permett[...]
quelquefois cruelles choses arriver. Moi n'être pas consolée av[...]
cette pensée.

— Je suis entre les mains du Seigneur : il ne peut m'arriv[...]
que ce qu'il permettra ; n'ai-je pas bien à le remercier déjà [...]
ce que moi seul j'aie été vendu ? il vous a épargnée vous et m[...]
enfants. Ici , vous êtes en sûreté , ce malheur qui m'arrive [...]
frappe que moi ; et le Seigneur m'aidera à le supporter, oh ! o[...]
je sais qu'il m'aidera. •

Noble cœur , tu imposes silence à ta douleur pour consol[...]
ceux qui te sont chers !

Tom parlait d'une voix entrecoupée , la douleur le suf[...]
quait , mais jusque là , sa parole ne manquait pas d'énergie.

— Ne songeons qu'aux bienfaits que nous avons reçus , ajou[...]
t-il , d'une voix tremblante , comme s'il avait la conviction q[...]
cette pensée lui était nécessaire pour pouvoir pardonner dans [...]
moment.

— Bienfaits ! reprit la tante Chloé , moi pas voir les bienfai[...]
moi voir injustice ! grande injustice ! Maître avoir jamais [...]
laisser vous être vendu pour ses dettes. Vous avoir gagné po[...]
lui deux fois plus que le prix de vente. Lui devoir à vous vot[...]
liberté et avoir dû déjà donner votre liberté depuis longtem[...]
Lui avoir pas pu faire autrement que de vendre , mais moi sen[...]
lui avoir tort. Rien pouvoir retirer à moi cette pensée. Vous u[...]
si fidèle créature , vous toujours pour l'avantage de lui plus q[...]
pour l'avantage de vous ; plus attaché à lui qu'à votre femme[...]
à vos enfants ! Eux vendre l'affection du cœur et le sang du cœ[...]
pour se tirer de l'embarras ! Oh ! pour cela le Seigneur tomb[...]
sur eux !

— Chloé , si vous m'aimez , ne parlez pas ainsi dans ce m[...]
ment, le dernier peut-être que nous passerons ensemble ! Je vo[...]
le dis, Chloé , entendre parler contre mon maître, me fait auta[...]
de peine que si on parlait contre moi. N'a-t-il pas été mis ent[...]
mes bras quand il était tout petit enfant ? il est tout naturel q[...]

...ie une haute idée de lui. Je ne puis m'attendre à ce qu'il agisse ...même envers le pauvre Tom. Les maîtres sont habitués à nous ...roire faits pour eux, ils ne songent pas plus loin. On ne peut ...iger qu'ils réfléchissent là-dessus. Ce que nous pouvons dire, ...est qu'il y a une grande différence entre lui et les autres maî-...res. Quel esclave a été traité aussi bien, aussi humainement que ...oi? Jamais, j'en suis sûr, il ne m'aurait vendu s'il avait pu faire ...atrement.

— Bien! tout de même, être en tort quelque part, — dit la ...nte Chloé, chez qui le sentiment de la justice était très prédo-...inant — moi pouvoir pas bien dire où, mais être en tort quel-...ue part, moi être bien sûre.

— Vous devriez élever vos regards vers le Seigneur; il est ...-dessus de tout; un passereau ne tombe pas sans sa permis-...on.

— Moi n'être pas consolée avec cette pensée, mais croire moi ...voir l'être cependant. — Etre tout-à-fait inutile de parler pour ...ut cela; moi vouloir préparer le gâteau de maïs et un bon dé-...ûner pour vous; personne savoir quand vous pouvoir encore ...ire un autre bon déjeûner! »

Pour bien faire apprécier ce qu'ont à souffrir les nègres qui ...ont vendus pour le Sud, il convient de rappeler que les affec-...ons de cette race sont extraordinairement vives et profondes. ...eur attachement pour les lieux qu'ils habitent est très opiniâtre. ...aturellement ennemis des entreprises hasardeuses, ils aiment ...e foyer domestique. Joignez à cela toutes les terreurs qu'une ...hose inconnue peut inspirer à l'ignorance; ajoutez encore que ...ès leur plus tendre enfance, on fait envisager aux nègres leur ...anslation dans les états du Sud comme la punition la plus sévère. ...a menace d'être fouetté, d'être torturé est moins épouvantable ...our eux que la menace d'être envoyé au bas de la rivière. Nous ...vons entendu nous-même les nègres exprimer leurs sentiments à ...et égard, nous avons vu l'horreur qu'ils éprouvent quand, aux ...eures du repos, ils se racontent entr'eux de terribles histoires ...u pays situé au *bas de la Rivière*: c'est, pour eux,

Ce pays inconnu, dont aucun voyageur
N'a jamais, au retour, repassé les frontières.

Un missionnaire du Canada nous a dit que la plupart des fugitifs ...i avouaient qu'ils avaient quitté des maîtres réellement bons et ...ue, pour la plupart, ce qui les poussait à braver les dangers de ...évasion, c'était l'horreur que leur inspirait la crainte d'être ...endus pour les états du Sud. — C'est, dans leur esprit, une ...entence qui ne peut manquer de s'exécuter, soit sur eux-mêmes, ...oit sur leurs maris, leurs époux ou leurs enfants. Cette crainte ...urexcite l'Africain, naturellement patient, timide, peu entre-...renant, et lui donne ce courage héroïque qui le fait s'exposer à ...ouffrir la faim, la soif, le froid, la fatigue, les périls du désert ...t les terribles châtiments qui leur seraient infligés s'ils étaient ...epris.

Le repas du matin fumait maintenant sur la table; Mme Shelby

avait dispensé la tante Chloé de son service *à la maison*, po
cette matinée ; et la pauvre femme s'était efforcée de préparere
son mieux ce déjeûner d'adieu. Elle avait tué et troussé son pl
beau poulet, et préparé son gâteau de maïs avec un soin scrup
leux afin qu'il fût tout-à-fait au goût de son mari ; elle avait ret
de l'armoire des bocaux de conserves qui étaient mystérieu
ment renfermés et qui ne paraissaient que dans les gran
occasions.

— Ah ! Seigneur ! vois donc, Pète, — dit Moïse d'un air
dieux, — quel bon déjeûner nous allons avoir ! — et en mê
temps il saisit un morceau de poulet.

La tante Chloé donna au petit gourmand un coup de poing
l'oreille. — Ah ! dit-elle, vous piller le dernier déjeûner
pauvre papa doit manger ici !

—· Oh ! Chloé, Chloé ! — dit Tom avec douceur.

— Eh ! bien, moi avoir pas su empêcher, — répondit
pauvre femme en cachant sa tête dans son tablier. — Moi
désolée, moi devenir méchante. »

Les négrillons se tinrent parfaitement cois après cette corr
tion maternelle ; ils regardaient en silence leur père, puis le
mère, tandis que la petite fille, ennuyée d'être délaissée par
mère, s'accrochait à ses vêtements et pleurait de manière à
qu'on s'occupât d'elle.

— Là ! là ! — dit la tante Chloé en essuyant ses yeux, et en p
nant la petite dans ses bras — maintenant être tout, petite ? v
manger ça, petite, bien bon poulet. Là ! enfants vous mang
aussi, pauvres créatures ! Maman avoir été trop méchante po
vous tout-à-l'heure. »

Les négrillons ne se le firent pas dire deux fois ; ils se jetère
avec le plus grand zèle sur les comestibles ; ils firent bien,
sans cela, les mets fussent demeurés presqu'intacts ; Tom,
l'honneur de qui ils étaient préparés, ne se sentait pas d'hume
à manger.

— Maintenant, — dit la tante Cloé, qui s'était mise en mou
ment aussitôt après le déjeûner, — moi préparer les vêteme
Inutile, peut-être : lui pas permettre emporter, le maître ; n
connaître ça ; lui esprit mauvais ! Tout de même, moi met
dans ce coin flanelle pour rhumatismes de vous. Vous à prés
soigner vous-même, plus personne pour soigner vous. Ici
vieilles chemises à vous et là les neuves. Moi avoir mis un pe
ton avec les bas pour raccommoder : mais, Seigneur ! qu
présent raccommoder pour vous ? — Et la tante Chloé, accab
de douleur, pencha la tête et se mit à sangloter. — Cruel
penser ça ! pas une créature pour soigner vous maintena
malade ou bien portant ! Moi penser jamais plus être bonn
présent, toujours méchante ! »

Après avoir mangé tout ce qui était servi sur la table,
négrillons commencèrent à comprendre de quoi il s'agissait ;
voyaient leur mère tout en larmes, leur père paraissait
triste, ils se mirent à pleurer aussi et portèrent leurs mains

leurs yeux remplis de larmes. L'oncle Tom avait sa petite fille sur les genoux, il la laissait s'amuser tout à son aise à lui égratigner le visage, à lui tirer les cheveux : l'enfant, heureuse de pouvoir se livrer en toute liberté à cet exercice qui avait beaucoup d'attrait pour elle, exprimait sa joie par des rires bruyants.

— Oui, toi rire à ton aise, pauvre créature! disait alors la tante Chloé, — toi voir cela aussi plus tard; toi vivre pour voir vendre ton mari, et peut-être pour voir vendre toi-même; et nos pauvres garçons! Eux aussi être vendus, bien sûr, quand eux être devenus bons pour quelque chose. Ah! les nègres avoir pas besoin de rien posséder! »

A cet instant, un des enfants s'écria : — Maîtresse venir ici!

— Elle pouvoir rien faire pour nous, maintenant : pourquoi venir? — dit la tante Chloé.

Mme Shelby entra. La tante Chloé lui avança une chaise d'un air tout-à-fait maussade et fort peu gracieux. Mme Shelby feignit de ne s'apercevoir de rien : son visage était pâle et plein d'inquiétude.

— Tom, dit-elle, je suis venue.... — elle n'en put dire davantage, ses yeux s'étaient portés sur le groupe silencieux de la case; elle se laissa tomber sur la chaise, couvrit son visage de son mouchoir et se mit à sangloter.

— Ah! bon Seigneur! vous pas pleurer! pas pleurer! maîtresse, — dit la tante Chloé, fondant elle-même en larmes, et pendant quelques instants tous pleurèrent de compagnie. Et ces larmes que versaient ensemble la grande dame et les pauvres esclaves éteignirent dans le cœur des opprimés tout sentiment de haine et de colère.

« O vous, qui visitez le pauvre dans la détresse, savez-vous que tout l'argent que vous pourriez lui donner avec un visage froid et indifférent, a moins de prix à ses yeux qu'une larme de sympathie que vous arracherait son malheur?

— Mon brave Tom, — dit Mme Shelby, — je ne puis rien vous donner, je ne puis vous faire aucun bien. Si je vous donne de l'argent, on vous le prendra. Mais je vous promets solennellement, et devant Dieu, que je ne vous perdrai pas de vue, que je vous ferai revenir aussitôt que j'aurai amassé la somme nécessaire pour vous racheter; jusque-là, Tom, mettez votre confiance en Dieu. »

Les enfants annoncèrent que maître Haley arrivait, et, au même moment, un coup de pied ouvrit brusquement la porte. Haley se présenta; il paraissait de mauvaise humeur; il venait de passer la nuit précédente à voyager à cheval et il n'était pas encore remis du mauvais succès qu'avait eue l'entreprise dans laquelle il espérait ressaisir sa proie.

— Allons, nègre, dit-il, êtes-vous prêt? — Serviteur, madame, — ajouta-t-il en retirant son chapeau : il venait d'apercevoir Mme Shelby

La tante Chloé ferma le coffre dans lequel elle avait rangé le linge de Tom; elle l'entoura d'une corde, et, en se relevant, elle lança au marchand un regard furieux ; ses larmes semblaient s'être métamorphosées tout-à-coup en étincelles de feu.

Tom se leva avec calme , disposé à suivre son nouveau maître il chargea sur ses épaules le coffre pesant ; sa femme prit dans ses bras sa petite fille pour accompagner Tom jusqu'à la voiture et les enfants suivaient ce triste cortége en pleurant à chaudes larmes.

Mme Shelby s'avança vers le marchand et le retint quelques instants ; elle lui parlait avec beaucoup de chaleur ; pendant ce temps, toute la famille marchait vers le chariot qui attendait tout attelé , à la porte. Tous les esclaves de l'exploitation de M. Shelby, jeunes et vieux s'étaient rassemblés autour de la voiture pour dire adieu au vieux compagnon de leurs travaux. Tous étaient habitués à considérer Tom comme le premier des serviteurs de M. Shelby et comme le maître qui leur enseigna la religion chrétienne : il y avait, en conséquence , dans ce rassemblement la plus vive sympathie pour lui ; tous, mais surtout les femmes , ressentirent un vif chagrin de son départ.

— Eh ! quoi, Chloé, vous supporter cela mieux que nous ! — dit une des femmes qui fondait en larmes et qui remarquait le calme avec lequel la tante Chloé se tenait auprès de la charrette.

— Moi n'avoir plus de larmes ! — répondit-elle, en lançant un regard terrible au marchand qui s'avançait vers la voiture. — Moi pas sentir envie de pleurer devant ce vieux misérable. Non, non !

— Montez, — dit Haley à Tom , — en traversant la foule d' esclaves qui fronçaient le sourcil en le regardant passer.

Tom obéit, et Haley, tirant de dessous le siége de la voiture une lourde paire d'anneaux en fer, enchaîna les deux pieds de l'esclave.

Un murmure d'indignation circula dans la foule, et, du perron Mme Shelby cria au marchand :

— M. Haley, je vous assure qu'il n'est pas nécessaire de prendre cette précaution avec Tom.

— Je n'en sais rien, madame, j'ai déjà perdu ici cinq cents dollars, et je n'ai pas envie de m'exposer à une nouvelle perte.

— Moi avoir été bien sûre un tel homme pas faire attention à ce que dirait maîtresse ! — dit la tante Chloé avec indignation, tandis que les deux fils de Tom qui paraissaient bien comprendre maintenant le sort de leur père , s'accrochaient à la robe de leur mère en sanglotant et en se lamentant.

— Je suis bien triste, dit Tom, que maître Georges ne soit pas ici. »

Georges était allé passer deux ou trois jours avec un de ses amis dans une habitation voisine ; il était parti de très bon matin le jour même où la nouvelle du malheur de Tom avait été connue de tous ; de sorte qu'il n'avait pu en entendre parler.

— Assurez bien maître Georges de mon attachement pour lui, — dit Tom avec affection.

Haley fouetta le cheval et le pauvre Tom, dont le regard plein de tristesse semblait ne pouvoir se détacher de sa vieille habitation, fut entraîné loin de tout ce qui lui était cher.

M. Shelby s'était absenté pour n'être pas témoin du départ. Il avait vendu Tom parce qu'il y était poussé par l'impérieuse nécessité de se soustraire au pouvoir d'un homme qu'il redoutait; marché conclu, le premier sentiment qu'il avait éprouvé avait été celui du soulagement. Mais les représentations de sa femme avaient éveillé en lui des regrets qu'il n'avait pu étouffer qu'à demi, et le désintéressement de Tom, sa résignation avaient accru le remords qui se faisait sentir au-dedans de lui-même. En vain voulait-il se persuader qu'il n'avait fait qu'user de son droit, que tous les propriétaires d'esclaves en faisaient autant, que la plupart n'avaient pas même à alléguer, pour excuser leur conduite, la nécessité; il ne pouvait faire taire les reproches de sa conscience; et pour ne pas assister à la scène pénible qui devait être le dénouement du marché conclu entre lui et Haley, il était allé en tournée d'affaires dans le pays, espérant bien que tout serait fini à son retour.

Tom et Haley roulaient sur un chemin de terre, passant rapidement devant des lieux bien connus; bientôt les limites de la propriété furent dépassées et ils se trouvèrent sur la grand'route. Après avoir parcouru environ un mille Haley arrêta tout-à-coup la voiture à la porte d'un forgeron, et, prenant une paire de menottes, il mit pied à terre, entra dans la boutique et pria le forgeron de les élargir.

— Elles sont un peu trop étroites pour un homme de cette taille, — dit-il en montrant l'esclave.

— Ah! Seigneur! mais c'est bien Tom, de chez Shelby. Comment! est-ce qu'il l'a vendu? — s'écria le forgeron.

— Oui, sans doute, — répondit Haley.

— Pas possible! qui est-ce qui aurait jamais cru ça? Eh! bien, je vous assure que vous n'avez pas besoin de l'enchaîner ainsi, lui-là. C'est bien la plus fidèle, la meilleure créature que je connaisse.

— Bien! bien! mais vos bonnes créatures sont précisément celles qui ont le plus de penchant à s'enfuir; les individus stupides ne s'inquiètent point du lieu où ils vont; ceux qui n'ont aucune ressource, les ivrognes, ne se souciant de rien, se laissent indifféremment conduire à droite, à gauche; ils sont même généralement contents de changer de place; mais les sujets de premier choix détestent tout cela comme le péché. Il n'y a pas d'autre moyen pour les tenir que de les enchaîner; laissez-leur les jambes libres, ils s'en serviront aussitôt, j'en réponds.

— C'est qu'à dire vrai, étranger, ces plantations d'en-bas ne sont pas faites pour que les nègres du Kentucky désirent y aller; ils meurent là passablement vite, n'est-ce pas?

— Oui, ils meurent assez vite encore; c'est le climat, ou n'importe quoi; mais le fait est qu'ils meurent de manière à faire aller le commerce bien gentiment, dit Haley.

9

— Eh ! bien, il faut convenir qu'on ne peut pas s'empêcher de penser que c'est grande pitié de voir un bon et brave homme comme celui-ci, aller faire enterrer ses os dans une de leurs plantations à sucre.

— Ah ! mais, celui-ci a encore de la chance. J'ai promis de le bien traiter. Je lui trouverai une condition dans quelque vieille famille et s'il peut échapper à la fièvre, s'habituer au climat, il sera aussi bien qu'un nègre peut le désirer.

— Il laisse ici sa femme et ses enfants, je suppose ?

— Sans doute ; mais il prendra une autre femme là-bas. Seigneur ! est-ce qu'on ne trouve pas partout des femmes ? »

Tom était assis dans la voiture, faisant face à la boutique et, tristesse dans l'âme, il suivait cette conversation. Tout-à-coup il entend derrière lui le galop d'un cheval, et avant qu'il ait le temps de revenir de sa surprise en voyant bientôt après le cavalier s'arrêter près de la voiture, maître Georges le serra dans ses bras. Le bon jeune homme pleurait et sanglottait bien fort en embrassant le vieux serviteur de sa famille.

— Oh ! c'est infâme ! — s'écria-t-il : — qu'on dise tout ce qu'on voudra, c'est indigne ! c'est honteux ! si j'étais homme, on n'aurait pas fait cela, non, je ne l'aurais pas souffert !

— O maître Georges ! que votre présence me fait de bien ! dit Tom. — Il m'était bien dur de m'éloigner sans vous voir ! vous me faites grand bien, je vous assure. — Tom remua les pieds, Georges vit les fers qui les enchaînaient.

— Quelle abomination ! — s'écria-t-il, en levant les mains au ciel, — je veux tuer ce vieux misérable ! oh ! oui, il faut qu'il périsse de ma main !

— Non, maître Georges, vous ne le tuerez point. Ne parlez pas même si haut. Cela ne servirait qu'à l'irriter contre moi.

— Eh ! bien oui, je me tairai pour l'amour de vous. Mais ne puis-je pas dire au moins que c'est une honte d'agir ainsi ? Ils ne m'ont pas envoyé chercher, ils ne m'ont pas écrit un mot pour m'avertir de tout cela, et si je n'avais pas été pour visiter Tom Lincoln, je n'en aurais rien su. Je vous assure que je les ai bien arrangés tous à la maison.

— Vous avez eu tort, maître Georges, je le crains bien.

— Je n'ai pu faire autrement ! Je dis que c'est infâme ! Tenez, oncle Tom, — dit Georges mystérieusement en tournant le dos à la boutique du forgeron, — *je vous ai apporté mon dollar.*

— Oh ! je ne puis songer à l'accepter, maître Georges, je ne puis absolument pas, — dit Tom profondément ému.

— Vous le prendrez, — dit Georges : — voyez, j'ai dit à tante Chloé que je vous l'apportais, et elle m'a donné l'idée d'y percer un trou et d'y passer un cordon, vous pourrez ainsi le suspendre à votre cou et le dérober à la vue : car sans cela ce vieux coquin s'en emparerait. Oh ! je vous assure, Tom, que j'ai une fameuse démangeaison de le rouer de coups ; que ça me ferait de bien !

— Non, maître Georges, ne faites pas cela, car vous ne me feriez pas de bien, à moi.

— C'est par égard pour vous que je l'épargne, — dit Georges en se hâtant de suspendre le dollar au cou de Tom. — Boutonnez maintenant votre veste pour qu'on ne puisse le voir, conservez-le et souvenez-vous chaque fois que vous regarderez ce dollar que je descendrai la rivière pour aller vous chercher et vous ramener ici. Nous avons causé de cela avec tante Chloé ; je lui ai dit qu'elle n'avait pas à craindre qu'on vous oublie ; que j'y veil-lerais, que je tourmenterais mon père jusqu'à ce qu'il vous ait racheté.

— Oh ! maître Georges, vous ne devriez pas parler ainsi quand il s'agit de votre père.

— Mais quoi donc ? oncle Tom, je n'ai aucune mauvaise inten-tion à son égard.

— Ecoutez, maître Georges, soyez sage ; rappelez-vous que vous êtes l'espoir de bien des cœurs malheureux. Restez toujours auprès de votre mère ; n'imitez pas la folie de ces jeunes garçons qui se croient trop grands pour écouter les avis de leur mère. Je vous le dis, maître Georges, il y a différentes choses que le Seigneur nous donne deux fois et plus : mais une mère, une bonne mère, il ne nous la donne qu'une seule fois. Quand bien même vous passeriez cent ans sur la terre, vous ne rencontrerez jamais une femme qui puisse remplacer votre mère auprès de vous. Ainsi donc, attachez-vous à elle, grandissez pour être son appui et sa consolation, vous me promettez d'agir ainsi, n'est-ce pas, mon bon maître Georges ?

— Oui, je vous le promets, oncle Tom, — répondit l'enfant d'un ton sérieux.

— Soyez bien réservé dans toutes vos paroles, maître Georges, les jeunes garçons de votre âge sont parfois volontaires, c'est dans leur nature. Mais un vrai gentleman, comme vous le serez, j'espère, ne laisse jamais échapper un mot irrespectueux pour ses parents. Vous n'êtes pas offensé de mon langage, n'est-ce pas, maître Georges ?

— Oh ! non, certainement, oncle Tom ; vous ne me donnez que de bons conseils.

— Je suis plus vieux que vous, — dit Tom, en caressant la jolie tête bouclée de l'enfant, de sa main large et calleuse ; mais sa voix était aussi tendre, aussi douce que la voix d'une femme, — je comprends toutes vos obligations. O maître Georges ! vous avez reçu en partage bien des priviléges, éducation, instruction, fortune, et vous deviendrez un homme remarquable et par le savoir et par la vertu ; et votre père, votre mère, tous les escla-ves de l'habitation seront fiers de vous ? Soyez un bon maître comme votre père, imitez la piété de votre mère. N'oubliez pas le Seigneur votre Dieu pendant les jours de votre jeunesse, maî-tre Georges.

— Oui, je veux devenir bon, Oncle Tom, je vous le promets. Je veux être homme de mérite. Pour vous, Oncle Tom, ne perdez pas courage ; je vous ramènerai à la maison, et, comme je l'ai dit ce matin à tante Chloé, je vous ferai bâtir une maison pour vous , et il y aura un salon avec un tapis ; vous verrez, quand je serai grand , si je ne le fais pas. Oh ! vous aurez encore du bon temps ! »

Haley parut alors à la porte de la boutique , tenant les menottes.

— Monsieur , — lui dit Georges avec un air de grande supériorité , faites-y bien attention, je dirai à mon père et à ma mère comment vous traitez l'Oncle Tom.

— Bonjour ! — dit le marchand.

— Il me semble que vous devriez avoir honte de passer votre vie à acheter des hommes et des femmes et à les enchaîner comme des bestiaux. Vous devriez en rougir.

— Tant que vos grands personnages trouveront qu'il leur est loisible de vendre hommes et femmes , je me croirai tout aussi bon qu'eux, dit Haley ; il n'y a pas plus de honte à acheter qu'à vendre.

— Quand je serai un homme, je ne ferai ni l'un ni l'autre, — dit Georges. — Je rougis aujourd'hui d'être né au Kentucky, je m'en faisais gloire autrefois. — Et Georges, se remettant en selle, promena ses regards autour de lui comme s'il avait espéré que son opinion produisît une grande impression sur tous les habitants de l'Etat. — Allons , adieu ! Oncle Tom ; ne vous laissez pas abattre.

— Adieu ! maître Georges, — répondit Tom avec un regard où se peignaient l'affection et l'admiration. — Que Dieu tout puissant vous bénisse ! Ah ! le Kentucky n'a pas beaucoup d'aussi honnêtes garçons que vous ! —ajouta-t-il en épanchant son cœur au moment où il perdait de vue la figure si franche , si ouverte de l'enfant.

Georges s'éloigna et Tom le suivit des yeux, et jusqu'à ce que le bruit du galop du cheval pût venir à son oreille , il regarda dans la direction par où son jeune maître avait disparu. Bientôt on n'entendit plus rien ; Tom venait d'entendre les derniers sons, qui devaient parvenir à son oreille, de la patrie qu'il avait déjà perdue de vue. Mais là , sur sa poitrine , il lui semblait sentir une place brûlante. C'était l'endroit où les mains de son jeune maître venait de suspendre le précieux dollar. Tom y porta la main et pressa sur son cœur l'offrande du généreux enfant.

—Ah ça, Tom, — dit Haley en montant dans le chariot où il jeta les menottes, — il faut maintenant que je vous dise : je veux commencer par vous bien traiter, comme je le fais, du reste, avec tous mes nègres ; je vous dirai d'abord que si vous vous conduisez bien envers moi, je me conduirai bien envers vous ; je n'ai jamais été dur avec mes nègres. Je m'arrange de manière à faire pour le mieux. Maintenant, voyez-vous , ce que vous avez de mieux à faire, c'est de vous tenir bien tranquille et de ne pas chercher à me jouer des tours. Je connais tous les tours des nègres : ainsi ça ne vous servirait à rien. Quand mes nègres se tiennent bien tranquilles, qu'ils ne cherchent pas à s'enfuir , oh ! alors ils ont bon temps avec moi ; sinon... eh ! bien , c'est leur faute et non pas la mienne. •

Tom assura Haley qu'il ne songeait nullement à s'évader. Au fait, l'exhortation du marchand était au moins superflue pour un homme dont les pieds étaient solidement enchaînés. Mais, M. Haley avait pour habitude d'entrer en relation avec sa marchandise par des petites exhortations de cette nature propres, il le croyait du moins, à inspirer de la confiance, de l'expansion et à prévenir des scènes désagréables.

Et maintenant, laissons pour un instant notre excellent Tom, et voyons ce que deviennent les autres personnages de notre histoire.

CHAPITRE IX.

DANS LEQUEL ON VERRA LA PROPRIÉTÉ HUMAINE EXASPÉRÉE CONTRE LE PROPRIÉTAIRE.

Il était tard, la soirée était bruineuse, un voyageur s'arrêta devant une petite auberge du village de N....., dans le Kentucky. En entrant dans la salle commune, il vit une société très mélangée d'individus qui étaient venus y chercher un abri contre la pluie; c'était le coup d'œil qu'offrent en général les réunions de ce genre. De longs et minces Kentuckiens, vrais squelettes ambulants, vêtus de blouses de chasse, se déhanchant pour faire de grandes enjambées et traînant leurs membres mal joints avec la nonchalance particulière à leur race; des fusils groupés, dans un coin, un pêle mêle de poires à poudre, de carnassières, de chiens de chasse, de négrillons : tels étaient les traits caractéristiques de cette mise en scène. Aux deux extrémités du foyer était assis un gentleman aux longues jambes, la chaise renversée, le chapeau sur la tête et les talons de ses bottes pleines de boue élégamment appuyées sur le manteau de la cheminée : il faut que nous disions à nos lecteurs que cette position est celle qu'affectionnent tout particulièrement les habitués des tavernes de l'Ouest. Ils trouvent probablement que c'est la meilleure manière d'élever leur intelligence lorsqu'ils ont à réfléchir sur des affaires importantes.

L'hôte qui se tenait au comptoir, était, comme la plupart de ses compatriotes, un homme de haute stature ; sa mine annonçait un bon naturel, il paraissait tout disloqué; il avait une épaisse chevelure surmontée d'un gigantesque chapeau.

Au reste, tous les personnages du lieu portaient sur la tête eet emblème caractéristique de la souveraineté de l'homme ; (1) tous les chefs étaient couronnés de chapeaux dont la nature et la forme variaient suivant le caractère de chaque individu. C'étaient des feutres, des coiffures en feuilles de palmier, des castors graisseux, ou d'élégants chapeaux de soie dans le dernier goût, sous lesquels s'abritait l'esprit de la véritable indépendance républicaine. Les uns portaient leur coiffure sur l'oreille ; c'étaient de joyeux compagnons, à l'humeur joviale, au sans gêne dans les manières. D'autres les enfonçaient jusque sur leur nez; c'étaient des hommes au caractère ferme et résolu qui portaient un chapeau parcequ'ils le voulaient porter, et qui s'en coiffaient comme bon leur semblait; il y en avait qui les rejetaient en arrière ; c'étaient des hommes à l'esprit éveillé et qui aimaient à voir clair devant eux ; enfin les insouciants, laissaient à leurs chapeaux une liberté pleine et entière d'incliner de tel ou tel côté à leur fantaisie. Cette diversité de formes et de positions de coiffures était tout à fait digne de fournir à Shakspeare un sujet d'étude.

Des nègres vêtus de pantalons très amples et de chemises dans la confection desquelles on avait ménagé l'étoffe, circulaient çà et là avec le plus grand empressement ; mais ce grand empressement n'aboutissait qu'à montrer le vif désir qu'ils avaient de faire tout au monde pour l'avantage de leur maître et de ses hôtes. Ajoutez à ce tableau un feu pétillant gaîment dans une vaste cheminée, la porte, les fenêtres ouvertes, les rideaux en calicot flottant au gré d'un vent froid et humide et vous aurez une idée de l'agréable aspect d'une taverne au Kentucky.

Notre Kentuckien moderne est une démonstration vivante de la doctrine de transmission des instincts et des caractères. Ses ancêtres étaient chasseurs par excellence ; ils vivaient dans les bois et dormaient à l'aise sous la voûte étoilée du ciel; leur descendant a, jusqu'ici, considéré une maison comme un camp ; à toute heure il a la tête couverte de son chapeau, se couche par terre, met ses talons sur les dossiers des chaises, sur le manteau de la cheminée, absolument comme l'ancien habitant du Kentucky se couchait sur le gazon, et reposait ses pieds sur les troncs d'arbres. Hiver comme été, il ouvre les portes et les fenê-

---

(1) Nous ne savons pas sur quoi l'auteur base son opinion pour avancer que le *chapeau* est l'*emblème caractéristique* de la souveraineté de l'homme. Nous savions que : *du côté de la barbe est la toute puissance*. Est-ce depuis que les hommes ont jugé à propos de se raser, que le chapeau serait devenu la marque distinctive de sa souveraineté? c'est ce que nous ignorons. Mais dans ce dernier cas, il faut avouer que, sous le rapport du goût, l'homme aurait doublement perdu au change. Une figure tondue c'était déjà une dégradation ; cette figure toute pelée surmontée d'une coiffure taillée sur le patron d'un tuyau de poële lui donne une tournure ridicule : nous ne voyons pas où se trouve la compensation. *(Note du traducteur).*

...es, afin d'avoir assez d'air pour ses vastes poumons ; il nomme
...tout le monde *étranger*, avec une nonchalante bonhomie ; il est ,
...en somme, la plus franche , la plus sans-gêne et la plus joviale
...des créatures vivantes.

...C'est dans cette réunion d'hommes aimant avant tout la liberté
...et le laisser-aller qu'arrivait notre voyageur. C'était un petit
...homme trapu, d'une mise soignée ; il avait l'apparence d'un
...homme bon et honnête et quelque peu minutieux. Il était plein
...de sollicitude pour sa valise et son parapluie, qu'il prétendait
...porter lui-même, de ses propres mains, repoussant avec obsti-
...nation les offres que lui faisaient les divers domestiques de le
...débarrasser de son bagage. Il promena un regard quelque peu
...inquiet autour de la salle, avisa le coin le moins exposé au froid
...qui entrait par les fenêtres, s'y transporta avec sa valise et son
...parapluie, les plaça sous une chaise sur laquelle il s'assit et se
...mit à considérer avec une certaine appréhension le digne Kentu-
...kien dont les pieds ornaient, en guise de candelabres ou de vases
...de fleurs, le manteau de la cheminée, et qui crachait à droite et
...à gauche avec un acharnement, avec une force bien propres à
...causer des alarmes à un gentleman impressionnable par tempé-
...ramment et minutieux par caractère.

— Eh ! bien , étranger, comment allez-vous ? — dit le Kentuckien susdit, qui envoyait , en manière de salut , le jus d'une
chique de tabac dans la direction du nouvel arrivé.

— Bien , je pense, — répondit l'autre tout en reculant alarmé
de l'honneur qui le menaçait.

— Et quelles nouvelles ? — reprit le Kentuckien tout en tirant
de sa poche une carotte de tabac et un grand couteau de chasse.

— Rien que je sache.

— Vous chiquez ? continua notre premier interlocuteur, en
présentant au vieux gentleman un morceau de tabac d'un air
tout-à-fait fraternel.

— Non, merci, cela ne me va pas, dit le petit homme en reculant encore un peu.

— Non, eh ? — dit l'autre, et sans hésiter il fourra dans sa
propre bouche le morceau de tabac afin d'obtenir sans doute un
supplément de jus pour le plus grand agrément de la société.

Le vieux gentleman éprouvait une commotion chaque fois que
son interlocuteur aux flancs allongés *faisait feu* dans sa direction ; celui-ci ayant remarqué les frayeurs qu'il lui causait,
dirigea son artillerie d'un autre côté et commença à faire pleu-
oir ses projectiles sur un des chenets avec une précision
militaire qui aurait suffi pour prendre une ville.

— Qu'est-ce que cela ? — demanda notre petit gentleman en
remarquant un groupe qui s'était formé autour d'une grande
affiche.

— C'est un signalement de nègre , — répondit un des membres
de la réunion.

M. Wilson , car c'est ainsi que se nommait le vieux gentleman ,
se leva et après avoir bien remis en place sa valise et son para-

pluie, tira résolument ses lunettes , les mit sur son nez et après
avoir , avec poids et mesure , procédé à cette opération , il lut ce
qui suit :

« *Enfui de chez le soussigné, mon mulâtre . nommé Georges. Le
dit Georges, taille de six pieds , très clair de couleur , cheveux noirs
bouclés , est très intelligent , parle bien , sait lire et écrire ; il
essayera sans doute de se faire passer pour un homme blanc , il a
des cicatrices profondes sur le dos et sur les épaules ; il a été
marqué dans la main droite de la lettre H.*

» *Je donnerai quatre cents dollars à qui me le ramènera ce soir,
et la même somme à qui me donnera une preuve satisfaisante qu'il
a été tué.* »

Le vieux gentleman lut cet avertissement d'un bout à l'autre,
à voix basse, comme s'il l'étudiait.

Notre kentuckien aux longues jambes qui, comme nous le
disions plus haut , s'amusait à assiéger les chenêts , prit enfin la
résolution de mouvoir son embarrassante carcasse : il retira ses
pieds du dessus de la cheminée , s'avança nonchalamment vers
l'affiche et avec un flegme imperturbable , il l'inonda d'une dé-
charge de jus de tabac.

— Voilà mon opinion là dessus, — dit-il , et il alla se rasseoir.

— Ah ! ça donc ! pourquoi faites-vous cela , étranger ? — dit
l'hôte.

— Je voudrais pouvoir en faire tout autant à l'auteur de
l'affiche, et s'il était ici , je lui laverais le visage comme j'ai
lavé son écrit , — dit froidement le long kentuckien en coupant
un nouveau morceau de tabac. — Un homme qui possède un
garçon comme celui dont il est ici question et qui ne le traite
pas mieux que cela , mérite de le perdre. Des affaires comme
celles-là sont une honte pour le Kentucky ; voilà tout franchement ce que j'en pense, si quelqu'un veut le savoir.

— Oh ! pour ça, c'est bien vrai , — dit l'hôte, en inscrivant
sur son registre le nom d'un voyageur.

— J'ai aussi une bande d'hommes de couleur. moi, continua
l'homme aux longues jambes tout en recommençant à faire le
siége des chenets — et je leur dis : « Mes enfants, enfuyez-vous
» si vous voulez , travaillez ou ne travaillez pas , je ne vous ferai
» ni poursuivre, ni donner le fouet. » Voilà ma manière d'être à
leur égard. Laissez-leur voir qu'ils sont libres , qu'ils peuvent
s'enfuir quand bon leur semble : ils ne songent pas à vous quitter.
Bien plus, tous mes nègres savent que, dans le cas où je vien-
drais à trépasser , j'ai fait enregistrer leurs actes d'émancipation et je vous promets qu'il n'y a pas un propriétaire qui tire du
travail de ses nègres autant de profit que moi. Je puis me fier à
eux; ainsi par exemple, ils ont été dernièrement à Cincinnati pour
y vendre des poulains ; ils avaient pour une valeur de 500 dollars; ils m'ont rapporté fort exactement mon argent parfaitement
intact. Et il était sûr pour moi qu'ils feraient ainsi. Traitez-les
comme des chiens, ils se conduiront comme des chiens ; mais si
vous les traitez comme des hommes, ils agissent en hommes.

l'honnête marchand de bestiaux, en manière de conclusion
après cette chaleureuse harangue, redoubla ses jets de jus de
tabac dans la cheminée.

— Je pense que vous avez parfaitement raison, mon ami, — dit
Wilson, — et le garçon dont on donne ici le signalement est
sujet remarquable, je vous en réponds. Il a travaillé pour moi
pendant six ans dans ma manufacture de sacs et c'était mon
meilleur ouvrier. C'est un garçon très ingénieux ; il a inventé une
machine pour éplucher le chanvre ; c'est réellement une invention qui a du mérite ; on l'emploie dans plusieurs fabriques. Son
maître en a pris un brévet.

— Oui, voilà ! — dit le marchand de bestiaux, — mon individu
a pris le brévet ; il gagne de l'argent avec l'invention ; et puis, il
fait poursuivre l'inventer, et le marque dans la main. Ah ! je
vous promets que si je le pouvais, je le marquerais aussi, et je
vous assure que je le ferais de manière à ce qu'il s'en souvînt
longtemps.

— Bah ! ces garçons qui savent quelque chose sont toujours
des sujets d'embarras, ce sont des insolents, — dit de l'autre
extrémité de la salle un individu à l'allure grossière, — c'est
pourquoi ils sont toujours couverts de cicatrices et marqués. S'ils
se conduisaient bien, ça ne leur arriverait pas.

— C'est-à-dire, que le Seigneur les a créés hommes et qu'il
sera toujours difficile d'en faire des bêtes, — répondit le marchand de chevaux.

— Les nègres qui ont de l'esprit, ne procurent aucun avantage à leurs maîtres, — continua l'autre, trop grossier, d'un esprit
trop obtus pour comprendre l'argument de son adversaire. — A
quoi bon les talents et toutes ces misères-là, si on ne peut en
profiter pour soi même ? Tout l'usage qu'ils font de leur esprit,
est de s'enfuir. J'avais un ou deux de ces nègres d'esprit : je me
suis dépêché de les vendre pour les envoyer au bas de la rivière.
Je savais que je les perdrais tôt ou tard, si je ne les vendais pas.

— Vous auriez mieux fait d'envoyer vers le Seigneur pour lui
demander de vous créer des esclaves sans âmes. »

La conversation fut interrompue par le bruit d'un petit boguey
et un cheval qui s'arrêtait devant l'auberge. Le véhicule était très
élégant ; un homme à la tournure de gentleman, fort bien vêtu,
était assis sur le siège ; il avait près de lui un domestique de couleur pour conduire.

Quand il entra dans la salle commune tous les regards se
dirigèrent sur lui avec cet air de curiosité qu'excite toujours
dans un groupe de flaneurs retenus par la pluie dans une
auberge, l'arrivée d'un nouveau venu. Le voyageur entrant était
grand ; il avait le teint bazané d'un Espagnol, les yeux noirs et
pleins d'expression et les cheveux bouclés, également d'un beau
noir luisant. Son nez aquilin, parfaitement découpé, ses lèvres
fines, l'élégance de ses formes, donnèrent immédiatement à
toute l'assistance l'idée que le nouveau venu n'était pas un
homme du commun. Il s'avança avec aisance au milieu des nom-

breux hôtes de la taverne , indiqua à son domestique où il devait
déposer sa malle, salua la compagnie et tenant son chapeau à la
main , il vint au comptoir où il se fit inscrire sous le nom d[e]
Henri Butler , d'Oaklands, comté de Shelby. Se tournant ensuite
avec indifférence vers l'affiche , il la parcourut.

— Jim, — dit-il ensuite à son domestique, — il me semble que
nous avons rencontré un garçon qui avait quelque rapport avec
celui dont on donne ici le signalement, près de Bernan, vous
savez ?

— Oui maître, répondit Jim — seulement je ne suis pas sû[r]
qu'il eût une marque dans la main.

— Oh ! je n'y ai pas regardé, — dit l'étranger en baillant. Pui[s]
il s'avança vers le maître de la taverne et le pria de lui donne[r]
un appartement parcequ'il avait besoin d'écrire immédiatemen[t]

L'hôte se montra très empressé et bientôt une troupe de se[pt]
ou huit nègres , jeunes et vieux , hommes et femmes , gros [et]
petits s'abattit comme une couvée de perdreaux, s'agitant[,]
s'empressant, se marchant sur les pieds , se culbutant l'un l'aut[re]
pour témoigner leur zèle à préparer la chambre de *maîtr[e]*
L'étranger, avec la plus grande aisance, s'assit au beau milieu d[e]
la salle et entama la conversation avec l'homme qui était ass[is]
près de lui.

Le manufacturier , M. Wilson , depuis que ce voyageur éta[it]
entré dans la salle , n'avait pas cessé de le regarder avec u[ne]
curiosité inquiète. Il lui semblait qu'il avait eu des relatio[ns]
avec ce personnage : mais il ne pouvait se rappeler où il l'ava[it]
vu ni dans quelles circonstances. Chaque fois que l'étrang[er]
parlait, faisait un mouvement, souriait, le fabricant tressailla[it]
fixait ses yeux sur lui , pour les baisser bientôt après quand l[es]
yeux brillants du voyageur rencontraient les siens. Enfin, [il]
parut tout-à-coup rappeler son souvenir et il regarda l'étrang[er]
avec un air si alarmé que celui-ci vint droit à lui.

— M. Wilson ? je pense , — dit-il avec un air de connaissanc[e]
en lui tendant la main. — Je vous demande pardon , je ne vo[us]
avais pas reconnu d'abord. Je vois que vous vous rappelez de mo[i]
— M. Butler d'Oaklands , comté de Shelby.

— Ah ! oui , oui , monsieur , — répondit Wilson qui sembl[ait]
parler en rêvant.

En ce moment , un négrillon entra et vint annoncer que [la]
chambre de maître était tout prête.

— Jim ! voyez à faire transporter mes effets, — dit-il avec u[n]
air d'indifférence. Puis s'adressant à M. Wilson , il ajouta : — [Je]
désirerais avoir avec vous un moment d'entretien pour une a[ffaire]
faire ; veuillez venir dans ma chambre, s'il vous plaît. •

M. Wilson le suivit, comme un homme qui marche en dormant ; et ils montèrent dans une grande chambre au premi[er]
étage où un feu récemment allumé pétillait ; quelques dome[s]
tiques donnaient la dernière main aux préparatifs.

Quand tout fut achevé , que les domestiques furent partis ,
jeune homme ferma la porte, mit la clef dans sa poche, se pla[ça]

…t M. Wilson et, croisant les bras sur la poitrine, il le re-
… en face.

…Georges ! — s'écria M. Wilson.

…Oui, Georges, — répondit le jeune homme.

…Je ne m'en serais jamais douté.

…Il me semble que je suis assez bien déguisé, en effet, dit le
…homme en souriant. Un peu de teinture d'enveloppe de
…a transformé ma peau jaune en une peau d'un brun agréable,
…int mes cheveux en noir ; ainsi, vous le voyez, je ne res-
…le plus au signalement donné sur l'affiche.

…O Georges ! vous jouez-là bien gros jeu. Jamais je ne vous
…s conseillé ce stratagème. »

…s ferons remarquer en passant que, par son père, Georges
…d'origine blanche. Sa mère était une de ces infortunées
…par leur beauté personnelle, sont destinées à être les escla-
…infâmes possesseurs, esclaves eux-mêmes de leurs passions,
…evenir mères de pauvres enfants qui ne doivent jamais con-
…leur père. Georges avait hérité, d'une des plus grandes
…les du Kentucky, de beaux traits européens et un esprit
…de fierté et d'indépendance. Il tenait de sa mère une légère
…a de mulâtre, mais en compensation il avait de magnifiques
…noirs. Un petit changement dans la nuance de sa peau et
…la couleur de ses cheveux lui avait donné l'apparence d'un
…gnol ; et comme la tournure grâcieuse, les manières distin-
…s étaient parfaitement naturelles en lui, il jouait sans-diffi-
…le rôle qu'il avait choisi : celui d'un gentleman voyageant
…ompagnie de son domestique.

…Wilson, vieux gentleman d'un excellent naturel, mais
…mement timoré et prudent à l'excès, se mit à arpenter la
…bre en long et en large, paraissant, selon l'expression de
…Bunyan, *porter le chaos dans sa tête ;* son esprit était par-
…entre le désir de secourir Georges et l'obligation où il croyait
…de faire maintenir l'ordre et la loi ; voici comment il essaya
…tirer d'embarras tout en continuant à arpenter la chambre :

…Eh ! bien, Georges, je vois ce que c'est : vous tentez de
…évader, vous abandonnez votre maître légal. Cela ne m'é-
…e pas, mais j'en suis triste, Georges, oui, assurément. Je
…crois obligé de vous le dire, c'est un devoir pour moi de vous
…que votre manière d'agir me rend triste.

…Mais pourquoi donc, êtes-vous triste ? — demanda Georges
…le plus grand sang-froid.

…Pourquoi ? eh ! bien, je suis triste de vous voir, en quelque
…e, vous mettre en opposition avec la loi de votre pays.

…Mon pays ! — reprit Georges avec amertume. — Mon pays !
…il pour moi un autre pays que la tombe où sera déposé mon
…vre ! et plût à Dieu que j'y fusse déjà déposé !

…Eh ! quoi, Georges ! — Non, non, il ne faut pas dire cela ;
…e façon de parler est très répréhensible. — C'est contraire aux
…tures. Georges, vous êtes tombé entre les mains d'un maître
…— c'est un fait, il n'est pas bon : bien ; il se conduit d'une

manière qui, certainement, est très répréhensible ; — je ne [...]
pas justifier sa conduite. Mais vous savez que l'ange ordon[...]
Agar de retourner vers sa maîtresse et de se mettre à sa di[...]
sition ; vous savez aussi que l'apôtre renvoya Onésime à [...]
maître.

— Ne me citez pas la Bible, ainsi interprétée, M. Wil[...]
— dit Georges l'œil étincelant, — faites-moi grâce de v[...]
interprétation, car ma femme est chrétienne, et moi j'ai le [...]
de le devenir, si jamais je puis arriver dans un pays où il [...]
soit permis d'être chrétien ; prêter à la Bible le sens que [...]
lui donnez, en présence d'un homme dans la position où je [...]
trouve, suffirait pour le détourner du christianisme. J'en app[...]
à Dieu tout puissant ; je veux le prendre pour arbitre e[...]
demander si j'ai tort de chercher à m'affranchir.

— Ces sentiments sont tout naturels, Georges — dit l'exce[...]
M. Wilson en se mouchant : — oui, tout cela est naturel ; m[...]
est de mon devoir de ne pas encourager ces idées en vous. [...]
mon garçon, je suis, à l'heure qu'il est, fort en peine à cau[...]
vous ; c'est une affaire fâcheuse, très fâcheuse ; mais l'ap[...]
nous dit : qu'il faut que chacun demeure dans la condition [...]
a été appelé. Nous devons tous nous soumettre à la posi[...]
que la Providence nous a faite : Georges, ne savez-vous [...]
cela ? •

Georges, la tête rejetée en arrière, les bras croisés su[...]
large poitrine, un sourire d'ironie sur les lèvres, répondit :

— M. Wilson, dites-moi, si les Indiens vous avaient [...]
prisonnier, s'ils vous avaient arraché à votre femme et à [...]
enfants et qu'ils voulussent vous obliger, pendant toute v[...]
vie, à cultiver la terre pour eux, penseriez-vous alors qu'il e[...]
votre devoir de demeurer dans la condition où vous avez [...]
appelé ? Je crois plutôt que vous regarderiez le premier ch[...]
errant que vous pourriez trouver, comme un moyen qui [...]
serait indiqué par la Providence pour vous échapper : n'[...]
pas vrai ?

Ce raisonnement qui rendait la question bien claire, stu[...]
notre vieux gentleman qui demeura tout ébahi. Il n'était pas [...]
sur la discussion, mais il avait au moins le mérite que n'on[...]
toujours les logiciens en pareille circonstance : il compr[...]
que lorsqu'on n'a rien à objecter, le meilleur parti à pre[...]
c'est de se taire. C'est ce qu'il fit, et tout en retournant [...]
parapluie dont il arrangeait avec soin les plis le plus symétri[...]
ment possible, il se borna à donner des exhortations génér[...]

— Voyez-vous, Georges, — vous me connaissez bien... [...]
toujours été votre ami et tout ce que j'ai pu dire, je l'ai dit [...]
votre bien. Maintenant, il me semble que vous vous exposez [...]
terrible danger. Vous ne pouvez espérer d'échapper. Si vous [...]
pris, votre position sera pire que jamais ; c'est seulement [...]
qu'ils abuseront de leur pouvoir sur vous ; ils vous tueror[...]
moitié et vous vendront pour le bas de la rivière.

— Je sais tout cela, M. Wilson, — répondit Georges. [...]

...osé, il est vrai ; mais — il ouvrit son pardessus et montrant ...aire de pistolets et un coutelas qu'il portait :

...Voilà ! dit-il, je suis prêt à les recevoir ! Au bas de la rivière ? ...is je n'irai. Non ! si les choses en viennent à cette extrémité , ...e quoi conquérir six pieds de terre libre ! Ce serait ma pre-...et ma dernière possession dans le Kentucky !

...Eh ! quoi Georges ! l'état de votre esprit est effrayant ! mais ...vraiment là du désespoir, Georges ! J'en suis tout consterné. ...! vous voulez violer ainsi les lois de votre pays!

...Encore mon pays ! M. Wilson, vous avez un pays, vous ; mais ...moi, pour tous ceux qui , comme moi, sont nés d'une mère ...ve, quel est notre pays ? Où sont les lois qui garantissent nos ...s ? Les lois , nous ne les faisons pas, nous ne les acceptons ...qu'avons-nous de commun avec des lois faites par nos ...esseurs , par ceux qui veulent nous tenir à terre ? N'ai-je ...ntendu vos discours du 4 juillet ? Ne nous dites-vous pas une ...ar an que les gouvernements ne tiennent leur pouvoir que ...onsentement des gouvernés ? N'est-il pas permis à un homme ...ntend de tels discours de réfléchir ? Ne peut-il pas faire la ...araison de ce qui existe avec ce qui devrait exister ? •

...esprit de M. Wilson était de ceux qu'on peut, avec raison, ...arer à une balle de coton ; il était doux, souple, confus et ...consistance. Il plaignait Georges de tout son cœur ; il com-...ait, un peu vaguement peut-être, les sentiments qui ...ient agiter le cœur du mulâtre, mais il lui semblait qu'il ...obligé de lui parler *beau* et de persévérer à lui démontrer ...avait tort de fuir.

...Georges, c'est mal, je dois vous le dire , en ami, vous feriez ...x de ne pas vous mêler de raisonner sur toutes ces idées. ...nt des opinions mauvaises, très mauvaises pour ceux qui ...dans votre condition. — Et M. Wilson s'assit devant la table ...mit à ronger le manche de son parapluie.

...Ah! ça, voyons, M. Wilson, — dit Georges en s'asseyant réso-...nt en face de lui : — regardez-moi donc. Est-ce qu'en m'as-...t ici, devant vous, je n'ai pas l'air d'un homme tout aussi ...que vous-même ? Voyez mon visage, mes mains, tout mon ...— et le jeune homme se redressa avec fierté. — Ne suis-je ...n homme comme un autre ? Eh bien, maintenant, écoutez ...e je vais vous dire, M. Wilson. J'ai eu pour père, un de ...entlemen du Kentucky , qui fit assez peu de cas de moi, ...s, pour ne pas s'arranger de manière à empêcher que je ...vendu après sa mort , en compagnie de ses chiens et de ses ...ux , lorsqu'il s'agirait de liquider son héritage. J'ai vu ma ...mise à l'enchère avec ses sept enfants. On les vendit un à ...us ses yeux , à des maîtres différents ; j'étais le plus jeune. ...d mon tour fut venu pour être adjugé, ma mère vint tom-...genoux devant le vieux maître qui allait m'acquérir, elle ...plia de l'acheter en même temps que moi afin qu'elle pût, ...oins, avoir un de ses enfants avec elle ; mais lui, la ...ssa brutalement avec sa botte. Je l'ai vu ; et puis ensuite ,

je n'ai plus entendu que les cris et les gémissements de ma
pendant qu'on m'attachait sur le cou du cheval qui deva[i]
transporter à l'habitation de mon nouveau maître.

— Eh! bien, ensuite?

— Mon maître fit marché avec un des hommes qui étaie[nt]
et acheta ma sœur aînée. C'était une pieuse et bonne
aussi belle qu'avait été ma pauvre mère; elle avait été
élevée, ses manières étaient distinguées. Je fus joyeux d'a[pprendre]
qu'un même maître nous eût achetés tous deux, car j'avai[s]
de moi une créature amie. Bientôt ma joie se changea en tris[tesse.]
Oui, monsieur, un jour que je me tenais derrière une p[orte]
j'entendis fouetter ma pauvre sœur; il me semblait que ch[aque]
coup retombait sur mon cœur; hélas! je ne pouvais ni [la se-]
courir, ni la défendre. Elle était fouettée pour avoir voul[u de-]
meurer chaste et pure comme une vierge chrétienne, et v[os]
ne reconnaissent pas aux filles esclaves le droit de dem[eurer]
pures; après avoir été battue, elle fut enchaînée sous mes [yeux]
et un marchand l'emmena avec sa bande d'esclaves pour la v[endre]
à New-Orléans. — On la vendait, la pauvre fille, uniqu[ement]
parce qu'elle avait voulu demeurer pure; c'était là tou[t son]
crime. Depuis, je n'en ai plus entendu parler. Je grandis[, des]
années, de bien longues années se passèrent pour moi sa[ns que]
j'eusse un père, une mère, une âme vivante qui s'inquiét[ât]
de moi plus que d'un chien; pendant de longues années, [il n'y]
eut pour moi que mauvais traitements, le fouet, les inju[res,]
l'aiguillon de la faim. Oui, monsieur, la faim, j'ai eu fa[im au]
point de m'estimer heureux de ronger les os qu'ils jetaient a[ux]
chiens, et, cependant, quand je n'étais qu'un petit enfant[, si]
je passais les nuits à pleurer, ce n'était ni le fouet, ni l[a faim]
qui m'arrachaient des larmes. Non, monsieur: je pensais [à ma]
mère, à mes sœurs, et je pleurais parce qu'on m'en avait [séparé]
et qu'il ne me restait plus sur la terre personne qui pût me [té-]
gner de l'affection. Jamais je n'ai su ce que c'était que la [joie,]
le bien-être, jamais je n'ai entendu une parole bienveil[lante,]
jusqu'au jour où je vins travailler dans votre manufa[cture.]
M. Wilson, vous m'avez traité avec bonté; vous m'avez enc[ouragé]
à bien faire; c'est vous qui m'avez inspiré le désir d'appre[ndre à]
lire, à écrire et d'essayer de devenir quelque chose. Di[eu sait]
combien je suis reconnaissant de toutes vos bontés. C'est p[endant]
mon séjour chez vous que j'ai connu ma femme; vous l'av[ez vue,]
vous savez combien elle est belle. Quand je sus qu'elle m'a[imait,]
quand je l'ai épousée, il me semblait que je faisais un [rêve,]
j'étais si heureux! Oh! monsieur, c'est qu'elle est aussi bo[nne que]
belle! Maintenant, qu'est devenu ce bonheur auquel je [ne puis]
pas croire? Voilà que mon maître m'arrache à mon travai[l, à mes]
amis, à tout ce qui m'était cher, il me foule aux pieds [, il pré-]
tend me tenir dans la boue. Pourquoi? Parce que, dit-il[, je dois]
oublier ce que j'étais. Parce qu'il veut m'apprendre qu[e je ne]
suis qu'un nègre! Bien plus, pour combler la mesure, [il veut]
s'interposer entre ma femme et moi, il veut que je rom[pe]

...on avec elle et que je prenne une autre femme ! Et *vos lois* lui
...nnent le pouvoir d'exercer toutes ces infâmies, en dépit de
... u et de l'humanité tout entière. Toutes ces iniquités qui ont
...sé le cœur de ma mère, de ma sœur, qui m'ont torturé moi-
...me, elles sont autorisées par vos lois; tout homme au Kentu-
...y a le pouvoir d'en faire autant et personne n'a le droit de
...mpêcher. Est-ce là ce que vous appelez les lois de mon pays ?
...nsieur, mon pays a été pour moi comme mon père; il m'a
...hié, délaissé comme lui : je n'ai pas de pays ! Mais j'en vais
...ercher un. Tout ce que je demande au vôtre, c'est qu'il me
...sse dans mon isolement, c'est qu'il me permette de le quitter
...siblement; et quand je serai au Canada, où les lois m'adop-
...ront pour me protéger, le Canada sera mon pays et il me trou-
...ra docile à ses lois. Que si quelqu'un tente de m'arrêter, qu'il
...enne garde à lui, je me défendrai en désespéré. Je combattrai
...ur conquérir ma liberté tant qu'il me restera un souffle de vie.
...s pères, dites vous, ont acheté leur liberté par les armes; s'ils
...aient le droit de combattre pour s'affranchir, pourquoi n'au-
...s-je pas le même droit ? »

...Georges donnait à ce discours une force dont on ne peut se
...re une idée qu'en se représentant ce malheureux esclave plai-
...nt sa propre cause. Tantôt assis devant M. Wilson il parlait
...ec calme; tantôt il se promenait avec exaltation dans la cham-
...e, parfois en faisant l'énumération des blessures faites à son
...ur, ses yeux se remplissaient de larmes, puis passant tout-
...coup de l'attendrissement à l'indignation, son regard semblait
...cer du feu et il parlait alors avec l'accent du désespoir. Le
...ur naturellement bon de notre petit vieillard ne pouvait
...sister à une plainte si éloquente; il avait depuis le commence-
...nt du discours, tiré de sa poche un foulard jaune et il s'en
...it fréquemment servi pour essuyer les larmes qui inondaient
...n visage.

— Que le tonnerre les écrase tous ! — s'écria-t-il tout-à-coup.
...Ne l'ai-je pas toujours dit... ces maudits maîtres vomis par
...fer !... Je crois vraiment que je jurerais si je ne me retenais.
...! bien, allez, Georges, continuez votre route; mais soyez
...udent, mon garçon; ne tuez personne, Georges, à moins que...
...encore non... mieux vaut ne pas tuer, à mon avis. Pour moi,
...ez-vous, je ne voudrais pas tirer sur qui que ce soit. — Mais,
...es-moi, où est votre femme, Georges? — ajouta-t-il en se levant
...itement, et il se mit à marcher dans la chambre.

— Elle est partie, monsieur, elle est partie emportant son
...fant entre ses bras; le Seigneur seul sait où elle est mainte-
...nt. Elle marche sans doute vers l'étoile du Nord; quand nous
...a-t-il donné de nous revoir ? nous retrouverons-nous ensemble
...ns ce monde ? personne ne le pourrait dire.

— Est-il possible ! Voilà une chose étonnante ! comment elle a
...quitter une si bonne famille ?

— Les bonnes familles contractent des dettes et les lois de
...re pays permettent aux *bonnes familles* d'arracher l'enfant des

bras d'une mère esclave, pour le vendre et acquitter ainsi l
dettes du maître. — répondit Georges avec amertume.

— Bien! bien! — dit l'honnête vieillard en fouillant dans
poche. — Il me semble que j'agis ici contrairement à mon ju
ment qui voudrait me faire respecter la loi. — Au diable! m
jugement, je ne le suivrai pas! — ajouta-t-il aussitôt. — Ten
Georges, — et tirant de son portefeuille un paquet de billets
banque, il les offrit au fugitif.

— Non, mon bon, mon excellent monsieur Wilson, je ne p
accepter; vous avez déjà fait beaucoup pour moi, ce sacrif
pourrait vous mettre dans l'embarras. J'ai assez d'argent, je l'
père, pour aller jusqu'où j'ai résolu d'aller.

— Du tout, Georges, vous devez accepter. L'argent est part
d'un grand secours et vous n'en sauriez trop avoir, pourvu q
vous vous le procuriez légitimement. Prenez cette somme, m
brave garçon, prenez-la, je vous en prie.

— J'accepte, à la condition que je vous la remettrai quelq
jour, — dit Georges en prenant les billets.

— Maintenant, Georges, dites-moi, combien de temps compt
vous voyager de la sorte. Ni longtemps, ni loin, j'espère. C'
bien débuter, mais vous me semblez trop hardi. Et cet indiv
noir, qui est-il?

— Un homme sûr et dévoué qui a passé au Canada, il y a p
d'un an. Il a appris que son maître, furieux de son évasion, f
sait fouetter sa pauvre vieille mère pour se venger de lui; il
pas hésité à revenir pour consoler sa mère et chercher à l'e
mener avec lui.

— A-t-il pu réussir?

— Pas encore; il a rôdé autour de l'exploitation de son anc
maître, sans trouver jusqu'ici le moyen d'exécuter son projet.
attendant le moment opportun, il va m'accompagner jusq
l'Ohio, me mettre entre les mains d'amis qui l'ont aidé déjà l
même; puis il reviendra chercher sa mère.

— Dangereux! très dangereux! dit le vieillard.

Georges se redressa et sourit avec dédain.

Le vieillard le contempla de la tête aux pieds, avec un air d
tonnement des plus naïfs.

— Georges, mais savez-vous que vous êtes grand d'une m
nière tout-à-fait surprenante. Vous portez maintenant la t
haute, et vous parlez, vous vous mouvez comme un autre homm

— C'est que je suis devenu *libre!* — répondit Georges a
orgueil. — Oui, monsieur, je ne prononcerai plus à l'aveni
mot *maître* en parlant à un autre homme : *Je suis libre!*

— Chut! chut! soyez prudent. Vous n'êtes pas en sûreté.
Vous pourriez être repris.

— Et quand même ils me reprendraient, tous les hommes
libres et égaux *dans la tombe*, M. Wilson.

— Je suis vraiment épouvanté de votre hardiesse! Venir d
ici dans la taverne la plus voisine de la demeure de votre maît

— M. Wilson, le coup est si hardi, la taverne est si voisi

que jamais ils ne penseront que j'ai eu cette audace; ils me
chercheront bien loin; voyez donc, vous-même vous ne pouviez
me reconnaître. Le maître de Jim n'habite pas ce comté; par
conséquent, Jim n'y est pas connu. En outre, on a renoncé à le
poursuivre, personne ne le recherche et personne, je pense,
ne me reconnaîtra d'après le signalement de l'affiche.

— Mais la marque qui est imprimée dans votre main?

Georges retira son gant, et montra, dans sa main, une cica-
trice tout récemment guérie.

— C'est une nouvelle preuve d'attention de M. Harris, — dit-il
avec dédain. — Il y a une quinzaine qu'il s'est mis en tête qu'il
ferait bien de me faire marquer, parce qu'il croyait, disait-il,
que je chercherais à m'évader un de ces jours. C'est charmant,
n'est-il pas vrai? — dit Georges en remettant son gant.

— Je vous assure que tout mon sang se glace quand je pense à
votre position, aux périls auxquels vous vous exposez.

— Pendant bien des années, mon sang à moi était glacé dans
mes veines, M. Wilson; à présent, je commence à le sentir
bouillonner.

Après quelques moments de silence, Georges reprit :

— Mon cher monsieur, j'ai vu tout-à-l'heure que vous cher-
chiez à me reconnaître; j'ai pensé alors que ce que j'avais de
mieux à faire, c'était de causer avec vous : la manière dont vous
me regardiez pouvait me rendre suspect. Je pars demain matin
avant le jour; demain soir je dormirai en sécurité au-delà de
l'Ohio. Je voyagerai en plein jour, je m'arrêterai aux meilleurs
hôtels, je dînerai à la table des grands seigneurs du pays. Ainsi,
adieu, M. Wilson; si vous apprenez qu'on m'a arrêté pendant
mon voyage, vous pourrez être certain qu'on n'a saisi que mon
cadavre. »

Georges debout, plein de noblesse dans son maintien, tendit la
main à M. Wilson avec la majesté d'un prince : le bon petit
vieillard serra cette main avec la plus grande cordialité, et après
avoir fait à Georges quelques petites recommandations pour
l'exhorter de nouveau à la prudence, il prit son parapluie et se
disposa à quitter la chambre!

Georges tout pensif regardait vers la porte que le vieillard fermait sur lui. Une pensée sembla frapper son esprit. Il courut
ouvrir et dit :

— M. Wilson; encore un mot!

Le vieux gentleman rentra. Georges, comme la première fois,
ferma la porte à la clef et se tint devant M. Wilson, les yeux
fixés sur le plancher, paraissant irrésolu. Bientôt cependant il
releva la tête et dit :

— M. Wilson, vous vous êtes toujours comporté en chrétien
à mon égard. J'éprouve le besoin de vous demander encore un
acte de charité chrétienne.

— Que voulez-vous, Georges?

— C'est, monsieur, que je réfléchis à ce que vous me disiez
tout-à-l'heure. Oui, vous aviez raison, je cours réellement un

grand danger. Il n'y a pas sur la terre, une âme qui prenne souci de ma mort, — dit-il d'une voix entrecoupée, — je serai tué et jeté en terre comme un chien et, un jour après, personne ne pensera plus à moi, personne ! excepté ma malheureuse femme ! Oh ! oui, sa pauvre âme sera broyée de douleur, si elle apprend ma mort. Si vous vouliez faire tout ce qui dépendra de vous pour découvrir le lieu où elle sera retirée et lui remettre cette petite épingle : c'est un présent de Noël qu'elle me fit la pauvre enfant ! Rendez-la lui, si vous entendez dire que je suis mort, et dites-lui en même temps que je l'ai aimée jusqu'au dernier soupir ! Voulez-vous me rendre ce service, M. Wilson me le promettez-vous ?

— Oui, certainement, mon pauvre garçon ! — dit le vieux gentleman, en prenant l'épingle ; et ses yeux remplis de larmes, sa voix tremblante, montraient combien il était ému.

— Recommandez-lui, surtout, c'est là mon dernier vœu, recommandez-lui d'aller au Canada si elle peut y parvenir. Quelque bonne que soit sa maîtresse, quelqu'affection qu'elle conserve pour la maison où elle a été élevée ; priez-la, en mon nom, de ne pas y revenir : car la fin de l'esclavage, c'est toujours la misère. Dites-lui qu'elle fasse de notre enfant un homme libre afin qu'il n'ait pas à souffrir tout ce que j'ai souffert. Vous lui direz tout cela, n'est-ce pas, M. Wilson ?

— Oui, Georges, je le lui dirai : mais j'espère que vous ne mourrez pas ; prenez courage, vous êtes un brave garçon. Espérez en Dieu, Georges ; je désire de tout mon cœur que vous soyez bientôt en sûreté ; cependant si le malheur voulait..... enfin quoiqu'il arrive, je vous promets de faire ce que vous m'avez demandé.

— Vous me parlez de Dieu, est-il un Dieu en qui je puisse espérer ? — dit Georges, avec l'accent du plus amer désespoir. — Oh ! j'ai vu depuis que je suis au monde, des iniquités si grandes que j'ai souvent douté qu'il pût y avoir un Dieu. Les chrétiens ne savent pas l'impression que produit sur nous l'injustice dont nous sommes victimes. Il y a un Dieu pour vous, c'est possible : en est-il un pour nous ?

— Oh ! ne parlez pas ainsi, mon brave garçon, — dit le vieillard d'une voix entrecoupée par les sanglots, — vous ne pouvez penser ce que vous dites. Oui, il y a un Dieu, d'épaisses nuées le dérobent à notre vue, mais la vérité et la justice forment le sanctuaire où il réside. Il y a un Dieu, Georges, soyez-en convaincu ; espérez en lui, et je suis sûr qu'il vous protègera. Le règne de la justice viendra pour tous ; si ce n'est pas en cette vie, ce sera en l'autre.

La piété sincère qui inspirait alors le vieillard, le ton plein de bienveillance avec lequel il parlait, lui donnaient un caractère de dignité, d'autorité, tel que Georges interrompit tout-à-coup ses allées et venues ; se recueillit un instant en lui-même et dit avec le plus grand calme :

— Merci de vos bonnes paroles, mon excellent ami ; je veux réfléchir sur ce que vous venez de me dire.

CHAPITRE XII.

DIVERS INCIDENS D'UN COMMERCE AUTORISÉ PAR LA LOI.

M. Haley et Tom continuaient leur route, cahotés dans leur chariot, s'abandonnant chacun de leur côté à leurs réflexions. C'est une chose curieuse que les réflexions de deux hommes placés l'un à côté de l'autre. Nos deux voyageurs sont assis sur la même banquette, tous deux ont des yeux de même nature, les mains articulées de la même manière, tous leurs organes, en un mot les font ranger dans une même classe ; les objets qui frappent leurs regards sont les mêmes ; et cependant, quelle merveilleuse différence nous allons trouver dans les réflexions qui occupent leurs esprits !

Ainsi, par exemple, M. Haley en considérant la taille de Tom, sa force, sa carrure, supputait, en lui-même, le prix qu'il en pourrait retirer s'il parvenait à le conserver bien gros jusqu'au jour où il l'exposerait en vente sur un marché. Il songeait au nombre d'individus dont il composerait son troupeau d'esclaves. Il calculait, d'après les prix courants des marchés, ce que lui rapporteraient les hommes, femmes et enfants qu'il supposait déjà conduire à la vente ; enfin il s'occupait des différentes affaires du métier ; puis, tournant ses pensées sur lui-même, il admirait combien était grande son humanité ; puisque tandis que les autres marchands chargeaient de chaînes les mains et les pieds de leurs nègres, lui, se contentait d'enchaîner les pieds de Tom, lui laissant le libre usage de ses mains aussi longtemps qu'il voudrait être sage ; il soupirait alors en pensant que l'ingratitude humaine était telle qu'il y avait lieu, pour lui, de douter que Tom appréciât *la générosité de ses procédés*. Il avait déjà, tant de fois été dupe des nègres qu'il avait comblés *de faveurs pareilles* ! il s'étonnait de voir que, malgré les mauvais jours dont il avait été la victime, il avait pu conserver un cœur humain.

Pour Tom, il méditait sur quelques mots d'un vieux livre un peu passé de mode ; voici le passage qu'il analysait en son esprit : *Nous n'avons point ici une demeure permanente, mais nous en cherchons une à venir ; Dieu lui-même n'a pas honte d'être appelé notre Dieu, puisqu'il a préparé une demeure pour nous.* Ces paroles, empruntées à un livre bien ancien, écrit par des hommes grossiers et ignorants, ont de tout temps exercé un pouvoir, pour ainsi dire extraordinaire, sur l'esprit de gens pauvres et simples comme notre Tom. Elles remuent l'âme profondément, et, tout aussi puissantes que le son de la trompette, elles réveillent le courage, l'énergie et l'enthousiasme chez ceux qu'enveloppaient naguères les ténèbres du désespoir.

M. Haley tira de sa poche quelques journaux et se mit à regar-

der les annonces avec un vif intérêt ; comme il n'était pas
première force dans l'art de la lecture, il avait coutume de p
noncer sur un ton de récitatif, et à demi-voix, les phrases q
ses yeux déchiffraient, afin de les soumettre au contrôle de
oreilles. Il récita de la sorte le paragraphe suivant :

VENTE PAR EXÉCUTEURS TESTAMENTAIRES. — NÈGRES ! — Con
mément à l'arrêt de la cour, seront vendus, le mardi 20 février, dev
la porte du palais de justice de la ville de Washington, Kentucky,
nègres détaillés ci-après : Agar, âgée de 60 ans ; John, âgé de 30 a
Ben, âgé de 21 ans ; Saul, âgé de 25 ans ; Albert, âgé de 14 ans.
vente aura lieu au bénéfice des créanciers et héritiers de la propriété
Jesse Blutchford, Esq : (1)

SAMUEL MORRIS. } Exécuteurs
THOMAS FLINT.. }

— Il faut que j'aille voir ça, — dit-il à Tom, à défaut d'au
interlocuteur. — Voyez-vous, je veux composer un bel assortime
d'esclaves pour les joindre à vous, Tom ; ce sera une soci
pour vous et ça vous fera plaisir ; vous aurez bonne compagn
allez. Nous allons donc nous diriger sur Washington et puis
vous logerai en prison pendant que j'irai traiter l'affaire. »

Tom reçut cette agréable nouvelle avec une parfaite résig
tion ; une seule pensée agitait son cœur, combien, parmi
hommes destinés à être vendus, avaient des femmes, des enfa
qu'il leur faudrait abandonner ; éprouveraient-ils en les quitta
une peine égale à la sienne ? Il faut avouer aussi que la commu
cation naïve et brusque qu'il serait jeté en prison, ne fit pas u
impression fort agréable sur le pauvre homme ; il avait toujo
été fier de sa vie parfaitement pure et honnête. Oui, n
devons le dire, Tom était fier de sa probité : pauvre homme !
quel autre bien aurait-il pu s'enorgueillir ? s'il eût appartenu
une des classes élevées de la société, peut-être n'aurait-il pas
réduit à se glorifier de *si peu de chose*. Quoiqu'il en soit, le jo
s'écoula et le soir Haley et Tom étaient confortablement logé
Washington ; l'un dans une taverne, l'autre dans une prison

Le lendemain, vers onze heures, sur le perron du palais
justice, on voyait un assemblage fort mélangé d'individus,
mant, chiquant, crachant, jurant et causant, chacun suivant
inclination personnelle et la tournure de son esprit ; tous att
daient le commencement de l'enchère. Les esclaves, homme
femmes, qui devaient être vendus ce jour-là, étaient groupé
part et causaient ensemble à voix basse. La femme désignée d
l'annonce sous le nom d'Agar, était un véritable type afric
Elle pouvait avoir soixante ans, mais par suite des rudes trav
auxquels on l'avait soumise et des maladies qui avaient été
conséquence de fatigues au dessus de sa force, elle parais

(1) Esq : est l'abréviation du mot *Esquire* qui signifie écuyer :
le titre qui correspond à celui de *cavalier*, donné en Espagne à
ceux qui veulent absolument avoir un titre. (Note du traducteur.

us vieille que son âge ; elle était presqu'aveugle et des souf-
rances rhumathismales paralysaient quelque peu ses membres.
A côté d'elle était le jeune Albert, beau garçon de quatorze ans,
le seul qu'on lui avait laissé. D'une famille nombreuse qu'elle
avait élevée, Albert seul avait survécu : tous les autres enfants
avaient été l'un après l'autre arrachés à leur mère pour être
vendus sur les marchés du sud. La malheureuse femme étreignit
de ses deux bras ce dernier fils sur lequel elle avait dû concen-
trer toute son affection et regardait avec effroi chacun de ceux
qui venaient pour l'examiner.
— N'ayez pas peur, tante Agar — lui dit le plus vieux des esclaves, — j'ai parlé de vous à maître Thomas, et il pense qu'il
pourra vous vendre, votre fils et vous, en un seul lot.
— Qu'ont-ils besoin de dire que je ne suis plus de service —
dit-elle en élevant ses mains tremblantes, — je peux encore
faire la cuisine, frotter, nettoyer. Je vaux encore la peine qu'on
m'achète, je serai vendue à bon marché ; dites-leur ça ; oh ! je
vous en supplie, dites-leur. »
Haley fendit la foule et vint, en ce moment, près du groupe
des esclaves ; il s'avança vers le plus âgé des hommes, lui fit
ouvrir la bouche, en examina l'intérieur, et s'assura du bon
état de ses dents ; il le fit ensuite se redresser, courber le dos
et exécuter toutes les évolutions qui pouvaient le mettre à même
d'apprécier la force de ses muscles. Après quoi il soumit au
même examen celui qui était à côté du vieillard. Il les passa tous
successivement en revue ; arrivé au jeune garçon, il tâta ses
bras, ouvrit ses mains, examina ses doigts et le fit sauter pour
juger de son agilité.
— Il ne doit pas être vendu sans moi, — dit la vieille femme avec
force, — lui et moi ne formerons qu'un lot ; je suis encore
forte, maître, et puis faire une masse d'ouvrage, oui beaucoup,
beaucoup d'ouvrage, maître.
— Dans une plantation surtout, n'est-ce pas ? — dit Haley avec
un regard de mépris, — quel conte plaisant vous me débitez-là ! •
Enchanté de l'examen qu'il venait de faire, il se retira dans
la foule, et les mains dans les poches, le cigare en bouche, le
chapeau sur l'oreille, il attendit le moment où il s'agirait d'en-
chérir.
— Qu'est-ce que vous en dites ? — demanda un homme qui
avait suivi des yeux Haley pendant qu'il procédait à l'examen des
esclaves, et qui semblait vouloir baser son jugement sur ce que
dirait notre marchand.
— Hen ! — reprit Haley en crachant, — je pense que j'enchérirai sur les hommes les plus jeunes et sur le garçon.
— Ils veulent vendre le garçon avec la vieille en un seul lot.
— Ils auront bien de la peine à trouver amateur... quoi ! une
vieille carcasse comme celle-là ! Elle ne vaut pas même le sel
qu'il faudrait lui donner.
— A ce compte-là, vous n'en voudriez donc pas ?
— Qui est-ce qui en voudrait ? à moins que d'être fou. Com-

ment ! elle est à moitié aveugle, toute perclue de rhumatisme ‹
folle par dessus le marché !

— Il y en a qui achètent de ces vieilles créatures, et qui trou‹
vent qu'on peut encore en tirer meilleur parti qu'on ne pense, ‹
répondit l'homme d'un ton réfléchi.

— Pas moi, toujours, je n'en veux à nul prix, — reprit Haley
— on me la donnerait pour rien que je n'en voudrais pas. Je l'‹
vue et je sais à quoi m'en tenir.

— Eh ! bien, c'est vraiment pitié, si elle ne peut être vend‹
avec son fils. Elle paraît tant l'aimer ; je suppose qu'on l'adjug‹
rait à bien bas prix.

— Que ceux qui ont de l'argent à jeter, en fassent acquisitio‹
si çà leur plaît. Moi j'enchérirai sur le garçon, parceque j'ai s‹
placement pour une plantation : mais je n'irai pas m'embarrass‹
de la vieille, je n'en veux à nul prix ; je vous le répète, on ‹
la donnerait pour rien, je refuserais.

— Pauvre femme ! elle en sera au désespoir.

— C'est tout naturel, qu'elle en soit triste, — répondit froid‹
ment Haley.

Un bourdonnement qui annonçait le commencement de l'op‹
ration, mit fin à cette conversation. L'huissier priseur, homm‹
court, à l'air affairé et important, se frayait, à l'aide de ‹
coudes, un passage au milieu de la foule. La vieille africain‹
osant à peine respirer, s'attacha instinctivement à son fils.

— Tiens-toi tout près de maman, Albert, tout près, enfan‹
ils nous vendront ensemble, — disait-elle.

— Oh ! maman, j'ai bien peur que non, — répondait le jeu‹
garçon.

— Ils doivent le faire, enfant ; s'ils te vendent sans moi, ‹
m'est impossible de vivre ! •

La voix de stentor de l'huissier-priseur, qui criait pour fa‹
ouvrir les rangs de la foule, annonçait que la vente allait co‹
mencer. On fit place et l'enchère s'ouvrit. La plupart des esc‹
ves portés sur l'affiche furent bientôt adjugés à des prix ‹
prouvaient que les affaires étaient assez animées sur le marc‹
deux d'entr'eux échurent à Haley.

— A ton tour, maintenant, mon petit luron, dit l'huissi‹
en touchant de sa baguette le jeune garçon, viens ici et mon‹
nous que tes ressorts sont en bon état.

-- Mettez-nous tous deux ensemble, ensemble ! maître, ‹
vous plaît ! — criait la pauvre femme en s'attachant à son fils‹

— Au large ! — répondit brutalement l'huissier en la repouss‹
— ton tour viendra tout-à-l'heure, la vieille ! on t'a gardée p‹
la bonne bouche. — Voyons, maintenant, petit noir, saute‹
et joignant le geste à la parole, il poussa l'enfant vers le trét‹
Un gémissement plaintif se faisait entendre derrière lui : l'en‹
voulut se retourner pour consoler sa mère ; mais on ne lui do‹
pas le temps de s'arrêter : il fallut obéir et avancer. Le pa‹
petit essuya les larmes qui s'échappaient de ses grands yeu‹
monta sur le tréteau.

…a belle complexion , la souplesse de ses membres , l'expres-
…de son visage , excitèrent une vive concurrence parmi les
…eteurs. L'oreille de l'huissier fut frappée en même temps
…e demi-douzaine de surenchères. Inquiet, presqu'épouvanté
…bruit que faisaient les acheteurs en se le disputant, le pauvre
…ant regardait de côté et d'autre , au fur et à mesure qu'on
…hérissait sur lui : enfin la baguette de l'huissier s'abattit , il
…ait d'être adjugé à Haley. On le poussa du tréteau vers son
…veau maître , il s'arrêta un moment pour regarder sa mère
…blée qui tendait vers lui ses mains tremblantes.
…- Achetez-moi aussi , maître , pour l'amour du Seigneur !
…etez-moi. Je mourrai, si vous ne m'achetez pas.
…- Mais vous mourrez aussi si je vous achète , il n'y a rien de
…s sûr que ça. — Non ! non ! je ne veux pas de vous ! — et il
…rna le dos.
…'enchère pour la pauvre vieille n'eut pas de concurrents.
…omme qui , dans sa conversation avec Haley , laissait voir
…l était accessible à la compassion , l'acheta pour une bagatelle
…es spectateurs se séparèrent.
…es malheureuses victimes de la vente , qui pendant plusieurs
…ées avaient porté ensemble dans la même exploitation le joug
…'esclavage , vinrent se grouper autour de la pauvre vieille
…re qui paraissait ne pouvoir plus supporter longtemps son
…espoir; elle était là agonisante et faisait grand pitié à voir.
…- Ne pouvaient-ils donc pas m'en laisser un ? Maître m'avait
…ours promis qu'il m'en laisserait un ; il me l'avait promis , —
…it-elle du ton le plus déchirant.
…- Espérez en Dieu , tante Agar , — dit le plus âgé des escla-
…, attristé de la peine amère de la pauvre femme.
…- A quoi bon ? — dit-elle en sanglottant.
…Mère ! mère ! ne parlez pas ainsi , — criait son fils , — ayez
…ance en Dieu , on dit que vous avez été achetée par un bon
…tre.
…- Et qu'est-ce que cela me fait ! ô Albert ! ô mon enfant ! tu
…s mon plus jeune , et tous les autres sont morts. Seigneur !
…ment pourrais-je supporter qu'on me l'enlève aussi !
…- Allons, n'y a-t-il là personne qui puisse l'emmener ? — dit
…ey d'un ton sec , — il n'est pas bon , même pour elle , qu'on
…isse ainsi se lamenter.
…uelques hommes âgés , moitié par persuasion , moitié par
…e , déterminèrent la pauvre créature à lâcher son fils qu'elle
…ignait de ses bras , et la conduisirent vers la voiture de son
…veau maître en s'efforçant de la consoler.
…- En route ! maintenant , — dit Haley en chassant devant lui
…rois esclaves qui lui avaient été adjugés, après avoir attaché
…e chaîne de fer les menottes dont il avait eu soin de garnir
…poignets de ses nègres , et il se dirigea vers la prison.
…quelques jours de là , Haley et les hommes dont il était le
…priétaire légal , étaient installés en bon état, dans un des
…aux qui sillonnent l'Ohio. Ce n'était que le commencement du

troupeau d'Haley ; ce troupeau allait grossir à mesure que
bateau s'avancerait vers les différentes stations du rivage où é
déposée une variété de marchandises de la même espèce, ache
sur différents marchés, soit par Haley lui-même, soit par
agent.

La Belle-Rivière, un des meilleurs marcheurs, un des
magnifiques bateaux à vapeur qui eussent jamais fendu les e
de la rivière d'où il avait tiré son nom, coquettement pavoisée
banderolles parsemées d'étoiles qui forment le pavillon de la li
Amérique, descendait rapidement le courant, sous un ciel mag
fique. Le pont était couvert de dames élégamment vêtues et
gentlemen qui étaient venus s'y promener pour respirer l'ai
pur de cette délicieuse journée. Tout était riant, plein de vi
de joie ; tout, excepté le petit troupeau d'Haley, entassé pêle-m
dans l'entrepont avec d'autres marchandises. Les pauvres es
ves ne semblaient pas apprécier tous ces trésors des privilégi
tristement groupés ensemble, ils causaient à voix basse.

— Enfants, — dit Haley, arrivant à l'improviste, — j'esp
que vous êtes contents et dispos. Maintenant, voyez-vous,
d'humeur sombre, ne faites pas la moue, enfants ; condui
vous bien envers moi et je me conduirai bien envers vous.

Les hommes à qui s'adressaient ces paroles, répondirent
l'invariable : *oui, maitre!* le mot d'ordre de la pauvre Afrique
puis des siècles ; malgré cette affirmation, il faut avouer
leurs visages n'exprimaient pas la joie. Ils songeaient chacu
eux-mêmes aux préjudices qui venaient de leur être cau
celui-ci venait d'être arraché à sa femme et à ses enfants, ce
là à sa sœur, le plus jeune à sa mère : ils ne devaient plus re
ces objets de leur affection qu'ils avaient embrassés pour la d
nière fois, et quand celui qui avait fait à leur cœur une pla
vive les invitait à la joie, il est aisé de concevoir qu'elle ne
vait venir bien promptement.

— J'ai une femme — disait l'article désigné dans l'annon
sous le nom de John, âgé de trente ans, en plaçant ses mains
chaînées sur les genoux de Tom, — j'ai une femme : elle ne sai
un mot de tout ce qui vient de m'arriver ; pauvre enfant!
ignore que je vais au sud.

— Où demeure-t-elle ? — demanda Tom.

— Elle sert dans une taverne non loin d'ici, — répondit Jo
— je voudrais bien la revoir encore une fois en ce monde
ajouta-t-il.

Pauvre John ! c'était là un sentiment bien naturel ; et les pl
qu'il versait en parlant de sa pauvre épouse, coulaient de
yeux tout aussi naturellement que s'il eût été de la race blan

Tom, en l'entendant, tira de son cœur un profond soupi
s'efforça de consoler, à sa manière, ce pauvre malheureux
cependant sur le pont, dans les cabines, étaient réuni
pères, des mères, des maris, des épouses ; de joyeux enfa
jouaient, sautillaient autour d'eux, comme de gais papill
Tout respirait l'aisance.

— Oh ! maman , — dit un petit garçon , qui venait de faire une excursion jusqu'à l'entrepont, — vous ne savez pas ? il y a dans le bateau un marchand de nègres ; il a quatre ou cinq esclaves avec lui , ils sont ici en-dessous.

— Pauvres créatures ! — répondit la mère , d'un ton mêlé de tristesse et d'indignation.

— Qu'est-ce que c'est? — demanda une autre dame.

— Quelques pauvres esclaves qui sont là dans l'entrepont , — répondit la mère du petit garçon.

— Et on leur a mis des chaînes, — reprit l'enfant.

— Quelle honte pour notre pays , qu'un tel spectacle! — fit une autre dame.

— Oh ! il y a beaucoup à dire pour et contre l'esclavage, — dit une femme fort gentille assise devant la porte de sa cabine, où elle travaillait à un ouvrage d'aiguille tandis que sa petite fille et son petit garçon jouaient autour d'elle.—J'ai voyagé dans le sud, et je dois dire qu'à mon avis le sort des nègres y est plus heureux que s'ils étaient affranchis.

— Sous quelques rapports, quelques-uns sont plus heureux, cela se peut — dit la dame à qui s'adressait cette remarque. Mais ce qui, à mon avis, est épouvantable dans l'esclavage, c'est le peu de scrupule que se font les maîtres de heurter les sentiments et les affections; la séparation des familles, par exemple.

—C'est bien certainement là une chose mauvaise,—répondit la gentille travailleuse en examinant avec satisfaction l'effet d'une garniture qu'elle venait d'attacher à une robe d'enfant, — mais je pense qu'il n'arrive pas souvent qu'on sépare ainsi les familles.

— Très souvent, au contraire! — reprit vivement l'autre dame. — J'ai demeuré plusieurs années au Kentucky et à la Virginie et j'en ai vu assez pour avoir le cœur déchiré. Supposez, madame, qu'on vienne vous prendre vos deux enfants pour les vendre.

— Nous ne pouvons mettre en parallèle notre manière de sentir avec celle des gens de cette classe. — dit la dame assise, en assortissant sur ses genoux des nuances de laine.

— Assurément, madame, vous ne connaissez pas ces pauvres nègres, pour parler ainsi. Moi qui suis née, qui ai été élevée au milieu d'eux, je sais qu'ils sentent aussi vivement, plus vivement peut-être que nous.

— Vous croyez ? — dit la dame: puis elle se mit à bâiller, regarda par la fenêtre de sa cabine et répéta, pour conclure, l'opinion qu'elle avait émise en commençant : — Après tout, je crois qu'ils sont plus heureux que s'ils étaient libres.

— Il entre sans doute dans les desseins de la Providence que la race africaine soit esclave ; qu'elle soit maintenue dans une condition abjecte, — dit un gentleman à l'air grave: c'était un ministre anglican , tout de noir habillé. — *Maudit soit Chanaan ; il sera le serviteur des serviteurs*, — dit l'Ecriture.

— Dites-moi , étranger , est-ce bien là ce que signifie le texte

11

que vous venez de citer ? — demanda un homme de haute taill
qui se trouvait près de lui.

— Indubitablement. Il a plu à la Providence , pour un mo
qu'il ne nous est pas permis de scruter , d'asservir cette r
depuis bien des siècles ; et nous ne devons pas avoir une opini
contraire aux vues de la Providence.

— Fort bien ; alors, nous pouvons aller le train et acheter d
nègres , c'est l'intention de la Providence n'est-ce pas , m
gentleman ? — dit-il en se tournant vers Haley , qui se ten
près du poêle , les mains dans les poches , suivant avec intér
la conversation.— Oui , certes , — ajouta-t-il , — nous devons ê
résignés aux décrets de la Providence. Les nègres doivent ê
vendus , échangés , et tenus dans l'abjection : c'est précisém
pour cela qu'ils sont créés. Voilà qui vous va ? c'est bien f
pour vous soulager la conscience, n'est-ce pas , étranger ?

— Je n'ai jamais trop songé à cela , — répondit Haley : —
n'aurais pas osé, de mon chef , me prononcer aussi nettement.
n'ai pas assez de science pour cela. J'ai choisi ce genre de co
merce pour gagner ma vie ; si je fais mal , j'ai bien l'intentio
de me repentir plus tard , voyez-vous.

— C'est cela ! et pour le quart d'heure , vous ne vous fait
pas de bile , n'est-ce pas? Voyez ce que c'est que de connaîtr
l'Ecriture. Si vous aviez étudié votre Bible, comme ce *digne homm*
il y a longtemps que vous sauriez cela, et vous vous seriez évi
une masse de remords de conscience. Vous n'aviez qu'à dir
maudit soit... comment est-ce donc, le nom du pays? enfi
n'importe : après cela, voyez-vous, tout était parfaitement juste,

Et le personnage qui parlait ainsi et qui n'était autre qu
l'honnête marchand de bestiaux que nous avons présenté à n
lecteurs dans la taverne du Kentucky, s'assit et se mit à fumer
tout en laissant paraître sur sa face allongée un sourire des pl
ironiques.

Un grand jeune homme, très fluet, dont la physionomie anno
çait une grande sensibilité mêlée à beaucoup d'intelligence
vint prendre part à la conversation et cita ce passage : *Tout,*
que vous voudriez qu'on vous fît à vous-mêmes, faites-le aux autr
Il me semble , ajouta-t-il , que ce texte se trouve dans l'Ecritu
tout aussi bien que : *Maudit soit Chanaan !*

— Et voilà un texte que de pauvres gens comme nous trouve
bien clair — dit John , le marchand de bestiaux , et il se mi
fumer avec tant de vigueur que sa pipe avait l'apparence d'u
véritable volcan.

Le jeune homme hésitait pour savoir s'il continuerait à parle
quand tout-à-coup le bateau s'arrêta. Tous les passagers, comm
il arrive d'ordinaire sur les bateaux à vapeur , se précipitère
du côté du rivage pour voir le lieu où l'on abordait.

Le bateau stationnait à peine , qu'une négresse , l'air to
égaré, traversa en courant la planche jetée , en manière de po
du bâtiment sur le rivage , fendit la foule des passagers, descend
à l'endroit où étaient les esclaves et entoura de ses bras l'artic

de marchandise humaine étiqueté comme nous l'avons dit plus haut : John ; — âgé de 30 ans , et avec force sanglots , avec bien des larmes elle prononça le nom d'époux.

Mais qu'est-il besoin de raconter de nouveau une histoire si souvent redite déjà? l'histoire, dont nous sommes chaque jour les témoins, des liens de famille rompus, des cœurs brisés ; du faible opprimé, torturé pour augmenter la fortune et le bien-être du puissant ! Non, il n'est pas besoin de redire ce que chaque jour ne redit que trop ; oui, chaque jour les plaintes des opprimés, l'iniquité des oppresseurs viennent frapper l'oreille de *Celui* qui n'est pas sourd, bien qu'il tarde à faire éclater le tonnerre de sa justice.

Le jeune homme qui plaidait tout-à-l'heure la cause de l'humanité, et, par conséquent, la cause de Dieu, regardait cette scène déchirante, les bras croisés. Il se retourne, et voyant Haley à côté de lui : — « Mon ami, — lui dit-il avec émotion, — comment pouvez-vous, comment osez-vous faire un tel commerce ? Voyez donc la désolation de ces pauvres créatures ! Moi, je suis plein de joie en ce moment, en songeant que je vais tout-à-l'heure, en arrivant chez moi, y retrouver ma femme et mes enfants ; et le son de la cloche, qui annoncera que le bateau va se remettre en marche, sera pour moi l'heureux signal du retour au milieu de ma famille, tandis qu'il sera pour ce pauvre homme, pour cette malheureuse épouse le signal d'une éternelle séparation. Oh! Dieu vous jugera sur cette cruelle torture que vous causez à d'infortunées créatures. »

Pour toute réponse, Haley tourna le dos et s'éloigna. En se retirant, il passa près de l'honnête marchand de bestiaux qui le poussa en disant :

— Hein? Qu'en pensez-vous? Tout le monde ne juge pas de même, n'est-ce pas ? et celui qui vous prêchait tout-à-l'heure : *maudit soit Chanaan,* ne s'entend pas avec celui-ci, me semble-t-il ; qu'est-ce que vous en dites? »

Haley balbutia comme un homme qui n'est pas à son aise.

— Mais ce qu'il y a pire pour vous, — ajouta John, — c'est que Dieu pourrait bien ne pas être d'accord avec vous quand vous irez pour régler avec lui, un de ces jours : car vous irez aussi bien que chacun de nous à son tribunal, je pense. »

Haley tout pensif, s'éloigna et se réfugia à l'extrémité, du bateau.

— Si je réussis gentiment avec un ou deux troupeaux d'esclaves, si je réalise un beau petit bénéfice, — pensait-il en lui-même, —je crois que je me retirerai cette année, des affaires. Ça commence vraiment à devenir dangereux. — Cela dit, notre marchand tira un carnet de sa poche et commença à additionner ses comptes; c'est là un remède, dont plus d'un gentleman, de la trempe d'Haley, a éprouvé l'efficacité pour étouffer les remords de conscience.

Le bateau s'éloigna majestueusement du rivage et tout reprit, comme auparavant, l'aspect de la joie. Les hommes se mirent de

nouveau à causer entre eux, à lire, à fumer. Les femmes s'occupaient d'ouvrages d'aiguille, les gracieux enfants recommen-
çaient leurs jeux et le bateau fendait l'eau du fleuve et poursui-
vait sa route.

Un jour, qu'on stationnait pour un peu de temps, devant une
petite ville de Kentucky, Haley descendit à terre, et entra dans
la ville pour y régler une petite affaire relative à son commerce.
Tom, que ses fers n'empêchaient pas de marcher un peu, s'était
traîné jusqu'au près du bastingage, et de là il cherchait à se distraire en regardant ce qui se passait à terre. Bientôt il aperçut
Haley qui revenait d'un pas délibéré, en compagnie d'une femme de couleur portant dans ses bras un jeune enfant. Elle était
fort convenablement vêtue et un homme de couleur la suivait,
chargé d'une petite malle de voyage. Elle s'avançait gaîment,
causant sur la route avec l'homme qui portait son bagage. Arrivée au bateau, elle traversa la planche et entra dans le bâtiment.
La cloche sonna le départ, la vapeur siffla, la machine commença
à mugir et le bateau, mis en mouvement, descendit de nouveau la
rivière.

La femme vint s'asseoir parmi les caisses et les ballots de l'entrepont et se mit à badiner et à jaser avec son enfant.

Haley fit un tour ou deux sur le pont; puis il vint s'asseoir
à côté de la femme et commença à lui parler de choses indiffé-
rentes.

Tom remarqua bientôt que le front de la nouvelle passagère
s'assombrissait et il l'entendit répondre avec une sorte d'emportement :

— Je ne le crois pas! je ne puis le croire! vous voulez sans
doute plaisanter!

— Si vous ne voulez pas me croire, vous n'avez qu'à regarder
ceci, — dit Haley en tirant un papier de sa poche : — Voilà
l'acte de votre vente, dûment revêtu de la signature de votre
maître; et je lui en ai compté le prix en bel et bon argent; voilà
ce que je puis vous dire : ainsi maintenant...

— Je ne puis croire que mon maître ait voulu me tromper à
ce point. Ce que vous dites ne peut être vrai!—dit la femme dont
le trouble croissait de plus en plus.

— Vous pouvez demander au premier venu qui sait lire l'écriture. Holà! — dit-il à un homme qui passait près d'eux : —
lisez cet écrit, s'il vous plaît. Cette femme ne veut pas me croire
quand je lui dis ce qu'il contient.

— Parbleu! c'est un acte de vente signé John Fosdick, — dit
l'homme; — par cet acte il vous transfère tous ses droits sur la
fille Lucy et son enfant. C'est parfaitement en règle autant que
je puis voir. »

Les cris de la pauvre femme qui s'indignait assemblèrent autour
d'elle une foule de passagers. Le marchand expliqua en peu de
mots la cause de ses lamentations.

— Maître m'avait dit que je partais pour Louisville, que j'y
serais employée comme cuisinière dans la taverne où travaille

son mari : voilà ce que m'avait dit maître ; comme il me l'a dit lui-même, je ne puis croire qu'il ait menti.

— Eh bien, il vous a vendue, pauvre femme, il n'y a pas le moindre doute à cela, — dit' un homme de bonne mine qui venait d'examiner le contrat de vente, — il vous a vendue, c'est évident.

— Alors il est inutile d'en parler davantage, — dit la femme devenue, tout-à-coup, parfaitement calme. Elle pressa son enfant contre son sein, s'assit sur sa malle et, tournant le dos, elle se mit à regarder machinalement la rivière.

— Elle prend assez aisément son parti, après tout, — dit le marchand — c'est une femme de bonne pâte, paraît-il. »

L'esclave paraissait calme pendant que le bateau continuait sa course rapide. Une de ces douces brises d'été, qui ne s'informe jamais de quelle nuance est le front de ceux qu'elle vient carresser, passa sur sa pauvre tête, comme si elle eût pris en pitié la triste situation de la pauvre femme et qu'elle eût voulu soulager un peu sa tête brûlante. La malheureuse Lucy voyait les rayons du soleil tracer sur l'eau des sillons d'or ; elle entendait de joyeuses voix qui ne parlaient que de bien-être et de bonheur ; mais son cœur demeurait comme écrasé sous le poids d'une lourde pierre. Son petit enfant, debout sur son giron, lui frappait les joues de ses petites mains, il sautait sur ses genoux, la secouait, cherchait à articuler quelques sons, comme s'il eût voulu tirer sa mère de sa stupeur. Elle le serra tout-à-coup convulsivement entre ses bras, et une larme, puis une autre tombèrent sur la figure de l'enfant qui ne comprenait pas, pauvre petit ! la peine qui torturait sa mère ; peu à peu elle parut se calmer et s'occupa à soigner et à nourrir son enfant.

C'était un garçon de dix mois, extraordinairement grand et fort pour son âge. Il était tellement vif et vigoureux, que sa mère n'avait pas un instant de repos avec lui ; il remuait sans cesse et elle devait le tenir et le protéger contre les accidents qui auraient infailliblement pu résulter de sa pétulance.

— Voilà un bel enfant, — dit, les mains dans les poches, un homme qui s'était brusquement arrêté à l'examiner. — Quel âge a-t-il ?

— Dix mois et demi, — répondit la mère.

L'homme se mit à siffler et présenta à l'enfant un morceau de sucre candi, que celui-ci saisit vivement pour le mettre aussitôt dans le garde-manger des enfants, c'est-à-dire dans sa bouche.

— Ah ! le gaillard, — dit l'homme, — il sait le tour ! — puis il se remit à siffler et s'éloigna. Quand il fut à l'autre extrémité du bateau, il s'approcha d'Haley qui était juché sur le sommet d'une pile de caisses où il fumait à son aise.

L'étranger tira une allumette et tout en allumant son cigare il dit à Haley.

— C'est une fille de belle race que celle que vous avez là-bas, étranger.

— Mais oui, elle est assez bien, dit Haley, en lançant une bouffée de fumée.

— C'est pour le Sud ?

Haley fit signe que oui , et il continua à fumer.

— Pour travailler dans une plantation ?

— Oui, j'ai une commande pour une plantation et je compte la placer là. On m'a dit qu'elle était bonne cuisinière ; ils pourront l'employer à la cuisine ou à cueillir le coton. Elle a les doigts taillés pour cela ; je l'ai examinée. De toute façon, c'est un article de bonne vente, — et il reprit son cigare.

— Ils n'auront pas besoin du petit dans une plantation.

— Je le vendrai à la première occasion , — répondit Haley.

— Il me semble que vous le céderiez à bon marché, — dit l'étranger, en gravissant la pile de caisses pour s'asseoir commodément à côté d'Haley.

— Je ne sais pas trop, quant à cela, — dit Haley, — c'est un petit gaillard vif, bien bâti, gros et gras, fort ; ses chairs sont aussi fermes que la pierre.

— Il est vrai ; mais il y a les ennuis, et les dépenses de l'élevage : il faut considérer cela aussi.

— Bêtise que cela, — dit Haley, — ces lurons là s'élèvent aussi aisément que quelque créature que ce soit, ils ne donnent pas plus d'embarras à élever que des petits chiens ; dans un mois d'ici, on le verra courir partout.

— Je suis parfaitement bien posé pour l'élevage et je pense donner un peu plus d'extension à mon industrie. Une cuisinière de mon exploitation m'a laissé périr son enfant la semaine dernière, il s'est noyé dans un cuvier pendant que sa mère était occupée à étendre le linge qu'elle venait de laver. Il me semble que je ne ferais pas mal de lui donner celui-ci à élever en place du sien. »

Haley et son interlocuteur fumèrent un moment sans rompre le silence. Ni l'un ni l'autre ne semblait vouloir aborder la question qui faisait le sujet de leur entrevue ; à la fin l'homme décida à rompre le silence.

— Vous ne songeriez pas, dans tous les cas à vendre ce petit bonhomme plus de dix dollars, puisque de toute façon il faut vous en débarrasser ? »

Haley secoua la tête, et cracha en signe d'improbation. — À ce compte-là, il n'y a pas moyen, — dit-il — et il se remit à fumer.

— Eh ! bien, voyons étranger, qu'est-ce que vous en demandez ?

— Tenez, maintenant, je pense que je pourrais l'élever moi-même ou le faire élever pour mon compte ; le petit est extraordinairement beau, bien portant, et dans six mois d'ici il vaudra cent dollars ; dans un an ou deux, il en vaudra largement deux cents, ainsi, tout compte fait, pour le vendre maintenant, je ne puis le laisser aller à moins de cinquante dollars.

— Allons donc, étranger, cinquante dollars ! c'est une prétention ridicule.

— C'est possible, répondit Haley, — mais c'est comme je vous le dis.

— Je vous en donnerai trente dollars, mais pas un liard de plus.

— Tenez, je vais vous dire, — reprit Haley en crachant bien violemment. — je coupe la différence en deux et je dis quarante-cinq dollars, mais c'est mon dernier mot.

— Eh bien soit, dit l'homme après avoir réfléchi un moment.

— Adjugé! — dit Haley. — Où débarquez-vous ?

— A Louisville.

— Louisville ? c'est parfait ; nous y arriverons à la brune. Le marmot sera endormi; tout pour le mieux ; vous l'emportez tout tranquillement, sans qu'il pousse un cri. Ça tombe à merveille. J'aime à faire toutes choses tranquillement. Je déteste les grandes acclamations, et les scènes de désolation. — Et quelques banques notes passèrent du portefeuille de l'acheteur dans le portefeuille du vendeur qui acheva son cigare.

La soirée était brillante, le temps parfaitement calme, quand le bateau aborda au quai de Louisville ; Lucy était assise tenant dans ses bras son fils profondément endormi. Quand elle entendit nommer la ville où l'on venait d'arriver, elle se hâta de déposer l'enfant dans un petit lit improvisé par elle entre des malles ; un manteau avait formé toute la garniture de cette couchette. Alors elle courut sur le bord du bateau, espérant que parmi les nombreux domestiques d'hôtel, qui encombraient le quai, elle pourrait reconnaître son mari. Dans cet espoir, l'épouse infortunée, appuyée sur la balustrade du pont, cherchait des yeux dans la multitude qui se mouvait sur le quai, si parmi tous ces visages d'hommes ne se trouvait pas celui qu'elle aurait tant voulu revoir hélas! pour la dernière fois. Cependant, la foule des passagers qui débarquaient à Louisville, se pressait entre elle et son enfant.

— Voilà le moment favorable, — dit Haley, en prenant l'enfant endormi, et en le mettant entre les mains de l'étranger. — Prenez garde qu'il ne s'éveille et qu'il ne se mette à crier ; ce serait un diable de vacarme avec la mère. — L'acheteur prit soigneusement *le paquet*, et bientôt il se confondit dans la foule de ceux qui remontaient le quai.

Quand la machine eut mugi de nouveau, que le bateau s'éloignant lentement du quai eut repris sa marche, la pauvre femme retourna à la place où elle avait laissé son enfant endormi. Le marchand y était assis, mais il n'y avait plus d'enfant !

— Comment! où donc est-il !—commença à s'écrier la malheureuse mère hors d'elle-même.

— Lucy,—dit le marchand,—votre enfant n'est plus ici; autant vaut que vous le sachiez maintenant que plus tard. Voyez-vous, je savais que vous ne pourriez le garder avec vous dans le Sud où je vous emmène et j'ai eu l'occasion de le placer dans une bonne famille où il sera élevé mieux que vous n'auriez pu faire vous-même. »

Le marchand en était à cet état de *perfection chrétienne* tant prônée tout récemment par quelques-uns de *nos prédicants*, et

de nos grands politiques des états du Nord ; il était tout-à-fe
au-dessus de cette faiblesse humaine , de ces préjugés qui no
font compâtir à ces grandes infortunes. Mais avec un peu-d
bonne volonté , en employant les procédés convenables , vot
cœur , le mien , pourraient devenir tout aussi insensibles que
sien. Le regard plein d'angoisse et de désespoir que cette femm
lança sur lui , aurait pu troubler la conscience d'un marchan
novice encore dans le métier ; mais lui , n'était-il pas accoutum
à supporter le feu de ces regards. Ses malheureuses victim
lui en avaient déjà plus de mille fois lancé de semblable
Vous pourriez en arriver là , aussi , ami lecteur ; c'est à co
vertir à cette parfaite insensibilité tous nos frères des états d
Nord que tendaient les généreux efforts tentés tout récemmen
pour la gloire de l'Union américaine. Ainsi donc , notre ma
chand considérait les mortelles angoisses qui se peignaient s
ce visage noir par la contraction des traits , ces mains crispées
ces sanglots étouffés comme les incidents nécessaires de s
commerce , et ne se préoccupait que de la pensée que si cet
femme venait à exprimer sa douleur par des cris , elle pourra
produire une forte commotion parmi les passagers ; car , comm
la plupart des souteneurs de nos institutions , il n'aimait pas l
manifestations bruyantes.

Mais la femme ne criait pas. Le trait qui lui avait percé
cœur était trop profondément enfoncé pour qu'elle pût enco
gémir ou pleurer.

A la nouvelle de l'enlèvement de son enfant , elle s'était assi
comme frappée de vertige. Ses bras tombaient comme priv
de vie et ses yeux étaient demeurés fixés devant elle , mais e
ne voyait rien. Le bruit de la machine , les sifflements de
vapeur qui s'échappait , arrivaient à son oreille comme dans
rêve ; et le pauvre cœur broyé de douleur n'avait ni gémiss
ments , ni larmes pour exprimer sa profonde misère. Elle deme
rait tout-à-fait immobile.

Le marchand , qui , lorsqu'il y trouvait son avantage , av
autant de philanthropie qu'aucun de nos grands politiques
sentit porté , dans la situation présente , à donner quelques cô
solations à la mère désolée.

— Je sais bien que c'est très dur dans les premiers moment
Lucy , mais une fille aussi belle , aussi sensible que vous
se laisse pas aller à la douleur. Aussi bien , voyez-vous , c
nécessaire , puisque la chose est faite , il n'y a plus de remèd

— Oh ! ne parlez pas , maître , ne parlez pas , de grâce
dit la femme d'une voix étouffée.

— Vous êtes une fille bien tournée , Lucy , — continua-t
persistant à croire qu'il devait chercher à la consoler. — Je v
veux du bien et je vous trouverai une bonne place au bas de
rivière ; et bientôt vous trouverez un autre mari. Une fille au
aimable que vous....

— Oh ! maître , si du moins vous me faisiez la grâce de ne pl
me parler dans ce moment , — dit la femme.

Il y avait dans sa voix un accent qui peignait si bien la vive douleur à laquelle elle était en proie, que le marchand comprit l'inutilité de son système de consolation pour le moment. Il se leva et la femme se retourna et s'enveloppa la tête de son manteau.

Haley se promena quelque temps en long et en large; parfois il s'arrêtait pour regarder la victime de sa cupidité.

— Elle prend la chose trop vivement, — se disait-il en lui-même, — mais elle est calme, cependant; laissons-la se désoler un moment à son aise, elle reviendra peu à peu à la raison. »

Tom avait observé la marche des choses depuis le commencement jusqu'à la fin, et avait parfaitement prévu quel en serait le résultat. Pour lui, l'action du marchand était horrible et cruelle au-delà de toute expression; car, pauvre ignorant, il pensait comme un nègre! il n'avait pas appris à considérer *l'intérêt géné-ral*, à avoir des vues larges. Si, seulement, il avait été à l'école de certains *ministres de la chrétienté*, il aurait pensé plus sagement et il n'aurait vu dans cette affaire qu'un des incidents journaliers d'un commerce légal, d'un commerce qui donne la vie à une institution qu'un célèbre docteur Américain (1) nous dit *n'avoir d'autres inconvénients que ceux qui sont inhérents à toutes les affaires de la vie*. Mais Tom étant un pauvre ignorant, qui n'avait jamais lu d'autre livre que l'Evangile, ne pouvait se payer de semblables considérations. Son âme était profondément blessée de ce qu'il regardait comme une injustice criante commise envers cette *chose* qui sentait la souffrance et qui gisait là, devant lui, comme un roseau brisé par l'ouragan; oui, cette *chose* sensible et vivante, cette *chose* dont le sang circule et qui est douée d'une âme immortelle, bien que la loi américaine la place froidement au rang des paquets, balles et caisses au milieu desquelles la pauvre esclave est maintenant couchée.

Tom s'approcha et essaya de lui adresser quelques mots; elle ne lui répondait que par des soupirs. Sincèrement touché de sa peine, comme le prouvaient les larmes qui coulaient sur ses joues, il lui parla de ce cœur si aimant dont le séjour est au ciel, de ce Jésus si compâtissant, et de la demeure éternelle préparée par lui à ceux qui souffrent ici-bas avec résignation; mais la douleur mortelle qu'elle éprouvait lui faisait fermer l'oreille à ces consolations; son cœur, paralysé par le chagrin, était incapable de sentir.

La nuit arriva; nuit calme et sereine, nuit magnifique, toute resplendissante de ces innombrables étoiles qui nous représentent l'image des yeux des anges occupés à veiller sur nous. C'était un spectacle merveilleux, imposant tout à la fois que le firmament étincelant dans cette nuit silencieuse. Mais de ce beau ciel, pas une voix ne descendait pour parler au cœur de la mère privée de son enfant; pas une main ne s'avançait pour

_____

(1) Le docteur Joel Parker de Philadelphie.

l'aider à porter le fardeau de sa douleur. L'une après l'autre , l
causeries d'affaires , les conversations joyeuses s'étaient éteinte
tout était au sommeil et l'on entendait distinctement le bru
que faisait la proue en s'avançant au milieu des flots qu'el
entr'ouvrait. Tom s'étendit sur une caisse , et tandis qu'il che
chait le sommeil sur cette couche si dure , il entendait le
sanglots étouffés de l'infortunée créature qui soupirait par inte
valles des exclamations comme celles-ci :

— Que faire hélas ! ô Seigneur ! mon doux Seigneur, secoure
moi ! — puis, sanglots et soupirs cessèrent; et là comme dar
toutes les parties du bateau , régna le plus profond silence.

A minuit , Tom se réveilla en sursaut. Une ombre passa to
près de lui et sembla se diriger vers le bord du bateau ; il ente
dit un bruit occasionné par la chûte de quelque chose dans l'ea
Personne autre que lui ne vit et n'entendit rien. Il ouvrit le
yeux , leva la tête: la place où la femme avait été assise éta
vacante! Il se leva, chercha, mais ses recherches furent vaine
Le pauvre cœur, mortellement blessé, ne soupirait plus,
avait cessé de battre. L'onde clapotait, ondulait aussi paisibl
ment que si elle n'avait pas englouti la malheureuse esclave.

Patience ! patience ! vous dont les cœurs se gonflent d'indign
tion à la vue de pareilles iniquités. Pas un battement de ce cœu
torturé, pas une des larmes de l'esclave opprimé ne seront m
en oubli par l'*Homme des douleurs*, qui est aussi le Seigneu
plein de gloire. Son cœur supporte avec patience et miséricord
les angoisses d'un monde. A son exemple, montre-toi patient
pauvre opprimé ; souffre pour son amour ; car, aussi vrai qu'
est Dieu , le jour de sa rédemption viendra pour toi.

Le marchand s'éveilla de bonne heure , et son premier so
fut de venir visiter sa *marchandise*. C'était à lui , maintenant ,
chercher avec inquiétude.

— Où diable est la femme ? — demanda-t-il à Tom.

Tom qui avait assez de sagesse pour garder un secret, cr
qu'il n'était pas obligé de dire ce qu'il avait vu et ce qu'il ava
soupçonné ; il répondit qu'il ne savait pas.

— Assurément , — reprit Haley, — elle n'a pu s'évader cet
nuit, car chaque fois que le bateau a stationné, je me suis évei
et j'ai moi-même fait le guet. Jamais je ne me fie à d'autres qu
moi pour cela. •

Ces paroles étaient adressées tout confidentiellement à Tor
comme si elle pouvaient avoir quelqu'intérêt pour lui. Il
répondit pas.

Le marchand visita tout le bateau de la poupe à la proue ;
remua toutes les caisses , toutes les balles , chercha autour
la machine, près des cheminées , partout enfin , mais ce fut
vain.

— Maintenant , Tom, soyez sincère , — dit-il après s'ê
assuré que toute recherche était inutile : — Vous savez quelq
chose de l'affaire. Ne me dites pas non , je suis sûr que vous
savez. J'ai vu la femme vers dix heures , elle était couchée l

...ze heures je suis revenu, elle y était encore ; entre une
...re et deux heures, je l'ai encore vue : puis, quand je suis venu
...atre heures, par exemple, plus personne ; mais vous dor-
...là tout près, il est donc certain que vous avez dû vous
...cevoir de quelque chose ; vous ne pouviez pas ne pas voir.
... Eh bien, maître, vers le matin quelque chose remua près
...oi, je m'éveillai à moitié ; j'entendis un bruit comme quel-
...chose qui éclabousse en tombant dans l'eau ; je m'éveillai
...à-fait, la femme n'était plus là ; voilà tout ce que je sais. »
... marchand accueillit ce renseignement sans trouble, sans
...tion ; car, comme nous l'avons dit déjà, il était habitué à voir
...es ces scènes qui vous semblent si désolantes à vous qui n'y
... pas habitués. La présence même de la mort ne le faisait pas
...sonner. Il avait vu si souvent la mort venir s'interposer dans
...affaires de son commerce et lui disputer sa marchandise,
...s'était familiarisé avec elle : il la regardait seulement comme
... mauvaise cliente qui venait fort mal à propos entraver ses
...res ; il se mit donc à jurer, à tempêter de ce qu'il avait perdu
... partie de sa *pacotille*, se plaignant de sa mauvaise fortune et
...peu de bénéfice qu'il ferait sur son voyage si les affaires con-
...aient à marcher ainsi. Bref, il se considérait comme un
...me poursuivi par un *mauvais guignon*. Mais il n'y avait pas
...remède ; la femme s'était réfugiée dans un Etat où la loi
...tradition n'est pas reconnue et qui retient les fugitifs qui s'y
...rent malgré les réclamations de la glorieuse Union-améri-
...ne tout entière. C'est pourquoi le marchand prit le parti de
...seoir, et, d'un air fort mécontent, il tira son carnet sur
...uel il enregistra l'article qui venait de disparaître, corps et
...e, au chapitre des pertes.
...— Quelle misérable créature, n'est-ce pas, que ce marchand ?
...e insensible à ce point ! c'est réellement épouvantable !
...— Oh ! mais personne, assurément, ne regarde ces mar-
...ands ! Ils sont l'objet du mépris le plus général. Jamais ils ne
...nt reçus dans une société respectable. — Voilà ce que vous
...tes, sans doute, en lisant ces lignes. Mais qui donc, s'il vous
...ait, fait le marchand ? Qui faut-il blâmer ? L'homme éclairé,
...struit, intelligent, qui se pose comme défenseur d'un système
...ont le marchand est l'inévitable conséquence, ou le pauvre
...archand lui-même ? Quoi ! vous habituez l'esprit public à sup-
...rter cet affreux trafic, vous l'abrutissez, vous le dépravez
... point qu'il ne sent plus la honte de se livrer à ce commerce !
...quoi prétendriez-vous être plus estimable que le marchand
... chair humaine ?
...Vous avez reçu de l'éducation, lui est ignorant ; vous apparte-
...z à la classe élevée : il est, lui, de basse condition ; vous avez
...belles manières, il est grossier ; vous avez des talents : son
...prit est resté sans culture. Au jour du jugement, qui viendra
...ur vous comme pour lui, toutes ces considérations rendront
...souverain juge moins sévère pour lui que pour vous.
...En terminant ce récit des incidents d'un commerce légal, nous

devons prier nos lecteurs de ne pas croire que nos législat[?]
américains soient complètement dépourvus de tout sentim[?]
d'humanité, comme on pourrait le supposer, injustement,[?]
suite des grands efforts que fait notre assemblée nationale p[?]
protéger et perpétuer ce genre de commerce.

Qui ne sait avec quelle force nos grands orateurs savent déc[?]
mer contre le commerce d'esclaves.... *à l'étranger*. Nous av[?]
au milieu de nous une véritable armée de Clarksons et de Wilb[?]
forces qui s'élèvent contre cet abus de la manière la plus for[?]
la plus éloquente et la plus édifiante. Se livrer à la traite[?]
noirs en Afrique, fi! donc, quelle horreur! On ne trouve[?]
d'expression pour qualifier une telle abomination. Mais ven[?]
des nègres dans le Kentucky, c'est une toute autre affaire.

CHAPITRE XIII.

UNE COLONIE DE QUAKERS (1).

Une scène paisible s'offre maintenant à nous pour repo[?]
notre esprit. Elle se passe dans une cuisine spacieuse, prop[?]
ment peinte; sur le pavé en pierres jaunes parfaitement poli[?]
pas un atôme de poussière. L'étuve en fonte noircie est ent[?]
tenue avec soin; la vaisselle d'étain, appendue contre les mu[?]
éveille par son éclat l'appétit et fait songer aux mets pleins[?]
saveur qu'elle est appelée à contenir; l'ameublement se comp[?]
de chaises de bois peintes en vert; elles sont anciennes dé[?]
mais solides néanmoins; d'une petite berceuse garnie d'un co[?]
sin artistement recouvert de morceaux d'étoffes de laine de c[?]
leurs variées; d'un grand fauteuil antique, héritage d'une aïe[?]
maternelle; les larges bras ouverts, les coussins moëlleux[?]
le garnissent semblent offrir l'hospitalité au voyageur qui a[?]
soin de se reposer. C'est là un véritable fauteuil confortab[?]

---

(1) Les *Quakers* forment une secte protestante tout-à-fait distincte[?]
convient qu'en général ils ont des mœurs plus pures que le commun[?]
Anglais. Dans cette secte, comme dans toutes les autres, il y a eu[?]
changements, des disputes et des divisions touchant la doctrine. [?]
que les Quakers posent maintenant pour principe la tolérance, [?]
secte se composa d'abord des fanatiques les plus intolérants: on[?]
des traits d'impudence et de fureur des femmes quakeresses qui exc[?]
l'indignation. Le point fondamental de la doctrine des Quakers est[?]

yant, valant à lui seul, pour le bien être qu'il peut procurer,
douzaine d'élégantes chaises de salon recouvertes de peluche
brocatelle. Dans le fauteuil, les yeux baissés sur un ou-
 de couture, se balançait doucement une ancienne con-
ance, notre chère Elisa. Oui, c'est bien elle, plus pâle, plus
re, il est vrai, qu'à l'époque où elle vivait au Kentucky;
st calme maintenant, mais à l'ombre de ses longs cils, aux
ours plus accentués de sa gracieuse bouche, on reconnaît
ce du passage de bien profondes douleurs. Il était aisé de
ur son visage combien son jeune cœur avait été vieilli par
uelles épreuves qu'elle avait subies; et quand, parfois, elle
ses grands yeux noirs pour suivre les ébats de son petit
 qui, semblable à un papillon des tropiques, sautille çà et
uprès d'elle, on voit dans son regard une expression de
été, de résolution qu'elle n'avait pas, aux jours heureux de
nesse.
Côté d'elle était assise une femme tenant sur ses genoux une
nte casserole d'étain dans laquelle elle dispose avec soin
ches sèches. Elle pouvait être âgée de cinquante-cinq à
nte ans; mais son visage était de ceux que le temps ne semble
er que pour les embellir. Son bonnet de crêpe lisse, fait
 patron étroit, toujours de mode parmi les quakeresses, le
hoir de mousseline blanche qui couvre de ses plis réguliers
trine, son châle et sa robe de drap marron, tout son accou-
ent en un mot, indiquait à quelle secte elle appartenait.
d on examinait son visage, brillant de santé, son teint rosé,
au couverte d'un léger duvet, on pensait aussitôt à une
 aux riches couleurs veloutées. Ses cheveux, que l'âge
 argentés en partie, étaient divisés au sommet de la
 d'où ils retombaient, en bandeaux parfaitement lisses, de
e côté du front élevé sur lequel le temps n'avait tracé

---

as l'âme de tous les hommes une portion de la raison et de la
 divines; qu'il suffit de la consulter et de la suivre, pour arriver
 t éternel. Ils nomment cette prétendue sagesse céleste, la *parole*
 ; le *Christ intérieur, l'opération du Saint-Esprit.* — Cette
 autorise chacun à regarder les inspirations de son fanatisme
 la seule règle de la vérité, et, ainsi que l'a fort bien démontré
 , elle entraîne une foule de conséquences impies. Elle oblige,
 nt, à une morale très sévère, puisque l'homme doit tendre à
 r, autant que possible, l'empire du corps sur l'âme, afin de
 ntendre la *parole interne.* Les Quakers modernes affectent un
 sprit de douceur et d'équité: on trouve quelquefois parmi eux
 mes de la probité la plus scrupuleuse, qui méprisent l'astuce et
 risie; mais ils sont rares. Comme l'ancien proverbe le dit si bien:
 ressemble, s'assemble, il est donc facile de concevoir que Ma-
 lowe se soit entourée d'amis choisis parmi les Quakers exception-
 sont les honnêtes gens de la secte; ce sont ceux-là qu'elle a
 , et son amitié aura sans doute embelli encore un peu leur por-
(Note du traducteur.)

aucune ride, mais où il semblait avoir gravé cette inscript
« Paix sur la terre aux hommes de bonne volonté. » Au-de
de ce front brillaient des yeux bruns qui exprimaient un fo
droiture et de charité; il ne fallait pas les examiner longt
pour lire jusqu'au fond du cœur le meilleur, le plus sincère
eût jamais battu dans une poitrine de femme. On a tant de
célébré la beauté des jeunes filles, pourquoi ne célèbreral
pas la beauté des vieilles femmes? Si quelqu'un cherche
inspiration pour ce sujet, nous l'enverrons auprès de
excellente amie Rachel Halliday, assise maintenant dans sa
berceuse. Cette chaise était devenue par suite de ses longe
vices quelque peu asthmatique; cette affection se traduisai
des craquements quand Rachel s'y balançait. Ce bruit for
mélodieux aurait été insupportable s'il avait été produit par
autre chaise. Mais le vieux Siméon Halliday avait souvent r
qu'il était plus agréable pour lui qu'aucune autre musiqu
les enfants avouaient qu'ils ne voudraient pour rien au mo
être privés d'entendre crier la chaise de leur mère. Et
quoi? C'est que depuis vingt ans ou même davantage, de
chaise n'étaient parties que des paroles affectueuses, de d
leçons de morale; c'est de là qu'une bonne mère exprim
ses enfants toute sa tendresse. Là, bien des peines d'esprit
des peines de cœur avaient été soulagées par une bonne fe
remplie de charité. Que Dieu répande sur elle ses plus
bénédictions!

— Tu penses donc toujours à aller au Canada, Elisa?
elle, tout en apprêtant ses pêches.

— Oui, madame, — répondit Elisa d'un ton ferme. —
que je poursuive ma route, je n'ose m'arrêter.

— Et arrivée là, que feras-tu? Il faut y songer par av
ma fille. »

Cette expression, *ma fille*, tombait tout naturellemen
lèvres de Rachel Halliday; car sa physionomie, sa tour
tout en elle donnait bien l'idée d'une mère; et c'est, en lu
lant, la qualification qu'on se sentait porté à lui donner.

Les mains d'Elisa tremblèrent; quelques larmes tombère
son ouvrage; cependant elle répondit avec fermeté:

— Je ferai... tout ce qui se présentera. J'espère que je
verai du travail.

— Tu sais bien que tu peux rester ici aussi longtemp
voudras?

— Oh! je vous remercie bien, mais... — elle montra
Henri, — je ne puis dormir pendant la nuit; je ne saurai
de repos. La nuit dernière encore il m'a semblé voir cet
arriver dans la cour, — dit-elle en frissonnant.

— Pauvre enfant! — dit Rachel en s'essuyant les yeux
tu ne dois pas craindre ainsi; grâces à Dieu, jusqu'ici
fugitif n'a été pris dans notre village. J'espère que tu ne se
la première. »

La porte s'ouvrit, et une petite femme, ronde com

tte , se présenta sur le seuil; sa figure épanouie était fraîche
olorée comme une pomme. Elle était exactement vêtue
me Rachel. Celle-ci vint gaîment à sa rencontre et lui
ant les deux mains , elle lui dit avec la plus grande cor-
ité.

- Comment vas-tu , Ruth Stedman ?

- Très bien , — dit Ruth en ôtant son petit chapeau de drap
elle épousseta avec son mouchoir de poche; et en mettant à dé-
vert une petite tête ronde, sur laquelle son bonnet de quake-
e s'obstinait à avoir un air enjoué, en dépit de ses petites
ns potelées qui s'évertuaient à lui donner un air grave. Cer-
es mèches de cheveux bouclés avaient trouvé moyen de se
straire à la captivité à laquelle les assujétissait le bonnet, et
cherche, tout en plaisantant, à les faire rentrer dans leur
le. Après quoi, la nouvelle arrivée, qui pouvait avoir vingt
, tourna le dos au petit miroir devant lequel elle avait
cédé à ces petits arrangements de toilette et parut enchantée
le-même.

- Ruth , cette amie est Elisa Harris; et ce petit garçon est
i dont je t'ai parlé.

- Je suis heureuse de te voir , Elisa , très heureuse , — dit
h en lui serrant la main , comme si Elisa était une vieille
e attendue depuis longtemps. — Et voilà ton cher fils? Je
ai apporté un gâteau , — dit-elle en présentant un petit cœur
enfant qui s'approcha d'elle , la contempla à travers ses che-
x bouclés et accepta timidement.

- Où est ton petit enfant, Ruth ? — demanda Rachel.

- Oh ! je l'ai amené avec moi ; mais ta Marie s'en est emparée
moment où j'entrais et elle l'a emporté jusqu'à la grange pour
ontrer aux enfants. »

n ce moment, Marie, fraîche jeune fille , pleine de candeur,
yeux bruns comme sa mère , ouvrit la porte et entra avec le
t enfant.

- Ah ! ah ! — dit Rachel , prenant dans ses bras ce beau petit
si blanc , si dodu. — Qu'il a bonne mine , et comme il vient
!

- Assurément, il vient à merveille, — dit la petite Ruth en
ant son enfant qu'elle débarrassa d'un petit capuchon de
bleue qui lui couvrait la tête, et d'une quantité de langes
elle l'avait enveloppé ; puis, après avoir attaché par-ci,
par-là l'accoutrement de l'enfant, elle ajusta sa petite robe,
l'embrassa de tout son cœur et l'assit à terre pour lui donner
isir de rassembler ses pensées. Le marmot paraissait bien
utumé à ce procédé , car il fourra immédiatement son pouce
la bouche , comme si c'était la seule chose qu'il eût à faire
s avoir été placé à terre, et bientôt il sembla absorbé dans
propres réflexions , tandis que sa mère , qui s'était assise ,
e de sa poche un long bas de laine bleu et blanc et se mit
coter avec une agilité vraiment remarquable.

- Marie , tu ferais bien de remplir la bouilloire ; ne penses-tu
as ? — dit avec douceur Rachel à sa fille.

Marie courut au puits pour remplir la bouilloire et revint b
tôt ; elle la plaça sur le feu ; l'eau ne tarda pas à frémi
bientôt on vit sortir des ondulations de vapeur : c'était en q
que sorte l'encens de l'hospitalité et le présage de la bonne ch
Prompte à obéir aux moindres mots de Rachel, la main qui a
placé l'eau sur le feu, y déposa bientôt les pêches qui ava
été disposées dans une casserole.

Alors Rachel prit une planche d'une parfaite blancheur,
mettant devant elle un tablier, elle commença à placer dessu
la pâte qu'elle avait fait passer d'abord dans un moule à bisc

— Marie, — avait-elle dit en se mettant à l'œuvre, —
penses-tu pas qu'il serait bon que tu dises à John de nous pr
rer un poulet ? — et Marie s'était empressée de sortir
accomplir le désir exprimé par sa mère.

— Et comment va Abigaïl Peters ? — demanda Rachel tou
confectionnant ses biscuits.

— Oh ! elle va mieux — répondit Ruth. — J'y suis allé
matin ; j'ai fait le lit, et j'ai mis un peu d'ordre dans son mén
Leah Hills est venue cette après-midi et elle a fait le pain et
pâtés pour quelques jours. J'ai promis d'y retourner ce soir
la lever quelques instants.

— J'irai demain matin, je nettoierai tout ce qui est à
toyer et je m'occuperai aussi de voir ce qu'il y a à raccommo
— dit Rachel.

— Ah ! tu feras bien ; — répondit Ruth. — Sais-tu que H
nah Stanwood est malade? John a passé la nuit dernière pr
lui, et moi je dois y aller demain.

— John peut venir ici pour y prendre ses repas, si tu as be
de rester là toute la journée, — reprit Rachel.

— Je te remercie, Rachel ; nous verrons cela demain ;
voilà Siméon. »

Siméon Halliday entrait effectivement ; c'était un homm
haute stature, et taillé en Hercule ; il était vêtu d'un hab
d'un pantalon de couleur adoptée par les quakers et porta
chapeau à larges bords.

— Comment vas-tu Ruth? — dit-il d'un ton affectueu
prenant dans sa large main, la petite main potelée de Rut
Et comment va John ?

— Oh! John et tout notre monde va bien — répondit Rut
ton le plus joyeux.

— Quelles nouvelles, père ? — dit Rachel en mettant ses
cuits au four.

— Péter Stebbins m'a annoncé qu'il viendrait ce soi
avec des *amis*, — dit Siméon, en appuyant sur le mot am
il alla se laver les mains dans un bassin bien propre, placé
un petit cabinet attenant à la cuisine.

— Vraiment? — reprit Rachel devenue toute pensive en
les yeux sur Elisa.

— Tu m'as bien dit que tu te nommais Harris? — dit Si
Elisa, quand il eut fini de se laver les mains.

Rachel jeta un regard sur son mari, pendant qu'Elisa, toute tremblante, répondait affirmativement à la question qui lui fut adressée. Ses craintes, toujours excessives, lui suggéraient à l'esprit que peut-être le lieu de sa résidence actuelle était signalé.

— Mère! — dit Siméon debout sur la porte du petit cabinet, faisant signe à Rachel de venir.

— Que veux-tu de moi, père? — dit Rachel en essuyant ses mains toutes remplies de fleur de farine et en s'avançant vers la porte d'où son mari l'avait appelée.

— Le mari de la pauvre enfant est dans notre village, et il viendra ici ce soir, — dit Siméon à voix basse.

— Allons donc! ai-je bien entendu, père? — dit Rachel dont le visage rayonnait de joie.

— C'est l'exacte vérité. Peter est allé hier soir avec son chariot jusqu'à la station qui est au bas du village, et là, il a trouvé une belle femme et deux hommes, dont l'un a dit se nommer Georges Harris; et d'après le récit qu'il a fait de son histoire, je suis certain que c'est bien le mari de notre hôte. C'est aussi un garçon intelligent, de bonne mine. Lui annoncerons-nous maintenant cette bonne nouvelle? — demanda Siméon.

— Disons-le d'abord à Ruth, — répondit Rachel. — Ruth! viens un moment, veux-tu?

Ruth déposa son tricot, et se rendit aussitôt dans le cabinet où Rachel était avec son mari.

— Ruth, qu'en penses-tu, — dit Rachel, — père m'apprend que le mari d'Elisa se trouve parmi les fugitifs de la dernière bande et qu'il sera ici ce soir.

Une explosion de joie de la petite quakeresse coupa la parole à Rachel. Elle se mit à sauter en frappant des mains et se donna tant de mouvement que ses cheveux indociles s'échappèrent de dessous son bonnet et vinrent étaler leurs mèches bouclées sur le fichu blanc de la quakeresse.

— Tais-toi donc! chère amie! — lui dit Rachel avec douceur; tais-toi, Ruth. Dis-nous: penses-tu que nous devions annoncer maintenant cette bonne nouvelle à Elisa?

— A l'instant! à la minute! assurément. Suppose donc qu'on vienne m'annoncer que John revient après une longue absence, quelle joie n'éprouverais-je pas? Dis-lui tout de suite.

— Bonne Ruth, tu es toujours occupée à chercher le moyen de pratiquer la charité envers le prochain — dit Siméon en la regardant avec attendrissement.

— Assurément. N'est-ce pas pour cela que nous sommes au monde. Si je n'aimais pas John et mon cher petit enfant, je n'aurais pas de compassion pour cette pauvre femme. Allons, Rachel, viens donc lui dire qu'elle va revoir son mari. — Et pour mieux persuader Rachel, elle prit son bras, et l'entraînant vers Elisa, elle ajouta: — Emmène-la dans ta chambre à coucher pour le lui annoncer tout doucement; laisse-moi le soin de faire cuir le poulet et de veiller au souper. »

12

Rachel rentra dans la cuisine où Elisa était toujours occupé[e à]
coudre ; elle ouvrit la porte d'une petite chambre à coucher [et]
dit à la fugitive : — Viens avec moi, ma fille, j'ai des nouvelle[s à]
t'apprendre.

Le visage si pâle d'Elisa devint pourpre, elle se leva tre[m]
blante et son regard inquiet se porta sur son enfant.

— Non ! non ! — dit la petite Ruth, en allant à elle et [lui]
prenant les mains, — tu n'as rien à craindre, ce sont de bonn[es]
nouvelles, Elisa, entre là avec Rachel, entre sans crain[te]
— Et elle la poussait vers la porte de la chambre à couche[r ;]
quand elle y fut entrée elle la referma sur elle ; puis elle
retourna et prenant dans ses bras le petit Henri, elle l'embras[sa]
et lui dit : — Tu vas revoir ton père, mon petit ; sais-tu bi[en]
cela ? Ton père va arriver, il va venir ici, — répétait-elle [à]
l'enfant qui la regardait tout étonné.

En même temps, de l'autre côté de la porte, se passait u[ne]
autre scène. Rachel s'était approchée d'Elisa et lui disait : —
Seigneur a eu pitié de toi, ma fille ; ton mari s'est échappé de [la]
maison de servitude.

Le sang monta de nouveau au visage d'Elisa, puis il refl[ua]
vers son cœur et la pauvre épouse, pâlissant subitement, cha[n]
cela et se laissa tomber sur une chaise.

— Prends courage, enfant, — lui dit Rachel en lui posa[nt]
doucement la main sur la tête, — il est avec des amis qui l'am[è]
neront ici ce soir.

— Ce soir ! répéta Elisa, ce soir ! — Et sa tête troublée sem
blait chercher à comprendre la signification de ces mots [ce]
soir ! tout était confus pour elle, ses yeux ne voyaient plus qu[à]
travers un brouillard ; elle s'évanouit..

Quand elle revint à elle, elle était commodément placée s[ur]
un lit, enveloppée d'une couverture et la petite Ruth lui frotta[it]
les mains avec de l'eau-de-vie camphrée. Elle ouvrit les yeux [et]
son visage exprimait cette délicieuse langueur qu'on éprouv[e]
quand on se sent débarrassé d'un poids énorme et qu'on aspire [à]
goûter le repos. Le système nerveux, surexcité depuis le momen[t]
de sa fuite, se relâchait tout-à-coup et elle se sentait calm[e]
et délivrée de toute inquiétude. Du lit où elle était couchée, se[s]
grands yeux noirs ouverts suivaient, comme dans un paisibl[e]
rêve, tout ce qui se passait autour d'elle. Par la porte de la cham
bre à coucher qui était entre ouverte, elle voyait la table d[u]
souper, couverte de sa nappe si blanche ; elle entendait l[e]
bouillonnement de l'eau qui devait servir à infuser le thé ; ell[e]
voyait Ruth trottant çà et là avec des assiettes de gâteaux, de[s]
compotiers de conserves, et s'arrêtant, chaque fois qu'ell[e]
passait près du petit Henri, pour lui donner un gâteau, ou [le]
caresser, ou bien encore passer ses doigts dans les boucles de
cheveux de l'enfant. Elle apercevait Rachel qui, comme un[e]
bonne mère, venait de temps à autre près du lit et arrangea[it]
les couvertures, rajustait les draps, témoignant par là combie[n]
elle avait à cœur que rien ne manquât à sa chère malade ; et [à]

ard qui tombait sur elle des grands yeux bruns de Rachel
it pour Elisa comme un bienfaisant rayon de soleil. Bientôt
vit arriver le mari de Ruth ; elle vit la petite quakeresse
er au devant de son époux, et commencer à chuchotter en
ticulant beaucoup et en désignant du doigt la chambre à
cher. Elle la vit s'asseoir à table pour prendre le thé, tenant
petit enfant entre ses bras ; elle vit tous les convives à table
on Henri, assis sur une chaise haute, à côté de Rachel qui
ait voulu prendre sous sa protection. Elle entendit les cau-
ies à mi-voix, le cliquetis des cuillères à thé, le choc des
ses et des assiettes, puis tous ces sons, ces bruits divers se
nfondirent pour ses oreilles, ses yeux ne virent plus rien de
tinct, un délicieux assoupissement s'empara d'elle ; Elisa
ndormit d'un sommeil dont elle n'avait plus goûté les douceurs
uis la nuit terrible où, prenant son enfant entre ses bras, elle
it fui à la froide clarté des étoiles.

lle rêva d'un beau pays, c'était une terre hospitalière où elle
ayait enfin goûter le repos ! les rives étaient recouvertes de
hes tapis de verdure ; elle y voyait des îles délicieuses, des
x pures et transparentes ; et là, dans une maison, que des
x pleines de douceur lui disaient être la sienne, elle voyait
er son petit garçon ; son petit garçon, maintenant libre et
ureux. Elle entendait les pas de son époux ; elle le sentait
pprocher d'elle, elle allait le serrer dans ses bras ; des larmes
joie coulèrent de ses yeux sur son visage et l'éveillèrent ! Oh !
t cela était réel, ce n'était pas un rêve. Le jour avait depuis
gtemps disparu ; son enfant, couché près d'elle, dormait
siblement ; une chandelle répandait dans la chambre une lu-
ère douteuse, son mari pleurait de joie au chevet du lit.

La matinée qui suivit fut une matinée d'allégresse pour toute
maison de Siméon Halliday. La mère fut sur pied de bonne
ire, entourée de jeunes garçons et de jeunes filles fort affairés,
nous avons à peine eu le temps de présenter hier à nos
urs. Toute cette jeunesse obéissant avec empressement à la
uce formule de Rachel : Tu ferais bien, ou à celle-ci plus
uce encore : Ne ferais-tu pas bien, travaillait à la préparation
déjeûner ; car, dans les riches vallées de l'Indiana, un dé-
ûner est chose très compliquée, très variée. Tandis que John
ourait à la fontaine pour faire la provision d'eau fraîche, Siméon
deuxième du nom dans la famille, tamisait la farine pour les
teaux. Marie avait mission de moudre le café, Rachel qui, avec
douceur habituelle, avait l'œil partout, dirigeait tout, faisait
s biscuits, troussait un poulet, et animait par son exemple le

zèle de tous ses jeunes coopérateurs. S'il s'élevait entr'eux qu
que discussion par suite d'un excès de zèle malentendu , Rac
disait si gentîment : *Allons! allons! amis.* Ou bien : *Je voud*
qu'on ne fit pas cela , qu'aussitôt toutes les difficultés , les pet
discussions s'évanouissaient comme par enchantement.

Tandis que tous ces préparatifs allaient leur train , *Sim*
premier , en manches de chemises , dans un coin de la cuisi
procédait , devant un petit miroir à l'antipatriarchale opérat
de se faire la barbe. Tout se faisait avec tant de concorde
paix et de cordialité dans la grande cuisine ; chacun sembla
heureux de faire ce qu'il faisait ; il y avait là une telle atm
phère de confiance mutuelle , de fraternité , que les couteau
les fourchettes rendaient un son harmonieux quand on les
sait sur la table ; et on aurait été tenté de trouver même que
poulets et les gigots qui faisaient en cuisant dans la poêle
petit bruit tout joyeux, s'estimaient heureux d'être rôtis
accommodés dans cette cuisine.

Quand Georges , Elisa et le petit Henri entrèrent , ils reçu
un accueil si cordial , qu'ils eurent quelque peine à se p
suader que tout ce qu'ils voyaient et entendaient , était réel.

On se mit à table pour déjeûner, Marie seule se tint à son p
près du four pour surveiller la cuisson des gâteaux. Au fur
mesure que l'un d'eux atteignait la couleur dorée qui est le t
de la perfection, elle le faisait prestement passer du four su
table.

Jamais Rachel ne paraissait plus réellement heureuse
lorsqu'elle présidait à table. Elle avait une prévenance si mat
nelle pour ses convives, elle offrait ses gâteaux avec tant
cordialité , la manière dont elle versait une tasse de café étai
affectueuse, que les aliments présentés par elle semblaient
exquis.

Georges se trouvait pour la première fois de sa vie assis
table d'un blanc, sur le pied de l'égalité; aussi, d'abord
contenance était contrainte et embarrassée; mais toute g
s'évanouit devant cette cordialité si expansive, comme le bro
lard se dissipe aux premiers rayons du soleil levant.

C'était bien là ce foyer domestique, cette vie de fam
dont Georges ne connaissait jusqu'alors que le nom; la croya
en Dieu, la confiance en sa providence commencèrent à péné
dans son cœur; il se sentit comme environné d'une protec
surhumaine et ses doutes sombres, son humeur misanthrop
ses principes d'athéisme, ses tentations de désespoir, tout ce
jusque-là avait aveuglé son esprit, disparaissait devant la lum
de cet évangile vivant, qui se réflétait sur des visages animé
qui se traduisait par mille actes de charité et de bienveilla
Georges comprenait ce qu'il y avait de divin dans la moral
celui qui disait que le verre d'eau froide donné en son no
demeurerait pas sans récompense.

— Père, qu'arriverait-il si on te découvrait encore?
Siméon second, en beurrant son gâteau.

— Je paierais mon amende, — répondit le père sans s'émouvoir.

— Mais s'ils te mettaient en prison?

— Ne pourrais-tu, avec ta mère, conduire la ferme? — dit Siméon en souriant.

— Je crois que ma mère est capable de faire quoi que ce soit, — reprit le fils. — Mais n'est-il pas vrai qu'il est honteux de faire de telles lois.

— Tu ne dois pas parler mal des gouvernants, — dit Siméon père avec sévérité. — Le Seigneur nous donne les biens de ce monde pour que nous puissions faire des œuvres de justice et de miséricorde; si ceux qui nous gouvernent exigent un impôt de nous, pour que nous accomplissions un devoir, nous devons leur payer cet impôt.

— Oh! bien! moi je déteste tous ces vieux possesseurs d'esclaves, — dit le jeune garçon qui se montrait en cela aussi peu chrétien que beaucoup de nos réformateurs modernes.

— Tu me surprends, mon fils, — dit Siméon; — jamais ta mère ne t'a enseigné une telle doctrine. Je ferais pour le propriétaire d'esclaves ce que je fais pour l'esclave lui-même, si le Seigneur le conduisait chez moi et que je pusse le consoler.

Siméon second rougit; mais sa mère dit en souriant: — Siméon est mon bon garçon; il prendra de l'âge un peu à la fois et il ressemblera à son père.

— J'espère, mon bon monsieur, que vous ne vous exposez à rien de fâcheux à cause de moi, — dit Georges que la conversation précédente rendait inquiet.

— Ne crains rien, Georges; n'est-ce pas pour cela que nous sommes en ce monde? Si nous craignions de nous exposer à endurer quelque peine pour une bonne cause, nous serions indignes du nom de chrétien.

— Mais pour moi, — dit Georges, — je ne pourrais souffrir que vous vous exposiez à cause de moi.

— Ne crains donc rien, ami Georges, ce n'est pas pour toi, c'est pour Dieu et pour l'humanité que nous agissons ainsi. Ainsi donc, tu peux demeurer ici tranquille tout le jour; et ce soir, à dix heures, Phinéas Fletcher te conduira à la prochaine station, toi et le reste de ta compagnie. Ceux qui te poursuivent sont acharnés après toi; nous ne pouvons donc pas perdre de temps.

— Puisqu'il en est ainsi, pourquoi attendre jusqu'au soir? — dit Georges.

— Tu es ici en sûreté pendant le jour: car chacun de nos voisins est un ami, et tous font le guet. Et puis, il est moins dangereux de voyager pendant la nuit.

CHAPITRE XIV.

EVANGÉLINE.

Le Mississipi! En voyant le prodigieux changement qui s'es[t] opéré sur ses rives depuis que Chateaubriand, dans sa prose su[b]blime, nous en a tracé une peinture si poétique, ne croirait-o[n] pas qu'elles ont été frappées par une baguette magique? Il nou[s] décrivait le cours majestueux du fleuve au milieu de ces forê[ts] vierges, si riches de végétation, si remarquables par les animau[x] extraordinaires qui erraient dans leurs solitudes où le pied d[e] l'homme n'avait jamais pénétré.

Mais voilà que, tout-à-coup, le fleuve magique qui sembla[it] n'être qu'une création de romancier se déroule, égalant en me[r]veilles les brillantes rêveries de l'imagination du poète. Aucu[n] autre fleuve, en effet, ne porte à l'Océan tant de richesses qu[e] le Mississipi, qui traverse une contrée où se trouvent réuni[es] toutes les productions des pays situés entre les tropiques et le[s] pôles. Ses eaux, chargées du limon que, dans leur impétuosité[,] elles arrachent au lit qui les resserre, ses flots écumants coura[nt] avec tant de rapidité, sont bien la fidèle image de ce torrent d'a[f]faires que déverse sur le fleuve tumultueux une race d'homme[s] plus active, plus énergique qu'aucune race de l'ancien monde[.] Hélas! pourquoi ces mêmes eaux ne refusent-elles pas de porte[r] en même temps que les riches productions du sol et de l'indu[s]trie, les larmes de l'opprimé, les soupirs du malheureux sa[ns] espoir, les amères supplications de tant de pauvres ignorant[s] Toutes ces larmes, tous ces soupirs, toutes ces supplications, mo[n]tent vers le Dieu invisible, qui attend en silence, mais qui un jo[ur] quittera de nouveau le trône où il réside pour juger l'oppre[s]seur et consoler l'opprimé.

Le soleil couchant darde ses rayons obliques sur la surfa[ce] du fleuve qui s'étend comme une mer; les flexibles canne[s à] sucre, les hauts cyprès à l'aspect lugubre, avec leurs guirla[n]des de mousse appendues à leurs branches, se dorent des rayo[ns] de l'astre qui va disparaître à l'horizon, tandis que le batea[u à] vapeur, pesamment chargé, poursuit sa route. Les balle[s de] coton, qui sont apportées des innombrables plantations situ[ées] sur le parcours, viennent s'empiler sur le pont et sur les côt[és] et donnent l'apparence d'une masse carrée au bateau qui tra[ns]porte au marché prochain sa lourde cargaison. Il faut que n[ous] fassions quelques efforts, que nous nous élevions un peu sur l[a] pointe des pieds pour apercevoir, sur le pont ainsi encombr[é] Tom, notre humble ami. Là, tout en haut, dans ce petit réd[uit] formé par les balles de coton qui ont envahi presque tout l'[es]pace, c'est là qu'enfin nous pourrons le retrouver. Moitié par [sa]

commandations de M. Shelby , moitié par la douceur de son
ractère , sa tranquillité et sa résignation , Tom était parvenu à
gner la confiance d'un homme tel qu'Haley.

D'abord , le marchand l'avait tenu pendant le jour dans la plus
roite surveillance et , pendant la nuit , il ne lui aurait pas
levé ses chaînes pour qu'il pût dormir plus à son aise ; mais
patience avec laquelle il souffrait , sans se plaindre , la rési-
ation de l'esclave qui , au milieu de ses tribulations , conser-
it un visage serein , rendirent Haley moins défiant , et pendant
elque temps , Tom , sur sa parole d'honneur qu'il n'abuserait
s de la générosité de son maître , eut la liberté d'aller et de
nir où il voulait sur *toute l'étendue du bateau*. Toujours calme ,
ujours obligeant , prêt à donner un coup de main , chaque fois
e l'occasion se présentait , il avait gagné l'affection des hom-
s de l'équipage, qu'il avait souvent assistés pendant des heures
tières , travaillant pour eux d'aussi bon cœur qu'il aurait pu
aire pour l'intérêt de l'exploitation de M. Shelby. Quand il ne
ouvait pas l'occasion de rendre quelque service aux matelots ,
grimpait sur les balles de coton pour arriver à la petite retraite
nous l'avons découvert tout-à-l'heure ; il s'occupait alors à
dier et à méditer l'Evangile.

A une centaine de milles environ de New Orléans , le niveau
Mississipi est plus élevé que le pays qu'il traverse. Il roule ses
s mugissants, resserré entre des digues énormes , hautes de
gt pieds. Du haut du pont , comme de la plate-forme d'un
âteau flottant , le voyageur domine le pays à plusieurs milles
la ronde. Ainsi , de son observatoire , Tom en voyant passer
s ses yeux les plantations l'une après l'autre , pouvait avoir
e idée du genre de vie qui l'attendait.

l voyait , dans le lointain , les esclaves à leurs durs travaux ;
percevait sur plusieurs plantations leurs villages de huttes
gées en longues files , à distance des riches demeures , et des
rcs de plaisance des maîtres ; et tandis que ce panorama mou-
t passait devant ses yeux , son pauvre cœur ne pouvait s'em-
her de se reporter à la ferme du Kentucky , à la ferme où
ey l'avait acheté du maître qu'il avait servi avec tant de
ouement ; oui , l'insensé , il la regrettait cette ferme inhospi-
ère ; il se promenait en esprit sous les frais ombrages des
ux hêtres ; il revoyait *la maison* et tout à côté la case rustique
tapissaient si délicieusement l'églantier aux mille roses et
ignonia. Alors , il lui semblait rencontrer les visages bien
nus de ses compagnons qui avaient grandi avec lui ; il voyait
femme si active , occupée à préparer le repas du soir ; il
endait les éclats de rire dont ses joyeux enfants entremêlaient
rs jeux , et le babil de sa petite fille assise sur ses genoux ;
s, bientôt, cette vision s'évanouissait et il ne revoyait plus que
cannes à sucre et les cyprès dont étaient bordées les planta-
s qui fuyaient devant ses yeux , il n'entendait plus que
uit des machines ; tout alors lui répétait que cette phase de
e qu'il venait de revoir dans son imagination , avait fui pour
ais.

Si vous vous trouviez éloigné de votre famille, ami lec[teur?]
vous auriez au moins la consolation d'écrire à votre femme,
recevriez des nouvelles de vos enfants : mais Tom ne pouvai[t]
écrire. La poste n'existait pas pour lui ; il était séparé de tou[t]
siens par un gouffre profond que ne pouvait franchir le moi[ndre]
mot de bonne amitié, le moindre signe d'affection.

Y a-t-il lieu de s'étonner, après cela, de voir quelques la[rmes]
tomber sur son livre placé sur une balle de coton, tandis que[le]
doigt appuyé sur chacun des mots qu'il déchiffre péniblemen[t]
cherche à découvrir les promesses que contient ce livre ? N'a[yant]
commencé son instruction que bien tard, Tom était un lec[teur]
peu habile ; c'était avec des peines inouïes qu'il allait d'un v[ers]
à l'autre. Heureusement pour lui, le livre qu'il s'appliquait à
ne perd rien à être lu lentement : pour chacun des mot[s au]
contraire, comme pour les lingots d'or, il semble qu'il soi[t né-]
cessaire de les peser séparément pour que l'esprit puisse m[ieux]
se pénétrer de son inappréciable valeur. Suivons-le un mo[ment]
dans cet exercice, écoutons les mots qu'il prononce à m[i-voix]
après les avoir indiqués du doigt à ses yeux attentifs.

« *Que — votre — cœur — ne — se — trouble — point. —*
la — maison — de — mon — Père, — il — y — a — plusieurs
meures. — Je — vais — vous — y — préparer — une — pla[ce]

Cicéron, quand il ensevelit sa fille unique qu'il aimait si [ten-]
drement, avait le cœur rempli d'une douleur tout aussi lé[gère]
que celle qui pesait sur le cœur de Tom ; il n'éprouvait pa[s de]
plus grande somme de douleur, puisqu'il n'était pas plus b[on]
que notre héros. Mais Cicéron ne pouvait arrêter sa pens[ée sur]
ces sublimes paroles d'espérance : pour lui, il n'y avait [la]
consolante perspective de retrouver un jour, dans un m[onde]
meilleur, ceux que la mort lui arrachait ; et alors même qu[e ces]
paroles eussent été mises sous ses yeux, y eût-il ajouté foi ?[peut-]
être aurait-il cherché à satisfaire son esprit en cherchant d'[abord]
s'il y avait des preuves réelles de l'authenticité du manus[crit]
puis il aurait voulu s'assurer de l'exactitude de la tradu[ction]
Mais le pauvre Tom, ne prenait pas tous ces soins, il tr[ouvait]
dans ce qu'il lisait la consolation dont il avait besoin ; [quelle]
objection pouvait-il donc faire contre l'authenticité et la d[ivinité]
de ces paroles ? Il fallait bien qu'elles fussent vraies, ces p[aroles]
car si elles n'avaient pas été vraies comment aurait-il p[u sup-]
porter la vie ?

Parmi les passagers du bateau, se trouvait un jeune homm[e ha-]
bitant New-Orléans ; il était gentleman à double titre, par [for-]
tune et par la naissance ; son nom était St-Clare. Il avait [avec lui]
sa fille, enfant de cinq à six ans, et une dame qui avai[t]
de parenté avec eux et qui semblait être spécialement cha[rgée de]
la petite fille.

Tom avait souvent jeté les yeux sur cette enfant : car [c'était un]
de ces petites créatures vives, enjouées, qu'il est aussi [difficile]
de faire rester en place que d'enchaîner un rayon du [soleil ou]
une brise d'été ; c'était un de ces charmants types d'enfan[t qu'on]
n'oublie pas quand on les a vus une fois.

our l'extérieur, elle était la perfection de la beauté enfantine; elle n'avait pas ces formes bouffies et replètes qu'on rencontre ordinaire chez les enfants. Elle avait quelque chose de cette grâce aérienne dont notre imagination revêt les anges et les figures allégoriques. Son visage était moins remarquable par la régularité et la délicatesse de ses traits, que par une singulière expression de gravité rêveuse qui frappait d'étonnement les esprits les plus poétiques et par laquelle les hommes les plus matériels, les plus prosaïques étaient eux-mêmes impressionnés, sans qu'ils se rendissent compte de l'effet que la vue de cette petite fille produisait sur eux.

L'ensemble de sa tête, les lignes de son cou, les contours de son buste, son maintien, avaient quelque chose de très distingué; ses longs cheveux dorés flottaient autour de son visage, comme un nuage, ou plutôt comme une auréole; ses yeux d'un bleu violet, parfaitement purs et transparents, étaient ombragés par de longs cils; son regard était plein d'esprit et de gravité. Tout en elle la distinguait des autres enfants, et elle attirait l'attention de chacun des passagers quand elle courait çà et là sur le bateau. Toutefois, n'allez pas croire qu'elle fût d'un naturel triste et mélancolique. Au contraire, cet air d'aimable enjouement, qui n'appartient qu'aux cœurs innocents, rayonnait sur son visage et sur toute sa personne. Elle était toujours en mouvement; un sourire semblait toujours prêt à s'épanouir sur sa bouche de rose; elle voltigeait çà et là avec tant de légèreté, qu'on eût dit un nuage poussé par le zéphyr: tout en sautillant elle fredonnait à mi-voix comme on le fait quelquefois dans un heureux âge. Son père et la dame qui la surveillait, étaient continuellement occupés à la poursuivre, mais à peine avaient-ils mis la main sur elle, qu'elle leur échappait de nouveau, et comme son oreille n'entendait jamais le moindre mot de blâme, le moindre reproche, quoi qu'elle pût faire, elle ne prenait nul souci de l'embarras qu'elle donnait à ceux qui la poursuivaient et courait sans cesse dans tous les coins et recoins du bateau. Toujours vêtue de blanc, elle se glissait, en quelque sorte, comme une ombre, dans les endroits qui auraient pu souiller sa toilette; et jamais elle ne tâchait, jamais elle ne chiffonnait ses vêtements. Il n'y avait dans tout le bateau, aucun coin, aucun réduit où ses pas ne se fussent portés, du fond de cale au premier pont: elle avait tout parcouru, ses beaux yeux bleus avaient tout inspecté, tout examiné.

Le chauffeur de la machine, quand il détournait les regards de son brûlant foyer pour les reposer un peu, rencontrait parfois les yeux de la belle enfant qui, après avoir examiné avec effroi l'ardent brasier de cette immense fournaise, regardait le pauvre ouvrier avec la plus tendre compassion, comme si elle eût été effrayée des dangers auxquels elle le croyait exposé. Le timonier de la roue s'arrêtait et souriait de bonheur, en voyant la gracieuse tête d'enfant, collée contre la fenêtre de sa cabine, comme une délicieuse peinture; mais la vision n'était pas de longue durée;

13

à peine la petite fille s'était-elle posée, qu'elle reprenait son
pour courir sur un autre point du bateau. Mille fois par
elle entendait les voix rudes des hommes de l'équipage, béni
présence ; elle voyait les plus doux sourires s'épanouir à
passage sur ces visages si durs ordinairement, et lorsqu
courait, sans crainte, dans les endroits dangereux, des m
calleuses et noires s'allongeaient involontairement pour la p
server d'une chûte ou d'un heurt.

Tom qui avait, au suprême degré, le naturel affectueux et
pressionnable qui caractérise la race nègre sur laquelle, tout
qui est innocence, naïveté, exerce toujours une influence sy
pathique, veillait sur cette enfant avec une sollicitude qui
jour en jour devenait plus grande. Elle lui semblait avoir qu
que chose de divin, et toutes les fois que la jolie tête do
s'avançait de derrière une balle de coton, ou que du haut d'
pile de bagages ses beaux yeux bleus, si remplis d'expressio
s'abaissaient sur lui, il croyait presque voir apparaître un
anges dont il est parlé dans l'Evangile.

Bien souvent, elle venait se promener rêveuse près de l'end
où étaient assis les pauvres esclaves, chargés de chaînes,
composaient la troupe d'Haley. Elle se glissait au milieu d'eux
les contemplait avec une profonde expression de tristesse e
compassion ; ses jolies petites mains se hasardaient quelquefo
soulever leurs chaînes, elle se mettait alors à soupirer et s'é
gnait. D'autres fois elle apparaissait soudainement au mi
d'eux, les mains pleines de sucre candi, de noix, d'oran
qu'elle leur distribuait avec joie, et, la distribution achevée,
disparaissait encore.

Tom examina longtemps la petite demoiselle, avant de s'av
turer à faire des ouvertures pour entrer en plus intime conn
sance avec elle. Il connaissait mille petits moyens pour s'att
les bonnes grâces et l'attention des enfants, et il prit enfi
résolution de mettre ses petits talents à profit pour captiver c
qu'il regardait comme un ange. Il savait confectionner, avec
noyaux de cerise de charmants petits paniers. Avec des coqu
de noix, il faisait de grotesques figures qu'on ne pouvait re
der sans rire. Il sculptait de délicieux petits bonshommes
moelle de sureau, et grâces à la légèreté de la matière, il sa
au moyen d'un morceau de plomb placé à l'une des extrém
de ces petites figures, leur imprimer un mouvement et
faire exécuter des sauts périlleux. Pour la fabrication des f
champêtres, des sifflets, de toute taille et de tous modèle
aurait pu le disputer au vieux Pan lui-même. Il avait les po
remplies de ces attrayants jouets qu'il avait confectionnés
en provision, pour les enfants de son maître. Il les exh
maintenant avec une prudence, et une économie tout-à
remarquable, un à la fois, pour amorcer l'enfant et lier a
avec elle.

La petite était un peu sauvage, et bien qu'elle considérât
grand intérêt tous les jouets que Tom exposait à ses regards

était pas facile de l'apprivoiser. Pendant longtemps elle se
perchait, comme un petit canari, sur une pile de caisses, ou sur
une balle de coton, et de là elle regardait avec grande attention
oncle Tom, occupé à produire et à mettre en œuvre ses petits
objets d'art; quand le bon noir lui en faisait présent, c'était avec
une grande timidité qu'elle avançait la main pour recevoir le
cadeau. Mais à la fin il s'établit entre eux deux une confiance
absolue.

— Comment se nomme la petite demoiselle? — se hasarda à
demander Tom, lorsqu'il crut les choses assez avancées pour
qu'il pût se permettre une telle question.

— Evangéline Saint-Clare, — répondit-elle, — bien que mon
papa et tous ceux qui me connaissent m'appellent seulement Eva.
Et vous, quel est votre nom?

— Mon nom est Tom; les jeunes enfants avaient coutume de
m'appeler Oncle Tom, quand j'étais là-bas, dans le Kentucky.

— Eh! bien, alors, moi je vous appellerai aussi Oncle Tom,
parceque¹, voyez-vous, je vous aime bien. Ainsi, Oncle Tom,
dites-moi, où allez-vous?

— Je ne sais pas, Miss Eva.

— Quoi! vous ne savez pas?

— Non, je vais être vendu à quelqu'un : mais j'ignore quel
sera mon maître, je ne sais où il me conduira.

— Mon papa peut vous acheter — se hâta de dire la petite
Eva. — Et s'il vous achète, vous aurez du bon temps, je veux
lui demander qu'il le fasse, oui, aujourd'hui même.

— Je vous remercie bien, Miss Eva, — dit Tom.

Au moment où Tom prononçait ces dernières paroles, le bateau
fit halte pour prendre un chargement de bois. Eva entendant la
voix de son père qui l'appelait, se hâta de l'aller rejoindre. Tom
vint offrir ses services pour transporter le bois et bientôt il fut à
l'ouvrage avec les hommes de l'équipage.

Eva et son père, près de la balustrade du pont, examinaient
la manœuvre au moyen de laquelle on éloignait le bateau du
débarcadère, quand tout-à-coup la petite fille fut prise de vertige, perdit l'équilibre et tomba à l'eau. Son père, sachant à peine
ce qu'il faisait, allait plonger pour la rattraper, mais il fut retenu
par l'un des passagers qui vit que l'enfant était secourue d'une
manière plus efficace.

Tom était justement occupé sur le second pont au moment de
l'accident; il avait vu la petite fille tomber et disparaître sous les
eaux; il se jeta dans le fleuve; sa large poitrine, ses bras vigoureux, lui donnaient une grande facilité pour se tenir sur l'eau.
Dès que l'enfant reparut à la surface, il la saisit, et, nageant
vigoureusement vers le bateau qui s'éloignait, il la remit toute
ruisselante entre les mains des passagers qui tous tendaient les
bras pour la recevoir. Bientôt son père la porta évanouie dans
la cabine des dames, où, comme il arrive assez généralement en
pareil cas, on fit, à force de zèle, et avec les meilleures intentions du monde, tout ce qu'il fallait pour retarder le moment où
la petite noyée recouvrerait connaissance.

Le lendemain, par un temps lourd, une chaleur étouffante, le bateau arriva en vue de New-Orléans. Il y avait alors sur le bateau un remue-ménage général occasionné par l'empressement que chacun mettait à se disposer au débarquement. Dans les cabines, chaque passager réunissait les effets qui lui appartenaient, et les arrangeait pour n'avoir plus qu'à quitter le bord. Les domestiques, cuisiniers, marmitons, filles de chambres et tout le personnel de service, nettoyaient, polissaient, paraient le splendide bateau pour qu'il fît son entrée de la manière la plus solennelle.

Tom, notre bon ami Tom, était assis sur le pont inférieur; il avait les bras croisés et de temps en temps ses yeux se portaient avec inquiétude sur un groupe qui se tenait à l'autre bord du bateau.

Dans ce groupe, se trouvait la belle Evangéline, un peu plus pâle que la veille, mais du reste ne portant aucune trace de l'accident qui lui était arrivé. A côté d'elle, se tenait, le coude nonchalamment appuyé sur une balle de coton, un homme jeune encore; il avait une tournure agréable, des manières distinguées; un portefeuille était ouvert devant lui. On reconnaissait au premier coup-d'œil qu'il était le père de la petite Eva. Même conformation de tête, même nuance de cheveux; mêmes yeux quant à la forme et à la couleur, mais très différents toutefois pour l'expression. Son regard à lui était clair, hardi, plein de fierté, mais on n'y trouvait pas cet air de douce rêverie, de méditation profonde que nous avons signalé dans celui de la petite fille; des pensées toutes terrestres, toutes mondaines: voilà ce qu'on lisait dans les yeux du père; sa bouche parfaitement dessinée, avait une expression d'orgueil et paraissait habituée à proférer le sarcasme: mais, en somme, ses manières aisées, sa tournure élégante indiquaient un homme de bon ton. Il écoutait pour l'heure, avec un air moitié comique, moitié dédaigneux, maître Haley qui était en train de lui détailler avec une grande volubilité toutes les qualités de l'article pour lequel ils cherchaient à conclure marché.

— Oui, oui, j'entends: ce sont toutes les vertus morales et chrétiennes, reliées en maroquin noir, édition complète, — dit Saint-Clare, quand Haley eut achevé l'énumération des vertus de celui qu'il voulait vendre. — Maintenant, mon cher, à quel chiffre fixez-vous la prime, comme on dit au Kentucky; bref, qu'est-ce qu'il faut que je vous paie pour cette affaire-là? ou si vous préférez, de combien allez-vous me voler? voyons, dépêchons-nous.

— Eh! bien, si je vous le faisais treize cents dollars? Pour un individu comme celui-là, treize cents dollars, voyez-vous, c'est tout au plus s'il y a de quoi être payé de ses frais; en vérité, à ce prix, je crois que je n'y gagne rien.

— Pauvre diable! — répondit Saint-Clare, en fixant sur lui un regard ironique. — Mais quoique vous n'y gagniez rien, vous me le passeriez cependant à ce prix, par *considération* pour moi, n'est-ce pas?

« — Eh ! la petite demoiselle que voici en paraît fort éprise , et tout naturellement....

— Oh ! sans doute, le grand désir que vous remarquez en elle de me voir acheter ce noir, vous porte à nous traiter avec toute la bienveillance possible, n'est-ce pas, mon cher ? Eh ! bien voyons ; combien la charité chretienne qui vous dévore, combien le désir de faire quelque chose d'agréable pour une jeune demoi-selle qui s'est éprise de votre marchandise, vous feront-ils rabat-tre sur le prix de treize cents dollars ?

— Mais , je vous en prie, veuillez-y songer un peu ; regardez-moi comme c'est membré , quelle large poitrine, ça vous a ; c'est fort comme un cheval. Examinez la tête, ces fronts développés annoncent toujours chez les nègres une grande intelligence, une heureuse disposition aux calculs : ce qui les rend aptes à toute sorte de choses. J'ai toujours remarqué cela. Eh! bien, vous m'avouerez qu'un nègre vigoureux bien charpenté comme celui-ci , est une marchandise de prix alors même que l'intelligence ferait défaut. Mais si vous ajoutez à ses avantages matériels, le mérite de ses facultés intellectuelles , — et je puis vous prouver qu'il a une intelligence tout-à-fait extraordinaire, — il faut conve-nir que ça augmente sa valeur. Comment donc ! mais c'est un individu qui est capable de diriger toute l'exploitation du maître qui l'achètera ; il a réellement une aptitude surprenante pour les affaires.

— C'est mauvais, très mauvais ; il est trop malin, il en sait trop. — dit le père d'Eva , le sourire de l'ironie sur les lèvres. — Ça ne m'arrangerait pas pour rien au monde. Vos nègres malins, sont toujours disposés à prendre la fuite, à voler les chevaux de leurs maîtres pour courir plus vite et à jouer des tours de tous les diables. Je pense qu'en considération des facultés intellec-tuelles dont il est affligé , vous me diminuerez bien une couple de centaines de dollars.

— Oui , il peut y avoir du vrai dans ce que vous dites-là : mais j'ai des renseignements sur le caractère de celui-ci , et je puis vous montrer les certificats de son maître et d'autres personnes qui l'ont connu, par lesquels certificats il est prouvé que c'est un individu qui a de la religion ; c'est le plus humble , le plus pieux individu que j'aie jamais vu. Comment donc : on l'appelait le père prêcheur, dans l'exploitation d'où il sort.

— Et je pourrai en faire le chapelain de ma maison, n'est-ce pas ? Tiens, mais c'est une idée. La religion n'est pas ce qui m'étouffe pour le moment.

— Monsieur plaisante.

— Pourquoi donc ? ne me le garantissez-vous pas comme propre à la prédication ? A-t-il soutenu quelque thèse devant un synode , ou un concile ? Voyons, montrez-moi donc les certificats dont vous parliez. »

Si le marchand n'eût pas eu la certitude, par les clignements d'yeux de son interlocuteur que ses railleries piquantes, abouti-raient à la conclusion d'un marché dont le prix lui serait payé

argent comptant, il aurait perdu patience assurément ; comme
il ne doutait pas de l'issue de l'affaire, il étala, sur une balle de
coton son portefeuille tout crasseux et se mit en devoir d'examiner avec soin certains papiers qu'il contenait, tandis que le jeune
gentleman le regardait d'un air tout-à-fait goguenard.

Eva, grimpant sur un ballot, passa son bras autour du cou de
son père et elle lui dit à l'oreille : — Papa, achetez-le ! payez-le
aussi cher qu'il le faudra ; vous avez sur vous assez d'argent, je
le sais. Je veux l'avoir pour moi.

— Et qu'en voulez-vous donc faire, ma minette? Allez-vous
vous en servir pour jouer au diable, ou pour remplacer votre
cheval à bascule? Qu'en ferez-vous ?

— Je veux l'avoir, pour le rendre heureux.

— Voilà une raison originale, au moins.

Haley présenta alors un certificat signé de M. Shelby, au jeune
gentleman, celui-ci le prit du bout des doigts et le parcourut
avec indifférence.

— C'est bien une écriture de gentleman, — dit-il, — l'ortho-
graphe en est correcte. Mais je vous avouerai que je ne me fie
pas du tout aux renseignements en ce qui touche la religion, —
poursuivit Saint-Clare en reprenant son expression railleuse, —
le pays est presque ruiné par la dévotion de ces gens-là: ce sont
de ces hommes politiques qui, à la veille d'une élection, deviennent tout à coup pleins de religion; il y a un esprit de dévotion
tel dans toutes les paroisses anglicanes de nos états, qu'on ne
sait vraiment pas à qui se fier. Au reste, j'ignore à quel taux est
maintenant cotée la religion sur les marchés. Je n'ai pas songé à
regarder sur les journaux quel est le prix courant de cet article.
A combien de centaines de dollars estimez-vous cette religion?
Voyons.

— Vous aimez à badiner, — dit le marchand, — mais le fait
est qu'il y a quelque vérité dans tout cela. Je sais qu'il y a manière d'avoir de la religion. Ainsi, les meetings pieux, les chants
pieux, les vociférations pieuses, tout cela me paraît généralement fort misérable et fort ridicule chez les blancs comme chez
les noirs ; mais j'ai trouvé quelquefois de la piété sincère et au
moins aussi souvent chez les nègres que chez les autres ; oui, j'ai
vu des nègres bien pieux, qui étaient doux, tranquilles, d'une
probité à toute épreuve, qui, pour rien au monde, n'auraient
voulu faire quelque chose de mal, et comme vous pouvez le voir
dans ce certificat, Tom est un homme de cette catégorie.

— Allons ! — dit le gentleman, en se baissant pour prendre le
portefeuille qui contenait ses billets de banque. — Si vous pouvez
m'assurer qu'en achetant ce nègre si pieux, sa religion sera
portée sur le livre de là-haut à mon avoir, comme chose à moi
appartenant, puisque je l'aurai payée, je ne reculerai pas devant une dépense extraordinaire. Qu'en dites-vous ?

— Ma foi, je ne puis pas vous promettre qu'il en sera ainsi;
je crois que chacun aura à régler son propre compte, dans ce
pays-là : mais je doute fort qu'on puisse se faire passer pour
possesseur de la religion d'un autre.

— Il est bien dur en ce cas de payer si cher à cause de la religion et de n'en pouvoir pas tirer profit dans le pays où elle est plus nécessaire. N'est-il pas vrai ? Tenez, mon vieux farceur, ajouta-t-il en remettant au marchand un paquet de billets de banque, — voyez si cela fait votre compte.

— C'est parfaitement cela, — dit Haley d'un air tout réjoui. Et tirant de sa poche une vieille écritoire, il se mit à remplir les blancs d'un acte de vente qu'il avança bientôt au jeune gentleman.

— Je me demande maintenant, — dit celui-ci, en parcourant l'acte, — à combien je pourrais être évalué si on faisait l'inventaire de mon individu. Tant pour ma tête ; tant pour mon front élevé ; tant pour la vigueur de mes bras ; tant pour mes mains, jambes, etc., et enfin pour mon éducation, pour mon instruction, pour mes talents ; tant pour ma probité et pour ma religion. Oh ! pour ce dernier article, par exemple, je suis sûr que la somme ne serait pas forte. Mais partons, ma chère Eva, — dit-il ; et prenant sa fille par la main, il s'achemina vers la sortie du bateau. En passant devant Tom, il lui mit le doigt sous le menton et lui dit gaîment. Regardez-moi un peu, et dites-moi si vous êtes content de votre nouveau maître.

Tom leva les yeux. Il était impossible de regarder ce beau visage de jeune homme, si ouvert, si joyeux, sans éprouver un sentiment de plaisir ; Tom sentit les larmes couler de ses yeux et répondit du fond du cœur : — Que le Seigneur vous comble de ses bénédictions, maître !

— Bien, j'espère qu'il le fera : mais je pense que ce sera plutôt à votre demande qu'à la mienne, et pour cause. Quel est votre nom ? Tom, je pense ? Eh bien Tom, savez-vous conduire une voiture ?

— J'ai toujours été habitué à manier les chevaux, — répondit Tom. — Mon ancien maître M. Shelby en élevait beaucoup.

— A merveille, je ferai de vous mon cocher, mais à condition que vous ne vous griserez qu'une fois par semaine, sauf les occasions extraordinaires. »

Tom surpris de cette recommandation qui était offensante pour lui, regarda son nouveau maître et lui dit d'un ton ferme : — Je ne bois jamais, maître.

— C'est toujours ce que j'ai entendu dire par les cochers que j'ai eus jusqu'ici à mon service, nous verrons si vous dites plus vrai que les autres. Ce sera profit pour vous et pour moi en ce cas. Allons donc, ne songez plus à ce que je viens de dire — ajouta-t-il d'un ton joyeux en voyant que Tom paraissait affecté de ce qu'il l'avait cru capable de se griser. — Vous voulez me servir en honnête garçon, je n'en doute pas.

— Je ferai de mon mieux, maître, — répondit Tom.

— Et vous serez bien traité, — dit la petite Évangéline ; — papa est bon pour tous ses domestiques, mais il aime à plaisanter quelquefois à leurs dépens.

— Papa vous est bien reconnaissant de l'éloge que vous voulez

bien faire de lui — dit Saint-Clare en souriant. Et tous
quittèrent le bateau.

CHAPITRE XV.

OU L'ON PARLE DU NOUVEAU MAITRE DE TOM ET DE DIVERSES
AUTRES CHOSES.

Puisque le fil de la vie de notre humble héros se trouve ma
tenant mêlé à celui de personnages d'un rang élevé, il faut b
que nous le fassions connaître en peu de mots.

Augustin Saint-Clare était le fils d'un riche planteur de
Louisiane dont la famille était originaire du Canada. De de
frères, qui se ressemblaient parfaitement au physique et
moral, l'un s'était établi dans une des plus belles fermes du Ve
mont, l'autre était devenu un planteur des plus opulents de
Louisiane. La mère d'Augustin était une française de la secte
huguenots ; sa famille avait émigré à la Louisiane à l'époque
l'établissement de cette colonie. Augustin n'avait qu'un frè
Il avait hérité de sa mère une complexion très délicate et sur
instances des médecins, il fut confié pendant son enfance à
oncle du Vermont, où il passa plusieurs années. On pensait q
le climat froid, l'air salubre qu'on respire dans cet état, for
fierait sa constitution débile.

Tout jeune enfant, il se faisait remarquer par une extrê
sensibilité de caractère qui participait plutôt de la douce
d'une femme que de l'énergie propre à un homme. Le temps av
bien recouvert cette sensibilité féminine de la rude écorce d
virilité et bien peu se seraient doutés qu'elle fût encore si viva
au fond de son cœur. Doué de talents tout à fait supérieurs
avait une préférence marquée pour l'idéal et l'esthétique.
suite de cette disposition, il est aisé de comprendre, q
avait une répugnance invincible pour toutes les affaires positi
pour les intérêts matériels de la vie. A peine avait-il achevé
cours d'étude au collége, qu'il s'était abandonné corps et âm
toute l'effervescence d'une passion romanesque. Son imagina
mal dirigée l'avait rendu victime de ces rêves qui brisent t
d'existences de jeunes gens. Pour parler sans métaphore,
gustin s'était épris d'une jeune personne, des Etats du No
vraie dame de beauté, et leurs fiançailles avaient été célébr
Il revint dans le Sud pour s'occuper des arrangemens préli

...ires de son mariage. Bientôt, à son grand étonnement, les lettres qu'il adressait à sa fiancée, lui furent retournées par la poste et le tuteur de la jeune personne lui annonçait qu'elle allait être mariée à un autre. Trop fier pour demander des explications, il se jeta dans un tourbillon de la société fashionable, et quinze jours après la réception de la fatale lettre qui avait détruit tous ses rêves de bonheur, il était le courtisan, l'adorateur de *la belle* la plus en vogue, et qui plus est son hommage était agréé. On fit en toute hâte les préparatifs du mariage et il épousa une figure de la plus grande beauté, une paire d'yeux brillants comme des diamants et cent mille dollars; et tout naturellement chacun l'estima le plus heureux du monde.

Les nouveaux époux, pour célébrer les fêtes de leur hymen, réunissaient dans leur splendide villa située sur les bords du lac Pontchartrain, un brillant cercle d'amis, quand, un jour, on apporta à Augustin une lettre dont la suscription lui rappelait une écriture qu'il n'avait pas oubliée. La lettre lui fut remise pendant qu'il égayait, par les plus joyeuses saillies, un nombreux auditoire d'amis réunis dans un salon. En voyant l'écriture, il devint pâle, il continua néanmoins la lutte du badinage dans laquelle il était engagé avec une dame assise en face de lui; et peu après il quitta le cercle. Quand il fut seul dans sa chambre, il ouvrit et lut cette lettre désormais plus nuisible qu'utile à connaître. C'était bien d'elle, de sa fiancée; elle lui racontait longuement les persécutions auxquelles elle avait été en butte de la part de son tuteur, qui voulait la contraindre à épouser son fils; elle lui expliquait comment pendant longtemps on avait soustrait les lettres qu'elle écrivait et par conséquent comment il se faisait qu'elle n'avait pu l'informer de tout ce qui se passait; combien sa santé avait eu à souffrir de toutes ces persécutions, enfin elle lui expliquait comment elle avait découvert la fraude dont ils avaient eu l'un et l'autre à gémir. La lettre se terminait par des expressions d'espérance, de remerciements, et par des protestations d'un inaltérable attachement, paroles plus cruelles que la mort, pour le malheureux jeune homme. Il répondit immédiatement:

« J'ai reçu votre lettre... mais trop tard. J'ai cru que tout ce qu'on me disait était vrai. J'étais au désespoir. Je suis marié, tout est fini. Oublions-nous réciproquement, c'est tout ce qui nous reste à faire. »

Ainsi se termina, pour Augustin, le romanesque, l'idéal de la vie; mais la réalité demeura. La réalité qui ressemble à la base de la rive, alors que se sont retirés les flots azurés, bordés d'effranges d'argent, quand ils poussent au loin les embarcations aux voiles étincelantes de blancheur qui semblent glisser à leur surface. Cherchez sur le rivage la trace de leur passage, vous n'y trouvez plus que le limon fangeux et infect qu'ils y ont déposé: voilà l'affreuse réalité.

Dans un roman, on ne se fait pas faute de nous peindre des

personnages dont les cœurs sont brisés de douleur ; on les
mourir et tout est fini ; ce qui est très commode : mais les ch
ne se passent ainsi que dans les romans. Dans la vie réelle, a
que tous nos rêves de bonheur sont détruits, nous ne mour
pas. Il faut continuer à manger, boire, se vêtir ; il faut ret
des visites de bienséance, faire des promenades à la campag
ou bien vaquer à ses affaires, acheter, vendre, causer, li
en un mot il faut accomplir les différentes obligations de
qu'on appelle communément la vie ; et voilà précisément ce
restait à faire à Augustin. Si sa femme eût été une femme co
plète, elle aurait pu faire ce que peut toujours faire une femm
elle aurait pu renouer les fils rompus de cette existence et
composer un tissu brillant. Mais l'épouse de Saint-Clare, Mari
ne s'apercevait même pas que les fils étaient rompus. Com
nous l'avons dit plus haut, Augustin n'avait épousé qu'u
belle figure, des yeux noirs et brillants et cent mille dollars
n'y avait donc dans une telle femme, rien de ce qui aurait
guérir les blessures d'un esprit désillusionné.

Quand elle vit Augustin, pâle comme la mort, étendu sur
sopha et prétextant une migraine subite pour justifier sa pâle
elle lui recommanda de respirer la corne de cerf pour allég
la douleur ; quand elle vit que la pâleur et la migraine pers
taient pendant plusieurs semaines, elle se contenta de di
qu'elle ignorait que M. Saint-Clare était maladif ; qu'il paraiss
fort sujet aux maux de tête, ce qui était excessivement dé
gréable pour elle, puisqu'il ne pouvait l'accompagner dans
société ; et qu'on finirait par trouver étrange qu'elle y allât
souvent toute seule quand leur mariage était encore tout réce
Augustin se félicitait en lui-même d'avoir épousé une femme
peu clairvoyante ; mais quand la lune de miel fut passée, il co
prit qu'une jeune femme, dont l'unique qualité était d'être be
qui avait été entourée depuis sa plus tendre enfance de ge
disposés à lui complaire en toutes choses, pouvait n'être dans
vie domestique qu'une maîtresse tyrannique. Marie n'av
jamais été très capable d'affection, et le peu de sensibilité
était en elle, avait été complètement absorbé par l'égoïsme
plus aveugle. Cet égoïsme était d'autant plus incurable qu'e
n'en avait pas la conscience ; incapable d'apprécier les droits
autres, elle ne reconnaissait d'autres droits que les siens.
tourée dès l'enfance de domestiques qui ne s'occupaient
étudier ses moindres caprices pour les satisfaire, jamais il ne
était venu à la pensée que ces gens-là pouvaient avoir des af
tions et des droits. Son père, dont elle était l'unique enfant,
lui avait jamais rien refusé de ce qui était humainement p
sible d'accorder ; et quand elle entra dans le monde, bé
accomplie, riche surtout, elle vit tout naturellement à ses p
tous les jeunes gens, les plus distingués comme les plus
diocres et elle ne doutait pas qu'Augustin ne fût le plus heur
des hommes de ce qu'elle l'avait préféré à tant de rivaux.

C'est se tromper grandement de penser qu'une femme fro

différente envers les autres sera de composition facile en
ère d'affection. Il n'y a pas sur la terre de créancier plus
itoyable, en fait d'affection, qu'une femme égoïste; et moins
est aimable, plus elle devient jalouse, plus elle se montre
eante pour que l'affection à laquelle elle prétend avoir droit,
oit payée jusqu'au dernier liard. Aussi, dès que Saint-Clare
mença à se relâcher de ces galanteries, de ces petites atten-
s dont il était si prodigue alors qu'il lui faisait la cour, il
va sa sultane fort peu en disposition de renoncer à ses droits
son esclave; il y eut des torrents de larmes, des bouderies
e petites tempêtes; du mécontentement, on en vint aux
oches amers; on tomba dans la langueur. Saint-Clare était
, indulgent, il s'efforça de calmer l'irritation par des petits
ents, par quelques paroles complimenteuses; et lorsque
e devint mère d'une charmante petite fille, il sentit s'éveil-
ans son cœur, un sentiment qui ressemblait bien à de la
resse.

int-Clare était plein de vénération pour la mémoire de sa
e; elle avait été femme d'un esprit élevé et d'un beau carac-
, il espérait que sa petite fille serait l'image vivante de cette
e chérie, il voulut qu'elle portât le même nom. La jalousie de
mme fut encore excitée par cela même; l'affection que Saint-
e avait pour l'enfant fut une nouvelle source de mécontente-
t; il lui semblait que la tendresse qui était prodiguée à la petite
était ravie à la mère. Enfin, depuis la naissance d'Evangéline,
nté de Marie déclina de jour en jour. L'inaction physique et
ale, l'ennui, le mécontentement, toutes ces causes réu-
, changèrent en bien peu d'années la jeune personne si belle
fraîche en une femme au teint jaune, à l'air maladif dont
la vie devait être maintenant dépensée en une variété de
dies imaginaires, et qui se regardait sous tous les rapports
me la plus malheureuse, la plus souffrante, la plus miséra-
de toutes les créatures existantes.

us n'en finirions pas si nous voulions énumérer toutes les
dies dont se plaignait la pauvre Marie; mais la plus réelle
s indispositions et la plus forte était la migraine qui d'ordi-
e la confinait dans sa chambre trois jours sur six. Il suivait
naturellement de là que tous les soins du ménage étaient
donnés aux domestiques et Saint-Clare trouvait, avec raison,
intérieur fort peu confortable. Sa petite fille, son unique
nt était d'une santé très délicate et il craignait que, privée
soins qui lui étaient nécessaires, sa santé et même sa vie ne
ent compromis par l'incurie de sa mère. Il l'avait emmenée
lui dans un voyage qu'il avait fait à Vermont, et il avait
miné sa cousine, Miss Ophélia Saint-Clare, à venir habiter
lui dans le Sud; c'est au retour de ce voyage que nous les
ns présentés à nos lecteurs pendant qu'ils étaient sur le
eau à vapeur.

aintenant que les dômes et les flèches de New-Orléans appa-
sent dans le lointain, hâtons-nous de faire connaître un peu
s Ophelia.

Quiconque a voyagé dans les Etats de la nouvelle Angleté
se rappellera avoir vu, dans quelque village ou l'ombre
arbres et les nombreux ruisseaux répandent une douce
cheur, la grande ferme, avec sa cour si propre, ornée de v
pelouses que l'épais feuillage de l'érable à sucre défend co
les rayons du soleil ; il se rappellera aussi que dans
demeure où règne l'ordre et le calme, tout semble promett
repos qu'aucune agitation ne viendra troubler. Rien n'est
de sa place; pas un piquet ne manque à la palissade qui se
barrière ; vous ne verrez pas un brin de litière sur la
pelouse qui tapisse la cour et aux extrémités de laquelle se t
vent des buissons de lilas disposés de manière à ce qu'ils e
drent les fenêtres de l'habitation. Il se rappellera aussi la div
de l'intérieur de la ferme, ces grandes chambres si propres,
semble qu'on n'ait jamais fait le moindre changement, où ch
chose a été, une fois pour toutes, mise à la place qu'elle d
occuper ; il se rappellera la précision toute mathématique
laquelle chacun procède aux arrangements, aux affaires d
ferme: tous marchent, se meuvent avec la régularité de la v
horloge qui se trouve là dans un coin. Dans la chambre,
prement dite, c'est-à-dire dans le lieu où se réunit la fam
il se rappellera les vieux rayons de bibliothèque, avec ses p
vitrées, où sont rangés dans un ordre parfait, *l'histoire anc*
de Rollin, le *Paradis perdu* de Milton, la *Marche du pèleri*
Bunyan, la *Bible* et une quantité d'autres livres sérieux et
pectables. Il n'y a pas de domestiques dans la maison, ma
dame de céans, en bonnet blanc comme la neige, les lun
sur le nez qu'on voit pendant toute l'après-midi, assise au m
de ses filles tranquillement occupée à coudre comme s'il n'y
rien d'autre à faire dans le ménage, a, depuis longtemps
l'ouvrage avec l'aide de ses enfants ; quand ? c'est à peine s
s'en souviennent elles-mêmes ; ce qu'il y a de certain,
qu'à quelque moment du jour que vous arriviez dans la ferm
ménage est fait, tout est en ordre. Le vieux plancher
cuisine semble n'avoir jamais été souillé, on dirait qu'
jamais eu la moindre tâche ; les tables, les chaises, tou
ustensiles de cuisines semblent n'avoir jamais été ôtés de
place, tant ils sont propres et bien rangés ; et cependant on
pare chaque jour trois ou quatre repas dans cette cuisine; c
cependant que se font les blanchissages, les repassages ; c
qu'on bat des poids énormes de beurre, qu'on prépare le
mages, mais tout cela se fait sans bruit et comme par en
tement.

C'est dans une ferme de ce genre, au milieu d'une
comme celle que nous venons de dépeindre, que miss
avait vécu paisiblement pendant quelque quarante-cinq
lorsque son cousin l'invita à venir visiter sa demeure dans
Bien qu'elle fût l'aînée d'une famille nombreuse, son pèr
mère la regardaient toujours comme un de leurs enfants
proposition qu'on faisait de l'emmener à la Nouvelle-Orléa
une affaire que toute la famille regardait comme très grave

père , vénérable vieillard en cheveux blancs , tira de l'anti-
bibliothèque l'Atlas de Morse et calcula scrupuleusement la
ude et la longitude de la Nouvelle-Orléans ; puis il voulut
les voyages de Flint dans le Sud et dans l'Ouest , afin de se
re bien compte de la nature du pays.

mère , excellente femme , demanda avec anxiété : — Si
ans n'était pas une ville pleine de corruption ? il serait peut-
moins dangereux pour sa fille , — ajoutait-elle , — d'aller aux
Sandwich ou dans quelqu'autre pays habité par des peuplades
nnes.

n sut chez le ministre , et chez le docteur et chez miss l'eau-
y., la modiste , qu'Ophélia Saint-Clare parlait de partir pour
ans avec son cousin ; et , tout naturellement , cet important
ge devint le thème des causeries de tout le village ; le mi-
re qui avait des idées abolitionistes bien prononcées , hésitait
prononcer pour l'affirmative ; il se demandait si une pareille
arche ne serait pas , pour les habitants du Sud , un encoura-
ent au maintien de l'esclavage ; le docteur , *colonisationiste*
orcé , pensait , de son côté , qu'il n'y avait pas à hésiter ,
miss Ophélia devait partir afin de montrer aux habitants
léans que les gens des états du Nord n'avaient pas , après
, une trop mauvaise opinion de ceux du Sud. Il pensait , en
ité , que les habitants des régions méridionales avaient besoin
re encouragés.

ependant , quand miss Ophélia eut pris la résolution de partir ,
le fait fut devenu public , elle reçut pendant une quinzaine
ours des invitations pour venir prendre le thé chez tous ses
s et ses voisins , et dans cette petite réunion on ne manquait
ais de s'enquérir de ses projets , de ses plans et on les discu-
avec une grande profondeur de vues.

iss Moseley , qui était venue à la ferme pour aider à confec-
ner les différents objets de la toilette de miss Ophélia , voyait
ue jour s'augmenter la garderobe de la voyageuse de tous
ustements auxquels elle avait prêté le secours de son aile. On affirmait , et la chose paraissait vraisemblable , on
mait que messire Saint-Clare , comme on appelait communé-
t le vieux fermier dans tout le voisinage , avait retiré du
e-fort cinquante dollars ; qu'il les avait donnés à miss Ophélia
i disant de les employer selon son bon plaisir pour sa toi-
e ; on ajoutait que déjà deux robes de soie et un chapeau
ent été envoyés de Boston à l'habitante future des états du
Quant à l'opportunité de cette dépense extraordinaire , les
ions étaient partagées. Quelques-uns trouvaient que , tout
considéré , on ne pouvait blâmer une dépense qui était
une fois pour toutes : car , assurément , ainsi équipée , miss
élia aurait des vêtements pour toute sa vie ; d'autres soute-
ent avec assez d'opiniâtreté qu'il eût mieux valu envoyer tout
argent aux missionnaires ; mais tous étaient unanimes pour
venir que jamais on n'avait vu dans le pays un parasol semble à celui qu'on venait d'envoyer de New-York à miss Ophélia

et qu'elle avait reçu une robe de soie tellement forte, q
pouvait se tenir toute seule debout; ces deux points n'ét
nullement controversés, chacun les admettait en faisant, to
fois, ses réserves quant à l'opinion qu'on devait avoir de
qui en avait fait l'acquisition. La rumeur publique faisait
circuler le bruit que parmi les objets de toilette, se trouvai
mouchoir avec une bordure brodée à jour; on allait jusqu'à
qu'il y en avait un garni tout au tour de dentelles; on ajou
même que les coins étaient ouvragés : mais ce dernier point
jamais été parfaitement constaté et c'est encore aujourd'hu
fait qui est resté douteux.

Miss Ophélia se présente à vous maintenant en costume
voyage ; sa robe est de toile brune très lustrée ; c'est co
vous pouvez le voir, une femme de belle taille, aux for
carrées et quelque peu anguleuses. Son visage est maigre
traits sont un peu durs ; elle a les lèvres pincées d'une pers
habituée à prendre sans hésitation un parti décisif en to
choses ; ses yeux noirs et perçants scrutent tout ce qui s'o
à la vue ; ils se promènent incessamment d'un objet à un autr
semblent chercher s'il n'y a pas là quelque chose dont il f
prendre soin. Tous ses mouvements sont brusques, décid
énergiques; et bien qu'elle ne soit pas grande parleuse, to
ses paroles vont droit au but quand elle dit quelque chose.

Vous voyez en elle la personnification vivante de l'ordre,
méthode et de l'exactitude. Sa ponctualité est aussi rigour
que celle d'une horloge bien réglée, aussi inexorable qu
locomotive, quand sonne le signal du départ ; elle a en abom
tion, elle méprise souverainement tout ce qui agit contr
ment à l'ordre et à la ponctualité.

Le plus grand péché d'entre tous les péchés, à ses yeux
cause de tous les maux, était exprimé par un mot qui était
elle le plus important du vocabulaire, celui dont elle faisa
plus souvent usage: *hésitation*. L'ultimatum de son mépris
renfermé dans la qualification qu'elle avait forgée de ce
c'est un hésiteur ; c'est ainsi qu'elle caractérisait quiconque
marchait pas droit à l'accomplissement de ce qu'il avait
de faire. Ceux qui ne faisaient rien, ceux qui tatonnaient
examiner ce qu'ils avaient à faire, qui prenaient des bials
accomplir leurs desseins, étaient l'objet de tout son mé
mépris qu'elle exprimait moins par ses paroles que par
glacial qu'elle prenait alors, comme si elle eût dédaign
parler pour faire des reproches en pareil cas.

Parlons maintenant de ses qualités intellectuelles. Elle
douée d'un esprit lucide et actif. Elle était très versée dans
toire et possédait à fond les vieux classiques anglais. Elle
mait ses pensées avec force et dans une forme toujours trè
nique. Ses idées religieuses étaient très arrêtées; elles étaien
ainsi dire, étiquetées et classées dans sa tête avec le même
que les paquets qui composaient son bagage étaient class
ses malles. Elle savait exactement le nombre des dogmes

pettait ; pour rien au monde elle n'en aurait voulu retrancher
ajouter un seul. Il en était de même pour toutes les idées de
la pratique, pour l'économie domestique, par exemple, dans
tes ses branches et pour les affaires politiques de son vil-
ge natal. Mais ce qui pour elle marchait avant toutes choses,
me la base et le fondement de tout, c'était la conscience.
lle part la conscience ne joue un si grand rôle que parmi
femmes de la Nouvelle-Angleterre. La conscience pour elles
st le granit dont on constate l'existence à la plus grande pro-
deur et qui s'élève jusqu'au sommet des plus hautes mon-
nes.
Miss Ophélia était, dans toute la force du terme, l'esclave du
oir. Dès qu'elle était assurée que *le sentier du devoir*, comme
avait coutume de dire, était dans une direction donnée, ni le
ni l'eau ne l'aurait fait hésiter à le suivre. Elle se serait pré-
itée dans un puits, elle se serait jetée à la bouche d'un canon
lle avait été sûre que son devoir était là. Elle portait si haut
sentiment du devoir, elle faisait si peu de concession à la fai-
sse humaine, que bien qu'elle fît les efforts les plus héroïques
or s'acquitter de toutes ses obligations, elle n'en faisait jamais
ez suivant elle ; et par suite elle se trouvait toujours accablée
la pensée de son insuffisance, ce qui donnait à sa religion un
actère sombre et sévère.
Mais, dira-t-on, comment a-t-il pu se faire que Miss Ophélia
soit décidée à partir avec Augustin Saint-Clare, si jovial, si
emi de la contrainte, si ennemi de l'ordre et de la régularité
urtout si sceptique ; avec un gentleman, en un mot, qui
ait aux pieds des habitudes et des opinions auxquelles elle
it si attachée ?
Puisqu'il faut vous appaiser sur ce point, vous saurez, mon
er lecteur, que Miss Ophélia avait pour son mauvais garne-
nt de cousin une affection toute maternelle. C'est elle qui,
rs qu'Augustin n'était qu'un petit enfant, lui enseignait le
chisme, elle qui raccommodait les habits qu'il déchirait si
vent, elle qui peignait ses cheveux, enfin c'est elle qui avait
gé toute son éducation pendant la première enfance ; or, le
r de Miss Ophélia n'était pas tout de glace, il y avait dans ce
r un côté accessible à l'affection et Augustin avait réussi,
me auprès de bien d'autres, à s'emparer de la plus grande
ie de ce côté, et voilà comme quoi il réussit à persuader à sa
ne que le *sentier du devoir* se trouvait dans la direction de
Orléans et qu'elle devait partir avec lui pour donner ses
à Eva et préserver, par sa présence, toute sa maison de la
qui, à cause des fréquentes indispositions de sa femme, ne
querait pas d'arriver tôt ou tard. L'idée d'une maison sans
nne pour en prendre soin lui alla droit au cœur ; alors, elle
t d'affection pour l'aimable petite fille d'Augustin : c'est du
ce qui arrivait à tous ceux qui la voyaient, et quoiqu'elle
dât Augustin comme plus d'à moitié payen, elle lui continua
ffection d'autrefois, sourit de ses plaisanteries et se montra

pleine d'indulgence pour ses écarts, à un point tel que ceux q
connaissaient la conduite d'Augustin, ne pouvaient croire qu'é
pût se résigner à supporter de pareils errements.

La voilà assise dans sa cabine, qui est pour elle la chamb
d'apparat, car elle est environnée d'une quantité de caissé
boîtes, cartons, malles, sacs de nuit, qu'elle ficelle, ou do
elle ferme les serrures et les cadenas après y avoir replacé l
effets qu'ils sont destinés à contenir, et tout cela avec une gr
vité qui montre quelle importance elle attache à la surveillan
du bagage.

— Voyons, Eva, avez-vous compté toutes vos affaires, po
nous assurer qu'il ne manque rien? Oh! non, n'est-ce pas? l
enfants ne s'inquiètent pas de tout cela. Voici le sac de n
moucheté et le petit carton bleu qui contient votre plus bé
chapeau; cela nous fait deux; le sachet en caoutchouc, tro
ma boîte à rubans et à aiguilles, quatre; et mon carton, cin
ma boîte à cols, six; et la petite malle en crin, sept. Qu'avé
vous fait de votre ombrelle, Eva. Donnez-la moi, que je l'env
loppe d'une feuille de papier et que je l'attache à mon parapl
avec la mienne.

— Pourquoi donc, tante, mais nous n'allons que jusqu'à
maison, à quoi bon toutes ces précautions?

— Pour la conserver fraîche, enfant, il faut prendre soin
ses affaires si l'on veut avoir quelque chose; et votre dé, Ev
l'avez-vous mis à place?

— En vérité, tante, je ne saurais vous le dire.

— C'est bien, ne vous en occupez pas, je vais examiner vo
nécessaire. — Voyons; le dé, la cire, les deux cuillers, les
seaux, le couteau, le passe-lacet; tout est en règle; tene
mettez-le dans cette caisse, maintenant. Mais comment d
faisiez-vous, enfant, quand vous voyagiez seule avec votre pè
Je suis tentée de croire que vous perdiez toutes vos affaires.

— Oh! je crois bien, tante, je perdais une foule de chose
mais quand nous nous arrêtions dans quelque ville, papa m
rachetait d'autres pour remplacer ce qui était perdu.

— Miséricorde! enfant, quel déplorable système.

— C'était le moyen le plus simple et le plus facile, tante.

— Mais c'est un moyen déplorable; c'est une incurie tout
fait ruineuse.

— Oh! mais, dites donc, tante, qu'allez-vous faire, main
nant? — dit Eva, — cette caisse est trop pleine pour qu'on pui
la fermer.

— Il faut bien qu'elle se ferme, — répondit la tante avec l
assuré d'un général qui ne veut pas que ses troupes doutent de
victoire; et elle tassait tous les objets contenus dans la caiss
elle appuyait sur le couvercle qui, néanmoins, se montrait o
niâtre et la caisse restait entr'ouverte. — Montez dessus, Eva
dit résolument miss Ophélia. — Ce qui a été fait déjà peut enc
se faire, le couvercle de cette caisse, ainsi remplie, a jo
la serrure en a pu être fermée, il n'y a donc pas à hésiter, il f
qu'elle ferme encore.

Sans doute cet air résolu intimida le couvercle, car il céda. Le crochet entra dans le trou de la serrure et miss Ophélia se hâta de tourner la clef qu'elle mit triomphalement dans sa poche.

— Nous voilà prêtes, maintenant. Où donc est votre papa ? Je pense qu'il est temps de faire transporter les bagages. Voyez donc, Eva, si vous n'apercevrez pas votre père.

— Oh ! oui, vraiment, je l'aperçois, il est là-bas, tout au bout de la cabine des gentlemen, occupé à manger une orange.

— Il faut donc qu'il ne sache pas que nous sommes sur le point d'arriver ; ne feriez-vous pas bien de courir jusque-là pour l'appeler ?

— Papa ne se hâte jamais ; et, d'ailleurs, nous ne sommes pas encore au débarcadère. Montez donc sur la galerie, tante, regardez ! tenez, vous voyez cette rue ? notre maison est là, tout au bout.

Cependant le bateau soufflait et poussait de sourds gémissements comme un monstre fatigué, il allait aborder au quai en se frayant un passage au milieu des nombreux bâtiments à vapeur qui étaient entassés près du débarcadère. Eva, joyeuse, indiquait du doigt, en les nommant, les clochers, les dômes et les divers édifices qui lui faisaient reconnaître sa ville natale.

— Oui, oui, chère enfant, tout cela est magnifique, — dit miss Ophélia. — Mais miséricorde ! le bateau est arrêté ! où est votre père ?

Et comme elle achevait ces paroles, commença le tumulte ordinaire du débarquement. Les garçons courant de tous les côtés à la fois ; les hommes traînant leurs malles, leurs sacs de nuit, ou leurs caisses ; les femmes alarmées du danger de la sortie du bateau, appelant leurs enfants et s'irritant de leur manque de précautions, et toute la foule se précipitant compacte vers la passerelle qui servait de pont pour le débarquement. Au milieu de tout ce brouhaha, miss Ophélia s'assit résolument sur la caisse dont elle avait eu récemment tant de peine à vaincre la résistance ; et, disposant devant elle, dans un ordre tout militaire, son mobilier de voyage, elle semblait en disposition de le défendre jusqu'à la fin.

— Prendrai-je votre malle, madame ? — Faut-il prendre votre bagage ? — Madame veut-elle que je surveille son bagage ? — Faut-il vous porter ça chez vous, madame ? — Telles étaient les questions qui pleuvaient sur elle de toute part. Mais miss Ophélia, plantée sur sa caisse comme une aiguille fichée dans une planche, armée de son paquet de parapluies et d'ombrelles, répondait négativement à ces offres de services, avec un air qui eût fait peur même à un cocher de voitures de places ; dans les moments de répit que lui laissaient les innombrables commissionnaires qui vinrent postuler la faveur de transporter son bagage, elle manifestait à Eva son étonnement de ne pas voir paraître Augustin.

— Mais à quoi donc pense votre papa ? il ne sera pas tombé à l'eau, j'espère ! il faut cependant qu'il lui soit arrivé quelqu'accident.

Miss Ophélia allait réellement s'inquiéter, quand heureuseme[nt]
Saint-Clare entra, aussi calme, aussi insouciant que toujou[rs]
il donna à sa petite Eva un quartier de l'orange qu'il mangea[it]
et dit : — Eh ! bien, cousine Vermont . sommes-nous prête[s ?]

— Mais voilà près d'une heure que je suis prête et que j['at-]
tends. Je commençais réellement à être en peine de vous.

— Et vous m'accusiez, n'est-ce pas, d'insouciance, de n[é-]
gligence ? mais je suis plus habile homme que vous ne pens[ez,]
cousine. Par mes soins, la voiture est là toute disposée à no[us]
recevoir, j'ai voulu laisser écouler la foule pour que nous pu[is-]
sions quitter le bateau décemment, chrétiennement, sans ê[tre]
poussés, coudoyés. — Tenez, — ajouta-t-il en s'adressant à [son]
cocher qui était derrière lui, — prenez tous ces paquets.

— Un instant, je veux voir comment il placera tout cela, [—]
dit miss Ophélia.

— Mais à quoi bon, cousine ? — dit Saint-Clare.

— Eh ! bien, je veux au moins porter moi-même, ceci [—]
puis encore ceci et ceci.— dit miss Ophélia en s'emparant de tr[ois]
cartons et d'un petit sac de nuit.

— Ma chère Miss Vermont, vous ne pouvez positivement [pas]
songer à transporter dans nos états civilisés les us et coutum[es]
des Montagnes-Vertes. Il faut que vous adoptiez les usages du S[ud]
et ils s'opposent formellement à ce que vous vous chargiez ain[si.]
On vous prendrait pour une domestique ; confiez sans crain[te]
tout cela aux mains de ce luron-là, il va vous placer tous v[os]
cartons avec autant de soin que si c'était des œufs.

Miss Ophélia était au désespoir d'abandonner ainsi tous s[es]
trésors à des mains étrangères, mais elle fut consolée et réjou[ie]
en retrouvant tout dans la voiture en bon état.

— Où est Tom ? — dit Eva.

— Il est sur le siége, ma minette. Je vais l'offrir à votre mè[re]
en remplacement de ce maudit ivrogne de cocher qui nous[a]
fait verser l'autre jour. »

La voiture s'arrêta devant une maison, bâtie dans ce vieux sty[le]
d'architecture franco-espagnole, dont on retrouve des trac[es]
dans quelques parties de la Nouvelle-Orléans. C'était une co[ns-]
truction dans le genre mauresque, un bâtiment carré renfe[r-]
mant une cour dans laquelle les voitures entraient en passa[nt]
sous une porte voûtée. La cour, à l'intérieur, ne pouvait laiss[er]
de doute sur le sentiment qui avait présidé à sa décoration. [On]
y reconnaissait l'art oriental dans tout ce qu'il y a de plus v[o-]
luptueux et de plus pittoresque. De larges galeries régnaie[nt]
tout autour ; les arcades dans le style mauresque, les pilie[rs]
élancés et les arabesques reportaient l'imagination au règ[ne]
merveilleux de l'Orient en Espagne. Au milieu de la cour, u[ne]
fontaine faisait jaillir ses eaux qui s'élevaient comme des [jets]
d'argent pour retomber en écume dans un bassin de marbr[e]
bordé de violettes odorantes. Dans l'eau de la fontaine, tra[ns-]
parente comme le cristal, se jouaient des myriades de poisso[ns]
dorés ou argentés, qui semblaient, par leur éclat, des pierr[es]

...deuses animées. Le tour de la fontaine était pavé de ...aïques qui représentaient les dessins les plus fantastiques. ...essus de ce pavé de mosaïque venait une pelouse qu'on ...ait prise pour un tapis de velours vert ; puis enfin l'allée ...ulaire, destinée aux voitures, terminait la décoration du ...eu de la cour. Deux grands orangers, couverts de leurs ...rs au parfum si suave, répandaient près de là une ombre dé... ...use. Autour de la pelouse, des vases de marbre, couverts ...abesques sculptées contenaient les plus belles plantes tro... ...les. D'énormes grenadiers, avec leurs feuilles brillantes et ...s fleurs couleur de feu, des jasmins d'Arabie, au feuillage ...re et à la fleur d'argent, des géraniums, des rosiers cou... ...s de roses éclatantes de beauté et si abondantes qu'elles font ...rber les tiges sous leur poids ; des jasmins triomphants, avec ...s étoiles d'or, des verveines à l'odeur de citron : toutes ces ...tes confondaient l'éclat de leurs couleurs, la suavité de leurs ...ums, tandis que çà et là d'antiques aloès avec leurs feuilles ...sses, trônant au milieu de toutes ces plantes si fraîches et si ...cates semblaient regarder du haut de leur grandeur cette ...tation éphémère qui formait leur entourage.
...es galeries qui environnaient la cour étaient ornées de dra... ...es orientales qu'on pouvait baisser à volonté pour se garan... ...es rayons du soleil. En un mot, toute la maison avait l'appa... ...ce du luxe le plus romanesque.
...uand la voiture entra dans la cour, Eva, au comble de la ...e, semblait un oiseau prêt à s'échapper de sa cage.
— Oh ! ma chère maison, — disait-elle à miss Ophélia, — de... ...re aimable et chérie ! n'est-elle pas belle ? dites, chère tante.
— C'est une jolie habitation, — répondit miss Orphélia en se ...ant pour descendre de voiture, — mais cependant, elle me ...aît un peu vieillie et d'un style trop payen. ·
...om descendit du siége et se mit à regarder tout autour de lui ...un air calme et satisfait, cependant, de tout ce qu'il voyait. ...e faut pas oublier que les nègres étant originaires des contrées ...lus riches, les plus splendides du monde, ont instinctive... ...t le goût du beau, du merveilleux. Ils aiment passionnément ...ce qui est splendide, fastueux. Le voluptueux Saint-Clare, ...avait l'imagination poétique, ne put s'empêcher de sourire ...agement que miss Ophélia venait de porter sur sa propriété ; il ...ourna vers Tom dont la physionomie rayonnait d'admiration ...i dit :
— Tom, mon garçon, il paraît que cette maison est de votre ...ût ?
— Oui, maître, il me semble que tout cela est très bien, — ...pondit Tom.
Tout ceci s'était passé pendant le court instant qu'il avait fallu ...r descendre les malles, payer le cocher et permettre à une ...le de serviteurs de tout âge, de toute taille et de tout sexe ...courir de toutes les parties de la demeure pour recevoir le ...tre qui revenait. En tête de cette troupe domestique se faisait

remarquer un jeune mulâtre qui devait être quelque perso[...]
très distingué, à juger de l'oiseau par le plumage. Il étai[...]
tout-à-fait à la dernière mode, il agitait sous son nez un élé[...]
mouchoir de batiste parfumé.

Ce personnage se donnait beaucoup de mouvement, mett[...]
plus grand zèle à refouler la multitude des serviteurs qui en[...]
braient le vestibule.

— Arrière! vous tous, — disait-il avec un ton d'autorit[...]
je rougis de vous. Quoi! vous voulez vous immiscer dan[...]
affaires de votre maître, l'empêcher de donner aux épanchem[...]
de la famille les premiers moments de son arrivée? •

Tous demeurèrent interdits à cet éloquent discours d[...]
d'un air tout-à-fait imposant; on recula, on se tint à dis[...]
respectueuse : deux porteurs vigoureux ne prirent pas cepe[...]
pour eux, l'interdiction qui venait d'être prononcée, ils se m[...]
résolument à transporter le bagage.

Grâce à ce système employé par M. Adolphe pour tenir la[...]
à distance, quand Saint-Clare, après avoir payé le coche[...]
retourna, il ne vit devant lui que M. Adolphe tout se[...]
était remarquable par sa veste de satin, sa chaîne d'or, ses[...]
talons blancs et par la manière pleine de grâce et de gentil[...]
dont il saluait son maître.

— Ah! vous voilà, Adolphe, — dit Saint-Clare, en lui prése[...]
la main. — Comment allez-vous, mon garçon? •

Adolphe, en manière de réponse, s'évertuait à débiter[...]
improvisation qu'il étudiait depuis quinze jours.

— Bien! bien! — dit Saint-Clare avec le laisser-aller e[...]
railleur qui lui étaient habituels. — Voyez si le bagage[...]
place; dans une minute je verrai tous mes gens — et ce di[...]
il introduisit miss Ophélia dans une vaste salle qui donnai[...]
le vestibule.

Pendant ce temps-là, Eva, légère comme un oiseau, trave[...]
l'antichambre, le salon et entrait dans un petit boudoi[...]
ouvrait également sur le vestibule.

Une femme, grande, et dont les yeux noirs faisaient res[...]
la pâleur, se leva à demi du sopha sur lequel elle reposait. [...]

— Maman! — dit Eva, transportée de joie, en se jetan[...]
cou de sa mère et en la couvrant de ses baisers.

— C'est assez, enfant, prenez garde! vous allez me re[...]
mon mal de tête, — dit la mère en l'embrassant.

Saint-Clare survint, et après avoir donné à sa femme le b[...]
marital le plus orthodoxe, il lui présenta sa cousine. Marie[...]
ses grands yeux, considéra miss Ophélia avec une certaine c[...]
sité et l'accueillit avec sa nonchalance habituelle.

Comme l'avait promis Saint-Clare, après avoir rendu vis[...]
la dame du lieu, il se rendit avec sa fille et Miss Ophélia v[...]
porte du vestibule où se pressaient les domestiques qui voul[...]
témoigner à leur maître la joie qu'ils avaient de le revoir. [...]
eux, au premier rang, se trouvait une mulâtresse fort re[...]
table par son âge et son maintien; elle tremblait de joi[...]

14

pauvre femme et soupirait après l'heureux moment de revoir sa jeune maîtresse.

— Oh ! voici Mammy, — s'écria Evangéline dès qu'elle fut sur le seuil de la porte ; et, s'élançant dans les bras de l'esclave, elle l'embrassa à plusieurs reprises.

La mulâtresse ne se plaignit point que les caresses d'Eva lui faisaient mal à la tête : au contraire, elle la pressait contre son sein, riait et pleurait de joie tout à la fois, paraissait presque folle de bonheur ; Eva ne quitta les bras de Mammy que pour aller donner le bonjour aux autres esclaves ; elle embrassait celles-ci, donnait la main à ceux-là, avec tant d'abandon et de cordialité que miss Ophélia ne put s'empêcher de déclarer que cette façon d'agir lui soulevait le cœur.

— Ma foi, — dit-elle, — vous autres enfants des Etats du Sud, vous faites ce que je serais tout-à-fait incapable de faire.

— Eh ! quoi donc, s'il vous plaît ? — demanda Saint-Clare. — Certes, c'est pour moi un besoin de montrer, à tous les êtres humains, de la bienveillance ; pour rien au monde je ne voudrais faire peine à qui que ce soit ; mais quant à embrasser....

— Des négresses ? — ajouta Saint-Clare, — cela ne vous irait pas, eh ?

— Non certainement. Comment Eva peut-elle s'y résoudre ?

Saint-Clare se mit à rire et s'avançant vers la foule — holà ! voyons, qu'est-ce que j'ai à payer ? Venez tous ici, Mammy, Jimmy, Polly, Sukey, tous contents de voir maître, — leur dit-il en donnant à droite et à gauche des poignées de main. — Gare aux enfants ! — ajouta-t-il en trébuchant sur un marmot noir comme la suie qui s'était fourré entre ses jambes. — Si je marche sur quelqu'un, qu'on ne manque pas de me le dire au moins. »

Ce furent alors des exclamations de joie, des bénédictions de toutes sortes pendant que Saint-Clare distribuait à ses esclaves quelques pièces de menue monnaie.

— Allons maintenant, retirez-vous tous comme de braves garçons et de bonnes filles. »

Sur cette invitation, la foule composée de gens aux nuances variées se dirigea vers la porte d'un vaste corridor où elle disparut bientôt. Eva, munie d'un énorme sac remplie de pommes, de noix, de bonbons, de rubans, de dentelles et de jouets dont elle avait fait provision pendant le voyage, suivit les esclaves pour leur distribuer les petits cadeaux qu'elle leur réservait.

Au moment où Saint-Clare allait se retirer, ses yeux rencontrèrent Tom qui demeurait là, un peu embarrassé de sa personne, se tenant tantôt sur un pied, tantôt sur l'autre, tandis qu'Adolphe, négligemment appuyé contre la balustrade, braquait sur lui une jumelle de spectacle et le lorgnait avec un sans-gêne qui l'eût fait prendre pour un dandy de profession.

— Eh bien, fat ! — lui dit son maître en jetant sa jumelle à terre, — est-ce ainsi que vous devez vous comporter envers un nouveau compagnon ? Ah ! ah ! monsieur *Dodofe*, il me semble

que c'est mon gilet que vous avez là — ajouta-t-il, en passan
la main sur un élégant gilet de satin brodé dans lequel se pava
nait l'esclave prétentieux.

— Oh ! maître, il était tout tâché de vin ! et j'ai pensé tou
naturellement qu'un gentleman comme vous ne voudrait plu
porter un semblable gilet. J'ai compris tout de suite que j
devais le prendre pour l'user. Un pauvre diable de nègre comm
moi, peut porter un gilet tâché, mais vous...

Et Adolphe secoua la tête et passa avec prétention les doigt
dans sa chevelure parfumée.

— Ah ! vous avez cru cela, vraiment, je n'ai rien à dire alors
Je vais présenter Tom à sa maîtresse et vous le conduirez ensuit
à la cuisine ; n'oubliez pas surtout, que je n'entends pas qu
vous preniez vos airs de grand seigneur avec Tom. Il vaut deu
faquins comme vous, vous m'entendez ?

— Maître a toujours un mot pour plaisanter, — dit Adolph
en riant. — Je suis enchanté de voir maître dans cette bonn
disposition d'humeur.

— Tom, venez ici, — dit Saint-Clare en faisant à ce dernie
un signe de la main.

Tom entra dans la salle. Il fit de grands yeux en voyant pa
tout des tapis de velours, des glaces, des peintures, des statues
de splendides rideaux, un luxe enfin dont il n'avait pas l'idé
jusque-là, et comme la reine de Saba, en présence de Salomon
il se trouvait transporté d'admiration. Il craignait de poser
pied à terre.

— Tenez, Marie, dit Saint-Clare à sa femme, — je vous
enfin acheté un cocher qui fera votre affaire. Je vous le donn
comme l'homme le plus sobre qui se puisse voir ; pour le teint
est aussi noir qu'un corbillard et pour peu que vous le désirie
il vous conduira votre voiture tout aussi doucement qu'un ch
funèbre. Ouvrez donc vos beaux yeux et daignez le regarde
Là, maintenant, m'accuserez-vous encore de ne pas penser
vous quand je suis en voyage ! »

Marie ouvrit les yeux et les fixa sur Tom sans se lever.

— Ce dont je ne doute pas, — dit-elle, — c'est qu'il se grise
aussi.

— Non, oh ! pour cela non, on me l'a vendu à garantie, c'e
un être pieux et sobre.

— Allons, je ne demande pas mieux d'espérer qu'il ira bie
mais j'avoue que je n'y compte pas.

— Dodofe, — dit Saint-Clare, — conduisez Tom en bas,
prenez garde à vous ; n'oubliez pas ce que je vous ai reco
mandé. »

Adolphe s'éloigna tout en sautillant ; Tom le suivit d'un p
lourd.

— C'est un véritable hippopotame, — dit Marie.

Saint-Clare prit une chaise et s'asseyant près du sopha où ét
couchée Marie, il lui dit :

— Allons, maintenant, ma chère, soyez un peu grâcieuse
dites-nous quelque chose d'aimable.

— Vous avez été absent quinze jours de plus que nous n'en ions convenu, — dit la dame en faisant la moue.

— Il est vrai, mais vous savez bien que je me suis empressé vous écrire le motif qui me faisait prolonger mon absence.

— Votre lettre était si brève, si froide !

— Mais, ma chère, la malle allait partir, il fallait bien me igner à ne vous tracer que deux lignes ou à ne pas vous écrire tout.

— C'est toujours comme cela, toujours vous avez des motifs ur prolonger vos absences et abréger vos lettres.

— Tenez, voyez-moi ceci, c'est un cadeau dont j'ai fait em- ète pour vous à New-York. »

Et tout en parlant ainsi, Saint-Clare tirait de sa poche un égant étui en velours et l'ouvrait pour que sa femme en aminât le contenu. C'était un daguerréotype ; l'épreuve avait te la netteté, toute la pureté d'une belle gravure, il repré- ntait Eva et son père se tenant par la main.

Marie regarda le portrait d'un air peu satisfait.

— Qu'est-ce donc qui vous a fait prendre une position si indée ? dit-elle.

— Bon ! laissons la position de côté, c'est une affaire d'opinion, Mais que dites-vous de la ressemblance ?

— Si vous ne tenez pas compte de mon opinion dans un cas, il semble que vous n'y attacherez pas plus d'importance dans utre, — dit-elle en refermant l'étui.

— Diable de femme ! — dit Saint-Clare en lui-même ; puis il uta à haute voix : — Voyons donc, Marie, que pensez-vous de ressemblance ? Ne faites pas d'enfantillages.

— Vraiment, je ne vous conçois pas, Saint-Clare : mettre t d'obstination à me vouloir faire parler, et à me faire regar- un tas de choses, quand vous savez que j'ai été couchée toute journée avec la migraine ; et depuis votre arrivée ici, j'en- ds un tel vacarme autour de moi, que j'en suis à moitié rte.

— Vous êtes sujette à la migraine, madame ! — dit miss élia en se levant tout-à-coup du vaste fauteuil dans lequel s'était paisiblement assise en rentrant et d'où elle invento- le mobilier dont elle cherchait à apprécier la valeur.

— Oui, je suis une vraie martyre de la migraine, — dit la me.

— On fait avec les baies du genièvre un thé qui est excellent r la migraine, — dit miss Ophélia ; — du moins, Augustin, mme d'Abraham Perry me l'a affirmé bien souvent ; et elle nd parfaitement le soin des malades.

— Nous en ferons l'essai, — dit Saint-Clare, — et je ne man- ral pas de faire récolter les premières baies de genièvre qui ront dans notre jardin, nous en avons en quantité sur le d du lac.

int-Clare tira le cordon de la sonnette et ajouta :

— Il me semble, cousine, que vous devez avoir besoin de vous

retirer dans votre appartement pour vous reposer un peu
fatigues du voyage. — Adolphe, dites à Mammy de venir ici.
bonne mulâtresse si réservée, qu'Eva avait accablée de ses
resses, ne se fit pas attendre. Elle entra bientôt dans le boud
proprement habillée. Elle était coiffée d'un turban rouge et jau
dont Eva venait de lui faire présent; l'aimable enfant avait vo
l'ajuster elle-même sur la tête de l'esclave.

— Mammy, — dit Saint-Clare, — je confie cette dame à
soins; elle est fatiguée et a grand besoin de repos. Conduise
à sa chambre et assurez-vous que rien ne lui manque pour qu'
y soit confortablement. »

Là-dessus, miss Ophélia quitta la chambre en compagnie
Mammy.

<hr />

CHAPITRE XVI.

QUI PARLE DE LA MAITRESSE DE TOM ET DES OPINIONS DE CETT
DAME.

Et maintenant, Marie, — dit Saint-Clare, — l'âge d'or va c
mencer pour vous. Voilà notre cousine de la nouvelle Anglet
installée ici; c'est une femme qui est active et qui s'enten
affaires de ménage, elle vous déchargera de tous ces soins
vous accablaient et vous n'aurez plus qu'à vous reposer,
vous remettre de vos fatigues; vous allez redevenir jeune et b
comme autrefois. Il serait bon que la cérémonie de la remise
clefs eût lieu sans plus tarder.

C'était au déjeûner, quelques jours après l'arrivée de b
Ophélia, que Saint-Clare hasardait cette remarque.

— Je puis vous assurer qu'elle est la bienvenue, — répo
Marie en appuyant languissamment la tête sur sa main. — Je b
se qu'elle ne tardera pas à reconnaître cette vérité, dès qu
entrera en fonctions: c'est que dans ce pays, les maîtresses
esclaves.

— Oh! certainement, elle apprendra cela et une foule d'a
vérités du même genre, il n'y a pas le moindre doute. — r
Saint-Clare.

— On parle de notre coutume d'avoir des esclaves, comm
nous les gardions pour notre commodité personnelle. —
Marie. — Notre commodité, oh! par exemple! si nous ne co
tions que cela, je suis convaincue que nous n'hésiterions
les congédier tous. •

Evangéline fixa sur le visage de sa mère, ses grands yeux; elle semblait étudier attentivement ce qui engageait Marie à tenir ce langage, elle lui dit simplement: — Mais maman, pourquoi donc les gardez-vous alors?

— Je n'en sais rien, en vérité, à moins que ce ne soit pour votre tourment. Oui, ils font le tourment de ma vie. Je crois qu'ils ont contribué, plus qu'aucune autre chose, à altérer ma santé. Il est vrai que nous avons ce qu'il y a de pire, de plus propre à tourmenter, dans notre collection d'esclaves. Il n'y en a nulle part d'aussi pitoyables.

— Allons, allons Marie, vous êtes dans votre humeur noire, ce matin, — dit Saint-Clare; — vous ne pensez pas à ce que vous dites: Voilà Mammy, par exemple, c'est bien la meilleure créature qui soit au monde. Comment feriez-vous sans elle?

— Mammy en effet, est la meilleure esclave que j'aie jamais eue, — répondit Marie, — et cependant Mammy ne songe qu'à elle; elle est épouvantablement égoïste; c'est le défaut de toute la race.

— L'égoïsme est bien, comme vous le dites, un défaut épouvantable, — reprit gravement Saint-Clare.

— Voilà cependant ce que c'est que Mammy: une égoïste, — reprit Marie. — Je pense du moins que c'est son égoïsme qui fait qu'elle dort si profondément pendant la nuit; elle sait qu'à chaque heure, à chaque moment, j'ai besoin de ses soins, quand j'ai mes crises; et cependant j'ai une peine extraordinaire à l'éveiller. Je suis plus malade que de coutume ce matin; pourquoi? Certes cela provient des efforts que j'ai dû faire la nuit dernière pour la tirer de son sommeil.

— Mais, maman, n'a-t-elle pas veillé récemment près de vous, pendant plusieurs nuits? — demanda Eva.

— Comment savez-vous cela? — dit Marie avec aigreur. — Elle sera allée s'en plaindre à vous, je suppose.

— Elle ne se plaint jamais, maman. Mais elle m'a dit que vous aviez eu pendant notre absence, de fort mauvaises nuits; oui de fort mauvaises nuits et plusieurs successivement.

— Pourquoi ne faites-vous pas rester Jane ou Rosa à sa place, pendant une nuit ou deux, — dit Saint-Clare, — afin que Mammy puisse se reposer.

— Comment pouvez-vous me faire une pareille proposition? Mais vraiment, Saint-Clare, je ne vous conçois pas. Nerveuse comme je suis, le moindre souffle m'agace et les soins d'une femme à laquelle je ne suis pas habituée me donneraient des convulsions. Si Mammy avait pour moi le dévouement qu'elle devrait avoir, elle s'éveillerait plus aisément. Je ne serais même pas obligée de l'appeler. Enfin! j'ai quelquefois entendu parler de gens qui avaient des domestiques dévoués, mais je n'ai jamais eu ce bonheur-là, moi! » — Et Marie se mit à soupirer.

Miss Ophélia avait écouté cette conversation avec toute la gravité d'un observateur de profession; elle comprimait ses lèvres comme si elle eût craint de laisser échapper un seul mot. Avant

15

de prendre part aux débats, elle voulait observer parfaitement[ ]situation.

— J'avoue que Mammy a une espèce de bonté, — contin[ ]Marie, — elle est douce, pleine de déférence et de respec[ ]mais égoïste au fond du cœur. Ainsi, elle ne cesse pas de se tou[ ]me'nter et par suite de m'accabler de supplications à propos[ ]son mari. Quand, après mon mariage, je suis venue habiter ici[ ]naturellement, je devais l'emmener avec moi, et mon père ava[ ]besoin de son mari. Il était forgeron, par conséquent très utl[ ]à mon père. Je leur ai dit alors à tous deux qu'ils feraient bie[ ]de renoncer l'un à l'autre, attendu qu'il était peu probabl[ ]qu'ils pussent se retrouver ensemble. Je voudrais bien avo[ ]insisté à cette époque pour que Mammy épousât un autr[ ]homme; mais j'ai été trop bonne et j'ai fait la folie de ne pa[ ]exiger. J'ai dit à Mammy alors qu'elle ne devait pas s'attendre[ ]revoir son mari plus d'une ou deux fois dans toute sa vie: ca[ ]l'air de l'habitation de mon père est tout-à-fait contraire à m[ ]santé; je ne puis pas y demeurer sans devenir malade; je l'enga[ ]geai de nouveau à épouser un autre homme; mais non, elle n[ ]l'a pas voulu. Oh! dans certaines choses, Mammy est d'un enté[ ]tement, d'une obstination que personne ne connaît comme mo[ ]

— A-t-elle des enfants? — demanda miss Ophélia.

— Oui, elle en a deux, je crois.

— Je suppose qu'elle souffre d'en être ainsi séparée.

— Peut-être bien; mais je ne pouvais, naturellement, l[ ]emmener avec elle. C'étaient deux petits êtres malpropres. J[ ]ne pouvais les souffrir; et puis c'est qu'ils lui prenaient beau[ ]coup trop de temps; mais je pense qu'elle m'a toujours gard[ ]une espèce de rancune à cause de cela. Elle n'a jamais prétend[ ]se marier avec un autre, et quoiqu'elle sache combien ell[ ]m'est nécessaire, et combien ma santé est débile, elle n'hés[ ]terait pas un instant à aller rejoindre son mari si elle le pouvai[ ]Oh! j'en suis bien convaincue, elle m'abandonnerait pour so[ ]mari. Ils sont tous si égoïstes ces nègres, les meilleurs d'entr[ ]eux comme les plus mauvais ne songent jamais qu'à eux.

— C'est, ma foi, désespérant quand j'y songe, — dit sèche[ ]ment Saint-Clare.

Miss Ophélia le regarda attentivement; elle vit son visag[ ]rougir; elle s'aperçut bien qu'il était mortifié du langage qu'a[ ]vait tenu Marie, qu'il cherchait à réprimer son indignatio[ ]et que les paroles qu'il venait de prononcer étaient du sar[ ]casme. Marie continua:

— Quoiqu'il en soit, Mammy a toujours été traitée par moi e[ ]enfant gâtée. Je voudrais bien que vos domestiques du No[ ]vissent les armoires qui renferment ses habillements, les rob[ ]de soie, de mousseline qu'elle a eues ici, elles en verraient mêm[ ]une en véritable batiste. J'ai passé des après-midi entières[ ]monter ses bonnets ou à lui arranger sa toilette pour assister[ ]quelque fête. Quant à être maltraitée, elle ne sait même pas[ ]que c'est; je ne l'ai fait fouetter qu'une ou deux fois au plu[ ]

Chaque jour, elle a son café ou son thé avec du sucre blanc. Je trouve cela, par exemple, un abus épouvantable : mais Saint-Clare, veut qu'on mène grand train à la cuisine et ils vivent tous comme bon leur semble. Le fait est que nous sommes par trop bons pour nos domestiques. Je crois que c'est un peu de notre faute s'ils sont égoïstes et s'ils se conduisent comme des enfants gâtés ; mais je lai dit et répété tant de fois à Saint-Clare, que je suis fatiguée de faire des représentations à cet égard.

— Et moi aussi, dit Saint-Clare, — en prenant un journal.

Eva, la belle enfant, écoutait sa mère avec cette expression rêveuse et réfléchie qui lui était particulière. Elle s'approcha doucement et lui jeta les bras autour du cou.

— Eh ! bien, Eva, que faites-vous donc ? — dit Marie.

— Maman, ne pourrais-je pas vous soigner pendant une nuit ? une seule nuit ? Je suis sûre que je n'agacerais pas vos nerfs et que je ne me laisserais pas aller au sommeil. Bien souvent je passe la nuit sans dormir ; je m'occupe alors à réfléchir.

— Quelle folie ! enfant, quelle folie ! Vous êtes une enfant bien étrange.

— Dites, voulez-vous me le permettre ? Je pense, — ajouta-t-elle avec timidité, — je pense que Mammy est souffrante. Elle me disait dernièrement qu'elle éprouvait des douleurs de tête continuelles.

— Eh ! bien, voilà précisément un des caprices de Mammy ! elle est comme toutes ces créatures-là ! Le moindre mal de tête, le moindre bobo au doigt est une affaire d'Etat. C'est là un travers qu'il ne faut pas encourager. Jamais je ne serai faible à ce point ! J'ai mes principes à cet égard, — dit-elle en se tournant vers miss Ophélia, — et vous comprendrez bien vite la nécessité d'agir ainsi. Si vous encouragez les esclaves à faire leurs lamentations, à se plaindre à la moindre indisposition, vous ne saurez bientôt plus vous en débarrasser. Je ne me plains jamais, moi ; et personne ne sait combien j'ai à souffrir ; je sens qu'il est de mon devoir d'endurer mes souffrances sans rien dire ; et je le fais. •

Les yeux de miss Ophélia, s'ouvrirent si grands, elle parut si ébahie à cette péroraison, que Saint-Clare ne put s'empêcher d'éclater de rire.

— Saint-Clare rit toujours quand il m'arrive de faire allusion au mauvais état de ma santé, — dit Marie avec le ton d'une pauvre victime. — Je ne demande qu'une chose, c'est qu'il ne se rappelle pas trop prochainement combien mes plaintes étaient fondées. — Et Marie se couvrit les yeux de son mouchoir.

Il y eut alors, tout naturellement, un moment de silence pendant lequel chacun était assez embarrassé de sa personne. A la fin Saint-Clare se leva, regarda sa montre et prétexta qu'il avait donné un rendez-vous, dans le voisinage ; Eva le suivit tout en sautillant ; miss Ophélia et Marie restèrent en conséquence en tête à tête.

— Voilà bien Saint-Clare ! — dit Marie en retirant son mouchoir de devant ses yeux, avec un geste de dépit, dès que le coupable auquel s'adressaient et le geste et l'exclamation, eut quitté la salle. — Il ne se figure pas, jamais il ne se figurera ce que je souffre et ce que j'ai souffert depuis plusieurs années. Si j'étais une de ces femmes qui sont continuellement à se lamenter, à se plaindre de ci, de çà, il aurait quelque raison de ne pas s'inquiéter de mes plaintes. Les hommes se fatiguent tout naturellement d'une femme qui est toujours à se lamenter. Mais j'ai concentré toutes mes peines en moi-même, j'ai enduré à tel point, que Saint-Clare me croit capable de tout supporter. »

Miss Ophélia ne savait pas au juste quelle réponse elle devait faire à cette ouverture confidentielle.

Pendant qu'elle ruminait à ce qu'elle pourrait dire, Marie essuya ses larmes et lissa son plumage ainsi que fait une colombe après une pluie d'orage, puis elle entama avec miss Ophélia une causerie domestique sur les buffets, les armoires, les commodes, le linge, le garde-manger et toutes les choses, en un mot, dont miss Ophélia allait avoir la direction. Elle lui fit des recommandations si minutieuses, lui donna des explications si détaillées, qu'une tête moins systématique que celle de miss Ophélia aurait été bouleversée et se fût perdue dans les détails.

— Ainsi donc, maintenant, — ajouta Marie, — je crois vous avoir tout dit ; quand ma migraine me prendra, vous pourrez savoir à quoi vous en tenir sans qu'il soit nécessaire de me consulter ; un mot cependant encore sur Eva : elle a besoin qu'on la surveille.

— Elle me paraît d'un excellent naturel, — reprit miss Ophélia, — jamais je n'ai vu une meilleure enfant.

— Eva est très originale, tout-à-fait originale. Il y a en elle tant de bizarrerie ; elle ne me ressemble guère ; elle n'a réellement rien de moi. — Et Marie poussa un profond soupir comme s'il y avait eu lieu de s'attrister que sa fille ne lui ressemblait en aucune façon. Miss Ophélia disait en son cœur : — heureusement elle n'est pas comme sa mère. — Mais elle fut assez prudente pour ne pas exprimer tout haut son sentiment. Marie continua :

— Eva a toujours eu du penchant à aller avec les esclaves ; pour quelques enfants, je ne vois pas qu'il y ait en cela de l'inconvénient. Moi-même, étant enfant, je jouais toujours avec les négrillons qui étaient chez mon père et je n'y trouvais aucun mal. Mais Eva semble toujours se mettre au niveau de toutes les créatures dont elle approche, elle les traite absolument sur le pied de l'égalité. C'est vraiment une chose étrange chez cette enfant. Jamais je n'ai pu lui faire perdre cette habitude. Je crois bien qu'elle y est encouragée par l'exemple de son père ; Saint-Clare est plein de bonté, d'indulgence pour toutes les créatures qui vivent ici : il n'y a d'exception que pour sa femme. »

Miss Ophélia continuait à faire ses réflexions et ses réserves *in petto*.

— Il n'y a qu'une règle de conduite possible avec des esclaves — poursuivit Marie — c'est de les abaisser et de les tenir toujours à terre. C'est ce que j'ai su comprendre dès ma plus tendre enfance. Eva est capable à elle seule de causer la ruine d'une maison. Que fera-t-elle quand elle sera elle-même à la tête d'un ménage : je n'en sais rien assurément ; mais je la plains si elle *agit comme elle fait ici* ; il faut être bon envers ses domestiques , j'en conviens. Je suis toujours bonne à leur égard ; mais il faut savoir les tenir à leur place. C'est ce qu'Eva ne fait jamais ; il est impossible de faire entrer dans la tête de cette enfant ce que c'est que mettre un domestique à sa *place* ; elle n'a pas l'idée de ce que c'est que la *place* d'un domestique. Vous l'avez entendue enfin : elle m'offrait de me soigner pendant la nuit, pour que Mammy pût dormir tout à son aise ! Eh ! bien, voilà un échantillon de ce que ferait toujours cette enfant , si on la laissait faire.

— Mais, je suppose bien — dit Miss Ophélia, qui cette fois ne put garder sa réflexion pour elle-même, — je suppose que vous croyez que vos domestiques sont des créatures humaines et qu'il faut bien leur donner le temps de se reposer, quand ils sont fatigués ?

— Certainement ; c'est tout naturel. Je suis toujours la pre-mière à leur accorder tout ce qui est juste et convenable ; tout ce qui n'est pas de nature à les détourner de leur devoir, vous comprenez ? Ainsi je veux bien que Mammy dorme dans un mo-ment ou dans un autre, je suis loin de m'opposer à cela. C'est bien la plus terrible dormeuse que j'ai jamais vue : cousant, debout, assise, toujours cette créature se laisse aller au som-meil ; elle dort partout et à toute heure. Il n'y a pas de danger qu'elle trouve jamais qu'elle a dormi assez. Je la laisse faire ; mais ce que je ne peux pas supporter, c'est qu'on traite des escla-ves comme des fleurs exotiques ou comme des vases de porce-laine de Chine : c'est parfaitement ridicule cela ! » — Et tout en parlant ainsi, Marie s'enfonçait dans les profondeurs d'un moëlleux coussin de duvet et respirait des odeurs contenues dans un flacon en cristal élégamment enrichi de ciselures et de pierreries ; elle reprit ensuite d'une voix faible et suave comme la dernière exhalaison d'un jasmin d'Arabie ou de toute autre chose éthérée. — Vous voyez, cousine Ophélia, qu'il ne m'arrive pas souvent de parler de moi-même. Ce n'est pas mon habitude ; et je n'aime pas à entretenir de moi. Au reste , je n'ai pas le courage de le faire , j'aurais tant à dire !.. Mais il y a certains points où Saint-Clare et moi différons complètement. Saint-Clare ne m'a jamais comprise, jamais il n'a su m'apprécier. C'est là ce qui a ruiné ma santé. Saint-Clare a d'excellentes intentions, j'en suis persuadée ; mais les hommes sont ainsi faits qu'ils sont pleins d'égoïsme quand il s'agit d'eux et qu'ils n'ont pas la moindre considération pour une femme. C'est là au moins ce que j'ai dû conclure de tout ce que j'ai vu. »

Miss Ophélia qui n'avait pas une médiocre dose de l'extrême hence naturelle aux habitants de la Nouvelle Angleterre, et qui avait en horreur de se trouver mêlée dans des discussions de famille, commença à prévoir qu'elle était menacée de quelque chose de ce genre ; aussitôt elle donna à son visage l'air de la plus absolue neutralité, tira de sa poche un bas long d'une aune, dont elle avait eu soin de se munir comme d'un spécifique contre les tentations par lesquelles Satan, au dire du docteur Watts, ne manque pas de tourmenter les gens oisifs ; et elle se mit à tricoter de tout cœur, serrant les lèvres l'une contre l'autre d'une façon qui disait tout aussi clairement qu'elle aurait pu le faire par des paroles: « *Vous essaieriez en vain de me faire parler. Je n'ai rien à démêler avec vos affaires.* » Et de fait, elle paraissait sympathiser à tout ce qu'elle entendait, comme une statue de marbre.

Marie ne prit aucun souci de cette indifférence. Elle avait trouvé à qui parler, elle croyait de son devoir de parler ; les deux oreilles de miss Ophélia lui suffisaient; elle reprit donc un peu de force, en respirant de nouveau son flacon et continua :

— Vous saurez donc, qu'en épousant Saint-Clare, j'apportai en dot mes biens et mes esclaves ; je suis en droit dès lors de les conduire à ma fantaisie. Saint-Clare a sa fortune et ses esclaves à lui : qu'il les dirige comme bon lui semble, je ne demande pas mieux ; mais je voudrais qu'il me laissât libre d'agir à ma manière. Eh ! bien, point du tout, il veut toujours intervenir. Il a les idées les plus extravagantes sur bien des choses, mais surtout sur la manière de conduire les esclaves. Il se comporte réellement comme s'il les mettait au-dessus de moi et même au-dessus de lui ; car il les laisse lui faire une foule de mauvaises affaires, lui causer toutes sortes de tribulations et jamais il ne lèverait un doigt sur eux. Dans bien des circonstances, cependant, Saint-Clare sait se faire craindre; il paraît naturellement très bon. Eh ! bien, croiriez-vous que parfois il me fait trembler. Oui, j'ai peur de lui. Il lui a passé par la tête d'établir les choses sur un pied tel que jamais un esclave ne peut être fustigé dans cette maison, si ce n'est par lui ou par moi ; et il maintient cette loi qu'il a imposée avec tant de rigueur, que je n'oserais la faire enfreindre. Vous pouvez aisément apprécier quel est le résultat de ce mode ; car Saint-Clare se laisserait fouler aux pieds avant de se décider à lever la main sur un esclave ; et pour moi, vous comprenez combien il serait cruel d'exiger de moi, faible femme, un pareil ministère. Au reste, vous le savez, les esclaves ne sont que de grands enfants.

— Je ne sais rien de tout cela, et j'en remercie le Seigneur, se hâta de répondre miss Ophélia.

— Bien ! bien ! mais vous en saurez quelque chose et si vous demeurez ici, vous l'apprendrez à vos dépens. Vous ne sauriez vous faire une idée des irritations de nerfs que provoquent ces êtres stupides, déraisonnables et ingrats comme ils sont tous.

Lorsqu'elle était sur ce chapitre, Marie semblait recouvrer ses forces comme par miracle. Elle oubliait alors qu'elle était dans un état de faiblesse et de langueur qui ne lui permettait pas de s'animer.

— Vous ne savez pas, non vous ne pouvez pas savoir à quel

ures épreuves ils soumettent journellement une maîtresse de
maison. C'est un supplice de chaque instant, et partout, pour
toutes choses. Mais j'ai beau m'en plaindre à Saint-Clare : c'est
peine inutile. On est toujours sûr qu'il vous répondra par quelque plaisanterie. Tantôt il dit, par exemple, que c'est nous qui
les avons rendus tels qu'ils sont et que par conséquent nous devons les supporter tels que nous les avons faits. Ou bien il prétend
que leurs défauts viennent de nous, et qu'il serait par trop cruel
que les coupables punissent chez les autres les fautes qu'ils commettent eux-mêmes. Ou bien encore il va jusqu'à dire que si
nous étions à leur place nous ne ferions pas mieux ; comme si on
pouvait les comparer à nous !

— Ne croyez-vous donc pas que le Seigneur les ait créés du
même limon que nous ? — se hâta de dire Miss Ophélia.

— Oh ! non, certainement, je ne le crois pas ! Voilà une
belle erreur, en vérité ! C'est une race dégradée.

— Est-ce que vous ne croyez pas qu'ils soient comme nous
doués d'une âme immortelle ? — repartit Miss Ophélia dont l'indignation croissait toujours.

— Oh ! pour cela, oui — répondit Marie en bâillant, — cela va
sans dire ; personne ne met en doute qu'ils aient une âme. Mais
pour ce qui est de les mettre sur le même rang que nous, d'établir des comparaisons entre eux et nous, c'est vraiment chose
par trop impossible ! Ainsi, quand Saint-Clare vient me dire que
séparer Mammy de son mari est absolument la même chose que si
on me séparait, moi, de mon mari, je dis que la comparaison est
absurde. Mammy ne peut éprouver ce que j'éprouverais, le cas
échéant : c'est une toute autre chose, assurément, n'est-ce pas ?
Eh ! bien, Saint-Clare prétend qu'il n'y voit aucune différence.
C'est comme si on disait que Mammy peut aimer ses petits
marmots tout sales et tous noirs, comme j'aime mon Eva ! Cependant Saint-Clare a voulu sérieusement me persuader, un jour,
qu'il était de mon devoir, malgré ma mauvaise santé et toutes
mes douleurs de tête, de renvoyer Mammy auprès de son mari
et de prendre une autre esclave pour me soigner. C'était par trop
fort à endurer, même pour moi. Je ne manifeste pas souvent ma
manière de voir. J'ai pour principe qu'il faut savoir tout endurer
et ne rien dire ; c'est là le partage des femmes, souffrir ; je m'y
soumets. Mais, cette fois, j'ai éclaté ; et j'ai réclamé avec tant
d'énergie contre cette absurdité, que depuis ce temps là, Saint-Clare ne s'est plus avisé de m'en reparler. Mais je vois bien à sa
mine, et par quelques mots qu'il lance de temps à autre, qu'il
n'a pas changé d'avis ; et c'est là un sujet de taquineries, de
provocation continuelles.

Miss Ophélia parut en ce moment redouter de ne pouvoir
retenir sa langue ; elle se mit à tricoter avec une agilité, avec
une expression qui voulait dire bien des choses, si Marie avait
été capable de comprendre.

— Ainsi donc vous voyez, — continua l'épouse de Saint-Clare,
— quelle maison vous êtes chargée de diriger ? C'est une maison

absolument sans règles ; où les esclaves sont abandonnés à leur propre conduite, font ce qui leur plaît, obtiennent tout ce qu'ils désirent, à moins que, malgré ma faible santé, je ne m'empare du gouvernement. Je prends quelquefois mon nerf de bœuf et je le laisse retomber sur leurs épaules : mais c'est plus fort que moi, je ne puis avec ma faiblesse ordinaire employer ce moyen comme il conviendrait de le faire. Ah ! si Saint-Clare voulait au moins faire ce que tout le monde fait !

— Quoi donc ?

— On les envoie à la *calaboose* ou dans quelqu'autre lieu de correction, pour les faire fouetter. C'est là l'unique moyen. Si je n'étais pas une pauvre créature, sans force, je crois que je vous les ferais marcher avec deux fois plus d'énergie que Saint-Clare.

— Mais comment mon cousin parvient-il à les conduire ? Vous m'avez dit qu'il ne les frappait jamais.

— Les hommes, vous savez, ont toujours plus d'autorité que nous ; c'est beaucoup plus aisé pour eux que pour nous d'inspirer la crainte ; et puis, si vous y avez fait attention, vous avez dû remarquer le regard de Saint-Clare ; quel regard ! quand il parle sévèrement, on dirait que ses yeux lancent des éclairs. Il me fait peur à moi-même ; comment n'effraierait-il pas les esclaves ? J'aurais beau faire tapage, gronder, je ne pourrais obtenir en me fâchant beaucoup, ce que Saint-Clare obtiendrait d'un seul coup d'œil, quand il fronce le sourcil. Oh ! pour lui, il ne faut pas se mettre en peine, il sait faire respecter son autorité quand il veut : voilà pourquoi, sans doute, il ne s'inquiète pas de mes récriminations ; il ne peut se figurer qu'on ne se fasse pas obéir. Mais vous verrez par vous-même quand vous serez à l'œuvre qu'il n'y a moyen de rien obtenir, si ce n'est à force de sévérité ; ils sont si méchants, si menteurs, si paresseux tous ces nègres.

— Toujours le même refrain ! — dit Saint-Clare qui rentrait à l'improviste. — Oh ! quel terrible compte ces maudites créatures auront à rendre, et surtout pour leur paresse ! Vous voyez, cousine, — ajouta-t-il en s'étendant tout de son long sur un sopha, en face de Marie, — que pourront-ils alléguer pour excuse de leur paresse, quand Marie et moi leur donnons de si beaux exemples !

— Allons, Saint-Clare, vous êtes vraiment trop méchant !

— Comment trop méchant ? moi qui pensais parler raisonnablement, chose fort extraordinaire pour moi. Mais je voulais m'efforcer de corroborer votre opinion, Marie, comme je le fais toujours.

— Vous savez bien le contraire.

— Oh ! alors, c'est que je me suis trompé. Grand merci, ma chère, de m'avoir remis à place.

— En vérité, vous voulez encore me provoquer.

— Allons donc ! Marie, allons donc ! Tenez, il fait aujourd'hui une chaleur excessive et je viens d'avoir avec *Dodofe* une longue querelle qui m'a beaucoup fatigué ; ainsi, je vous en prie, soyez calme et permettez-moi de me reposer un peu à l'ombre de votre sourire.

— Et à quel propos votre querelle avec Adolphe? — demanda
[Ma]rie. — L'impudence de cet être là est telle que je ne puis plus
[s]upporter. Je voudrais bien qu'on me le laissât conduire pen-
[dan]t quelque temps sans me contrecarrer : je le ferais bien plier.
— Ce que vous dites, ma chère, est marqué au coin de la
[per]spicacité et du bon sens qui vous sont habituels, — dit Saint-
[Cla]re. — Quant à *Dodofe*, voici l'affaire : Il s'est, depuis long-
[tem]ps, tellement appliqué à imiter mes manières élégantes, à
[sin]ger toutes mes perfections, qu'il a fini par s'y méprendre
[lui]-même et à se considérer comme son maître, et j'ai été obligé
[de] lui faire voir qu'il se trompait.

— Et comment cela? — dit Marie.

— Sans doute, j'ai été obligé de lui faire comprendre de la
[ma]nière la plus explicite que je désirais conserver au moins
[qu]elques-unes de mes hardes pour mon usage personnel ; de plus,
[il] m'a fallu imposer des bornes au luxe de consommation qu'il fai-
[sai]t de mon eau de Cologne, et j'ai dû me montrer cruel au point
[de] restreindre à une douzaine le nombre de mes mouchoirs de
[ba]tiste dont il daignait faire usage. Dodofe se regimbait un peu
[con]tre mes réformes, et j'ai dû lui parler comme un père pour
[le] ramener.

— Oh! Saint-Clare, quand donc apprendrez-vous à savoir
[go]uverner vos esclaves? C'est abominable, en vérité, de les
[co]nduire avec tant de ménagement!

— Pourquoi donc? qu'y a-t-il, après tout, quel grand mal que
[le] pauvre garçon désire ressembler à son maître? Et si je l'ai
[ass]ez mal élevé pour qu'il ait appris à faire consister tout son
[bo]nheur dans les mouchoirs de batiste et l'eau de Cologne, pour-
[qu]oi ne serais-je pas tenu de l'en approvisionner?

— Mais pourquoi ne l'avoir pas mieux élevé? — dit miss
[Op]hélia avec brusquerie.

— C'est trop pénible ; oh! la paresse, cousine, oui, la paresse
[qui] tue plus d'âmes que vous n'en sauriez corriger avec le bâton.
[Et] sans la paresse, j'aurais été moi-même un petit ange doué
[de] toutes les perfections. Je suis tenté de croire que la paresse
[est] ce que votre vieux docteur Botherem, de Vermont, appelle
[l'es]sence du mal moral. C'est une chose bien triste à penser,
[s]ûrement.

— Je pense qu'une terrible responsabilité pèse sur vous autres,
[po]ssesseurs d'esclaves, — dit miss Ophélia. — Je ne voudrais
[pa]s avoir cette responsabilité pour mille mondes. Vous devriez
[les] élever et les traiter en créatures raisonnables, en créatures
[im]mortelles et ne pas oublier que vous comparaîtrez avec ces
[êtr]es, sur lesquels vous avez eu autorité, au tribunal de Dieu.
[Vo]ilà ma façon de penser, — dit la bonne campagnarde, donnant
[enf]in un libre cours à l'indignation qui n'avait fait qu'accroître
[dep]uis le matin.

— Oh! allons! allons, cousine, — reprit Saint-Clare en se
[lev]ant tout-à-coup ; — comment nous jugez-vous? — Et, se
[me]ttant au piano, il joua un morceau fort animé.

Saint Clare avait tout-à-fait le génie musical. Sa touche ét
ferme et brillante et ses doigts effleuraient le clavier, rapi
comme l'aile de l'oiseau. Mais pour le moment, à peine avai
commencé un morceau , qu'il le quittait pour en jouer un autr
comme un homme qui cherche à s'étourdir, à s'égayer. Bient
il jeta de côté tous ses cahiers de musique , et dit gaîment en
levant :

— Hé ! bien, cousine, vous nous avez dit là une bonne parol
vous avez fait votre devoir et j'ai encore meilleure opinion d
vous à cause de cette franchise. C'est un éclair de vérité que vo
avez fait jaillir à mes yeux : mais j'en ai tellement été éblo
d'abord que je n'ai pas tout-à-fait bien apprécié votre conduite

— Pour mon compte, — dit Marie, — j'avoue que je ne vo
pas bien le profit que nous avons à retirer de *cet éclair de véri*
Je vous assure que si quelqu'un faisait plus pour ses esclav
que nous ne faisons pour les nôtres, je serais bien désireuse d
le voir. Mais quoi que nous fassions pour eux, ils n'en devie
nent pas meilleurs ; pas le moins du monde ; je crois, au co
traire, qu'ils deviennent de plus en plus mauvais. Pour ce qui e
de leur parler, de leur donner des conseils, je l'ai fait jusqu
m'épuiser , jusqu'à m'enrouer ; je leur ai enseigné leurs devo
et tout ce qu'ils devaient savoir ; je leur donne la permissio
d'aller au temple quand ils veulent, bien qu'ils ne comprenne
pas un mot du sermon; oh! pour cela, ils n'y entendent p
plus que les pourceaux, de sorte qu'il ne sert absolument d
rien qu'ils y aillent: ils y vont cependant, et, par conséquent
ce n'est pas l'occasion de s'instruire qui leur manque : mai
comme je le disais tout-à-l'heure , c'est une race dégradée,
sont maudits, il n'y a pas moyen de les régénérer ; quoi qu'o
fasse, c'est peine perdue. Vous voyez, cousine Ophélia, je par
avec connaissance de cause; moi, j'ai essayé de les rend
meilleurs, et vous n'avez pas encore été à même d'expériment
Non, non, il n'y a rien à faire avec eux, j'ai été élevée au mili
d'eux depuis ma naissance, je sais à quoi m'en tenir à cet égar

Miss Ophélia jugea qu'elle en avait dit assez, c'est pourqu
elle garda le silence. Saint-Clare se mit à siffler un air.

— Saint-Clare, je désirerais bien que vous ne siffliez pas,
dit Marie — cela fait empirer mon mal de tête.

— Je me tais, — répondit Saint-Clare, — n'y a-t-il pas que
qu'autre chose que vous désireriez me voir faire ?

— Je voudrais que vous eussiez un peu de sympathie pour m
tribulations; vous n'avez jamais la moindre compassion po
moi.

— Oh! cher ange accusateur... — dit Saint-Clare.

— C'est sans doute encore pour me taquiner que vous
parlez sur ce ton ?

— Alors, comment voulez-vous qu'on vous parle? Je me c
formerai à vos ordres, de quelque manière que vous me les pr
crirez : je ne veux que vous complaire. »

Un fou rire se fit entendre dans la cour ; Saint-Clare courui

être, et à peine eut-il soulevé le rideau pour regarder,
se mit lui-même à rire de tout cœur.

Qu'est-ce donc? — demanda miss Ophélia en s'approchant du
n.

n était assis sur un petit tertre de mousse, dans la cour;
une des boutonnières de sa veste était garnie de fleurs de
ns, et toute joyeuse, Eva suspendait à son cou des guirlandes
ses; puis, se perchant sur les genoux de l'esclave, comme
etit moineau, elle riait de tout son cœur, en disant:

Oh! Tom, êtes-vous drôle ainsi!

m souriait avec bonté à l'enfant, et semblait prendre à cet
sement tout autant de plaisir que sa jeune maîtresse. En
at les yeux, il rencontra le regard de son maître, et son
ge prit aussitôt une expression suppliante comme s'il eût
ht qu'on ne privât l'enfant de cette récréation.

Comment pouvez-vous permettre à votre fille de jouer ainsi,
it miss Ophélia.

Et pourquoi l'en empêcherais-je? — dit Saint-Clare.

Pourquoi? je n'en sais trop rien, mais cela me paraît si
onvenant!

Vous ne trouveriez assurément pas *inconvenant* qu'un en-
caressât un gros chien, fût-il noir; mais le voir jouer
une créature qui est capable de penser, de raisonner, de
ir, avec une créature immortelle, cela vous fait frissonner,
t-ce pas, cousine? avouez-le. Oh! je connais bien le senti-
it de plusieurs de vos habitants du Nord à cet égard. Ce n'est
que nous puissions nous faire un mérite de ne pas partager
manière de voir; je confesse que l'habitude nous a seule
faire, ce que la religion chrétienne nous aurait enseigné
t-à-dire que l'habitude a détruit en nous le préjugé. J'ai sou-
t remarqué en voyageant dans les états du Nord, que ce pré-
é est plus puissant chez-vous que chez nous. Vous avez pour
nègre la même répugnance que pour un serpent ou un cra-
d: ce qui ne vous empêche pas de vous indigner à la pensée
eurs misères. Vous faites des vœux pour qu'ils ne soient pas
rimés, mais vous ne voudriez avoir aucun rapport direct
c eux. Vous les enverriez en Afrique, loin de vos yeux et
s vous chargeriez un ou deux missionnaires de les élever
le que vaille. N'est-il pas vrai?

— Eh! bien, cousin, — dit miss Ophélia d'un ton rêveur, — il y
it y avoir quelque chose de vrai dans ce que vous dites là.

— Que deviendraient les pauvres et les esclaves sans les ents? — reprit Saint-Clare en s'appuyant sur le balcon et en
ardant Eva qui sautillait dans la cour tout en tirant Tom par
nain. — Dans notre pays où on parle toujours de démocratie,
ne vois de vrais démocrates que les petits enfants. En ce mont, Tom est un héros pour Eva; ses histoires sont des mer-
lles; ses chansons, ses hymnes d'église, semblent à Eva bien
s mélodieuses que tous les chants de l'opéra; les jouets, les
roteries qui remplissent ses poches, sont pour elle une mine

de bijoux et lui-même est à ses yeux le Tom le plus extraord[i]
re qui ait jamais été sous une peau noire. Elle est à son tour[
Tom une de ces roses de l'Eden que le Seigneur a laissé to[
sur la terre pour la consolation du pauvre et de l'esclave[
n'ont guère l'espoir d'en pouvoir cueillir d'autres.

— Mais voilà qui me surprend, cousin; en vous enten[dant]
parler ainsi, on vous prendrait pour un professeur.

— Un professeur! moi?

— Oui, un professeur de religion.

— Oh! pour cela, non; je suis loin de ressembler à ceux[
professent la religion dans nos villes; non, je ne suis pas pro[fes]
seur, et qui pis est, je ne suis pas non plus *professant*.

— Qu'est-ce donc, alors, qui vous fait parler ainsi?

— Rien n'est plus aisé que de parler, — répondit Saint-Clâ[re]
— Je crois que Shakspeare fait dire par quelqu'un des pers[on]
nages qu'il a mis en scène : *J'enseignerais à vingt individ[us]
bien qu'il y a à faire, plus aisément que je ne serais un des v[ingt]
résolus à suivre mes enseignements.* Il n'est rien de tel que
bonne répartition du travail. Mon fort, à moi, c'est de parler[,
vôtre, cousine, c'est d'agir. »

Tom n'avait pas, comme on dit vulgairement, à se plain[dre]
de sa situation présente, physiquement parlant. Il avait[
gagner les bonnes grâces de la petite Evangéline, dont le n[
cœur était rempli de reconnaissance pour la bonne volonté [a]
laquelle Tom se prêtait à ses jeux; aussi la charmante en[fant]
avait demandé à son père que cet esclave fût spécialement a[tta]
ché à sa personne, qu'il pût l'accompagner toutes les fois qu['elle]
aurait besoin d'une escorte pour ses promenades et pour[
courses : et Tom avait reçu l'ordre de laisser là toutes les au[tres]
occupations pour accompagner miss Eva chaque fois qu'ell[e
désirerait; nos lecteurs sont bien persuadés, sans doute, que[
ordre fut loin de déplaire à notre héros. Il fut dès lors ha[billé]
très convenablement : car Saint-Clare attachait une très gr[ande]
importance à la manière dont ses gens devaient être vêtus.[
emploi à l'écurie devint à proprement parler une véritable s[iné]
cure, puisqu'il se réduisait à une inspection quotidienne et [à]
direction d'un esclave remplissant, sous ses ordres, l'offic[e
palefrenier; Marie Saint-Clare avait déclaré formellement qu['elle]
ne voulait pas que les vêtements de Tom sentissent le moin[dre]
monde l'odeur des chevaux lorsqu'il approcherait d'elle;[
avait exigé qu'on le dispensât de tout service capable de le[
rendre désagréable; alléguant qu'avec son système nerveux[
irritable, respirer une odeur qui lui aurait déplu, était, sui[vant]
elle, autant qu'il en fallait pour provoquer une crise qui [met]
trait, immanquablement, un terme à ses tribulations terres[tres]
Tom, en conséquence, avait toujours des habits parfaiteme[nt]
brossés, un chapeau de castor très propre, des bottes bien cir[ées]
du linge exactement blanc; ainsi vêtu, il avait, grâce à la [gra]
vité et à l'expression de bonté qui se lisait sur son visage n[
l'air assez respectable pour pouvoir, au besoin, être évêqu[e

age, comme le furent à d'autres époques, des hommes de
uleur. (1).

plus, il avait une habitation charmante, ce qui, pour un
n'est pas chose indifférente. Il jouissait tout à loisir du
des oiseaux, du parfum des fleurs, du murmure des fon-
s, de la lumière ; de l'élégante décoration de la cour, des
res de soie, des tableaux, des lustres, des statuettes, des
res qui, pour lui, ornaient les salons avec un luxe égal à celui
rillait dans le palais d'Aladin.

e jour de la civilisation se lève pour la race africaine, et
lèvera certainement, oui, son tour viendra, elle figurera
le grand drame de l'humanité, elle apportera le tribut de
ventions ; la vie s'éveillera là avec une magnificence, une
deur dont nos froides tribus occidentales ne peuvent se
une idée. Dans cette lointaine et mystique terre de l'or,
ierreries, des palmiers, des fleurs merveilleuses et par
clat et par leur prodigieuse fécondité, naîtront de nou-
formes de l'art, de nouveaux genres de splendeur ; et la
ègre, secouant les mépris des peuples qui, jusqu'alors
ent foulée aux pieds, se relèvera et apportera, peut-être,
ernières et les plus étonnantes merveilles de l'industrie
ine. Oui, certes, les nègres se relèveront, nous en avons
garantie les heureuses qualités qui les distinguent, leur
eur, la docilité de leur cœur, leur déférence pour tout
t supérieur, leur soumission à l'autorité, la simplicité toute
tine avec laquelle ils témoignent leur affection toujours
re et enfin la générosité avec laquelle ils savent pardonner,
récieuses qualités sont-elles donc celles d'une race déchue ?
l'on ajoute qu'ils sont plus disposés qu'aucun des peuples
sés à mener la *vie chrétienne* dans ce qu'elle a de plus parfait,
us sera-t-il pas permis de penser que le Dieu qui châtie
qu'il aime, n'a jeté la pauvre race africaine dans la four-
des tribulations que pour en faire la plus élevée, la plus
de toutes les tribus, dans ce royaume qui surgira alors que
royaume aura été détruit ? Car les premiers seront les der-
et les derniers les premiers.

it-ce cette pensée qui préoccupait Marie Saint-Clare, un

Il n'est pas nécessaire de remonter à des temps déjà loin
ous pour trouver dans l'église catholique, des nègres re-
de la dignité sacerdotale et même épiscopale. Il n'est pas
de voir à Paris, dans l'église N.-D. des Victoires, des évêques
ins officier pontificalement. Nous avons assisté plus d'une
au Saint-Sacrifice de la messe, célébré dans ce sanctuaire
Vierge immaculée, par des prêtres au teint couleur d'ébène.
que l'ÉGLISE CATHOLIQUE, *légitime héritière du Sauveur de*
les hommes, est la seule qui puisse exécuter avec fidélité ce
ment dont nos malheureux réformateurs parlent sans cesse
'ils mettent si peu en pratique.   (Note du traducteur.)

dimanche matin qu'elle était dans le vestibule, élégan
parée, et agrafant un bracelet enrichi de diamants qui orna
poignet si délicat. Pas précisément, mais c'était quelqu
pensée d'un ordre élevé : car Marie patronisait les b
choses, et elle était sur le point d'aller, ainsi couvert
diamants, de soie, de dentelles, de bijoux et de tous les
de luxe possibles, à un temple élégant, avec l'intentio
melle d'y faire preuve de piété. Marie se faisait un devoir
très pieuse... tous les dimanches. Elle était là dans son vesti
si svelte, si gracieuse ; tous ses mouvements avaient qu
chose de si onduleux, de si aérien, quand elle se drapait
son écharpe de dentelle qui l'environnait comme un nua
vapeur, qu'on aurait eu peine à reconnaître la languissante
que nous avons vue précédemment étendue sur un sopha
paraissait vraiment ravissante et il était aisé de voir q
n'ignorait pas qu'elle devait produire cet effet sur tous ceu
la regarderaient. Miss Ophélia, qui était à son côté, faisait
elle un contraste parfait. Elle avait cependant une robe de
très riche, un châle d'une grande beauté, un mouchoir des
élégants : mais, sa raideur, sa carrure, ses formes anguler
son air guindé lui donnaient une tournure qui frappait les
aussi désagréablement, que l'élégance de sa voisine les fi
par la grâce répandue sur toute sa personne. Quand nous
la grâce, nous n'entendons pas parler ici de la grâce selon
qui peut-être n'aurait pas surabondé chez l'élégante dame.

Où est Eva ? — demanda Marie.

Elle s'est arrêtée sur l'escalier pour dire quelque ch
Mammy. »

Vous désirez savoir ce qu'Evangéline disait à Mammy su
calier ? Ecoutez, cher lecteur, et vous l'entendrez sans
Marie l'entende :

Chère Mammy, je sais que vous souffrez cruellemen
votre mal de tête.

Que Dieu vous comble de ses bénédictions, miss Eva
puis quelque temps ma tête me fait toujours souffrir. Mais
faut pas vous inquiéter de cela, miss.

Je suis bien contente que vous sortiez un peu; l'air vou
bien ; et, tenez Mammy, — dit la petite fille en l'enlaçant
bras, — vous prendrez mon flacon avec vous.

Quoi ! votre beau flacon en or, enrichi de diamants
Seigneur, miss, non cela ne serait pas convenable, je ne
me servir d'un pareil bijou.

Et pourquoi pas ? Vous en avez besoin et moi je n'en
faire. Maman se sert de l'odeur qui y est renfermée quand
sa migraine, elle s'en trouve bien, cela vous soulager
aussi, Mammy ; oh ! vous le prendrez, n'est-ce pas ? pour m
plaisir.

Ecoutez ! — écoutez ! comme ça vous parle gentime
dit Mammy, pendant qu'Eva glissait le flacon dans son s
donnait un baiser et descendait, en courant, l'escalier po
joindre sa mère.

— Pourquoi donc vous êtes-vous arrêtée en route, — demanda ie à sa fille.

— C'était pour donner mon flacon à Mammy, afin qu'elle puisse nporter au temple avec elle.

— Eva ! — dit Marie en frappant du pied, — quoi ! vous avez té votre flacon à Mammy ! y pensez-vous ? Mais quand donc rendrez-vous à savoir être convenable ? Allez de ce pas re- ndre votre flacon. »

ya, toute déconcertée, parut toute triste en recevant cet or- elle se retourna lentement pour l'exécuter cependant.

— Marie, je vous en prie, laissez cette enfant tranquille ; ne t-elle pas faire de son flacon ce qu'elle veut, — dit Saint-Clare arrivait fort à propos pour épargner un grand chagrin à sa re Eva.

— Saint-Clare, mais comment voulez-vous qu'elle apprenne ja- s à se conduire dans le monde, si vous venez toujours me con- dire quand je la reprends ?

— Comment elle apprendra à se conduire dans le monde ? Dieu ait ; mais ce qu'il y a de certain pour moi, c'est qu'elle suit la te du ciel mieux que vous et moi, — repartit Saint-Clare.

— Allons donc ! papa, ne parlez pas ainsi, — dit Eva en pous- t doucement Saint-Clare, — cela fait de la peine à maman.

— Eh ! bien, cousin, êtes-vous prêt pour venir au meeting ? — arda de dire miss Ophélia pour couper court à la discussion.

— Au meeting ? — reprit Saint-Clare, — bien obligé, je n'y vais

J'ai toujours désiré que Saint-Clare vînt au temple (1), —

) Nous nous sommes permis de traduire le mot anglais *church*, qui ifie proprement *église* par le mot *temple*, et cela, toutes les fois nous l'avons rencontré dans le cours de l'ouvrage. Notre confession avec toute la sincérité possible, on nous permettra, sans doute, onner l'explication de cette licence de traducteur, si toutefois on appeler cela une licence.

tre langue française a bien ses petits défauts, elle en a même, si veut, de très grands, mais elle a toujours été réputée pour être ogique. Or, le mot *église* en français, quand il désigne un édifice, naître immédiatement à l'esprit l'idée d'un autel surmonté d'un fix, et garni de chandeliers, de bouquets de fleurs, comme l'é- t dès le principe du christianisme les tombes des martyrs sur elles on offrait le Saint-Sacrifice. Le mot église fait encore naître à rit l'idée d'un autel consacré à la Vierge immaculée, autel où nous ns déposer le fardeau de nos douleurs et demander à la mère qui se debout au pied de la croix, où était attaché son fils, qu'elle enne pour nous la force et la résignation qui nous sont nécessaires supporter les maux qui nous affligent dans cette vallée de larmes. pensons encore à la table sainte ; au confessionnal, où nous avons ndu cette consolante parole : « *Allez en paix, vos péchés vous remis*. Nous pensons à *la chaire de vérité*, aux peintures qui rent les murailles ; en un mot, à tout ce que nous avons coutume

dit Marie, — mais il n'y a pas le moindre grain de religion
lui. Cela n'est pas de bon ton, mais enfin...

— On sait cela, — répondit Sainte-Clare, — vous autres,
dames du bon ton, vous allez au temple pour apprendr
manière dont il faut se conduire dans le monde. Eh! bien, es
que cela ne suffit pas? ne pouvons-nous pas nous abriter à l'o
bre de votre grande piété, et être tenus pour gens de bon t
par cela même que nous permettons à nos femmes d'aller
temple? Pour moi si je me déterminais à fréquenter un tem
quelconque, j'irais où va Mammy; au moins là, il y a de c
vous empêcher de dormir.

— Quoi! chez ces braillards de Méthodistes? — s'écria Mari
fi! quelle horreur! (1)

---

de voir dans une *église*. Ce mot était donc impropre à désigne
bâtiment dénudé, où l'on ne voit que la tribune occupée par le mini
Dans notre langue, on a toujours appelé cela un temple: nous a
cru devoir être logique, puisque notre langue nous fournissait le m
de l'être. Nous nous rappellions aussi qu'un de nos plus célèbres p
cateurs disait, il y a une vingtaine d'années. dans une de ses c
rences: *Un temple n'est pas une église*. Pourquoi donc ne pas ap
un *temple* un *temple*, comme on appelle un *chat* un *chat*. Quan
motif qui a fait qu'on a laissé subsister dans la langue anglaise le
church pour désigner un temple ou une église *ad libitum*, il ne fau
s'en étonner, ce n'est pas la seule faute contre la logique qu'aient
mise les protestants anglais. Croirait-on, par exemple, qu'ils ré
chaque jour dans leurs prières le *Credo* tel que nous le récitons et
omettre l'article; *Je crois* A LA SAINTE ÉGLISE CATHOLIQUE?
nous, le fait nous a paru tellement étrange, que pour l'admettre,
avons voulu le vérifier dans un livre de prières à l'usage des protes
anglais.

Ah! mais en voilà assez et plus qu'il n'en faut, sans doute,
justifier la traduction du mot *church* par le mot *temple*.

(Note du traducteur.

(1) La qualification que Marie Saint-Clare donne ici aux Métho
vient de ce que dans leurs réunions religieuses, ils chantent continu
ment des psaumes ou des hymnes empruntés à l'Eglise catholique
Méthodistes sont les ennemis les plus acharnés de la religion anglic
bien qu'ils soient les enfants de la réforme qui a pour chef l'in
Henri VIII; ils se montrent, comme on a pu le voir jusqu'ici, for
révérencieux envers leur mère. Que ne réfléchissent-ils, eux qui
profession de méditer sans cesse l'ancien et le nouveau testament
cette prédiction du sauveur? *Tout royaume divisé contre lui-même
détruit*. Ils comprendraient alors pourquoi le protestantisme s'en
néant; et, tout en rendant grâces à Dieu de les arracher à l'err
leurs devanciers, ils se montreraient moins hostiles qu'ils ne som
notamment dans les provinces du Nord de l'Amérique, aux dével
ments du catholicisme qui, pendant que l'erreur se fractionna
milliers de sectes, est resté debout sans varier dans sa doctrine
s'écarter de l'unité. Continuons à faire des vœux pour que les
distes soient logiques jusqu'au bout, et ils seront bientôt conver

— Tout ce que vous voudrez ; mais je préfère cela à la *Mer Morte* de vos temples à l'usage des gens du bon ton , ma chère Marie. C'est, ma parole d'honneur, trop exiger d'un homme que de vouloir l'astreindre à assister à vos silencieuses réunions. Eva , est-ce que vous aimez à aller au temple ? Allons , restez ici avec moi , nous jouerons ensemble.

— Merci , papa, j'aime mieux aller au temple.

— Ne trouvez-vous pas que c'est mortellement ennuyeux ? — demanda Saint-Clare à sa fille.

— Je pense que c'est assez ennuyeux — répondit Eva — je m'y endors même quelquefois, mais je tâcherai de me tenir veillée.

— Pourquoi donc y aller alors ?

— Pourquoi ? mais papa, — dit-elle à l'oreille de Saint-Clare — ignorez-vous ce que dit ma cousine ? elle m'a appris que le bon Dieu désirait nous y voir ; vous savez que c'est de lui que nous tenons tout ce que nous possédons ; eh ! bien alors pourquoi ne pas faire ce qu'il désire ? après tout, ce n'est pas très ennuyeux d'aller au temple.

— Oh ! vous êtes une excellente et charmante petite âme ? — dit Saint-Clare en l'embrassant — allez, bonne petite fille que vous êtes, et priez pour moi.

— Certainement, je prierai pour vous ; je ne manque jamais de le faire — répondit l'enfaut en s'élançant dans la voiture où était déjà sa mère.

Pendant que la voiture s'éloignait, Saint-Clare debout sur le perron envoyait des baisers à sa fille. De grosses larmes roulaient dans ses yeux.

— O Evangéline ! que tu es bien nommée — disait-il — n'es tu pas , pour moi , un évangile vivant dans lequel Dieu a voulu que j'apprisse à connaître sa loi ?

Saint-Clare se complut un instant dans cette douce pensée, puis il alluma un cigarre, parcourut un journal le *Picayune*, et oublia bientôt son *petit évangile*. N'est-ce pas ainsi que font beaucoup d'autres ?

— Voyez-vous, Evangéline, — disait pendant le trajet Marie à sa fille, — il est toujours bien et convenable de se montrer bon envers les domestiques : mais ce qui n'est pas séant, c'est de les traiter comme vous traiteriez vos parents ou des gens de votre rang. Ainsi , par exemple , si Mammy devenait malade , vous ne voudriez certainement pas la faire coucher dans votre lit , n'est-ce pas ?

---

catholicisme ; car , la *Bible* en mains , ils seront forcés de reconnaître : *qu'un mauvais arbre ne saurait porter de bons fruits*. Or de quelque côté qu'ils se jettent pour remonter à leur arbre généalogique , ils ne trouveront que ces trois noms : Luther , Calvin , Henri VIII ; il ne leur faudra pas grand effort de raisonnement pour conclure que ni l'un ni l'autre de ces trois réformateurs n'a pu produire de bons fruits.

(Note du traducteur.)

— Mais si maman, je le ferais au contraire et pour de
raisons : la première, c'est que je serais plus à portée de lui do
ner des soins ; la seconde, c'est que mon lit est meilleur que
sien. »

Cette réplique désespéra Marie ; rien, suivant elle, ne prouva
mieux l'absence du sens moral chez sa fille.

— Que pourrai-je donc imaginer pour me faire comprendr
de cette enfant ? — dit-elle.

— Rien, — répliqua miss Ophélia.

Eva parut triste et déconcertée pour un moment ; mais heu
reusement les enfants ne conservent pas longtemps leurs impres
sions ; au bout de quelques minutes, elle jasait et riait de tout c
qu'elle apercevait, chemin faisant, à travers les glaces de l
voiture. . . . .

— Eh ! bien, mesdames, — dit Saint-Clare, quand toute l
famille fut confortablement assise à table pour dîner, — que
était le programme du festin spirituel qu'on vient de vous serv
au temple ?

— Oh ! nous avons eu un magnifique sermon du docteur G***
— répondit Marie, — c'est un de ces sermons comme il sera
à désirer que vous en entendissiez ; il exprimait si bien toute
mes idées !

— Toutes vos idées ? oh ! alors il a dû être bien édifiant, — d
le railleur Saint-Clare ; — le sujet était vaste et susceptible d
grands développements.

— Je veux dire toutes mes idées sur la société et surtout ce qu
se rattache à cette question, — reprit Marie ; — son texte étai
Dieu a bien fait toutes choses en leur temps. Il a montré alo
comment tous les degrés, toutes les distinctions établies dans
société, venaient de Dieu lui-même ; il a prouvé que tout éta
si bien ordonné, qu'il devait nécessairement y avoir des class
élevées et des classes inférieures et que les uns étaient nés po
commander, les autres pour servir ; vous concevez qu'il a pa
faitement développé tout cela. Puis il a fait une si belle applica
tion de toutes ces vérités à la guerre si ridicule que font actue
lement nos agitateurs à l'esclavage ! il a si bien prouvé que l
Bible était pour nous et qu'elle protégeait nos institutions p
des textes irrécusables... Oh ! j'aurais voulu, pour tout au mond
que vous l'entendissiez.

— A quoi bon, — dit Saint-Clare, — je puis apprendre to
ce qu'il vous a débité dans mon journal le *Picayune* : il traite
même sujet et de la même manière. J'ai de plus l'avantage
pouvoir fumer mon cigarre tout en lisant les sermons du
cayune sur l'esclavage ; c'est ce que je ne pourrais pas faire
temple.

— Mais quoi, — dit miss Ophélia, — vous n'admettez do
pas ces idées ?

— Qui, moi ? vous savez que je suis un pauvre chien
mécréant et que le côté religieux de ces questions ne m'intére
guère. Si j'avais à me prononcer en matière d'esclavage, je di

s biaiser : voici franchement notre situation ; nous avons des
laves et nous voulons les conserver parceque cela nous
vient et qu'il est de notre intérêt de le faire. C'est là toute
faire en gros et en détail ; c'est là, après tout, le résumé de
s les pieux radotages de tous nos docteurs ; et l'avantage que
trouve dans mon explication à moi, c'est qu'elle est inteilli-
le pour tous les habitants de tous les pays.

— Vraiment Augustin, vous êtes d'une irrévérence !... — dit
rie, — il est choquant de vous entendre ainsi parler.

— Choquant ? soit ! Mais ces arguments religieux qu'ils don-
t pour l'esclavage, pourquoi ne les poussent-ils pas plus
n ? pourquoi ne montrent-ils pas *que toutes choses sont bien
es en leur temps*, en prenant pour exemple un individu qui
t un ou deux verres de trop, ou qui passe les nuits au jeu et
te la série des habitudes qu'ils doivent, pour être consé-
nts, admettre comme établies par la Providence et qui sont
ommunes parmi nous autres jeunes hommes. Nous serions
rmés de leur entendre prouver que tous nos vices sont parfai-
ent conformes aux lois divines.

— Voyons, — dit Miss Ophélia, — croyez-vous que l'esclavage
juste ou injuste ? dites-nous cela d'une manière nette.

— Oh ! cousine, je ne vais pas me frotter à l'effrayante logique
vous avez importée de la Nouvelle Angleterre. Si je réponds
otre question, je sais que vous allez immédiatement m'assié-
d'une demi-douzaine d'autres questions toutes plus embar-
santes les unes que les autres et je ne veux pas me laisser
onscrire dans un cercle d'où j'aurais peine à sortir. Je suis
individu de l'espèce de ceux qui passent leur vie à jeter des
rres dans les fenêtres des autres ; mais je m'arrange de ma-
re à ce qu'on n'en puisse jeter dans les miennes.

— Voilà comme il parle toujours, — dit Marie, — jamais on
peut rien obtenir de raisonnable avec lui. Je crois que c'est
ce qu'il n'aime pas la religion, qu'il se trouve toujours obligé
recourir à des subterfuges comme il le fait encore main-
ant.

— La religion ! — dit Saint-Clare, d'un ton qui fit lever les
x aux deux dames. — La religion ! ce qu'on vous débite dans
temples, est-ce là ce que vous appelez de la religion ? Cette
trine élastique qui plie, tourne, descend, ou s'élève selon
l'exigent les penchants égoïstes d'une société mondaine,
t de la religion ! Encore une fois est-ce là ce que vous appelez
a religion ! ce qui est moins scrupuleux, moins généreux,
ns juste ; ce qui a moins de considération pour la dignité
aine que moi avec mon impiété, mon esprit mondain et
n aveuglement ? non ! mille fois non ! Quand je cherche ce
peut-être la religion, j'élève mes regards ; c'est au-dessus
moi que je cherche et non pas au-dessous.

— Ainsi vous ne pensez pas qu'on trouve dans la Bible la justi-
ation de l'esclavage ? — demanda Miss Ophélia.

— La Bible est un livre que vénérait ma mère — répondit

Saint-Clare, — et je serais triste de penser qu'il fasse l'apol[
de l'esclavage ; j'en serais aussi affligé que si on venait me p[
ver que ma mère buvait de l'eau-de-vie , chiquait du tabac[
jurait , afin de me convaincre que je fais bien d'avoir tous [
défauts. Cette preuve, si on me la donnait, ne changerait en r[
ma manière de penser sur toutes ces habitudes ignobles , [
elle me priverait d'une grande consolation : celle de pou[
respecter la mémoire de ma mère ; et c'est là une grande co[
lation , dans ce monde , d'avoir quelque chose qui soit digne[
respect. Bref , voyez-vous , — ajouta-t il en reprenant tout[
coup le ton de la plaisanterie — tout ce que je demande , c[
que chaque chose soit à sa place. L'édifice social en Eur[
comme en Amérique est basé sur une variété de principes[
ne peuvent supporter un examen sérieux au point de vue d[
moralité. Il est bien généralement reconnu que les hom[
n'aspirent pas à la justice absolue : mais qu'ils se contenten[
n'être pas plus injustes que le plus grand nombre. Maintena[
que quelqu'un vienne nous dire, qu'à son point de vue co[
homme, il trouve l'esclavage une chose indispensable pour n[
que nous ne pouvons nous en passer , sans nous exposer à [
ruinés et réduits à la mendicité, qu'en conséquence nous de[
le maintenir : c'est là un langage ferme, clair , net , qui p[
avec lui le cachet de la vérité ; et si nous en jugeons par ce [
se pratique, la majorité adoptera cette conclusion. Mais qu[
je vois un individu avec la mine allongée , qui me débite , [
ton nazillard des textes de l'Ecriture , pour prouver la légiti[
de l'esclavage , je le regarde comme un hypocrite qui veu[
faire passer pour meilleur qu'il n'est.

— Vous n'êtes pas du tout charitable , — dit Marie.

— J'en demeure d'accord — répondit Saint-Clare , — [
voyons ! je suppose que le coton vienne à baisser un beau [
et que par telle cause que vous voudrez , il n'y ait plus d'es[
de le voir revenir à sa valeur actuelle , et que par suite de c[
dépréciation , les esclaves n'aient plus aucune valeur su[
marché : je vous parie qu'on vous tournera l'Ecriture de faç[
vous expliquer la chose. Oh ! quels flots de lumière illuminera[
alors les prêcheurs de vos temples et comme ils vous prou[
raient , la Bible en main , que l'équité , la raison se trouv[
directement du côté opposé à celui où ils vous les mont[
aujourd'hui !

— Eh ! bien , quoi qu'on dise ou qu'on pense — dit Marie [
s'étendant sur sa chaise longue , — je m'estime très heur[
d'être née dans un pays où l'on admet l'esclavage ; je le tr[
chose très légitime ; je sens que cela doit être et , après t[
je suis convaincue que je ne pourrais me passer d'esclaves. [

— Et vous , ma minette , qu'en pensez-vous ? — demanda Sa[
Clare à Eva qui entrait alors dans la salle , avec une fleur[
main.

— Ce que je pense ? et sur quoi donc , papa ?

— Que préférez-vous , de vivre comme on le fait chez [

oncle de Vermont, où d'avoir une maison remplie d'esclaves comme nous avons ici ?

— Oh ! certainement, je préfère notre manière de vivre.

— Et pourquoi donc, s'il vous plaît? — demanda Saint-Clare, en caressant la tête de sa fille.

— Mais parceque nous avons ainsi plus de monde à aimer tout autour de nous, n'est-il pas vrai ? — répondit Eva en regardant son père avec une expression sérieuse.

— Ah ! voilà bien Eva, — s'écria Marie; — c'est bien là une de ses étranges réponses.

— C'est étrange ce que je dis là? — demanda à voix basse la petite Eva, en grimpant sur les genoux de son père.

— Aux yeux de ce monde, oui, ma minette, — répondit Saint-Clare, — mais dites-moi, ma petite Eva, où étiez-vous donc pendant le dîner ?

— Oh ! je suis allée dans la chambre de Tom, pour l'entendre chanter, et tante Dinah m'a fait dîner.

— Vous avez été entendre chanter Tom, dites-vous ?

— Oui ! il chante de si belles choses sur la Jérusalem nouvelle, les anges de lumière et le pays de Chanaan.

— Je suis sûr que c'est plus beau que tout ce qu'on chante à l'opéra ?

— Je le crois bien. Et il va m'apprendre tous ces beaux chants.

— Quoi ! il va vous donner des leçons de chant ? oh ! pour le coup vous allez faire des progrès.

— Oui, oui. Tom chante pour moi, je lui fais des lectures dans ma Bible et puis il m'explique tout ce que cela veut dire, vous savez ?

— En vérité, — dit Marie en riant, — je n'ai rien ouï jusqu'ici de plus plaisant.

— Tom, je le parierais, n'est pas un mauvais interprète de l'Ecriture, — reprit Saint-Clare. — Tom a naturellement l'esprit religieux. Ce matin, j'avais besoin des chevaux de très bonne heure : je suis allé pour l'avertir à sa petite chambre audessus des écuries et là je l'ai entendu qui tenait un meeting à lui seul ; et je puis assurer que jamais je n'ai rien entendu d'aussi onc-tueux que sa prière. Il m'y recommandait avec un zèle tout apostolique.

— Peut-être se doutait-il que vous étiez-là pour l'écouter, — dit Marie, — j'ai déjà entendu parler de tours de ce genre.

— S'il soupçonnait ma présence, il n'était pas fin politique, car il disait fort librement au Seigneur son opinion sur mon compte. Il semblait persuadé que j'avais besoin de m'amender et il priait avec ferveur pour ma conversion.

— J'espère que vous la prendrez vous-même à cœur, dit miss Ophélia.

— Ah ! cousine, je vous soupçonne fort de partager sur ce point, l'opinion de Tom. Eh bien, nous verrons, n'est-ce pas, Eva ?

CHAPITRE XVII.

DÉFENSE D'UN HOMME LIBRE.

Il y avait, à la fin de l'après-midi, une légère agitation dan[s]
la maison du quaker, où nous avons laissé Georges, Elisa et l[e]
petit Henri. Rachel Halliday trottait çà et là, cherchant dans le[s]
armoires ce qui pourrait être utile aux fugitifs qui devaient par[-]
tir cette nuit même. Déjà les ombres se prolongeaient dans l[a]
plaine, et le disque du soleil avec sa teinte rougeâtre sembla[it]
hésiter avant de disparaître à l'horizon ; il lançait ses dernier[s]
rayons dans la petite chambre où Georges et sa femme étaie[nt]
assis. Georges tenait son enfant sur ses genoux et la mai[n]
d'Elisa dans la sienne. Tous deux avaient l'air sérieux et pensif[;]
on voyait sur leurs joues des traces de larmes récemmen[t]
versées.

— Oui, chère Elisa, — disait Georges, — je sais que tout c[e]
que vous dites est vrai ; vous êtes bonne ; beaucoup meilleur[e]
que moi ; et je veux essayer de mettre en pratique ce que vou[s]
me conseillez. Oui, je veux m'efforcer d'agir en homme libre. J[e]
veux penser en chrétien. Le Seigneur tout-puissant sait que mo[n]
plus vif désir est de faire bien. J'ai fait tout ce que je pouvais pou[r]
agir selon Dieu, alors que tout était contre moi ; maintenant, j[e]
vais m'efforcer d'oublier le passé, de chasser de mon cœur tou[t]
sentiment d'amertume, lire ma Bible, et apprendre à être u[n]
homme vraiment bon.

— Et dès que nous serons au Canada, — dit Elisa, — je pour[-]
rai vous aider. Je sais faire les robes parfaitement bien, je sai[s]
blanchir le linge et le repasser, et à nous deux, il ne nous ser[a]
pas difficile de gagner de quoi vivre, et nous serons heureux.

— Oh ! oui, bien heureux, tant que nous pourrons être en[-]
semble et avoir notre enfant près de nous. O ma chère Elisa, s[i]
ces malheureux propriétaires d'esclaves pouvaient seulemen[t]
savoir le bonheur qu'éprouve un homme lorsqu'il peut se dir[e]
que sa femme et son enfant sont à lui ! Je me suis bien souven[t]
étonné de voir des hommes qui pouvaient avoir la certitude qu[e]
leurs femmes et leurs enfants étaient bien à eux, se tourmente[r]
encore de quelqu'autre chose. Nous n'avons pour toute propriét[é]
que nos bras et je me trouve riche et puissant. Il me semble qu[e]
je ne pourrais demander à Dieu rien de plus que ce qu'il m'[a]
donné. Oui, quoique j'aie été condamné jusqu'à l'âge de trente[-]
cinq ans à un dur travail, quoique je ne possède pas une obol[e]
quoique je n'aie pas un toit pour m'abriter, pas un pouce de ter[re]

m'appartienne, s'ils voulaient seulement me laisser en repos, serais satisfait, je les remercierais. Je travaillerai, j'amasserai quoi payer votre rançon et celle de notre enfant. Pour mon être à moi, il a été payé au quintuple des dépenses qu'il a pu re pour moi. Je ne lui dois rien.

— Mais nous ne sommes pas encore hors de danger, — dit sa, — nous ne sommes pas encore au Canada.

— C'est vrai, — répondit Georges, — mais il me semble que respire déjà l'air de la liberté et cela me donne du courage.

En ce moment, on entendit des voix dans l'appartement voi-, la conversation paraissait fort animée. Bientôt on frappa à la rte de la petite chambre des fugitifs. Elisa tressaillit et vint vrir.

Siméon Halliday se présenta en compagnie d'un frère Quaker il nomma Phinéas Fletcher. Phinéas était long et mince mme un échalas; il avait les cheveux roux et l'expression de visage annonçait la perspicacité et la ruse. Il n'avait rien de air tranquille, calme et dégagé des embarras du monde qui ractérisait Siméon Haliday; loin de là, il paraissait très éveillé pour tout dire, il avait toute l'apparence d'un homme qui fait and cas de lui-même, qui connaît parfaitement son affaire et ne craint pas de laisser paraître la confiance qu'il a en sa pacité. Particularités qui contrastaient un peu avec le chapeau larges bord et la phraséologie ordinaire des Quakers.

— Notre ami Phinéas a découvert une chose importante et qui est pas sans intérêt pour toi et les tiens, ami Georges. — dit méon. — Il serait bien que tu l'entendisses.

— Ce que j'ai découvert, — reprit aussitôt Phinéas, — montre il est bon, qu'en certains lieux, un homme qui dort ait tou- urs une oreille ouverte pendant son sommeil, comme je l'ai ujours dit. La nuit dernière je m'étais arrêté dans une petite verne isolée, au bas de la route; tu te rappelles l'endroit, méon, c'est précisément où nous avons vendu des pommes nnée dernière à cette grosse femme avec de grandes boucles oreilles. Bien, j'étais fatigué, le voyage avait été un peu pé- ble; et après avoir soupé, je m'étendis sur une pile de bagages i étaient là dans un coin, et je m'enveloppai d'une peau de ffle en attendant que mon lit fût préparé; et qu'est-ce que je is alors? Je m'endors profondément.

— Avec une oreille ouverte, n'est-ce pas Phinéas? — demanda méon tout bonnement.

— Non pas, je dormis sur les deux oreilles pendant une ou ux heures, car j'étais bel et bien fatigué; mais, quand je fus peu remis de ma fatigue, je m'éveillai et je m'aperçus qu'il avait là dans la salle quelques hommes assis autour d'une table, ils buvaient et causaient. Avant de remuer, il me sembla qu'il serait pas mal de chercher un peu à savoir quels étaient les ojets de ces gens; je fus confirmé dans ma détermination en tendant qu'ils daignaient s'entretenir des Quakers. L'un d'eux sait: « Ainsi, il n'y a pas de doute, ils sont dans la colonie des

Quakers. · Ceci me regarde, dis-je en moi-même; alors j'écout
des deux oreilles et je compris qu'ils parlaient de notre affa
Je restai donc étendu sur mon lit de bagages et j'entendis p
faitement l'exposé de leurs plans. Ce jeune homme, disaient-
serait renvoyé au Kentucky, à son maître qui ne manquerait p
de faire un exemple qui empêcherait, à l'avenir, les nègres
prendre la fuite. Sa femme serait emmenée par deux d'entre e
à la Nouvelle-Orléans où ils la vendraient au profit d'eux tou
ils estimèrent qu'ils en auraient seize ou dix-huit cents dollar
l'enfant, disaient-ils, revenait de droit à un marchand qui l'av
acheté; puis enfin un jeune garçon nommé Jim et sa mère s
raient renvoyés aussi à leurs maîtres dans le Kentucky.
ajoutaient qu'il y avait deux constables dans une ville peu éloign
d'ici et qu'ils iraient les requérir de leur prêter main forte po
assurer la capture; après quoi la jeune femme serait condu
devant le juge et que l'un d'entre eux, qu'ils désignaient, c'ét
un petit homme à la parole mielleuse, viendrait affirmer p
serment, que cette femme lui appartenait et qu'il se la fer
adjuger alors pour la conduire dans le sud. Ils sont parfaitem
informés de la route que nous devons suivre cette nuit, et
viendront sur nos traces au nombre de six ou huit. Ainsi, ma
tenant qu'allons-nous faire? »

Le tableau qu'offrirent alors les divers personnages, témoi
auditeurs de cette communication, était digne du pinceau d'
peintre. Rachel Halliday avait cessé de pétrir la pâte qu'elle ét
sur le point de façonner en biscuits, pour prêter attention
récit de Phinéas et maintenant elle levait au ciel ses mains en
rinées, avec un air profondément consterné; Siméon sembl
absorbé dans ses réflexions; Elisa entourait de ses bras son m
et, le regard attaché sur lui, elle paraissait le supplier de ne
point abandonner; Georges, les mains crispées, l'œil étincelar
avait l'attitude que peut avoir tout homme à qui on annonce q
sa femme va être vendue à l'encan, et son fils livré à un ma
chand, et tout cela sous la protection des lois d'une nation qui
dit chrétienne.

— Georges, mon ami, qu'allons-nous faire? — demanda El
prête à défaillir.

— Je sais ce que je ferai, — dit Georges en se promenant à p
précipités dans la petite chambre et en s'assurant que ses p
tolets étaient en état.

— Oui, oui, — dit Phinéas en faisant un signe de tête à S
méon, — tu vois, Siméon, comment on va travailler.

— Je le vois, — répondit Siméon en soupirant. — J'espère q
les choses n'en viendront pas à ce point.

— Je ne veux pas que personne se compromette avec moi,
pour moi, dit Georges. — Si vous voulez bien me prêter la v
ture et m'indiquer la route, je conduirai seul jusqu'à la pr
chaine station. Jim est un colosse d'une force herculéenne
brave comme on l'est quand on n'a en perspective que la m
et le désespoir. Moi je suis aussi brave que lui.

— Ah! fort bien, ami, — dit Phinéas, — mais il te faut toujours un conducteur avec tout cela. Tu te charges de tout ce qui est bataille, c'est à merveille ; moi, vois-tu, je connais une ou deux positions sur la route qui pourront nous être utiles en cas de besoin, et qui pour toi sont choses tout-à-fait inconnues.

— Mais je ne veux pas vous compromettre.

— Me compromettre ? — reprit Phinéas avec une expression de visage des plus piquantes. — Tais-toi donc ; quand tu pourras me compromettre, fais-moi le plaisir de me le faire savoir.

— Phinéas est un homme sage et expert — dit Siméon. — Tu ne peux mieux faire, ami Georges, que de t'en rapporter à ce qu'il te conseillera et — ajouta-t-il en plaçant doucement la main sur l'épaule de Georges, et en indiquant les pistolets, — ne sois pas trop prompt à faire usage de ces armes, un homme jeune comme toi a parfois le sang trop bouillant.

— Je n'attaquerai jamais personne — répliqua Georges. — Tout ce que je demande à ce pays c'est qu'il m'abandonne à moi-même, et je le quitterai paisiblement ; mais... — il s'arrêta un moment, son front s'assombrit, son visage se contracta : — j'ai une sœur qui a été vendue sur ce maudit marché de New-Orléans. Je sais ce qui arrive alors ; et croyez-vous que je puisse rester là immobile si je les voyais s'emparer de ma femme pour la vendre, quand Dieu m'a donné des bras vigoureux pour protéger et défendre au besoin celle à laquelle il m'a uni ? Non ! Dieu aidant, je jure que je combattrai jusqu'à mon dernier soupir et, tant qu'il me restera un souffle de vie, on ne touchera ni à ma femme, ni à mon fils. Pouvez-vous me blâmer ?

— Ce n'est pas à un homme mortel qu'il appartient de te blâmer, Georges : la chair et le sang ne peuvent agir autrement, répondit Siméon. — Malheur au monde à cause des scandales, mais malheur à ceux par qui le scandale arrive.

— Ne feriez-vous pas comme moi, si vous étiez en ma place ?

— Je prie Dieu de ne pas m'exposer à cette tentation, — dit Siméon, — la chair est faible.

— Je pense moi que ma chair serait passablement forte en pareil cas — reprit Phinéas en étendant une paire de bras qui ressemblaient aux ailes d'un moulin à vent. — Je ne réponds pas, ami Georges, que je ne serais pas homme à secouer rudement un de ces drôles, si tu avais quelque chose à régler avec lui.

— Si l'homme a jamais eu le droit de réprimer le mal — dit Siméon, — Georges pourrait maintenant avec raison résister à l'oppression ; mais les conducteurs de notre peuple nous ont enseigné un moyen plus parfait ; car la colère de l'homme ne saurait accomplir la justice de Dieu ; mais cette doctrine paraît pénible à la volonté corrompue de l'homme ; et nul ne peut l'admettre, sauf celui qui en a reçu la grâce. Prions afin que le Seigneur ne nous laisse pas exposer à la tentation.

— Je prie aussi dans ce but, — dit Phinéas, — mais si nous sommes tentés par trop fort, ma foi ! qu'ils y prennent garde : voilà tout ce que j'ai à dire. 17

— On voit bien que tu n'es pas né quaker, — répondit Siméo[n]
en souriant : — la vieille nature est encore pleine de for[ce]
chez toi.

A dire vrai, Phinéas avait été jadis un courageux habitant d[es]
bois, un chasseur déterminé, la terreur des chevreuils ; m[ais]
ayant recherché en mariage une gentille quakeresse, il ava[it]
été conduit par les charmes de la dame de ses pensées à se joi[n]
dre aux quakers de cette petite colonie qui était voisine de s[es]
sauvages domaines ; il était devenu un frère honnête, sobre, [et]
plein de zèle pour la société de ses nouveaux coréligionnaire[s]
toutefois, loin qu'on ne pût alléguer contre lui aucun reproc[he]
sérieux, les plus versés en spiritualité d'entre ses frères ne po[u]
vaient s'empêcher de remarquer qu'il manquait souvent de do[u]
ceur et d'onction dans la manière dont il développait s[es]
pensées.

— L'ami Phinéas aura toujours une manière d'agir qui lui e[st]
propre, — disait Rachel Halliday, — mais, après tout, no[us]
sommes tous bien convaincus qu'il est, de cœur, dans la bon[ne]
voie.

— Eh ! bien, — dit Georges, — le mieux pour nous, n'est[-il]
pas de hâter notre fuite ?

— Je me suis levé à quatre heures ce matin, et je suis ve[nu]
ici au plus vite avec une avance de deux ou trois heures sur eu[x]
s'ils partent comme ils en ont le projet. Au reste, quoiqu[il]
puisse en advenir, il n'est pas prudent de nous mettre en rou[te]
avant la brune ; car nous avons, à quelque distance d'ici, à tr[a]
verser des villages où habitent de méchantes gens qui, en reco[n]
naissant notre voiture, pourraient venir se mêler de nos affair[es]
et nous perdrions plus de temps à nous débrouiller avec e[ux]
qu'en attendant ici ; mais il me semble que, dans deux heure[s]
nous pourrons nous mettre en route. D'ici là, j'irai trouv[er]
Michael Cross, et je l'engagerai à nous escorter sur son bidet [il]
nous servira d'éclaireur sur la route et nous avertira si quelq[ue]
troupe de cavalier se met à notre poursuite. Le cheval de M[i]
chael peut lutter de vitesse avec quelque cheval que ce soit, [et]
à la moindre apparence du danger, il prendra l'avance po[ur]
nous avertir en temps. Ainsi donc je vais avertir Jim et la viei[lle]
femme de se tenir prêts, et puis je ferai atteler. Nous avons u[ne]
jolie avance sur eux, et nous pourrons fort bien arriver à [la]
prochaine station avant qu'ils nous aient rejoints. Ainsi, b[on]
courage, ami Georges, oh ! ce n'est pas la première affaire de [ce]
genre que j'ai avec des hommes de ta race, j'en ai déjà tiré pl[u]
sieurs d'un bien mauvais pas. Nous sortirons ncore de celui-ci [!]

Phinéas sortit là dessus, et ferma la porte sur lui.

— Phinéas est un homme adroit — dit Siméon. — Il f[era]
pour toi et les tiens ce qu'il y a de de mieux à faire, [ami]
Georges.

— Tout ce qui me fait peine — répondit Georges — c'est [de]
voir que vous vous exposiez pour nous. .

— Tu nous feras grand plaisir, ami Georges, on ne p[eut]

rlant plus de cela. Ce que nous faisons , nous devons le faire , est pour nous une obligation de conscience et nous irions ntre le devoir si nous agissions autrement. Et maintenant , re , — ajouta Siméon en se tournant vers Rachel , — hâte un n tous tes préparatifs de cuisine : car nous ne pouvons pas sser partir ces amis à jeun. »

Et tandis que Rachel et ses enfants s'occupaient à préparer des eaux de maïs, à faire cuire jambon, poulet et tout ce qui vait composer le repas du soir , Georges et Elisa , assis dans r petite chambre , les bras entrelacés, se disaient entre eux t ce que peuvent se dire des époux quand ils savent que, dans elques heures , ils seront, peut-être, séparés l'un de l'autre , ur ne plus se revoir.

— Elisa , — disait Georges , — ceux qui ont des amis, qui ssèdent des maisons, des terres, des trésors et qui ont toutes oses en abondance , ne peuvent aimer comme nous aimons, us qui n'avons d'autre bien que notre affection l'un pour utre. Jusqu'à ce que je vous aie connue , Elisa , personne ne avait aimé , excepté ma pauvre mère et ma pauvre sœur. Je vis te bonne et malheureuse Emilie dans la matinée du jour où e fut emmenée par le marchand qui l'avait achetée. Elle vint ns le coin où j'étais endormi et me dit : « Pauvre Georges, ta rnière amie s'en va. Que vas-tu devenir, pauvre enfant ? » moi je me jetai à son cou et je me mis à pleurer, à sangloter, e pleurait aussi ; je venais d'entendre les dernières paroles ectueuses qui dussent m'être adressées et pendant les dix nées qui suivirent , mon cœur se flétrit , il se dessécha comme tendre ; mais alors je vous rencontrai ; Elisa , vous m'avez né ; oh ! il me semblait que je ressuscitais d'entre les morts. n'ai plus été le même homme depuis que je vous ai eu pour ouse. Aussi , je vous le déclare , Elisa , je verserai jusqu'à la rnière goutte de mon sang, s'il le faut : mais ils ne vous arra- eront pas de mes bras. Quiconque voudra vous avoir devra sser sur mon cadavre.

— Que le Seigneur ait pitié de nous ! — dit Elisa en sanglot- t. — Qu'il permette que nous puissions quitter ce pays semble , c'est là tout ce que nous demandons.

— Dieu est-il pour eux ? — continua Georges, moins pour par- à sa femme que pour donner un libre cours aux pensées ères qui débordaient de son cœur. — Voit-il ce qu'ils font ? et l le voit, comment peut-il permettre de telles choses ? Et on que la Bible est pour eux !.. ce qu'il y a de certain , c'est que force est pour eux, du moins ! Ils sont riches, pleins de santé. sont heureux... Ils sont membres et chefs de leurs temples où prêchent la nécessité de l'esclavage ; ils espèrent aller au ciel ès leur mort ; et cependant ils ont toutes leurs jouissances ns ce monde, tout leur sourit ; tandis que de pauvres chré- ns pleins d'honneur, pleins de foi, des chrétiens aussi bons, illeurs qu'eux, rampent à leurs pieds dans la poussière. Ils uvent les acheter, les vendre, faire trafic du sang de leur

cœur, faire argent de leurs soupirs, de leurs larmes, et n
les laisse en repos !....

— Ami Georges. — dit Siméon qui avait entendu la plainte
Georges, de la cuisine, — écoute ce psaume ; il peut te faire
bien. »

Georges approcha sa chaise de la porte, et Elisa, essuyant
larmes, s'avança aussi pour écouter. Siméon lut ce qui suit :

« Pour moi, j'ai senti mes pieds me manquer, et j'ai chanc
en marchant.

» Car j'ai envié le sort de l'insensé en voyant la prospérité
méchants.

» Ils ne sont point condamnés aux travaux et ils ne sont po
affligés des fléaux qui accablent les autres hommes...

» C'est pourquoi l'orgueil les lie comme une chaîne ; la violer
les couvre comme un vêtement.

» Leurs yeux sont bouffis de graisse ; ils ont plus que le cœ
ne peut désirer.

» Ils sont corrompus en parlant méchamment en faveur
l'oppression. Ils parlent avec arrogance.

» C'est pourquoi son peuple se retournant, et voyant en le
mains la coupe de l'abondance, il dit :

» Comment est-il possible que Dieu sache cela ? Là conna
sance de toutes choses existe-t-elle pour le Très-Haut ? »

— Georges n'est-ce pas là ce que tu éprouves en ce moment
— Oui vraiment, — répondit Georges, — on dirait que c
moi qui ai écrit ce que vous venez de lire.

— Eh bien, écoute, — reprit Siméon.

» Quand j'ai réfléchi sur ces choses, j'ai été rempli d'afflict
jusqu'à ce que je sois entré dans le sanctuaire de Dieu. Alors
compris leur fin.

» Certes, tu les as établis dans un lieu glissant, tu le
voués à la destruction.

» De même qu'au réveil, on ne fait nul cas de l'image qu'o
vue en songe : ainsi, ô Seigneur tu réduiras à néant, au jou
ton réveil, la vaine image de leur félicité.

» Néanmoins, je ne m'éloignerai pas de toi, tu m'as tenu
la main.

» Tu me guideras par ta sagesse, et ensuite tu me rece
dans ta gloire.

» Il m'est bon de demeurer en la compagnie de mon D
J'ai mis toute mon espérance dans le Seigneur mon Dieu. »

Les paroles de la vérité sainte, proférées par l'affect
vieillard, pénétrèrent comme une musique sacrée dans l'e
exaspéré de Georges ; et bientôt il se calma, et l'expression d
soumission à la volonté divine, se répandit sur son beau visag

— S'il n'y avait pas une autre vie, après celle de ce mon
— ajouta Siméon, — tu serais en droit de demander : où
est le Signeur ? Mais ce sont souvent ceux qui ont eu le moi
jouissance en cette vie, qu'il choisit pour les combler de biens
son royaume. Place donc en lui toute ton espérance et quoi
t'arrive ici-bas, sois assuré qu'il te rendra justice là-haut.

ces paroles si elles étaient tombées de la bouche de quelque
prêcheur jouissant, comme beaucoup de nos ministres, de
toutes les aisances de la vie, et s'inquiétant fort peu de confor-
mer sa conduite à la sainteté de la doctrine qu'ils prônent; si
elles avaient été proférées simplement comme de pieuses fleurs
de rhétorique, efficaces pour ceux qui sont éprouvés par les tribulations, peut-être bien n'eussent-elles produit aucun effet;
mais lues par un homme qui chaque jour s'exposait à l'amende et
à la prison, pour servir la cause de Dieu et de l'humanité en
protégeant et en aidant de malheureux esclaves, elles avaient
une force irrésistible; aussi vinrent-elles comme un baume
salutaire, ramener le calme et l'énergie dans l'âme des deux fugitifs tout-à-l'heure si désolés.

Alors Rachel prit avec affection la main d'Elisa et l'emmena
vers la table sur laquelle était servi le souper. A peine étaient-
ils tous assis, qu'on frappa légèrement à la porte: c'était la
pieuse petite Ruth qui arrivait.

— J'ai couru jusqu'ici, — dit-elle, — pour apporter ces bas
pour le petit garçon; il y en a trois paires, ils sont en bonne
laine, bien douce et bien chaude. Il fera si froid au Canada!
te sens-tu toujours bon courage, Elisa? — ajouta-t-elle en approchant de la quarteronne dont elle serra la main avec la plus
vive affection; puis elle glissa au petit Henri un gâteau. — Je lui
en ai apporté une petite provision, — dit-elle en fouillant dans
sa poche pour retirer le paquet de gâteaux qu'elle y avait fourré;
les enfants, tu sais, ont toujours faim.

— Oh! je vous remercie, vous êtes trop bonne, — dit Elisa.

— Allons Ruth, assieds-toi pour souper avec nous, — dit
Rachel.

— Je ne puis absolument pas. J'ai laissé John avec l'enfant, et
mes biscuits sont au four. Je ne puis rester, sans cela John laissera brûler mes biscuits et il donnera à l'enfant tout le sucre
qui est dans le sucrier. Ah! c'est comme cela qu'il fait, — dit
en riant la petite quakeresse. — Ainsi adieu, Elisa; adieu Georges; que le Seigneur t'accorde un heureux voyage! — Et Ruth
partit tout en courant.

Peu de temps après le souper achevé, un grand chariot couvert arriva à la porte; la nuit était toute brillante d'étoiles.
Phinéas descendit lestement du siège pour embarquer ses passagers. Georges sortit de la maison de Siméon portant son fils sur
l'un de ses bras et tenant sa femme de l'autre. Sa démarche était
ferme, son air était calme et résolu. Rachel et Siméon les suivaient.

— Sortez un instant, — dit Phinéas à ceux qui se trouvaient
dans la voiture, — afin que je dispose la banquette de derrière
pour les femmes et pour le petit bonhomme.

— Tiens, voici les deux peaux de buffle, — dit Rachel à Phinéas. — Arrange cela pour qu'ils soient le plus commodément
possible; il est bien dur de voyager toute une nuit.

Jim sortit le premier de la voiture et assista ensuite sa vieille

mère à en descendre. La pauvre femme s'attachait à son fil[s]
jetait autour d'elle des regards remplis d'inquiétude, comme[ ]
elle eût craint de voir arriver à chaque instant ceux qui les po[ ]
suivaient.

— Jim, vos pistolets sont-ils en état ? — demanda Georges[ ]
voix basse, mais d'un ton ferme et résolu.

— Oui, certes, — répondit Jim.

— Et vous n'hésiterez pas à vous en servir s'ils surviennent[ ]

— Je ne crois pas — reprit Jim en découvrant sa large poitri[ne]
et en respirant avec force. — Pensez-vous que je veuille le[ ]
laisser reprendre ma mère ?

Pendant ce petit colloque, Elisa avait pris congé de sa bon[ne]
et affectueuse Rachel et aidée par Siméon, elle avait pris pla[ce]
dans la voiture avec son enfant et s'était assise sur les peaux [de]
buffle. La vieille femme fut hissée à son tour et alla s'asseoir[ ]
côté d'Elisa ; Georges et Jim se placèrent sur la banquette[en]
bois devant elle et Phinéas, en sa qualité de chef de l'expéditio[n]
occupa le siége du cocher.

— Adieu, mes amis ! — dit Siméon.

— Que Dieu vous comble de ses bénédictions ! — répondir[ent]
tous ceux qui étaient dans la voiture.

Et le coche s'éloigna, roulant, cahotant, sur la terre glac[ée]

Il n'y avait pas moyen de tenir conversation ; l'aspérité de[la]
route, le bruit des roues, empêchaient qu'on ne pût s'ent[en]
dre. Le véhicule s'avança donc sans que les causeries cherch[as]
sent à dominer le bruit de ses roues ; on cotoyait tantôt[de]
sombres forêts, tantôt on traversait de vastes plaines ; puis[la]
voiture gravissait péniblement des collines pour redesce[ndre]
bientôt dans des vallées où, grâce à la pente du terrain, [elle]
roulait alors avec plus de rapidité. Bientôt l'enfant s'endorm[it]
devint plus pesant sur le giron de sa mère. La pauvre vie[ille]
femme, si effrayée au moment du départ, oublia ses terreu[rs]
Elisa elle-même, à mesure que la nuit avançait, sentait [son]
inquiétude se dissiper, et déjà ses craintes n'étaient plus a[ssez]
sérieuses pour qu'elle crût nécessaire de lutter contre le som[meil]
qui appesantissait sa paupière. Bref, Phinéas paraissait êtr[e le]
plus éveillé de la compagnie, et pour rompre la monotonie de[s]
fonctions de conducteur, il sifflait certains airs de chansons[ ]
peu *anti-quakeresses.*

Vers trois heures du matin, cependant, Georges entendit[,]
loin, un bruit saccadé qui ressemblait au galop d'un cheval[, il]
poussa du coude Phinéas qui aussitôt arrêta ses chevaux p[our]
prêter l'oreille.

— Ce doit être Michaël — dit-il, — je crois reconnaître[le]
galop de son cheval. — Il se leva de son siége et regarda a[vec]
inquiétude dans la direction d'où venait le bruit.

Un cavalier courant à toute bride, se dessinait dans le cr[é]pu
obscur, au sommet d'une colline éloignée.

— C'est lui, ou je me trompe fort, — dit Phinéas.

Aussitôt Georges et Jim s'élancent de la voiture, sans [pr]é

voir ce qu'ils faisaient. Tous, immobiles, silencieux, tour-
naient leurs regards vers le messager attendu. Il courait toujours.
Bientôt il descendit dans la vallée et nos fugitifs le perdirent de
vue ; mais ils entendaient toujours le bruit précipité du galop de
son cheval qui, en se rapprochant, devenait de plus en plus
distinct ; enfin il reparut au sommet d'une éminence, à portée
de la voix.

— Oui, c'est bien Michaël, — dit Phinéas, et élevant la voix,
se mit à crier : holà ! eh ! Michaël !

— Est-ce toi, Phinéas ?

— Oui ! Quelles nouvelles ? Ils arrivent ?

— Derrière moi ! ils sont huit ou dix ! échauffés par l'eau-de-
vie, jurant, hurlant tous comme des loups affamés ! »

Et au moment où il parlait, une brise qui s'éleva, apportait le
bruit d'une troupe de cavaliers galoppant au loin.

— Allons ! en voiture, rentrez enfants et dépêchons ! — dit
Phinéas. — S'il faut que nous engagions la bataille, gagnons du
moins un endroit que je connais un peu plus loin. — A ces mots
les deux hommes montèrent et Phinéas stimula ses chevaux avec
son fouet ; Michaël les suivait. La voiture sautait, bondissait,
volait pour ainsi dire sur la croûte gelée du sol ; mais le bruit de
la troupe de cavaliers devenait de plus en plus distinct. Les deux
femmes l'entendirent, ce bruit ; elles mirent la tête dehors pour
regarder et elles virent avec effroi sur le haut de la colline peu
distante, une bande de cavaliers qui se dessinait sur le ciel
coloré par les premiers feux de l'aurore. A leur tour ils dispa-
raissent dans la vallée pour reparaître bientôt au sommet d'une
autre colline d'où ils ont aperçu la voiture des fugitifs facile à
distinguer à cause de la toile blanche dont elle est couverte ;
point de doute qu'ils aient compris que la voiture recélait leur
proie, car le vent apporte aux malheureux leurs frénétiques
hurlements de triomphe. Elisa se sentit défaillir et serra son
enfant sur son sein ; la vieille mère se mit à prier et à sanglotter ;
Georges et Jim saisirent leurs pistolets d'une main crispée par le
désespoir. Les poursuivants, cependant, gagnaient du terrain ; la
voiture tourne court et conduit les fugitifs au pied d'une chaîne
de rochers escarpés qui dominaient une plaine unie et découverte. Ce groupe de rochers, qui se détachait en noir sur un ciel
brillant, semblait promettre un abri sûr contre toute attaque.
Phinéas connaissait parfaitement cette forteresse construite par
la nature ; il s'y était reposé souvent lorsqu'il faisait profession
de chasser ; et c'était dans le but de pouvoir s'y retrancher,
qu'il avait accéléré la marche de ses coursiers.

— Ah ! ça, maintenant, — s'écria-t-il en arrêtant soudainement ses chevaux et en s'élançant du siége à terre — Alerte !
sortez tous en un clin d'œil et courons au plus vite pour nous
réfugier dans cette masse de rochers. Michaël attelle ton cheval
à la voiture, cours avec jusque chez Amarial et reviens avec lui et
ses fils pour nous aider à parler à ces misérables.

En un clin d'œil tous étaient descendus de voiture.

— Allons, moi je prends le petit, — dit Phinéas en s'emparan[t] d'Henri ; vous deux, — occupez-vous du transport des femmes [en] haut et dépêchons-nous de courir.

L'exhortation était superflue ; plus prompts que nous ne sau[r]rions dire, nos voyageurs escaladèrent une haie et coururent ver[s] les rochers, pendant que Michaël, mettait pied à terre, attacha[it] son cheval à la voiture et s'éloignait rapidement pour cherche[r] du renfort.

— Grimpons, — dit Phinéas, dès qu'ils furent arrivés aux ro[-] chers, en reconnaissant à la clarté des étoiles et de l'aurore, le[s] traces du sentier rude, mais bien dessiné qui conduisait a[u] sommet. — C'est un de nos anciens repaires de chasse. En avant[!]

Phinéas marchait en tête, bondissant sur les rochers ave[c] l'agilité d'une chèvre ; il tenait l'enfant dans ses bras. Derrièr[e] lui, venait Jim, portant sur ses épaules sa vieille mère tou[te] tremblante ; Georges et Elisa fermaient la marche. La troupe d[e] cavaliers parvint en ce moment à la haie, tous se mirent à pou[s-] ser des cris et mirent pied à terre pour suivre les fugitifs. Ceu[x] ci, en quelques minutes étaient parvenus au sommet de l[a] forteresse ; à l'endroit où le sentier se rétrécissant, forma[it] un défilé où l'on ne pouvait passer qu'un à la fois, et qui les co[n] duisait à une crevasse large d'environ trois pieds, au-delà d[e] laquelle se dressait une pile de rochers, séparés du reste de l[a] chaîne ; cette pile haute de trente pieds avait des parois qu[i] s'élevaient perpendiculairement à la plate forme, ce qui lui don[-] nait tout-à-fait l'apparence d'un château fort. Phinéas franchi[t] aisément la crevasse et déposa l'enfant sur le lit de mousse q[ui] couronnait le sommet de sa roche.

— Passez ! vous autres, abritez-vous ! — cria-t-il alors ; — sau[-] tez par ici, il y va de votre vie ! — Divers fragments de ro[c] détachés formaient à l'endroit d'où Phinéas commandait la re[-] traite, une espèce de retranchement ; tous franchirent le[s] obstacles qui les séparaient de ce retranchement et se trouvère[nt] hors de la vue de ceux qui les poursuivaient.

— Ah ! bien, nous voici tous, — dit Phinéas, — et il se mit [à] regarder par dessus une pierre qui servait de parapet pour exa[-] miner les assaillants qui se précipitaient tumultueusement ver[s] le pied de la roche. — Laissons-les arriver jusqu'à nous, s'ils l[e] peuvent. S'ils veulent nous rendre visite, il faut qu'ils passe[nt] un à un entre ces deux rochers, qui sont parfaitement à porté[e] de vos pistolets, mes enfants ; vous voyez n'est-ce pas ?

— Oui, oui, — répondit Georges, — et maintenant comm[e] c'est notre affaire, laissez-nous courir seuls les risques d[u] combat.

— Pour ce qui est du combat, à ton aise, ami Georges, je t[e] laisserai parfaitement libre de t'en acquitter seul, — repri[t] Phinéas en mâchant quelques feuilles de mûrier sauvage, — mai[s] tu m'accorderas bien, je suppose, la permission d'examiner u[n] peu ce qui se passe. Et tiens, vois donc comme ces coquins s[e] trémoussent là en bas ; comme ils lèvent le bec par ici, on dirai[t]

es poules qui s'apprêtent à voler sur leur juchoir. Ne ferais-tu
as bien de leur dire un mot pour les avertir charitablement que
ils tentent de donner l'assaut, ils seront bel et bien canardés. »

La bande qui était à délibérer au bas de la forteresse se voyait
maintenant d'une manière bien distincte, grâce au chemin qu'a-
vait fait le soleil. On y retrouvait nos vieilles connaissances Tom
et Marks, en compagnie de deux constables et de quelques vaga-
bonds enrôlés à la dernière taverne ; moyennant quelques rasades
d'eau-de-vie, ils avaient promis leur assistance pour prendre une
nichée de nègres.

— Eh ! bien, Tom, — disait l'un d'eux, — voilà vos lapins
pris au gîte.

— Oui, je les ai vus grimper là tout droit , — reprit Tom, —
et voilà le sentier qu'ils ont suivi. Je suis d'avis qu'il faut aller les
rejoindre. Il n'y a pas moyen pour eux de sauter en bas de l'autre
côté , et il ne faudra pas beaucoup de temps pour les prendre
tous.

— Mais Tom, ils peuvent tirer sur nous de derrière les rochers
où ils sont abrités , — dit Marks, — et ce serait là une bien laide
affaire, savez-vous ?

— Bast ! — reprit Tom en ricanant, — vous avez déjà peur
pour votre peau, Marks. Il n'y a pas de danger, allez, vous
pouvez vous montrer brave, les nègres sont si lâches !

— Je ne vois pas pourquoi je ne chercherais pas à sauver ma
peau, — répondit Marks, — c'est ma meilleure ; et quoi que vous
en disiez, les nègres se battent quelquefois comme des diables. »

En ce moment, Georges apparut au-dessus de leur tête, au
sommet du rocher, et leur cria d'une voix claire et parfaitement
calme:

— Messieurs ! qui êtes-vous ? et que demandez-vous ?

— Nous voulons rattraper une troupe de nègres qui se sont
enfuis de chez leurs maîtres, — répondit Tom Locker. — Ces
nègres sont : Georges Harris, Elisa Harris et leur fils, d'une part ;
Jim Selden, et une vieille femme, d'autre part. Nous avons avec
nous des officiers de justice, et les autorisations nécessaires pour
pincer nos fuyards et c'est ce que nous allons exécuter sur le
champ. Entendez-vous bien ? N'êtes-vous pas , vous qui parlez si
bien, Georges Harris, appartenant à M. Harris, du comté de
Shelby, dans le Kentucky ?

— Je suis en effet Georges Harris. Un M. Harris du Kentucky
m'appelait sa propriété, mais je suis devenu un homme libre,
foulant la terre libre de Dieu ; ma femme et mon fils sont à moi.
Jim et sa mère sont ici avec nous. Nous avons des armes pour
nous défendre et nous sommes déterminés à le faire. Vous pouvez,
si cela vous plaît , gravir jusqu'ici, mais le premier de vous qui
approche à la portée de nos balles est un homme mort ; ainsi du
second et du troisième et de vous tous, s'il vous prend fantaisie
de venir nous retrouver.

— Oh ! chut ! allons, allons, — dit un petit homme tout rond et
tout bouffi , qui s'avança hors des rangs. — Jeune homme, il ne

vous appartient pas de parler ainsi. Vous saurez que nous
sommes des officiers de justice. Nous avons pour nous, la loi,
le pouvoir et tout ce qui s'en suit ; ainsi ce que vous avez de
mieux à faire , c'est de vous rendre à l'amiable, car il est certain
que vous ne pouvez échapper.

— Oh! je sais très bien que vous avez pour vous la loi et le
pouvoir, — répondit Georges avec amertume. — Vous avez résolu
de prendre ma femme , pour la vendre à New-Orléans ; de jeter
mon fils , comme un veau , dans le parc d'un marchand de chair
humaine , et de renvoyer la vieille mère de Jim et moi , afin que
nous soyons fouettés, mis à la torture et foulés au pieds par ceux
qui s'appellent nos maîtres ; et vos lois vous en font un devoir ;
mais moi je vous dis : honte à vous et à ceux qui vous donnent
de tels ordres! Oh ! vous ne nous tenez pas encore! Nous ne reconnaissons pas vos lois ; nous ne reconnaissons pas votre pays ;
nous sommes ici sous le ciel de Dieu , libres au même titre que
vous ; et par le Seigneur qui nous a créés , je le jure, nous com-
battrons pour notre liberté jusqu'à la mort. »

Georges était tout-à-fait en vue sur le sommet du rocher, lorsqu'il faisait sa déclaration d'indépendance ; ses joues brunes
étaient colorées par les premiers feux du jour ; le désespoir et
l'indignation enflammaient sa prunelle noire , et comme s'il en
eût appelé de la justice des hommes à celle de Dieu , il levait en
parlant, la main vers le ciel.

S'il eût été un jeune hongrois , protégeant bravement dans
quelque défilé de montagne la retraite des fugitifs cherchant à se
rendre en Amérique pour échapper au joug autrichien , on aurait
vu dans sa conduite le sublime de l'héroïsme ; mais comme ce
n'était qu'un descendant de la race africaine , protégeant la fuite
d'esclaves qui cherchaient à passer de l'Amérique au Canada , il
est tout naturel que nous ne voyions pas le moindre héroïsme
dans la conduite de Georges. Fi donc ! un peuple civilisé et
patriotique comme le peuple américain , trouver là de l'héroïsme ! oh! c'est impossible. Si quelqu'un de nos lecteurs veut
qualifier ainsi la conduite de Georges , il est libre assurément de
le faire : mais qu'il se tienne pour bien averti que nous lui
laissons toute la responsabilité de son opinion.

Quand des émigrants de la Hongrie fuient en désespérés leur
patrie ; qu'ils parviennent , malgré les poursuites des agents de
leur gouvernement légal , à se frayer un passage en Amérique,
la presse , le cabinet applaudissent et les fugitifs sont bien ac-
cueillis.

Quand les Africains , réduits au désespoir , font exactement la
même chose, c'est... qu'est-ce donc , à vos yeux, habitants de la
libre Amérique ?

Quoi qu'il en soit , l'attitude , l'œil, la voix , le ton de l'orateur
imposèrent pour un moment silence à la troupe de bandits qui
poursuivaient les fugitifs. Il y a toujours dans la hardiesse et la
détermination quelque chose qui impose même à la nature la plus
brute. Marks seul était demeuré insensible. Il arma résolument

on pistolet, et, dans le moment de silence qui suivit le discours de Georges, il fit feu sur lui.

— Voyez-vous, — dit-il froidement, après avoir tiré, — on vous paiera tout aussi cher au Kentucky pour le rapporter mort que si vous le reconduisiez vivant. — Et tout en parlant ainsi, il essuyait son pistolet sur la manche de son habit.

Georges bondit en arrière ; Elisa poussa un cri. La balle avait touché les cheveux du mulâtre, effleuré la joue de sa femme et était venue se loger dans un arbre au dessus d'eux.

— Ce n'est rien, Elisa, — se hâta de dire Georges.

— Si tu veux m'en croire, tu n'iras plus te mettre en vue avec tes harangues, — dit Phinéas, — ce sont de misérables lâches.

— Allons, Jim, — reprit Georges, — assurez-vous que vos pistolets sont amorcés et gardons ensemble ce défilé. Le premier de ces hommes qui s'y montre, je fais feu sur lui ; vous tirez sur le second, et ainsi de suite. Il ne faut pas, vous comprenez, que nous dépensions deux coups pour un homme.

— Mais si vous ne touchez pas le premier, que dois-je faire ?

— Je le toucherai, — répliqua Georges froidement.

— Bravo ! il y a de l'étoffe dans ce gaillard-là, — murmura Phinéas entre ses dents.

La troupe d'en bas, après que Marks eut fait feu, resta, pour un moment, indécise sur le parti qu'elle devait prendre.

— Je crois fort que votre coup a porté juste, — dit l'un d'eux, j'ai entendu un cri.

— Je m'en vais tout bonnement en chercher un là-haut, — s'écria Tom. — Jamais je n'ai eu peur des nègres, et je ne veux pas commencer aujourd'hui à trembler devant eux. Qui est-ce qui me suit? — ajouta-t-il en s'élançant sur les rochers.

L'un des plus courageux de la bande suivit Tom, et le chemin étant ainsi ouvert, tous se mirent à gravir la roche, les derniers poussant les premiers et les faisant avancer plus vite qu'ils n'auraient voulu. Ils gagnaient du terrain et touchaient au faîte. L'immense corps de Tom Loker se présente à l'entrée du défilé. Georges fait feu. Tom se sent frappé dans le côté, mais il ne recule pas ; comme un taureau furieux, il bondit et cherche à franchir la crevasse au-delà de laquelle les fugitifs sont retranchés.

— Ami, — dit Phinéas en se jetant au-devant de lui et en le repoussant avec ses longs bras, — on n'a pas besoin de toi ici. »

Tom Loker, arrêté sur le bord de la crevasse avait devant lui le retranchement des fugitifs, mais derrière lui était un ravin de trente pieds ; les bras de Phinéas avaient fait plus que de l'empêcher de pénétrer au milieu des siens, il avait poussé, et même un peu rudement pour un quaker, de sorte que le colosse perdant l'équilibre, dégringola de branche en branche, de buisson en buisson, roulant pêle-mêle avec les morceaux de rocs qui s'étaient détachés de la crevasse et arriva ainsi au fond du ravin tout meurtri et poussant d'affreux gémissements. Si la chûte n'avait été amortie, elle eût été mortelle, assurément ; mais les vêtements de Tom Loker s'accrochaient à chaque instant dans les branches d'un grand arbre qui croissait au pied du rocher. Toutefois, il finit par arriver au fond de l'abîme et il y tomba assez lourdement pour trouver la chose peu agréable.

— Que le Seigneur nous vienne en aide. Ce sont de vrais diables d'enfer ! — s'écria Marks en battant en retraite et en descendant du rocher plus volontiers qu'il ne s'était résolu à y monter ; son exemple fut suivi par toute la bande, qui se précipita tumultueusement vers le bas de la forteresse. C'était une lutte à qui descendrait le plus vite. Le gros constable s'était tellement évertué à devancer les autres, qu'il arriva à terre soufflant, hâletant de la façon la plus terrible.

— Si vous m'en croyez, camarades, — dit Marks, — vous irez faire un tour jusque-là au fond pour relever Tom, pendant que j'irai, moi, sur mon cheval, chercher du renfort. Aussitôt fait que dit, et sans s'inquiéter des quolibets et des huées de ses compagnons, Marks s'éloigna au grand galop.

— A-t-on jamais vu un plus vil coquin? — dit un des hommes de la bande. — Quoi ! nous venons ici pour lui, pour son affaire, et il se sauve et nous plante là !

— Il faut toujours songer à relever ce pauvre gaillard de Tom — reprit un autre. — Je ne sais, le diable m'emporte, si je me soucie qu'il soit mort ou vif. »

Guidés par les gémissements de Tom, ses compagnons pénétrèrent à travers les troncs d'arbres, les broussailles et les décombres, jusqu'à l'endroit où gisait le colosse, qui soupirait et jurait tour à tour avec une énergie épouvantable.

— Vous vous plaignez bien fort, compère, — dit l'un d'eux.— Est-ce que vous souffrez beaucoup?

— Ah ! je n'en sais rien. Tâchez de me relever ; ça se peut-il. Maudit soit cet infernal quaker ! Sans lui, j'en aurais envoyé un ici où je suis, pour voir un peu si le logement lui aurait plu.

On parvint avec des peines inouïes à mettre sur pied le malheureux qui souffrait cruellement pendant qu'on le relevait. Soutenu sous les épaules, il parvint à sortir du ravin et on l'amena à l'endroit où étaient les chevaux.

— Si vous pouviez au moins me faire arriver jusqu'à la taverne qui est à un mille d'ici, — disait-il. — Mais donnez-moi donc un mouchoir, ou un linge quelconque pour que je puisse arrêter le sang de cette infernale blessure.

Georges regardait du haut de la plateforme, il vit qu'on s'efforçait de mettre Tom Loker en selle ; son corps énorme fut deux ou trois fois soulevé de terre, mais jamais on ne put le faire arriver à hauteur du cheval, enfin il chancela et retomba pesamment à terre.

— Oh ! j'espère qu'il n'est pas tué! — s'écria Elisa ; — qui s'était approchée avec les autres fugitifs pour regarder si on parviendrait à charger Tom sur son cheval.

— Pourquoi pas ? — reprit Phinéas ; — il n'aurait que ce qu'il mérite.

— Mais, c'est qu'après la mort, vient le jugement. — dit Elisa.

— Oui le jugement ! — ajouta la vieille mère de Jim qui pendant toute l'affaire n'avait pas cessé de prier et de pousser des soupirs. — C'est une chose terrible que le jugement pour l'âme de cette pauvre créature.

— Ma parole d'honneur ! je crois qu'ils le laissent là, — dit Phinéas.

C'était bien vrai ; après un moment d'irrésolution, ils avaient délibéré entre eux et ils étaient remontés sur leurs chevaux et s'étaient mis en route. Quand ils furent hors de vue, Phinéas commença à se mettre en mouvement.

— Allons, à merveille, — dit-il, — nous allons présentement descendre et faire un petit bout de chemin à pied. J'ai dit à Michaël de prendre les devants et de nous amener du secours et il doit venir à notre rencontre avec la voiture, mais je pense qu'il nous faudra marcher pendant quelque temps avant qu'il nous joigne. Dieu veuille qu'il ne se fasse pas trop attendre ! Il est grand matin et il ne peut encore y avoir beaucoup de voyageurs sur la route. Nous ne sommes guères qu'à deux milles de l'endroit où nous devons stationner. Ah ! si nous n'avions pas eu une route si détestable hier soir, nous y serions arrivés avant que ces vauriens ne nous eussent rattrapés. »

En approchant de la haie qui formait barrière devant le rocher, ils aperçurent sur la route leur voiture qui revenait escortée par quelques hommes à cheval.

— Bien ! oh ! voilà Michaël et Stéphen et Amariah, — s'écria Phinéas tout joyeux. Ah ! maintenant nous sommes bons. Nous voilà aussi en sûreté que si nous étions arrivés.

— Puisqu'il en est ainsi, — dit Elisa, — arrêtons-nous un peu et faisons quelque chose pour soulager ce malheureux homme qui gémit si douloureusement.

— Nous ne ferons que ce que doivent faire des chrétiens en cherchant à le soulager — reprit Georges. — Relevons-le et emmenons-le avec nous.

— Et on pansera sa blessure chez les quakers ! — dit Phinéas.

— C'est vraiment délicieux ! Eh bien, je ne vois pas d'inconvénient à cela. Voyons, examinons un peu dans quel état il se trouve — ajouta Phinéas, — qui dans le cours de sa vie de chasseur avait acquis quelqu'expérience en matière de chirurgie. Il s'agenouilla auprès du blessé et commença à examiner la place avec une attention minutieuse.

— Marks ! — dit Tom Loker d'une voix faible, — est-ce vous, Marks !

— Non ; je te réponds que ce n'est pas Marks, ami, — répondit Phinéas — Marks s'inquiète bien de toi, va ; pourvu qu'il sauve sa peau. Il y a longtemps qu'il est parti.

— Je crois que j'en tiens — dit Tom. — Le misérable couard ! chien de Marks ! me laisser ainsi mourir seul ! ma pauvre vieille mère m'avait bien prédit qu'il en arriverait ainsi.

— Ah ! pitié pour lui ! vous l'entendez ? pauvre créature ! il a encore sa mère ! — s'écria la vieille négresse ; — je ne saurais m'empêcher d'avoir pitié de lui.

— Tout doux ! tout doux , ne remue pas comme cela , ami , — dit Phinéas à Tom qui se débattait et repoussait sa main. — Tu n'en reviendras pas à moins que je n'arrête le sang. » Et Phinéas se mit à confectionner un appareil chirurgical avec son mouchoir de poche et tout ce qu'il put trouver de linge disponible parmi ses compagnons de voyage.

— C'est donc vous qui m'avez fait faire la culbute — dit Tom d'un ton languissant.

— Sans doute ! si je ne t'avais pas poussé le premier , tu nous aurais tous culbutés , n'est-il pas vrai ? Là , là , laisse-moi donc attacher ce bandage. Nous te voulons du bien ; oh ! nous n'avons pas de rancune nous autres ; nous allons te conduire dans une maison où tu trouveras une garde malade qui te soignera aussi bien que si c'était ta mère. »

Tom soupira, et ferma les yeux. Chez les hommes de cette classe, la vigueur et la résolution sont purement physiques , et s'évanouissent dès que le sang coule. C'était vraiment pitié de voir l'abattement de ce corps gigantesque.

La troupe auxiliaire venait d'arriver. On enleva les banquettes de la voiture, les peaux de buffle furent pliées en quatre et on en forma un lit sur lequel quatre hommes eurent grand peine à déposer le monstrueux blessé. Il avait entièrement perdu connaissance. La vieille négresse pleine de compassion pour lui , s'assit au fond de la voiture et prit sa tête sur ses genoux. Elisa, Georges et Jim s'arrangèrent du mieux qu'ils purent, dans l'espace qui restait libre et la caravane se remit en marche.

— Que pensez-vous de lui ? — dit Georges qui s'était assis sur le devant à côté de Phinéas.

— Oh ! ce n'est qu'une blessure dans les chairs ; elle est passablement profonde, par exemple ; mais les contusions et les écorchures qu'il a attrapées dans sa culbute ne lui ont pas fait de bien. Il a perdu assez de sang ; et tout son courage, toute son énergie ont disparu avec le sang ; mais il en reviendra et il aura appris à devenir plus sage et plus humain.

— Je suis bien content de ce que vous me dites là, — reprit Georges, — ce serait pour moi une pensée écrasante, si j'avais été cause de sa mort ; oui, quelque soit la justice de ma cause, c'eût été sur ma conscience un poids énorme.

— Oui, — dit Phinéas, — c'est toujours une vilaine opération que de tuer bêtes ou gens. J'ai été, dans mon temps un chasseur enragé, et je t'assure que j'ai vu une fois un daim que j'avais abattu, me regarder d'un œil si expressif comme s'il eût voulu me reprocher sa mort, que j'ai été triste de l'avoir tué, j'ai senti que c'était mal : et quand il s'agit d'un homme, ça fait faire des considérations plus sérieuses encore : car, comme le disait tout à l'heure ta femme, après la mort vient le jugement. Aussi je ne trouve pas que la doctrine de nos quakers sur ce chapitre, soit par trop stricte ; et quand je pense que cette doctrine me relève à mes yeux, je me sens presque tout-à-fait d'accord avec eux sur ce point.

— Et que ferons-nous de ce pauvre homme ? — demanda Georges.

— Oh ! nous allons le conduire chez Amariah. La grand'mère de Stéphen, Dorcas, comme ils l'appellent, est une garde malade comme il n'y en a pas. Elle est née pour être garde malade et elle n'est contente que lorsqu'elle a un moribond à veiller. Nous allons lui donner celui-là à soigner pour une quinzaine de jours et elle nous le remettra sur pied.

Après avoir roulé pendant environ une heure notre troupe arriva à une jolie ferme où un copieux déjeuner attendait les voyageurs fatigués. Tom Loker fût aussitôt soigneusement placé sur un lit plus propre et plus moelleux que celui qu'il était dans l'habitude d'occuper. Sa blessure fût pansée et bandée selon toutes les règles de l'art ; il était faible et languissant ; ses yeux qu'il ouvrait par intervalles se promenaient, étonnés, sur les blancs rideaux qui garnissaient son lit et sur les visages pleins de douleur qui se glissaient sans faire le moindre bruit dans la chambre du malade, pour voir comment il allait.

Mais laissons-le reposer paisiblement : laissons nos fugitifs déjeûner pour réparer leurs forces et revenons au brillant séjour de Saint-Clare.

CHAPITRE XVIII.

EXPÉRIENCES ET OPINIONS DE MISS OPHÉLIA.

Notre ami Tom, lorsqu'il se livrait à ses réflexions toutes naïves, comparait souvent sa destinée, dans la nouvelle position où l'esclavage l'avait jeté, à la destinée de Joseph en Égypte ; et, en effet, il gagnait chaque jour dans l'estime de son maître et chaque jour, par conséquent, rendait l'analogie plus frappante.

Saint-Clare était indolent et ne tenait pas à l'argent. Jusque-là, les provisions, les marchés avaient été faits par Adolphe qui n'était pas moins insoucieux, pas moins extravagant que son maître ; et ils avaient à eux deux rivalisé de zèle à qui gaspillerait le plus d'argent dans le moins de temps. Accoutumé depuis longtemps à considérer l'administration de la fortune de son maître comme devant être l'objet de toute sa sollicitude, Tom vit avec un chagrin qu'il avait peine à réprimer, les dépenses ruineuses qui se faisaient chez Saint-Clare, et, avec le calme et la réserve des gens de sa race, il hasarda quelquefois des observations indirectes.

Saint-Clare, le chargea d'abord accidentellement de quelques achats ; mais remarquant bientôt sa droiture et sa capacité dans les affaires, sa confiance s'accrut de plus en plus et, insensiblement, il finit par charger Tom de faire seul les marchés et les provisions pour toute la maison.

— Non, non, Adolphe, — dit Saint-Clare, un jour que ce dernier le suppliait de lui rendre le pouvoir qu'il lui avait retiré — laissez faire Tom. Vous ne vous inquiétez que d'une chose, c'est d'acheter à quelque prix que ce soit ce qui vous convient. Tom commence par s'inquiéter du prix, et il examine alors s'il convient d'acheter ou non. Et nous serions bientôt au bout de nos écus si nous n'avions pas quelqu'un qui sût compter et veiller à la dépense. »

Investi de la confiance sans bornes d'un maître qui n'avait nul souci de ses affaires, qui lui mettait en main des billets de banque, sans y regarder, qui empochait le montant du change de ces billets sans jamais compter, Tom avait toute facilité pour se laisser aller à la tentation de manquer de probité ; et il fallait cette incorruptible simplicité qui lui était naturelle, et que la religion chrétienne avait fortifiée en lui pour qu'il ne succombât pas à la tentation. Mais Tom, outre son penchant naturel à la droiture, avait, pour le préserver dans cette occasion, la pensée que sa fidélité devait être proportionnée à la confiance qu'on avait en lui ; cette confiance étant illimitée, il se croyait astreint à la plus scrupuleuse probité.

— Avec Adolphe, le cas était tout différent. Irréfléchi, et plein d'égoïsme, n'ayant pas à redouter le contrôle d'un maître qui trouvait plus commode de fermer les yeux sur les abus que de les réprimer, il en était venu à une telle confusion d'idées qu'il ne savait plus distinguer *le mien* et *le tien* en ce qui concernait lui et son maître. Les choses en vinrent à un tel point parfois que Saint-Clare lui-même, malgré toute son insouciance, avait dû mettre ordre. Son propre bon sens lui disait assez qu'il était injuste et dangereux de laisser ainsi agir ses serviteurs. Une espèce de remords chronique le suivait partout ; mais il n'était pas assez fort pour le décider à changer de plan de conduite ; au contraire, ce remords amenait toujours une réaction en faveur de l'indulgence. Il passait légèrement sur les fautes les plus graves parcequ'il se disait en lui-même, que s'il n'y avait pas donné les mains, ses serviteurs ne fussent jamais tombés dans ces fautes.

Tom avait pour son jeune maître, si gai, si beau, ce dévouement mélangé de respect et de sollicitude toute paternelle qu'on rencontre quelquefois chez les vieux serviteurs. Qui mieux que Tom avait remarqué que Saint-Clare ne lisait jamais la Bible ; qu'il n'allait jamais à l'Eglise ; qu'il plaisantait sur toutes choses quand l'occasion s'en présentait ; qu'il passait ses soirées du dimanche à l'opéra ou dans quelqu'autre théâtre ; qu'il assis it à des orgies, à des clubs, à des soupers et cela plus souvent qu'il ne convenait de le faire? Tous ces désordres avaient servi de base à la conviction que Tom avait acquise et qu'il formulait ainsi en lui-même: « maître n'a pas de religion. » Jamais, cependant, il n'avait exprimé cette conviction devant personne, mais elle lui suggérait la pensée de prier souvent à sa manière si simple, quand il se trouvait seul dans sa chambrette. Ce n'est pas que Tom, ne sût trouver quelquefois l'occasion d'exprimer, avec tout le tact qu'on remarque dans sa caste, sa manière de voir à l'égard de la conduite de son maître; ainsi, par exemple, le lendemain du dimanche dont nous avons parlé plus haut, Saint-Clare s'était rendu à une invitation à dîner, chez de beaux esprits, et on l'avait ramené chez lui entre une heure et deux heures de la nuit dans un état où la partie animale de son être dominait évidemment la partie intellectuelle. Tom et Adolphe durent suppléer à l'incapacité où il était de prendre lui même le soin de se coucher. Adolphe riait beaucoup et trouvait l'état de son maître on ne peut plus plaisant; il tournait en dérision la simplicité de Tom à qui pareille chose inspirait de l'horreur et qui était assez innocent pour passer tout le reste de la nuit à prier pour son jeune maître.

Le lendemain matin, Saint-Clare en robe de chambre et en pantoufles était assis dans son cabinet; il venait de remettre de l'argent à Tom et l'avait chargé de diverses commissions.

— Eh bien, Tom, qu'attendez-vous? — lui dit-il. Et voyant que Tom ne bougeait pas, il ajouta: — Est-ce que tout n'est pas en règle?

— J'ai peur que non, maître, — répondit Tom avec un visage tout sérieux.

Saint-Clare quitta son journal, posa sa tasse de café sur la table et regardant le nègre:

— Ah! ça, Tom qu'y a-t-il? Vous paraissez solennel comme un cercueil.

— Il y a quelque chose qui me fait grand mal, — répondit Tom. J'avais toujours pensé que maître serait bon envers tous.

— Eh bien, Tom, ne l'ai-je pas été? Voyons donc, dites-moi, que vous manque-t-il? Il y a donc quelque chose que vous désirez obtenir de moi et ce que je viens d'entendre est la préface de votre pétition, je suppose.

— Maître a toujours été bon pour moi. Je n'ai pas à me plaindre sous ce rapport. Mais il y a quelqu'un envers qui maître ne se montre pas bon.

— Quoi! qu'est-ce donc que vous avez aujourd'hui, Tom? Parlez; que voulez-vous dire?

— La nuit dernière entre une et deux heures, j'ai réfléchi sur ce dont j'étais témoin et c'est alors que cette pensée me vint et que je me dis: Maître n'est pas bon pour lui-même. »

Tom en parlant ainsi tournait le dos à son maître, il tenait en main le bouton de la porte. Saint-Clare sentit la rougeur lui monter au visage, mais il se mit à rire.

18

— Oh ! c'est là tout, est-ce tout ? — dit-il gaîment.

— Oui tout ! — répondit Tom en se retournant et tombant ‖ genoux. — O mon cher maître ! oui, je crains que vous ne vo‖ exposiez à perdre *tout*... tout... corps et âme. Le bon livre pa‖ lant du sujet qui m'a attristé cet nuit dit : « ce vice mord comm‖ un serpent et pique comme la vipère, » voilà ce que j'ai, lu m‖ cher maître. »

La voix de Tom était entrecoupée par les sanglots, des pleu‖ inondaient ses joues.

— Vous êtes fou, Tom, vous perdez la tête mon pauv‖ homme, — dit Saint-Clare dont les yeux étaient remplis ‖ larmes. — Levez-vous Tom, je ne mérite pas que vous pleuri‖ ainsi sur mon sort. »

Mais Tom demeurait à genoux et paraissait supplier s‖ maître.

— Eh bien, je n'irai plus à leurs ignobles et folles orgies, ‖ dit Saint-Clare, — non, Tom, sur mon honneur, je vous‖ promets. je n'irai plus. Je ne sais pourquoi je n'ai pas ces‖ depuis longtemps déjà. Je les ai toujours méprisées et je me s‖ méprisé moi-même pour avoir eu la faiblesse d'y prendre par‖ ainsi, Tom, essuyez maintenant vos yeux et vaquez tranquilleme‖ à vos affaires. Allons, allons, pas de bénédictions. Je ne s‖ pas déjà merveilleusement bon, — ajouta-t-il, en poussa‖ doucement Tom vers la porte. — Je vous promets de nouvea‖ Tom, sur mon honneur, que jamais vous ne me reverrez da‖ l'état où vous m'avez vu cette nuit. »

Tom sortit en essuyant ses yeux : il était au comble de la jo‖

— Je tiendrai la parole que je lui ai donnée, — dit Saint-Clare‖ fermant la porte.

Il la tint en effet ; car le sensualisme grossier, sous quelq‖ forme qu'il se présentât, n'avait aucun charme pour lui.

Mais, qui pourra nous énumérer les tribulations de tou‖ sortes qui assiégeaient, pendant que ceci se passait, notre a‖ miss Ophélia, qui venait d'entrer dans ses fonctions d'intenda‖ d'une maison des Etats du Sud ?

Dans les établissements méridionaux, les domestiques différ‖ les uns des autres d'une manière complète ; leurs qualités ‖ leurs défauts sont en parfait rapport avec le caractère e‖ capacité des maîtres qui les ont formés.

Dans le Sud, aussi bien que dans le Nord, il y a des femm‖ qui sont douées d'un talent extraordinaire pour commande‖ qui ont le tact qui convient à quiconque est chargé de condui‖ Telles, sans embarras et sans gêne, sans recourir à la sévéri‖ ont le talent d'assujétir à leur volonté, de diriger avec une ‖ monie constante, avec un ordre parfait, les divers membres ‖ leur petit état, d'utiliser les qualités spéciales à chacun d'eu‖ par ce moyen de compenser ce qui manque à celui-ci par ce‖ se trouve en abondance chez celui-là. Grâces à cette adminis‖ tion, le bon ordre règne dans un ménage.

Mme Shelby, dont nous avons parlé au commencement‖

cet ouvrage, était une ménagère de cette catégorie. Nos lecteurs peuvent se rappeler en avoir rencontré quelquefois de semblables. Si elles ne sont pas communes dans le Sud de l'Amérique, c'est qu'elles sont en petit nombre dans tout le monde. Mais on les rencontre au Sud dans la même proportion que partout ailleurs ; nous dirons seulement qu'une bonne ménagère, dans les états méridionaux de l'Amérique, par suite de l'organisation propre à la société de ce pays, a, plus que partout ailleurs, l'occasion de faire briller ses talents en économie domestique.

Telle n'était pas Marie Saint-Clare, telle n'avait pas été non plus sa mère. Indolente, puérile, accoutumée à agir sans plan, sans prévoyance, on ne pouvait attendre d'elle qu'elle donnât à ses esclaves l'esprit d'ordre et d'économie ; et elle n'avait pas chargé le tableau, dans la description qu'elle avait faite à miss Ophélia de la confusion qui régnait dans toute sa maison, bien qu'elle n'attribuât point cette confusion à celle qui en était la véritable cause.

Le jour de son entrée en fonctions gouvernementales, miss Ophélia était sur pied dès quatre heures du matin ; et après avoir fait elle-même sa chambre, ainsi qu'elle avait coutume de le faire depuis qu'elle était à New-Orléans, ce qui, par parenthèse avait prodigieusement étonné la femme de chambre, elle se disposa à inspecter minutieusement tous les buffets, armoires et cabinets dont les clefs avaient été remises entre ses mains.

L'office, la lingerie, l'armoire à la vaisselle, la cuisine, la cave, tout passa ce jour-là par une revue rigoureuse. Des choses ensevelies dans la plus profonde obscurité furent produites au grand jour. Alarmée des découvertes de la nouvelle intendante, toute la gent domestique, de l'antichambre à la cuisine, de la lingerie à la cave, fut en grand émoi et des murmures s'élevèrent contre *cette dame du Nord qu'on trouvait trop curieuse.*

La vieille Dinah, la cuisinière en chef, qui gouvernait avec un pouvoir absolu le département de la cuisine, était furieuse de voir ce qu'elle appelait une usurpation de ses priviléges. Jamais empiètement de la couronne n'excita plus de rage dans le cœur d'un baron féodal au temps de la grande Charte.

Dinah avait un caractère à part, et ce serait être injuste envers elle que de ne pas en donner une esquisse à nos lecteurs.

Elle était née avec une vocation bien prononcée pour la cuisine, ni plus ni moins que tante Chloë ; ce qui n'est pas étonnant puisque l'art culinaire est naturel à la race africaine ; mais Chloë était une cuisinière formée par l'étude et la méthode : dans ses préparations elle procédait avec régularité, elle mettait à profit les découvertes faites dans la science des ragoûts. Dinah, au contraire, était un de ces génies qui ne prennent leçon que d'eux-mêmes ; et, comme la plupart des génies, elle était positive, entichée de ses opinions, et ennemie jurée des sentiers battus. Comme certains de nos philosophes modernes, elle méprisait la logique et la raison sous quelque forme qu'elles se présentassent et se réfugiait toujours dans la certitude intuitive. On aurait

vainement cherché à la faire douter de son infaillibilité. Il n'
avait point de talent , d'autorité ou d'application qui eussent p
réussir à lui persuader qu'un autre système fût préférable a
sien ; on n'aurait pas même obtenu qu'elle y fît la moindre modi
fication. Sa vieille maîtresse, la mère de Marie , avait été obligé
de faire toutes les concessions possibles sur ce point et Mi
Marie , comme Dinah avait continué à nommer sa jeune ma
tresse même, après son mariage , avait trouvé qu'il était plu
commode de céder comme avait fait sa mère, que de discuter ,
voilà comme quoi Dinah avait conservé dans son département u
pouvoir sans contrôle. Elle était parvenue à ce résultat plu
aisément qu'elle n'était passée maîtresse dans cet art diplomatiqu
qui permet d'allier aux manières les plus serviles,, la plus inflex
ble opiniâtreté.

Dinah excellait également dans l'art de forger des excuses po
toute espèce de circonstances. Un de ses axiômes , c'était qu'u
cuisinière ne peut jamais avoir tort ; et dans le Sud , une cui
nière ne manque pas de têtes , ni de dos sur lesquels elle puis
faire retomber toutes ses fautes, toutes ses bévues, de manièr
conserver sa propre réputation parfaitement exempte de tou
souillure. Une partie de son dîner était-elle défectueuse , i
avait cinquante raisons alléguées immédiatement pour se justifi
de la façon la plus complète ; c'était incontestablement la fau
de cinquante autres individus qui avaient , par leur négligen
ou leur incapacité , contrarié ses combinaisons culinaires ,
Dinah les gourmandait alors sans aucun ménagement.

Hâtons-nous de dire qu'il était très rare qu'on eût à se plaind
des résultats définitifs de la cuisine de Dinah. Quoique son mo
d'opération fût original , embrouillé , qu'elle allât cherch
souvent midi à quatorze heures ; qu'elle ne calculât jamais l'o
portunité du temps et du lieu, que sa cuisine parût toujours av
été bouleversée par un ouragan et qu'elle eût pour chaque uste
sile autant de places, qu'il y a de jours dans l'année : cependan
pour peu qu'on eût la patience d'attendre qu'elle fût prête , e
finissait par servir son dîner dans un ordre parfait, et le pl
fameux épicurien aurait eu bien de la peine à trouver à blâm
dans la manière dont chacun des mets était assaisonné.

C'était l'heure où commençaient les préparatifs du dîner. Din
qui avait toujours besoin de beaucoup de temps pour réfléchir
se reposer , et qui aimait à se mettre à l'aise pour tous ses arra
gements était assise sur le pavé de sa cuisine , fumant dans u
vieille pipe, à laquelle elle était très affectionnée, et qu'e
allumait toujours en guise d'encensoir , chaque fois qu'elle vo
lait avoir des inspirations pour l'arrangement de son menu. C'
ainsi qu'elle invoquait les muses qui président aux préparatio
gastronomiques.

Autour d'elle étaient assis les divers aides de cuisine , ra
florissante qui pullule dans toutes les maisons du Sud ; les a
écossaient des pois, d'autres enlevaient la pelure des pomm
de terre , ceux-là plumaient des volailles , tous enfin se livrai

aux préparatifs préliminaires. Dinah interrompait parfois ses méditations pour décharger sur la tête de l'un ou l'autre de ses coopérateurs, un coup de la cuiller à pot qu'elle avait à côté d'elle. Dinah, comme on le voit, gouvernait toutes ces jeunes têtes laineuses avec un *sceptre de fer ;* elle paraissait bien persuadée que ces marmitons n'avaient été mis au monde que pour *ménager ses pas*, comme elle disait elle-même. C'était la base du régime sous lequel elle avait grandi : elle suivait ce système dans tous les développements dont il était susceptible.

Miss Ophélia, après avoir inspecté toutes les autres parties de la maison qui avaient besoin de réforme, arrivait enfin dans la cuisine. Dinah avait appris, à différentes sources, ce qui se préparait, et elle était bien résolue de se tenir sur la défensive et de maintenir tous ses droits. Elle avait pris, *in petto*, la détermination de s'opposer à toute innovation, de feindre, d'ignorer tout ce qui serait statué, et cela, bien entendu, sans rendre son opposition ostensible.

La cuisine était une grande salle pavée en briques : une vaste cheminée antique en occupait tout un côté : Saint-Clare avait voulu la remplacer par une étuve moderne, infiniment plus commode, mais il n'avait pu persuader Dinah de consentir à cette substitution. Jamais puséiste, jamais conservateur, de quelque secte que ce soit, ne se montra plus inflexiblement attaché aux inconvénients consacrés par le temps, que ne l'était Dinah.

Lorsque Saint-Clare était revenu de son premier voyage dans les Etats du Nord, frappé de l'ordre qui régnait dans la cuisine de son oncle, il avait amplement pourvu la sienne d'armoires, de buffets et de tous les appareils qui pouvaient faciliter l'arrangement symétrique de chaque chose. Mais il s'était bien trompé en comptant que Dinah tirerait parti de tout cela pour établir l'ordre dans sa cuisine. Autant eût valu faire cadeau de ce mobilier à un écureuil ou à une pie. Plus il eut de tiroirs et de buffets, plus Dinah eut de cachettes pour recéler les vieux chiffons, les vieux peignes, les vieux souliers, les rubans flétris, les fleurs artificielles fanées et tous les autres brimborions qui faisaient ses délices.

Quand miss Ophélia entra dans la cuisine, Dinah ne se leva point, mais elle continua à fumer tout tranquillement, suivant du coin de l'œil tous les mouvements de l'inspectrice, tout en feignant de ne s'occuper que du travail que faisaient tous les marmitons rangés autour d'elle.

Miss Ophélia commença par ouvrir une rangée de tiroirs.

— A quel usage est destiné ce tiroir, Dinah? — dit elle en indiquant le premier en ligne.

— Il sert à une infinité de choses, maîtresse. — répondit Dinah.

L'assertion de Dinah était très exacte à en juger par la variété des objets, que miss Ophélia en retira. Ce fut d'abord une très belle nappe damassée, tâchée de sang ; évidemment elle avait servi à envelopper de la viande crue.

— Qu'est-ce cela Dinah? est-ce que vous employez les plus

belles nappes de votre maîtresse pour envelopper de la viande

— Oh ? Seigneur, maîtresse, non ; mais je n'avais plus un seule serviette de cuisine, et j'ai dû me servir de cette napp Je l'ai mise là pour la donner à blanchir. C'est pourquoi vo la trouvez là.

— Quelle pitié ! — se dit en elle-même miss Ophélia, con nuant à retourner le tiroir, où elle trouva pêle-mêle une râ deux ou trois noix muscades, un recueil d'hymnes, deux m dras à moitié salis, du coton, un tricot, un paquet de taba une pipe, quelques fusées, un ou deux sauciers en porcelai de Chine, avec un peu de pommade ; une vieille paire souliers usés, un morceau de flanelle dans lequel était soigne sement enveloppés de petits oignons blancs, plusieurs serviett damassées, quelques gros torchons de cuisine, du fil, des guilles, quelques morceaux de papier tout déchirés dans lesque avaient été enveloppés des herbes aromatiques qui jonchaie maintenant le fond du tiroir.

— Où mettez-vous vos muscades, Dinah ? — demanda m Ophélia, de l'air d'une personne qui priait Dieu de ne pas pe mettre qu'elle manquât de patience.

— Un peu partout, maîtresse ; il y en a dans cette tasse cass qui est là, il y en a aussi au-dessus de ce buffet.

— Et en voilà aussi dans la râpe, — dit miss Ophélia en mo trant sa trouvaille.

— Ah ! oui, je les ai mises ce matin ; — répondit Dinah. J'aime bien d'avoir toutes mes affaires sous la main. — Jak pourquoi vous arrêtez-vous ? que je vous y prenne ! vous dev vous dépêcher, paresseux ! — Et cette admonition fut accompagn d'un coup du sceptre de Dinah, c'est-à-dire de la fameuse cuill à pot qui vint heurter la tête du coupable.

— Qu'est-ce que cela ? — demanda Miss Ophélia en présenta à Dinah un des sauciers transformé en pot à la pommade.

— Ça ? c'est ma graisse pour les cheveux ; je l'ai mise là po l'avoir sous la main.

— Et il vous faut pour cet usage les plus beaux sauciers qu votre maîtresse ?

— Mon Dieu ! c'est que j'étais si pressée, je ne savais où donr de la tête à cause de l'ouvrage. Tenez je voulais justemen nettoyer aujourd'hui et mettre ma graisse ailleurs.

— Voici deux serviettes damassées.

— Ah ! pour ces serviettes je les ai mises là pour les donne blanchir ces jours-ci.

— N'avez-vous pas un endroit pour mettre tout le linge doit aller au blanchissage ?

— Oh ! si, maître Saint-Clare a acheté ce coffre-ci, pour linge ; du moins il l'a dit comme cela ; mais c'est qu'il me bien pour pétrir ma pâte à biscuits et puis j'y place souvent tas d'affaires dont j'ai besoin, il devient alors difficile d'ouvr coffre.

— Pourquoi ne pétrissez-vous pas votre pâte à biscuits sur table que vous avez là tout exprès pour la pâtisserie.

— Ah bien oui , par exemple , elle est toujours couverte de plats et d'un tas de choses, il n'y a pas de place pour pétrir là dessus ; c'est tout-à-fait impossible.

— Mais vous devriez laver tous ces plats et toute votre vaisselle et les mettre à leur place.

— Laver mes plats ! — reprit Dinah, en élevant le ton, et perdant un peu du respect qu'elle avait eu jusque-là dans ses manières, par suite de la fureur où la mettaient les remarques indiscrètes de Miss Ophélia. — Qu'est-ce que les dames peuvent connaître dans notre ouvrage ? Je voudrais bien le savoir, par exemple. Quand maître aurait-il donc son dîner, si j'allais passer tout mon temps à laver la vaisselle et à ranger tous mes plats ? Miss Marie ne m'a jamais parlé de cela : non, certainement.

— Bon, maintenant ; et ces oignons-ci, pourquoi !....

— Miséricorde ! eh bien, oui ! ils sont là où je les ai mis. Je cherchais justement à me rappeler.... Ce sont des oignons choisis que j'avais mis de côté pour faire un ragoût. J'avais oublié qu'ils étaient dans ce vieux morceau de flanelle. »

Miss Ophélia souleva le papier à travers les trous duquel se tamisaient les herbes aromatiques.

— Je vous en prie, maîtresse, ne touchez pas à ces paquets. J'aime que mes affaires soient où je sais que je puis les trouver, — dit la cuisinière d'un ton presque courroucé.

— Mais il n'est pas nécessaire, je pense, de mettre ces herbes dans des papiers tout déchirés.

— C'est pour pouvoir les prendre plus aisément quand j'en ai besoin, — répondit Dinah.

— Mais vous voyez bien qu'elles se répandent ainsi dans le tiroir.

— Miséricorde ! je crois bien qu'elles se répandent, quand maîtresse remue tout comme elle fait. Maîtresse a tout bouleversé — ajouta Dinah, en s'approchant d'assez mauvaise grâce. — Si maîtresse voulait seulement remonter au salon jusqu'au jour du nettoyage : je mettrais tout en ordre. Mais je ne puis rien faire quand j'ai des dames dans ma cuisine... Sam, voulez-vous bien ne pas donner ce sucrier à l'enfant. Je vais vous claquer, moi, tout-à-l'heure, si vous recommencez !

— Dinah, je vais parcourir toute la cuisine, je vais pour cette fois remettre tout en place, et j'espère bien qu'à l'avenir vous saurez y maintenir l'ordre.

— Seigneur ! allons donc, Miss *Phélia* ; ce n'est pas là l'ouvrage des ladies ; ma vieille maîtresse, ni Miss Marie ne se sont jamais avisées de vouloir arranger ma cuisine, et je ne vois pas pourquoi vous auriez besoin de vous en occuper plus qu'elles. »

Et Dinah s'éloigna tout en maugréant, tandis que miss Ophélia, après avoir procédé à l'assortiment des différentes porcelaines amoncelées pêle mêle dans tous les coins, sur toutes les tables, empilait la vaisselle, réunissait dans un seul vase le sucre éparpillé dans une douzaine de tasses soucoupées ou autres ustensiles; triait les serviettes, les nappes et les torchons qui devaient être envoyés au blanchissage ; lavait, essuyait et arrangeait de ses propres mains, et tout cela avec un zèle, une promptitude qui jetaient Dinah dans l'étonnement le plus complet.

— Ah ! Seigneur ! si c'est comme cela que font les dames du Nord, ça ne peut plus s'appeler des dames, — murmura Dinah, de manière à ne pouvoir être entendue que de quelques-uns des satellites qui l'entouraient. — Je sais avoir de l'ordre aussi bien que qui que ce soit, quand vient mon jour de nettoyage ; mais je n'ai pas besoin que des dames viennent ici sur mon dos pour m'empêcher de faire mon travail, et placer toutes mes affaires là où je ne saurais pas les retrouver.

Pour rendre justice à Dinah, nous devons convenir qu'elle avait, à certaines époques déterminées, des accès de réforme et d'arrangement, c'est ce qu'elle appelait : *ses jours de nettoyage* ; elle commençait alors, pour enflammer son zèle, par culbuter tous les tiroirs, les buffets, les armoires et jonchait le pavé, couvrait les tables de leur contenu : ce qui produisait une confusion sept fois plus grande, pour le moins, que le désordre habituel. Puis elle allumait sa pipe, et procédait tout tranquillement au classement ; elle examinait d'abord chaque chose et discourait sur son emploi et sur le lieu qu'elle devait occuper, elle faisait récurer vigoureusement toute la batterie de cuisine par le menu peuple, et pendant plusieurs heures elle maintenait dans son domaine la confusion la plus générale et la plus complète. A ceux qui lui demandaient : pourquoi tout ce chaos ? elle répondait de la manière la plus capable de les satisfaire : *que c'était son jour de nettoyage, qu'elle ne pouvait laisser plus longtemps les choses marcher de la sorte et qu'elle prétendait apprendre à tous ces jeunes marmitons à avoir plus d'ordre à l'avenir.* Car il faut bien remarquer que Dinah se faisait illusion au point de se persuader à elle-même qu'elle était amie de l'ordre et de la propreté et que ce n'était pas à elle qu'il fallait s'en prendre si l'on n'atteignait pas à la perfection sous ce rapport, mais bien aux jeunes aides de cuisine et à tous les gens de la maison, elle exceptée. Quand toute la batterie de cuisine était brillante, que les tables étaient blanches comme la neige, et que tout ce qui pouvait choquer l'œil avait été caché dans les armoires, ou dans les coins, Dinah revêtait une belle robe, se donnait le luxe d'un tablier propre et se coiffait d'un madras aux couleurs éclatantes dont elle se faisait un turban prodigieusement haut. Puis elle ordonnait aux maraudeurs, (ainsi qualifiait-elle les jeunes marmitons sous ses ordres), de débarrasser la cuisine de leur présence : car elle était bien résolue, disait-elle, à la maintenir dans l'état de propreté où elle venait de la mettre. A dire vrai, ces accès périodiques n'étaient pas toujours sans inconvénients pour toute la maison ; car Dinah se passionnait tellement pour sa brillante batterie de cuisine, qu'elle ne prétendait plus faire usage de ses ustensiles dans la crainte d'en ternir l'éclat, et elle se montrait obstinée dans sa résolution jusqu'à la fin de la période de sa fièvre de nettoyage.

En peu de jours, miss Ophélia avait entièrement réformé toute la maison et avait donné un plan systématique pour les différents départements de son administration générale. Mais sa tâche, partout où elle avait besoin de la coopération des domestiques, ressemblait au supplice de Sisyphe ou des Danaïdes. En désespoir de cause, elle en appela un jour à Saint-Clare.

— Il n'y a rien au monde qui soit plus difficile, plus pénible, plus impossible que d'établir l'ordre dans cette maison !

— Assurément. — répondit Saint-Clare, — je ne connais rien de plus difficile, de plus pénible et de plus impossible.

— C'est un gâchis, un pillage, une confusion ! ah ! jamais je n'ai rien vu de pareil.

— Je suis convaincu que jamais vous n'avez vu pareille confusion, pillage aussi complet, gâchis aussi universel.

— Vous ne prendriez pas la chose aussi froidement, Augustin, si vous étiez chargé du soin de diriger une maison comme celle-ci.

— Chère cousine, il faut vous mettre dans la tête, une fois pour toutes, que les maîtres et possesseurs d'esclaves sont divisés en deux catégories : les oppresseurs et les opprimés. Nous qui sommes naturellement de bons diables, qui avons en aversion la sévérité et toutes ses rigueurs, nous prenons notre parti en nous résignant par avance à un déluge d'inconvénients. Si nous voulons entretenir dans nos maisons des paresseux, des gens sans aveu et sans la moindre éducation, pour notre propre satisfaction, il faut bien que nous en acceptions les conséquences. J'ai vu des gens, doués d'un tact tout particulier, qui pouvaient venir à bout d'établir l'ordre et la régularité chez eux, sans avoir recours à la sévérité ; mais ce sont des exceptions très rares et je ne suis pas du nombre ; aussi il y a longtemps que j'ai pris mon parti là-dessus : je laisse aller les choses comme elles veulent. Jamais je ne pourrai me résoudre à faire rouer de coups, à faire mettre en pièces ces pauvres diables, et ils le savent fort bien ; et tout naturellement, ils savent aussi que le sceptre est en leurs mains.

— Mais rien n'est réglé ! ni le temps, ni le lieu ; c'est le désordre partout ! Tout marche à l'aventure !

— Ma chère Vermont, vous autres enfants du Nord, vous attribuez au temps une valeur exagérée. Qu'importe l'emploi économique du temps à un individu qui en a deux fois autant qu'il lui en faut et qui ne sait qu'en faire ? Et pour l'ordre, la régularité, la ponctualité, de quelle utilité cela peut-il être dans une maison où l'on n'a d'autre occupation que de s'étendre sur un sofa et de s'amuser à lire ; que le déjeûner ou le dîner soient prêts une heure plus tôt, une heure plus tard, qu'est-ce que cela peut faire ? Maintenant, n'est-il pas vrai que Dinah vous sert des dîners admirables ? potages, ragoûts, rôtis, desserts, fromages à la glace, et tout enfin ? elle tire tout cela du chaos, des ténèbres profondes de sa cuisine. Je vous avoue que je trouve sublime qu'elle puisse en sortir ainsi. Mais nous pré-

serve le ciel de faire une descente dans l'antre où elle élabor
les mets que nous trouvons si délicieux ; si nous la voyion
accroupie, fumant au dessus de ses ragoûts, de ses casseroles
nous ne pourrions jamais nous résoudre à goûter sa cuisine ! M
bonne cousine, dispensez-vous de ce soin ! ce serait plus pénibl
que les mortifications que s'imposent les catholiques, et vou
n'obtiendriez aucune amélioration. Vous perdriez et votre temp
et votre huile, comme dit le proverbe, et vous dérouteriez com
plètement Dinah : laissez la continuer à faire à sa mode.

— Mais, Augustin, vous ne savez donc pas tout ce que j'a
trouvé dans sa cuisine en fait de désordre ?

— Je ne sais pas ? ne sais-je pas bien que le rouleau à pâtis
serie est logé sous son lit ; que la râpe aux muscades est dans s
poche avec son tabac ; qu'il y a pour le moins soixante-cin
tasses transformées en sucriers, lesquelles se trouvent dan
soixante-cinq coins ou trous de côté et d'autre ; qu'elle essuie u
jour sa vaisselle avec des serviettes damassées, et le lendemai
avec un lambeau de vieux jupon ! Mais avec tout cela, il es
incontestable qu'elle nous sert de magnifiques dîners, que so
café ne laisse rien à désirer ; et vous devez juger d'elle, comm
on juge de la conduite des guerriers et des hommes d'Etat, par
succès.

— Mais le gaspillage, l'argent dépensé en pure perte !....

— Oh, d'accord ! Enfermez tout ce qu'il est possible d'enfe
mer, et gardez les clefs en poche. Ne donnez que peu à la foi
pour les besoins du moment, et ne cherchez pas à vous fai
rendre compte de ce qui reste, soit en nature, soit en espèce
cela ne vous servirait à rien.

— Je vous assure, Augustin, que je ne suis pas sans inqui
tude. Je ne puis m'empêcher de croire que ces esclaves pourraie
bien n'être pas d'une stricte probité. Êtes-vous sûr qu'on puis
se fier à eux ? »

Augustin ne put s'empêcher d'éclater de rire, en voyant
quel air grave et inquiet Miss Ophélia posait cette question.

— Ah ! chère cousine, voilà qui est délicieux. *De la probit*
Comme si on pouvait compter là-dessus ! Eux *de la probité ?* ma
à coup sûr ils n'en ont point. Pourquoi en auraient-ils ? Qui don
sur la terre s'est donné la peine de les former à la probité ?

— Pourquoi ne les instruisez-vous pas ?

— Les instruire ? oh ! quelle bonne plaisanterie ! Quelle i
truction me croyez-vous capable de donner. Vraiment j'ai tout
fait la tournure doctorale. Quant à Marie, elle a la capac
voulue pour exterminer toute une plantation, si je la laiss
faire ; mais elle est aussi incapable que moi de les corriger de
manie de tromper.

— Il n'y a donc pas un esclave qui ait de la probité ?

— Oh ! si, on trouve de temps à autre un esclave que la n
ture a si bien doué de simplicité, de fidélité, qu'il reste inc
ruptible : les influences les plus mauvaises sont sur lui sans e
Mais, en général, voyez-vous, depuis le sein de sa mère

nègre comprend qu'il n'y a d'autre voie ouverte devant lui que la dissimulation et le mensonge. Il ne peut suivre une autre voie ni avec ses parents, ni avec sa maîtresse, ni avec son jeune maître, ni même avec la jeune enfant qui partage ses jeux. Le mensonge et la ruse deviennent nécessairement pour lui une habitude iné- vitable. Il ne faut pas attendre autre chose de lui; il serait in- juste de vouloir l'en punir. Quant à la probité, dont vous par- liez tout-à-l'heure, l'état de dépendance, de demi-enfance dans lequel on retient l'esclave, l'empêche d'avoir même l'idée des droits attachés à la propriété; ou, si vous voulez, l'empêche de concevoir que les biens de son maître ne puissent être à lui, s'il réussit à s'en emparer. Pour mon compte, je ne vois pas com- ment ils pourraient être susceptibles de probité. Un individu comme Tom est pour moi un miracle moral.

— Et que deviennent, suivant vous, les âmes de ces malheu- reux, — demanda miss Ophélia.

— Leurs âmes? ce n'est pas mon affaire, je le reconnais, — répondit Saint-Clare; — je ne m'occupe que des faits de la vie présente. Il est admis assez généralement que toute la race noire est vouée au diable en ce monde pour l'avantage de la race blan- che, mais il est possible que, dans un autre monde, les affaires changent de face.

— C'est vraiment affreux ! — dit miss Ophélia. — Vous devriez tous rougir de vous-mêmes.

— Je ne sais pas si je rougis ou non. Nous sommes, après tout, en assez bonne compagnie, — reprit Saint-Clare. — C'est au reste, ce qui arrive à tous ceux qui suivent la voie large. Pro- menez vos regards du haut en bas, par tout le monde, vous trouverez la même histoire : la basse classe toujours sacrifiée, corps, âme, intelligence, pour le bien de la haute classe. Les choses vont ainsi en Angleterre et probablement dans tous les Etats ; et cependant toute la chrétienté nous regarde avec effroi, elle se sent prise, à notre égard, de la plus vertueuse indignation, parce que notre manière de faire les choses diffère un peu de celle des autres pays, mais au fond.....

— Oh ! ce n'est pas du tout ainsi dans notre état de Vermont.

— Ah! bien, dans la Nouvelle-Angleterre et dans les Etats libres, vous êtes meilleurs que nous, j'en conviens... Mais, j'en- tends la cloche, cousine; laissons de côté pour un moment, l'examen de cette question et allons dîner.

Tandis que miss Ophélia était dans la cuisine, vers la fin de l'après-midi, quelques-uns des négrillons se mirent à crier : — Ah ! voilà Prue qui arrive tout en murmurant à son ordinaire. »

Une négresse, d'une taille élevée, véritable squelette ambu- lant, entra en ce moment dans la cuisine; elle portait sur la tête un panier rempli de biscottes et de petits pains chauds.

— Eh! bien ! Prue, vous voilà arrivée ! — dit la cuisinière Dinah.

Prue avec son air maussade qui lui était habituel, déposa son panier, s'accroupit à terre, appuya ses coudes sur ses genoux et d'une voix rauque elle dit :

— O ! Seigneur ! je voudrais être morte !

— Pourquoi désirez-vous ainsi la mort ? — demanda miss
Ophélia.

— Je serais délivrée de ma misère ! — répondit la femme avec
brusquerie et sans lever ses yeux qui restaient fixement attachés
sur le pavé de la cuisine.

— Qu'avez-vous besoin de vous griser comme vous le faites
toujours, et de dérober l'argent de votre maître , pour vous faire
rouer de coups ? — dit une quarteronne, femme de chambre
assez jolie et qui prenait plaisir à faire tinter tout en parlant ses
boucles d'oreille de corail.

Prue la regarda d'un œil farouche et lui répondit :

— Peut-être en viendrez-vous là , un de ces jours. Oh ! que je
serais joyeuse de vous voir réduite à l'état où je suis. Alors vous
seriez bien heureuse de pouvoir comme moi chercher dans la
boisson l'oubli de votre misère.

— Allons , allons, Prue, voyons vos biscottes, — reprit Dinah.

— Voilà maîtresse qui vous les paiera.

Miss Ophélia en prit deux douzaines.

— Il y a des bons dans ce pot cassé qui est là haut sur cette
planche, — dit la cuisinière en chef à un de ses aides — Jake !
grimpez un peu et donnez-les.

— Des bons ! et pourquoi faire ? — demanda Miss Ophélia.

— Nous achetons ces bons à son maître , et elle nous donne ses
petits pains en échange — répondit Dinah.

— Et quand je rentre au logis ils font le compte des bons et de
l'argent que j'ai reçu et s'ils trouvent qu'il y manque quelque
chose, ils me tuent à moitié à force de coups.

— C'est bien là ce que vous méritez, — dit Jane la gentille
chambrière, — vous volez leur argent pour vous enivrer. Car
c'est là ce qu'elle fait, voyez-vous, maîtresse.

— Et c'est ce que je continuerai à faire ; je ne puis vivre qu'en
m'enivrant afin d'oublier ma misère.

— Mais c'est très mal à vous , vous n'y pensez pas , — reprit
Miss Ophélia ; — quoi ! vous dérobez l'argent de votre maître afin
de vous réduire à l'état d'une brute ?

— Oui , c'est bien comme vous le dites , maîtresse , mais je
continuerai à me griser, oui , toujours. O Seigneur ! je voudrais
être morte. Une fois dans la terre, je ne sentirai plus ma misère
du moins ! — Et la vieille femme se releva péniblement, replaça
sur sa tête son panier et se disposa à partir ; mais avant de quitter
la cuisine , elle jeta de nouveau les yeux sur la jeune quarteronne , qui jouait toujours avec ses pendants d'oreilles.

— Vous vous croyez bien belle avec ces boucles d'oreilles, —
lui dit-elle, — vous prenez plaisir à branler votre tête pour les
faire sonner et vous regardez tout le monde avec dédain. Bien !
n'oubliez pas que vous pouvez devenir une pauvre vieille créature comme moi ; que vous pouvez un jour être rouée de coups
comme moi. O Seigneur , j'espère que cela arrivera et alors
nous verrons si vous ne vous laisserez pas aller aussi à boire ,

boire toujours jusqu'à ce que vous alliez en enfer ; et on vous dira aussi alors que vous l'avez bien mérité ! Ah ! ah ! — Et la malheureuse créature s'éloigna en poussant un ricanement satanique.

— Dégoûtante vieille bête ! — dit Adolphe, qui était venu dans la cuisine pour chercher de l'eau chaude que son maître attendait pour se raser. — Si j'étais propriétaire d'une pareille marchandise, elle recevrait encore plus de coups qu'elle n'en reçoit.

— Il n'y aurait guère moyen, — reprit Dinah. — Son dos n'est qu'une plaie ; elle ne peut plus même agrafer sa robe.

— Je pense qu'on devrait empêcher d'aussi viles créatures d'entrer dans d'honnêtes maisons, — dit Jane, — qu'en pensez-vous, *monsieur Saint-Clare ?* — ajouta-elle en tournant tranquillement la tête du côté d'Adolphe.

Nous devons faire remarquer ici, que non content de prendre différents objets appartenant à son maître, Adolphe s'était approprié son nom et son adresse et que dans les différents cercles des gens de couleur qu'il fréquentait à New-Orléans, il se faisait toujours appeler *monsieur Saint-Clare.*

— Certes, je suis de votre opinion, Miss Benoir. — répond it Adolphe. Benoir était le nom de famille de Marie Saint-Clare, et en qualité de femme de chambre, Jane avait cru pouvoir prendre le nom de sa maîtresse.

— Miss Benoir me permettra-t-elle de lui demander si ces boucles d'oreilles brilleront au bal de demain soir ? Elles sont vraiment ravissantes.

— Je ne conçois pas vraiment, *M. Saint Clare*, que vous autres, hommes, osiez pousser aussi loin l'impudence ! — répondit Jane en secouant sa jolie tête pour faire tinter encore ses pendants d'oreilles. — Je vous déclare que je ne danserai pas avec vous de toute la soirée, si vous continuez à me faire des questions aussi indiscrètes.

— Oh ! vous ne serez pas assez cruelle pour cela, j'espère ! Je meurs d'envie de savoir si vous vous montrerez cette fois avec votre robe de mousseline rose, — dit Adolphe.

— Avec quoi ? — demanda Rosa, petite quarteronne vive et pimpante qui descendait en ce moment dans la cuisine.

— Oh ! ma chère, *M. Saint-Clare* est d'une impudence !...

— Sur mon honneur — reprit Adolphe, — je prie Miss Rosa de vouloir bien porter ici son jugement.

— Je sais qu'il est très impertinent ce monsieur — dit Rosa en sautillant sur un de ses petits pieds et en regardant Adolphe malicieusement. — Il faut toujours que je me mette en colère après lui.

— O mesdames, mesdames, vous broierez certainement mon cœur, entre vous deux : je serai trouvé mort dans mon lit un de ces matins, et vous aurez à répondre de cette mort que vous aurez causée.

— Entendez-vous quels jolis compliments il nous fait ? le mons-

tre ! — dirent les deux *dames de chambre* en riant à gorge
déployée.

— Allons ! délogez ! — s'écria Dinah ; — je n'ai pas besoin de
tous ces bavardages dans ma cuisine ; ne m'ennuyez pas plus
longtemps avec toutes vos sottes manières.

— Hum ! tante Dinah est de mauvaise humeur parce qu'elle ne
peut pas aller au bal ce soir , — dit Rosa.

— On se soucie bien de vos bals de mulâtres, où vous tâchez
de vous faire passer pour des blancs , — répliqua Dinah. — Et
après tout , vous n'êtes que des nègres comme nous.

— Oh ! cette pauvre tante Dinah , qui ne peut pas venir à bout
de rendre lisse sa chevelure laineuse, malgré la graisse qu'elle y
met chaque jour, — dit Jane.

— Et quoiqu'elle fasse, elle n'aura jamais autre chose que de
la laine en guise de cheveux, — ajouta Rosa , en secouant malicieusement les longues boucles soyeuses dont se composait sa
chevelure.

— Eh ! bien, aux yeux du Seigneur, est-ce que la laine n'est
pas aussi bonne que des cheveux? Je voudrais bien que maîtresse
vînt nous dire si elle ne préfère pas une femme comme moi à
deux créatures comme vous ! Allons ! partez bien vite , fausse
monnaie que vous êtes ! Je n'ai pas besoin de vous dans ma
cuisine. »

Une double interruption vint mettre fin à cette conversation.
La voix de Saint-Clare se fit entendre au haut de l'escalier. Il
demandait à Adolphe s'il devait passer la nuit à attendre l'eau
chaude pour faire sa barbe ; au même instant, miss Ophélia sortait de la salle à manger et en traversant la cuisine elle dit :

— Jane et Rosa, pourquoi perdez-vous ici votre temps? Allez
à la chambre à ouvrage et occupez-vous de vos mousselines. »

Notre ami Tom qui était dans la cuisine au moment où avait eu
lieu la conversation avec la pauvre vieille Prue, avait suivi la
malheureuse quand elle était sortie. Il la vit continuer sa route
poussant, par intervalles, de sourds gémissements. Bientôt elle
déposa son panier sur le seuil d'une porte et se mit à rajuster
le vieux châle qui couvrait ses épaules meurtries.

— Je vais porter votre panier, un bout de chemin, — lui dit
Tom, du ton le plus compâtissant.

— Et pourquoi donc le porteriez-vous? — reprit la femme, —
je n'ai pas besoin d'assistance.

— Vous semblez être malade ; ou bien quelque chose vous fait
peine, — dit Tom.

— Je ne suis pas malade, — répondit brièvement la pauvre
vieille.

— Je voudrais bien, — dit Tom, en la regardant avec émotion,
— je voudrais pouvoir vous persuader de renoncer à boire. Ne
savez-vous pas que cette malheureuse habitude tuera votre corps
et vôtre âme.

— Je sais que je vais droit à l'enfer, — reprit-elle tristement.
— Il n'est pas besoin que vous me le disiez pour que je le sache.

je suis laide, je suis méchante ; je vais droit en enfer, oui, je le sais... Seigneur! je voudrais y être déjà ! »

Tom frisonna en entendant ces affreuses paroles prononcées avec le sang-froid le plus épouvantable.

— Que le Seigneur ait pitié de vous ! pauvre créature. N'avez-vous donc jamais entendu parler de Jésus-Christ.

— Jésus-Christ ? qui est-ce ?

— Quoi ! vous ne savez pas qu'il est le Seigneur ?

— Je pense avoir quelquefois entendu parler de Seigneur, de jugement et de supplices. On m'a parlé de cela, oui.

— Mais personne ne vous a donc parlé du Seigneur Jésus, qui nous a aimés pauvres pécheurs que nous sommes, et qui est mort pour nous ?

— Je ne sais rien de tout cela, jamais personne ne m'a aimée, moi, depuis que mon vieil homme est mort.

— Où donc avez-vous été élevée ?

— Là bas, au Kentucky. Un homme me gardait afin de trafiquer au marché des enfants auxquels je donnais le jour, il me les prenait pour les vendre aussitôt qu'ils étaient élevés. A la fin il m'a vendue aussi à un spéculateur, et c'est à ce dernier que mon maître actuel m'a achetée.

— Pourquoi donc avez-vous contracté cette mauvaise habitude de boire ?

— Pour ne plus sentir ma misère. J'ai eu encore un enfant depuis que je suis ici ; j'avais espéré qu'on me le laisserait celui-là, et que je pourrais l'élever, puisque mon nouveau maître n'était pas un spéculateur. Il était si gentil, le pauvre petit être, que d'abord ma maîtresse semblait lui être elle même très attachée; il ne pleurait jamais et il était si bien portant, si dodu. Mais un jour maîtresse tomba malade ; je la soignai ; je gagnai sa fièvre et je perdis tout mon lait, le pauvre enfant n'eut bientôt plus que la peau et les os, et maîtresse ne voulut pas acheter de lait pour le nourrir. Quand je lui disais que c'était en la soignant que j'avais perdu le mien, elle ne m'écoutait pas. Elle prétendait que je pouvais nourrir ce tout petit enfant de la même nourriture que les autres esclaves de la maison ; il dépérit de plus en plus ; il pleurait, jour et nuit ; il devint un vrai squelette et maîtresse alors n'eut plus que de la haine pour lui, elle disait que c'était par méchanceté qu'il pleurait ainsi, qu'elle désirait bien le voir mourir ; elle me défendit alors de le garder près de moi pendant la nuit, parce qu'il m'empêchait de dormir et que je n'étais plus bonne à rien pendant le jour. Elle me faisait coucher dans sa chambre, après m'avoir fait porter mon pauvre enfant dans une espèce de petit grenier, où il pleurait et criait au point qu'il en mourut une nuit... Oui il est mort et moi je me suis mise à boire pour ne plus entendre les cris de mon malheureux enfant qui retentissaient toujours à mes oreilles. Voilà pourquoi j'ai bu.. pourquoi je veux continuer à boire! Je boirai ! dussé-je pour cela être tourmentée en enfer. Maître me dit toujours que j'irai en enfer, mais je lui réponds moi que j'y suis

— O pauvre créature! personne ne vous a donc jamais dit combien le Seigneur Jésus vous avait aimée au point de mourir pour vous? On ne vous a jamais dit qu'il vous aiderait à supporter vos misères; que vous pouviez mériter le ciel, et trouver enfin le repos?

— J'ai vraiment l'air de ceux qui vont au ciel; ah! bien oui! au ciel! n'est-ce pas là que vont les blancs? Ils seraient sans doute encore mes maîtres dans le ciel! Oh! j'aime mieux aller en enfer pour être loin de mon maître et de ma maîtresse. J'aime bien mieux cela! »

Et la malheureuse replaça son panier sur sa tête, poussa son gémissement habituel et se remit en route, avec l'air sombre et comme si elle nourrissait quelque funeste projet.

Tom revint à la maison tout triste. Dans la cour, il rencontra la petite Eva. Elle avait sur la tête une couronne de tubéreuses, ses yeux brillaient de joie.

— Vous voilà, Tom, je suis bien contente de vous trouver. Papa a dit qu'il voulait bien permettre que vous sortiez les poneys pour les atteler à ma nouvelle petite voiture, — dit-elle, en prenant les mains du bon nègre. — Mais qu'y a-t-il, Tom? vous paraissez tout sérieux.

— J'ai quelque chose qui m'a fait bien mal, miss Eva, — répondit Tom, avec tristesse. — Mais, voyons, je vais atteler.

— Avant tout, Tom, dites-moi ce qu'il y a. Je vous ai vu tout-à-l'heure causer avec cette méchante vieille Prue.

Tom fit à Eva un récit simple et touchant de la malheureuse situation de la pauvre femme. La douleur qu'elle ressentit en entendant cette affreuse histoire ne se traduisit point, comme il arrive ordinairement chez les enfants, par des larmes, ni par des exclamations, mais ses joues devinrent pâles, ses yeux s'obscurcirent, elle croisa ses deux mains sur sa poitrine et poussa un profond soupir.

CHAPITRE XIX.

CONTINUATION DES EXPÉRIENCES DE MISS OPHÉLIA ET DE SES OPINIONS.

— Tom, il n'est plus question d'atteler les chevaux à ma nouvelle voiture. Je n'ai plus envie de sortir, — dit Evangéline.

— Et pourquoi donc, miss Eva?

— Ce que vous venez de me dire me déchire le cœur, Tom. i, votre récit m'a déchiré le cœur, — dit-elle avec la plus nde émotion, — je n'ai plus envie d'essayer ma voiture. — e s'éloigna de Tom et rentra dans la maison.

Quelques jours après, une autre femme vint à la place de la ille Prue pour apporter les biscottes ; miss Ophélia était dans cuisine.

— Bon Seigneur ! — s'écria Dinah, — qu'est-ce qu'est devenue pauvre Prue ?

— Prue ne viendra plus à l'avenir, — répondit la femme d'un mystérieux.

— Pourquoi donc ? — demanda Dinah, — elle n'est pas morte, est-ce pas ?

— Nous ne savons pas au juste. Il paraît qu'elle est au fond de cave, — dit la femme en jetant un coup d'œil sur miss Ophélia. Quand celle-ci eut choisi les biscottes dont elle avait besoin jour-là, Dinah suivit la porteuse jusqu'à la porte.

— Qu'est-ce qu'est donc devenue la pauvre Prue, décidément ? demanda-t-elle.

La femme hésitait à répondre, cependant elle paraissait très sireuse de parler ; enfin elle dit à voix basse et de l'air le plus ystérieux :

— Eh bien !... mais il ne faudra le dire à personne, au moins ; rue s'est encore enivrée et ils l'ont enfermée dans la cave, et là, il l'ont laissée tout un jour et j'ai entendu qu'ils disaient que les ouches s'étaient mises après elle et qu'elle était morte ! »

Dinah leva les mains au ciel et en se retournant, elle vit tout côté d'elle la petite Evangéline dont les yeux si expressifs aient dilatés par l'horreur que lui inspirait ce qu'elle venait entendre ; son sang s'était refoulé vers le cœur, ses joues et s lèvres avaient la pâleur de la mort.

— Miséricorde ! — s'écria Dinah, — voilà que miss Eva s'éva-ouit ! qu'avions-nous besoin aussi de parler de pareilles choses evant elle ? Son papa va être furieux contre nous.

— Rassurez-vous, Dinah, je ne m'évanouirai pas, — répondit enfant avec fermeté, — et pourquoi ne pourrais-je pas enten-é de pareilles choses ? Il est bien moins pénible pour moi d'en pporter le récit qu'il n'a été pénible pour la pauvre Prue de endurer en réalité.

— Pour l'amour de Dieu ! je vous le demande, est-ce que de nes ladies, douces et délicates comme vous, peuvent entendre pareilles histoires ? il y a de quoi les faire mourir de saisis-ment. »

Eva soupira et remonta l'escalier d'un pas triste et lent.

Miss Ophélia s'enquit avec anxiété de l'histoire de la pauvre mme. Dinah la raconta sans ménager les détails ; Tom la com-léta en y ajoutant ce qu'il avait appris récemment de la bouche ême de Prue.

— Voilà une affaire abominable ! c'est horrible ! — s'écria iss Ophélia en entrant dans la chambre où Saint-Clare lisait son ournal.

— Dites-moi, s'il vous plaît, quelle est la nouvelle iniquité qu[i] vous a ainsi bouleversée? — lui demanda Saint-Clare.

— Comment donc! ces vilaines gens ont fait mourir la vieill[e] Prue sous les coups! — dit miss Ophélia en racontant tous le[s] détails de l'histoire qu'elle venait d'entendre et en faisant res[s]ortir les passages qui l'avaient le plus révoltée.

— J'ai toujours pensé qu'il en arriverait ainsi un jour ou l'au[tre], — répondit Saint-Clare, et il reprit la lecture de so[n] journal.

— Vous avez pensé qu'une pareille chose arriverait! et vou[s] n'avez rien fait pour l'empêcher? quoi! vous n'avez pas de[s] hommes préposés, des hommes chargés d'intervenir en tell[e] occurrence et de surveiller pour empêcher de semblables in[-] fàmies?

— On suppose en pareil cas que l'intérêt du propriétaire es[t] une garantie suffisante. S'il leur plaît de détruire leurs propre[s] possessions, je ne vois pas ce qu'on pourrait faire pour les e[n] empêcher. Il paraît au reste que la pauvre créature était un[e] voleuse, une ivrognesse ; par conséquent, toute démarche en s[a] faveur eût été infructueuse.

— Mais c'est vraiment infâme! c'est horrible, Augustin! Vou[s] attirerez assurément sur vous la vengeance du ciel!

— Ma chère cousine, je vous prie de remarquer que je ne sui[s] pas le meurtrier de cette pauvre femme et que je ne pouvais e[n] aucune manière exercer la moindre influence sur le coupable[.] J'aurais agi s'il y avait eu quelque chose à faire. Quand des êtr[es] bornés, d'une nature brutale se comportent en brutes, que voulez[-] vous que je fasse ? Ils sont maîtres absolus, personne ne peu[t] contrôler, ce sont des despotes qui n'ont à répondre de leur[s] actes à qui que ce soit. A quoi bon venir s'interposer? Il n'exist[e] aucune loi pour réprimer de pareils abus. Ce que nous avons d[e] mieux à faire, c'est de fermer nos yeux, de boucher nos oreille[s] et de laisser les choses aller leur train. Nous ne pouvons fai[re] rien de plus.

— Et comment pouvez-vous fermer les yeux, vous boucher le[s] oreilles? comment pouvez-vous laisser les choses aller leur train[?]

— Que voulez-vous, ma chère? Toute une classe d'êtres qu'o[n] a réduite à un état d'avilissement, qu'on a laissés sans éducatio[n] aucune, et qui, par suite, sont devenus paresseux, insolen[ts] même, est placée sous la puissance absolue et illimitée de ge[ns] tels que ceux qui composent la majorité de notre monde, c'es[t] à-dire de gens qui ne se considèrent pas eux-mêmes, et qui n'o[nt] pas l'habitude de contrôler leurs propres actions pour s'assure[r] qu'elles sont conformes à l'équité, qui ne calculent même p[as] leurs véritables intérêts : car il faut en convenir, c'est bien ain[si] qu'est faite la plus grande moitié de l'espèce humaine. Don[c,] dans une société ainsi organisée, qu'est-ce que peut faire u[n] homme qui a des sentiments honorables et philantropiques, si c[e] n'est fermer complètement les yeux et s'efforcer d'endurcir so[n] cœur ? Je ne puis acheter tous les pauvres misérables que je voi[s]

ne puis me faire chevalier errant, et entreprendre de redresser
s les torts de chacun des habitants de cette ville. Tout ce que
puis faire, c'est de me tenir à l'écart et de m'efforcer de ne pas
e témoin de toutes ces iniquités.

L'air enjoué de Saint-Clare avait disparu, il semblait tout
ste, tout chagrin; mais secouant bientôt cette mélancolie, il
pela le sourire sur ses lèvres et dit gaîment:

— Allons, cousine, ne vous tenez donc pas là dans l'attitude
ne des trois Parques; vous n'avez fait que soulever le rideau
ore et vous n'avez aperçu qu'à la dérobée un échantillon de
qui se passe dans le monde sous une forme ou sous une autre.
nous voulions scruter toutes les misères de cette vie, nous
urions plus le cœur à rien. Tenez, c'est comme si on voulait
miner de près tous les détails de la cuisine de Dinah; — Là
ssus, Saint-Clare se renversa dans le sopha et se remit à par-
rir son journal.

Miss Ophélia s'assit, et prit son tricot; l'indignation contrac-
t tous les traits de son visage. Elle tricottait avec une ardeur
s pareille, mais elle ne pouvait cependant détourner son
rit du sujet qui s'en était emparé, l'indignation allait tours croissant; à la fin, lasse de se contenir, elle éclata:

— Je vous le dis, Augustin; il m'est impossible de passer sur de
les iniquités. C'est mal à vous, c'est tout-à-fait abominable de
loir défendre un pareil système. Voilà ma façon de penser.

— Que vous prend-il maintenant? — dit Saint-Clare en la re-
rdant. — Cela vous revient encore, eh?

— Je dis qu'il est tout-à-fait abominable à vous de défendre un
reil système! — reprit miss Ophélia, de plus en plus exas-
rée.

— Moi, le défendre, ma chère dame? Qui a jamais osé vous
re que je le défendais?

— Cela va sans dire que vous le défendez tous, vous autres
bitants du Sud. Auriez-vous des esclaves, si vous n'étiez les
fenseurs-nés de l'esclavage?

— Etes-vous encore assez innocente pour croire que personne
ce monde ne fait que ce qu'il croit être bien? Est-ce qu'il ne
us arrive pas à vous-même, est-ce qu'il ne vous est jamais
rivé de faire quelque chose que vous saviez n'être pas tout-a-
t bien?

— S'il m'arrive d'agir contrairement à ce qui est bien, j'espère
moins que je me repens de ma faute, — répondit miss Ophélia
imprimant à ses aiguilles une activité toute nouvelle.

— C'est aussi ce que je fais, — dit Saint-Clare, en pelant une
range. — Je me repens chaque fois du mal que j'ai fait.

— Mais pourquoi donc persévérez-vous dans votre péché?

— Ne vous est-il jamais arrivé de retomber dans une faute
près vous en être repentie; ma bonne cousine?

— Il a fallu du moins une tentation bien forte pour que je
etombe après m'être relevée.

— Eh! bien, je suis toujours terriblement tenté, moi, voilà
difficulté.

— Oh ! mais en pareil cas, je ne manque pas de prendre u[ne] résolution de m'amender.

— Qu'à cela ne tienne, voilà dix ans que je prends les me[il]leures résolutions : mais je n'ai pas encore réussi à m'amende[r.] Etes-vous venue à bout de vous débarrasser de tous vos péché[s,] cousine?

— Mon cher Augustin, — dit miss Ophélia du ton le plus s[é]rieux, en abandonnant son tricot, — je suppose que je méri[te] les reproches que vous me faites pour mes rechûtes continuelle[s,] je veux même convenir que ces reproches sont fondés, personn[e] na peut mieux apprécier que moi combien je les mérite. Mais [il] me semble, après tout, qu'il y a cependant une différence ent[re] votre manière d'être et la mienne, sous ce rapport. Je crois q[ue] je serais disposée à me laisser couper la main droite plutôt que [de] consentir à persévérer, de jour en jour, à faire ce que je saura[is] être mal. Mais je suis si faible lorsqu'il s'agit d'exécuter mes r[é]solutions, que je ne m'étonne pas des reproches que vous m[e] dressez.

— Allons donc, cousine, — dit Augustin en s'asseyant sur [le] plancher et en appuyant sa tête sur les genoux de miss Ophéli[a] — il ne faut pas prendre les choses aussi sérieusement! Vo[us] savez que je suis un franc vaurien, un effronté de premiè[re] trempe. J'aime à vous taquiner, uniquement pour le plaisir [de] vous voir prendre votre air sérieux. Je suis convaincu malg[ré] toutes mes plaisanteries, que vous êtes bonne par excellenc[e,] votre perfection me désespère parce que je vois que je n'y a[t]teindrai jamais ; cette pensée m'anéantit.

Mais le sujet qui nous occupait est très sérieux, — mon ch[er] Augustin, — dit miss Ophélia en plaçant la main sur le front [de] son cousin.

— Excessivement sérieux, — reprit-il, — et je vous avoue qu[e] par la chaleur, qu'il fait je n'aime pas à parler sérieusemen[t.] Comment voulez-vous donc, qu'avec des moustiques, la tempér[a]ture brûlante et tout ce que nous avons à endurer maintenan[t] j'aille m'élever à de sublimes considérations morales. Ah ! pa[r]bleu, — dit Augustin en se relevant tout-à-coup, — je crois q[ue] je comprends maintenant pourquoi les habitans des contré[es] septentrionales valent mieux que ceux des contrées méridi[o]nales. Je vois parfaitement la question, je la saisis dans s[on] ensemble.

— Oh ! quel écervelé vous êtes, Augustin !

— Oui dà? Eh ! bien soit, je suis un écervelé ; mais je ve[ux] être sérieux une fois en ma vie ; avant tout ayez la bon[té] de m'avancer cette corbeille d'oranges. Vous comprenez qu['il] faudra que vous souteniez un peu mon courage avec certai[ne] bouteille et avec des oranges pour que je sois capable d'un p[a]reil effort. Maintenant, — dit Augustin en tirant à lui la co[r]beille, — je commence : Quand dans le cours des événeme[ns] humains, un individu se trouve dans la triste nécessité de rete[nir] dans la captivité deux ou trois douzaines de ses semblables[,] spect qu'on doit aux opinions reçues dans la société exige...

— Je ne vois pas que vous deveniez plus sérieux, — dit Miss Ophélia.

— Attendez, j'arrive, vous allez voir, — reprit Saint-Clare donnant tout-à-coup à son beau visage une expression tout-à-fait grave. — Voici en résumé toute l'affaire : sur la question de l'esclavage dans le sens abstrait, il ne peut y avoir, je pense, qu'une seule opinion. Les planteurs qui gagnent de l'argent, grâce à l'esclavage ; les ministres de notre religion qui veulent plaire, avant tout, aux planteurs ; nos hommes politiques qui ont besoin de l'esclavage pour gouverner à leur façon, peuvent torturer le langage et faire plier la logique au point que tout le monde s'étonne de leurs ingénieuses interprétations. Ils peuvent pressurer la nature, interpréter la Bible que sais-je encore, pour appuyer leurs doctrines erronées : mais après tout, ils ne sont pas plus dupes d'eux-mêmes que le monde ne l'est de leurs sophismes. L'esclavage vient du diable ! voilà le fin mot ; et selon moi c'est une origine assez respectable pour qu'on puisse se faire une idée des fruits qu'il peut produire. »

Miss Ophélia cessa de tricotter, et parut surprise ; Saint-Clare qui semblait prendre plaisir à l'étonnement dans lequel il venait de jeter sa cousine continua :

— On dirait que cela vous étonne ; mais si vous voulez me permettre de continuer, je vais vous démontrer la chose très clairement. Qu'est-ce au fond que cette institution détestée de Dieu et des hommes ? Dépouillez-la des ornements dont on cherche à la couvrir, creusez jusqu'au fond pour découvrir la racine de cet arbre qu'on appelle l'esclavage, examinez jusqu'à la graine où s'est développé le germe qui a produit l'arbre. Qu'est-ce ? Quoi ! parceque mon frère Quashy est ignorant et faible, tandis que je suis, moi, fort et intelligent, parceque je sais comment il faut m'y prendre pour exécuter ce que ma capacité me met à même de faire, j'ai le droit de voler ce qu'il possède, de m'établir le dispensateur de son bien, de lui en donner ce qu'il me conviendra de lui donner. Tout ce qui me paraîtra trop dur, trop sale, trop désagréable, j'aurai le droit de le faire faire par Quashy. Parceque je n'aime pas le travail, je ferai travailler Quashy à ma place. Parceque l'ardeur du soleil m'est insupportable, Quashy sera exposé tout le jour à ses rayons. Quashy gagnera l'argent et moi je le dépenserai. Quashy se couchera dans le bourbier pour que je puisse passer à pied sec sur son dos. Quashy fera ma volonté tous les jours de sa vie et jamais la sienne ; il n'aura même l'espoir d'aller un jour au ciel qu'autant qu'il me conviendra qu'il ait cette consolante espérance. Voilà, je le maintiens, ce que c'est que l'esclavage. Je défie qui que ce soit, au monde, de trouver autre chose dans les lois qui forment le code-noir. On parle des *abus* de l'esclavage ! Quelle mauvaise plaisanterie ! L'institution elle-même est le plus monstrueux de tous les abus ! Si notre pays n'est pas anéanti à cause de cette grande iniquité, comme le furent Sodome et Gomorrhe en puni-

tion des crimes de leurs habitants , c'est uniquement parceq
dans la pratique, on va moins loin que les lois ne l'autorisent.
un sentiment de piété , par une espèce de pudeur , parcequ'
fin nous sommes des hommes nés de la femme et non des anim
sauvages, beaucoup d'entre nous n'usent pas, n'osent pas us
ou plutôt rougiraient d'user du pouvoir absolu que nos
barbares nous donnent sur les esclaves. Celui qui va le plus lo
qui se montre le plus cruel, n'excède pas les limites du pou
que lui donne la loi. »

Saint-Clare s'était levé et selon son habitude quand il s'a
mait , il arpentait en long et en large le plancher de la cham
Son beau visage dont les lignes étaient aussi pures que ce
d'une statue grecque, semblait maintenant plein de feu ;
grands yeux bleus étincelaient et il gesticulait avec force.
Ophélia qui ne l'avait jamais vu dans cet état, demeura mu
d'étonnement.

— Ecoutez ! — dit il en s'arrêtant tout-à-coup devant sa c
sine , — je sais que tout ce qu'on peut dire , tout ce qu'on p
éprouver d'horreur pour l'esclavage, ne change absolument
à l'état de choses ; mais je vous assure que je me suis dit
des fois en moi-même : si le pays tout entier pouvait s'englo
s'abîmer dans les profondeurs de la terre pour dérober à la
mière du jour toutes ses injustices et toutes les misères qu
résultent, je me résignerais volontiers à être englouti avec
Dans mes voyages à droite, à gauche, sur les bateaux à va
ou dans mes tournées de recettes, quand je pensais que
brutes, des êtres vils et crapuleux avec lesquels je me ren
trais, étaient autorisés par nos lois à devenir maîtres abs
d'autant d'hommes, de femmes ou d'enfants que leurs rap
leurs escroqueries leur permettaient d'en acheter ; quan
voyais de pareils coquins exercer les droits de propriétaires
des enfants privés de tout secours, sur de jeunes filles ou su
faibles femmes, j'ai bien souvent été tenté de maudire mon p
de maudire la race humaine tout entière !

— Augustin ! Augustin ! — dit miss Ophélia, — taisez-v
c'est assez. Jamais, de ma vie, je n'ai entendu s'exprimer
sorte sur l'esclavage, même dans le Nord.

— Dans le nord ! — dit Saint-Clare en changeant tout-à-
de ton et revenant au laisser-aller qui lui était ordinaire
bah ! vos gens du Nord ont le sang glacé dans les veines :
êtes froids pour tout ! Vous ne sauriez pas vous mettre à
noncer des malédictions comme nous, quand nous reconnais
qu'il y a injustice soit en haut, soit en bas.

— Bien , bien , mais la question est..

— Oh! oui , assurément la question est... diablement dif
à résoudre ! Comment se fait-il que vous soyez venue vous pla
vous-même dans un Etat que vous regardez comme coupab
plein de misères ? Fort bien , je vous répondrai avec les b
vieilles paroles que vous m'enseigniez les dimanches. C'est e
pour moi une sorte de péché originel. J'en suis donc cou

r le fait même de mon origine. Mes esclaves ont été les
sclaves de mon père, et qui plus est, de ma mère; maintenant
sont les miens, eux et leur progéniture, ce qui représente
ne valeur assez considérable. Mon père, comme vous le savez,
ait originaire de la Nouvelle-Angleterre; et il différait com-
tètement du vôtre. C'était tout-à-fait un de ces vieux Romains,
er, énergique, plein de générosité, et avec cela, doué d'une
olonté de fer. Tandis que votre père s'établissait dans la Nou-
elle-Angleterre pour régner sur un sol aride et rocailleux et
rer son existence de la nature rendue fertile par son travail,
mien venait à la Louisiane pour régner sur des hommes et
r des femmes et tirer son existence de leur sueur. Ma mère,
-dit-il en se dirigeant vers un portrait placé à l'extrémité
e la chambre et en le considérant avec la plus grande vénéra-
on, — ma mère était une divinité! Ne me regardez pas ainsi,
ousine; vous comprenez ce que j'entends par là! Sans doute,
lle était née avec un corps mortel, mais jamais je n'ai pu dé-
ouvrir en elle, pendant toute sa vie, aucune trace des fai-
lesses ou des erreurs qu'on rencontre chez tous les autres
umains. Tous ceux qui lui ont survécu et qui se souviennent
'elle, esclaves, ou de condition libre, domestiques, amis,
arents, vous diront la même chose que moi. Jugez-en cousine:
ette bonne mère seule a été pour moi, pendant plusieurs
nnées, un préservatif contre la plus complète incrédulité.
lle était pour moi une personnification de l'Evangile. C'était
morale de ce divin livre en action, c'était la preuve vivante
e la vérité de l'Evangile. O ma mère! ma bonne mère!
— dit Saint-Clare en joignant les mains comme transporté
ors de lui; puis se calmant tout-à-coup, il vint s'asseoir
ur une ottomane et continua:

— Mon frère et moi, étions jumeaux; on prétend que les
umeaux se ressemblent toujours, nous faisions exception à la
ègle générale, car nous formions un parfait contraste. Il avait
es yeux noirs, le regard fier, les cheveux d'un noir d'ébène,
n beau profil romain, très caractérisé, un teint brun, in-
ice d'une complexion robuste. J'avais des yeux bleus, des
heveux d'un blond doré, un profil grec, le teint blanc, j'étais
'une complexion délicate. Il était actif et observateur; j'étais
yeur et peu soucieux de me fatiguer l'esprit. Il était géné-
eux envers ses amis et ses égaux, mais orgueilleux et exigeant
nvers ses inférieurs auxquels il aimait à faire sentir le joug
e la domination. Il était sans pitié pour tous ceux qui se
éclaraient contre lui. Nous n'avions de qualité qui nous fût com-
une, que la sincérité; il était sincère par orgueil et par cou-
age, je l'étais par une espèce d'idéalité abstraite. Nous nous
imions à peu près comme tous les enfants s'aiment entre eux,
ar boutades; il était le favori de mon père, j'étais le préféré
e ma mère!

Il y avait en moi une sensibilité morbide, une délicatesse de
entiment que la moindre chose provoquait; ni mon père, ni

mon frère ne comprenait pas cette facilité de s'impressionn
elle ne pouvait leur inspirer la moindre sympathie, mais
mère la concevait parfaitement; aussi lorsque je m'étais q
rellé avec Alfred et que mon père me regardait sévèrement,
me réfugiais bien vite dans la chambre de ma mère et je m
seyais à côté d'elle. Je me rappelle en parlant d'elle, son
ses joues pâles, son expression si réfléchie et si douce à la foi
son regard sérieux, sa robe blanche : elle s'habillait toujours
blanc, et je pensais à elle chaque fois que je lisais, dans le liv
des Révélations, la description des vêtements si propres et
blancs sous lesquels les saints avaient apparu sur la terre. E
possédait bien des talents, mais elle excellait surtout en m
sique; souvent elle jouait sur l'orgue les vieux airs, si pleins
majesté, de l'Eglise catholique, elle en chantait les hymnes a
un accent qui ressemblait plus à la voix d'un ange qu'à ce
d'une femme mortelle : et moi je posais ma tête sur son giron,
pleurais, je rêvais et j'éprouvais des sensations... Oh! quels
définissables sentiments remplissaient alors mon cœur! auc
langage ne pourrait les redire.

A cette époque, la question de l'esclavage n'avait pas
controversée comme elle l'est de nos jours; personne ne songe
à y trouver du mal.

Mon père était né aristocrate; j'ai toujours pensé que d
une existence antérieure, il avait figuré dans le cercle des
prits le plus haut placés et qu'il avait apporté avec lui en ven
dans ce monde l'orgueil de quelque vieille cour qu'il avait p
bablement fréquentée autrefois : car il était orgueilleux jusc
la moëlle des os, bien qu'il fût originaire d'une famille pauvre
qui n'avait jamais eu la moindre lettre de noblesse. Mon fr
reflétait, en tous points, l'image de mon père.

Un aristocrate, comme vous le savez, à quelque coin
monde qu'il appartienne, n'a aucune sympathie pour les homm
placés au-dessous d'une certaine ligne de démarcation soci
En Angleterre, la ligne de démarcation est tracée là; chez
Byrmans, elle est ici; chez nos américains elle divise la soc
d'une manière différente peut-être, mais ce qu'il y a de posi
c'est que les aristocrates de ces différentes contrées ne franc
sent jamais cette ligne, qu'elle soit tracée plus haut ou plus
Ce qui lui paraîtrait dur, désastreux, injuste en deçà, lui sem
chose tout-à-fait indifférente au delà. Pour mon père, la li
de démarcation était la couleur. Envers ceux qu'il appelait
égaux, il n'y avait pas d'homme plus juste et plus génére
mais il considérait le nègre, dans toutes les gradations possi
de couleur, comme l'anneau intermédiaire qui rattachait la
des hommes aux animaux, et il établissait toutes ses idées
justice et de générosité sur cette hypothèse. Cependant je
doute pas que si on lui eût demandé à l'improviste si les nè
avaient comme les autres hommes une âme immortelle, il n
répondu affirmativement après, avoir toussé et tergiversé un
ment. Mais mon père ne s'inquiétait guère de spiritualisme;

entiments religieux ne l'étouffaient pas; seulement il avait de la vénération pour Dieu qu'il regardait comme le chef des classes élevées.

Eh! bien donc, mon père faisait travailler environ cinq cents nègres; c'était un homme d'affaires inflexible, exigeant, pointilleux; il fallait que tout se fît systématiquement, avec un soin et une précision tout-à-fait méthodiques. Maintenant si vous voulez bien tenir compte de la paresse, du bavardage et de l'inintelligence des instruments du travail qui avaient grandi sans qu'il leur fût possible d'apprendre autre chose que la fainéantise, comme vous dites dans le Vermont, vous comprendrez qu'il devait se passer sur la plantation de mon père, une foule de scènes bien propres à causer de l'horreur à un enfant aussi sensible que moi.

De plus, mon père avait un intendant; c'était un grand gaillard, solidement charpenté, à la poigne vigoureuse, fils d'un renégat de Vermont, ne vous déplaise, qui avait fait un apprentissage, en règle, de dureté et de brutalité et qui avait pris ses licences dans l'art de l'insensibilité avant d'être admis à la pratique. Ma mère ne pouvait le souffrir, je n'éprouvais pas pour lui plus de sympathie que ma mère; mais il avait su prendre un grand ascendant sur mon père qui avait fait de cet homme le maître absolu de l'exploitation.

Je n'étais qu'un petit enfant alors, mais j'avais le même amour que maintenant pour tout ce qui se rattache à l'humanité, une sorte de passion pour l'étude de l'humanité, sous quelque forme qu'elle se présentât. J'étais toujours fourré dans les cabines des travailleurs, ou bien j'allais les visiter pendant qu'ils travaillaient dans les champs, et naturellement j'étais leur favori. Toutes leurs plaintes, tous leurs griefs ils me les confiaient et j'allais les redire à ma mère, et nous formions à nous deux une espèce de comité pour le redressement des torts. Nous fûmes assez heureux pour prévenir, pour réprimer bon nombre d'actes de cruauté; nous nous félicitions alors de pouvoir faire tant de bien; mais, comme il arrive souvent, mon zèle dépassa les bornes. Stubbs, c'était le nom du cruel intendant, se plaignit à mon père qu'il ne pouvait plus conduire ses hommes et qu'il se verrait forcé de renoncer à ses fonctions. Mon père était époux affectueux et indulgent, mais il n'était pas homme à fléchir lorsqu'il croyait une chose nécessaire; il se plaça donc comme un roc entre nous et les pauvres esclaves employés aux travaux des champs. Il dit à ma mère, dans un langage plein de respect et de déférence, que pour les esclaves occupés au service de la maison, elle serait seule maîtresse de les conduire comme bon lui semblerait, mais que pour ceux qui travaillaient aux champs, il ne pouvait autoriser son intervention dans la manière de les diriger. Il avait pour elle plus de vénération que pour toute autre créature vivante, mais il aurait dit la même chose à la Sainte-Vierge Marie elle-même, si elle avait voulu contrecarrer son système.

Quelquefois j'entendais ma mère discuter avec lui; elle s'efforçait d'éveiller les sympathies de mon père en faveur des esclaves. La politesse, la froideur avec lesquelles il écoutait les plus pathétiques exhortations, étaient tout-à-fait désespérantes. « Voici à quoi se résume toute la question ; faut-il congédier Stubbs, ou le conserver ? Eh! bien Stubbs est la ponctualité, l'activité personnifiées; c'est un homme parfaitement au courant des affaires, et pour de l'humanité, il en a autant que la généralité des surveillants d'esclaves. Nous ne pouvons prétendre trouver un homme parfait ; un autre aurait peut-être de plus grands défauts que lui; si je le garde, il faut que je soutienne son administration en tous points, même quand il arrive par-ci par-là, quelques affaires qui pourraient être mieux. Tout gouvernement implique la nécessité de mesures rigoureuses. Les règles générales peuvent paraître dures dans certains cas particuliers. » Cette dernière maxime était aux yeux de mon père, une excuse pour tous les actes de cruauté qu'on venait lui dénoncer. Cela dit, il s'étendait sur le sopha, comme un homme qui a tranché une question et il se mettait à faire son somme ou à lire son journal.

Le fait est que mon père possédait le véritable genre de talent qui fait l'homme d'Etat. Il aurait été capable de diviser la Pologne aussi aisément qu'une orange, ou de fouler aux pieds l'Irlande aussi tranquillement, aussi systématiquement qu'homme qui vive. A la fin, ma mère désespérant de rien gagner sur son esprit, cessa de discuter. On ne saura jamais, jusqu'au jour du jugement dernier, ce que de nobles et sensibles natures comme la sienne ont eu à souffrir, obligées de vivre au milieu de ce qui leur semblait un abîme d'injustice et de cruauté, sans pouvoir parvenir à faire partager leur conviction à ceux qui les entouraient. Quelle longue suite de douleurs que leur vie, dans ce monde qu'on croirait engendré par l'enfer ! Quelle consolation restait-il à ma mère, que l'espoir d'inculquer à ses enfants ses vues et ses sentiments ! Eh bien, malgré la part qu'on veut faire à l'éducation, les enfants en grandissant restent tels que la nature les a faits, et rien de plus. (1) Dès le berceau, Alfred était un aristocrate ; et tout en grandissant, il conserva son naturel.

(1) Cette doctrine fataliste est éloquemment combattue par des faits irrécusables. Témoin l'élève de Fénélon, qui *naturellement* très irascible, était devenu un modèle de la plus parfaite douceur.

Si l'on admettait en principe cette doctrine, il faudrait commencer par supprimer tous les tribunaux, car il ne serait pas juste de punir ceux qui ont dû forcément rester tels que la nature les a faits ; ou bien il faudrait couper le mal dans sa racine. Pour éviter les crimes, on n'aurait qu'à étouffer au berceau les enfants qui paraîtraient être nés avec un méchant naturel. Heureusement pour les mères de familles, la religion catholique a des enseignements plus consolants et permet d'espérer l'amendement des plus méchantes natures. (Note du traducteur.) (...)

aristocratique ; les exhortations de ma mère furent pour lui comme une fumée que le vent emporte. Moi, au contraire, ces mêmes exhortations me touchèrent profondément. Jamais ma mère ne contredisait ouvertement mon père, jamais elle ne nous laissait voir qu'elle ne pensait pas comme lui ; mais elle sut graver en traits de feu dans mon cœur, l'idée de la dignité et du prix de l'âme de la plus humble des créatures. Je la contemplais avec une crainte respectueuse chaque fois qu'en me montrant les étoiles qui brillaient au ciel, elle me disait : « Voyez-vous, Augustin, la plus pauvre, la plus humble des âmes qui sont ici, vivra lorsque toutes ces étoiles auront été anéanties ; elle vivra, mon fils, aussi longtemps que Dieu vivra. »

Elle avait quelques vieux tableaux de grand prix ; un, surtout, qui représentait le Sauveur guérissant un aveugle. Ces tableaux étaient très beaux et produisaient sur moi une grande impression. « Voyez-vous, Augustin, disait-elle ; cet aveugle était un pauvre mendiant, qui inspirait à tous le dégoût, c'est pourquoi le Sauveur-Jésus ne voulut pas le guérir de loin. Il s'approcha de lui, et le toucha de ses propres mains. Souvenez-vous de cela mon enfant. » Si j'avais eu le bonheur de grandir sous sa direction, je ne sais à quel degré de perfection elle m'eût fait parvenir. J'aurais pu devenir un saint, un martyr ! mais hélas ! hélas ! j'en fus séparé quand je n'avais que treize ans, et jamais je ne l'ai revue depuis. »

Saint-Clare demeura silencieux, la tête appuyée dans les mains pendant quelques minutes ; un moment après il leva les yeux et continua :

— Mais revenons à mon histoire : Quand mon père mourut, il laissa tous ses biens à mon frère jumeau et à moi, avec la liberté d'en faire entre nous le partage comme nous l'entendrions. Il n'y a pas sur la terre une créature de Dieu plus noble, animée de sentiments plus généreux que mon frère Alfred dans tous ses rapports avec ses égaux ; aussi le partage des biens se fit avec un accord admirable ; pas un mot qui pût troubler la bonne intelligence qui doit exister entre deux frères. Nous entreprîmes d'exploiter ensemble la plantation ; et Alfred qui avait deux fois autant d'activité et d'aptitude que moi dans les affaires, finit par s'enthousiasmer pour la profession de planteur, dans laquelle il a réalisé des bénéfices vraiment prodigieux. Mais deux années suffirent pour me convaincre que je ne pouvais rester son associé dans une spéculation de ce genre. Avoir une troupe de sept cents nègres, que je ne pouvais connaître individuellement, auxquels il m'était, par conséquent, impossible de m'intéresser ; voir continuellement de nouveaux esclaves achetés, dirigés, logés, nourris, assujettis à un travail pénible comme des bêtes de somme, et tout cela exécuté avec une précision militaire ; entendre toujours agiter la question de savoir jusqu'à quel point on pouvait leur laisser goûter les jouissances ordinaires de la vie pour que le travail n'en souffrît pas ; l'indispensable nécessité d'employer des

conducteurs , des surveillants sans pitié , et le fouet , ce premier
ce dernier, cet unique argument que les maîtres emploient
avec leurs esclaves : tout cela était pour moi une source de dégoût et de répugnance insupportables , et quand je songeais à
l'estime que ma mère avait pour l'âme du plus misérable d'entre
les hommes , j'étais effrayé de me voir participer à toutes ces
abominations.

Ce n'est pas à moi qu'il faut venir conter que les esclaves
se trouvent très heureux dans cette position : c'est là une absurdité des plus complètes ! Je n'ai jamais su endurer avec patience
les inqualifiables sottises que quelques-uns de vos habitans du
Nord, protecteurs de nos barbares institutions, ont débité, comme
s'ils s'étaient ingéniés à excuser nos crimes envers l'humanité.
Nous savons bien mieux qu'eux tout ce qui en est. Avoir la stupi-
dité de dire qu'un homme doit s'estimer heureux de travaille
toute sa journée depuis le lever jusqu'au coucher du soleil , sou
l'œil vigilant d'un maître impitoyable , sans pouvoir jamais agi
suivant sa volonté; de poursuivre toujours le même travail pé
nible , monotone , et tout cela pour recevoir deux paires de pan
talons et une paire de souliers par an; plus , un abri misérable e
ce qu'il faut de nourriture pour pouvoir supporter la fatigue d
travail !... Que je voudrais qu'on fît faire l'épreuve de ce genr
de vie à celui qui trouve que des êtres humains doivent s'e
estimer heureux. J'aurais grand plaisir à acheter un de ces misérables apologistes d'un si detestable régime; je vous promets qu
je le ferais travailler sans le moindre scrupule.

— J'avais toujours cru, — dit miss Ophélia, — que vous tous, e
général , approuviez cet état de choses, que vous le pensie
juste et conforme à l'Ecriture Sainte.

— Quel conte ! Nous n'en sommes pas encore réduits là. Alfre
qui est bien le despote le plus accompli qui ait jamais vécu s
la terre. n'a pas lui-même la prétention de se justifier ains
non , il se retranche fier et hautain derrière cette vieill
maxime : *La raison du plus fort;* il dit . et fort sensément à mo
avis , que le planteur américain fait à l'égard des esclaves , ave
une certaine différence dans la forme, exactement ce que fon
et l'aristocratie anglaise et les capitalistes anglais à l'égard de
classes inférieures ; c'est à dire que des deux côtés ils s'appro
prient , pour les faire servir à leur usage et à leur profit , leur
inférieurs chair et os, âme et intelligence. Il prend la défens
du sytême suivi en Angleterre avec autant de force que celu
qu'on suit en Amérique ; c'est du moins se montrer conséquen
Il prétend, qu'il n'y a pas de haute civilisation possible san
asservissement des masses, que cet asservissement soit nomin
comme en Amérique ou qu'il soit réel comme en Angleterre , pe
importe. Il faut , selon lui, qu'il y ait une basse classe vouée au
travaux matériels, à une existence toute animale; et une haut
classe qui puisse avoir des loisirs , amasser des richesses, afin d
développer son intelligence, se perfectionner et devenir l'âm
de la société, dont la classe inférieure serait le corps. Voilà com

ment raisonne Alfred, parce qu'il est né aristocrate ainsi , que je vous l'ai dit. Je raisonne tout différemment , parce que je suis né démocrate.

— Comment pouvez-vous comparer ensemble deux situations si différentes? Le laboureur anglais n'est pas vendu sur un marché , on n'en fait pas un article de commerce, on ne l'arrache pas à sa famille , il n'est pas condamné à être fouetté.

— En Angleterre , l'homme qui travaille à la terre est tout aussi complètement dans la dépendance de celui qui l'emploie , que s'il lui avait été vendu. Le propriétaire d'esclaves a le droit de faire mourir sous le fouet. le malheureux nègre qui a tenté de reconquérir sa liberté ; le capitaliste anglais peut faire mourir de faim le travailleur dont il croit avoir à se plaindre. Et pour ce qui est de la sécurité de la vie de famille , il est bien difficile de dire ce qu'il y a de plus épouvantable entre voir vendre ses enfants sur un marché , ou les voir mourir de faim sous le toit paternel.

— Mais on ne justifie pas l'esclavage en prouvant qu'il n'est pas pire que d'autres institutions détestables.

— Je ne vous donne pas cela comme une justification , certes ; je vous dirai même que de notre côté se trouve la plus effrontée, la plus évidente violation de la justice humaine. Je conviens qu'à notre époque, un homme s'achète en Amérique. absolument comme un cheval ; on regarde ses dents ; on s'assure qu'il est solidement membré ; on le fait marcher , courir , sauter ; ce n'est qu'après avoir examiné la marchandise qu'on en paie le prix d'acquisition; nous avons en outre des spéculateurs, des éleveurs, des marchands , des brocanteurs d'âmes et de corps humains. Oui, voilà ce que nous faisons chaque jour , voilà l'injustice palpable que nous étalons aux yeux du monde civilisé : mais au fond l'injustice est identiquement la même ; c'est-à-dire que d'un côté comme de l'autre , une classe d'êtres humains est exploitée au profit et pour l'avantage exclusif d'une autre classe.

— Jamais la question ne s'était présentée à mon esprit sous ce jour-là , — dit miss Ophélia.

— Eh ! bien, moi j'ai un peu voyagé en Angleterre et j'ai étudié une quantité d'excellents documents sur l'état des classes inférieures de ce pays. Je pense vraiment qu'Alfred a raison de dire que ses esclaves sont dans une condition meilleure qu'une grande partie des populations de l'Angleterre. Voyez-vous, malgré ce que je vous ai dit tout-à-l'heure , il ne faut pas vous imaginer qu'Alfred soit ce qui s'appelle un maître dur , car il ne l'est pas. C'est un véritable despote sans pitié pour l'insubordination; si un de ses esclaves faisait de la rébellion , il le tuerait avec tout aussi peu de remords que s'il avait tué un chevreuil. Mais , en général , il met une sorte d'orgueil à nourrir et à loger ses esclaves confortablement.

Lorsque j'étais encore avec lui , j'insistai pour qu'il leur fît donner quelqu'instruction; pour me faire plaisir , il prit un chapelain qui , chaque dimanche, leur enseignait le catéchisme ; je suis bien convaincu qu'au fond de son cœur il pensait qu'il serait tout aussi utile de prendre un chapelain pour ses chiens et ses chevaux que pour ses esclaves. Au fait, une intelligence abrutie, hébétée par toutes sortes d'influences mauvaises depuis le berceau, condamnée à employer chaque jour de la semaine à un travail purement machinal, ne peut guère se développer par quelques heures d'instruction le dimanche. Les instituteurs des écoles dominicales établies au milieu des populations manufacturières de l'Angleterre pourraient peut être attester qu'ils n'obtiennent pas plus de résultats que les instituteurs des écoles établies dans nos plantations. Ce doit être là comme ici. Toutefois, s'il y a une différence, je pense qu'elle est en faveur de nos écoles, car il est bien certain que le nègre est naturellement plus accessible que le blanc aux sentiments religieux.

— Mais comment en êtes-vous venu à renoncer à la profession de planteur?

— Nous marchâmes ensemble tant bien que mal, jusqu'à ce qu'Alfred eut acquis la conviction pleine et entière que je n'avais pas de vocation pour être planteur. Il trouvait absurde qu'après avoir réformé, changé, perfectionné toutes choses pour suivre mes conseils, je me trouvasse encore à souhaiter des réformes et des perfectionnements. Le fait est, qu'après tout, c'était l'institution en elle-même que j'avais en aversion. Je n'y voyais pas autre chose que l'exploitation de tous ces pauvres diables, hommes et femmes, la perpétuité de l'ignorance, de la brutalité et du vice, et tout cela uniquement pour me faire de l'argent. De plus, j'étais toujours à m'occuper des détails. Etant moi-même le plus paresseux des mortels, je me sentais porté à compâtir à tous les actes de paresse ; et quand de pauvres diables mettaient des pierres au fond de leurs paniers de coton pour leur donner plus de poids, ou bien quand ils remplissaient leurs sacs de terre pour n'avoir qu'un peu de coton à mettre à la surface, cela me paraissait si conforme à ce que j'aurais fait moi-même si j'avais été en leur place, que je ne pouvais me résoudre à leur faire administrer le fouet pour cette supercherie. Tout naturellement il n'y eut bientôt plus de discipline dans la plantation. Alfred et moi nous nous trouvâmes respectivement dans la même situation où je me trouvai avec mon père quelques années auparavant. Il me dit que j'étais un sentimentaliste efféminé et que jamais je ne serais propre aux affaires; il m'engagea à prendre le fonds que nous avions chez le banquier et à m'installer dans la maison patrimoniale que nous possédions à New-Orléans, afin d'y écrire des poésies et des rêveries et de lui laisser le soin d'administrer seul la plantation. Nous nous séparâmes de la sorte et je vins ici.

— Mais pourquoi n'avez-vous donc pas affranchi vos esclaves?

— Ma foi, je n'ai pas su m'y résoudre. Les conserver pour m'en faire des instruments à gagner de l'argent pour moi, était une spéculation qui me répugnait; mais les avoir pour m'aider à dépenser ma fortune, ne me paraissait pas une chose aussi comdamnable. Les uns étaient de vieux serviteurs de famille auxquels j'étais très attaché; les plus jeunes étaient les enfants des vieux serviteurs. Tous se trouvaient heureux de demeurer avec moi, je les ai conservés. »

Saint-Clare fit une pause, se promena en long et en large dans la chambre, puis reprenant la parole, il dit :

— Il y eut un moment dans ma vie où j'avais formé des plans, où j'avais conçu l'espérance de faire autre chose dans ce monde que d'y jouer le rôle d'un bâton flottant qui se laisse entraîner par le courant. Oui, j'avais comme un espoir vague d'être une espèce d'émancipateur, d'affranchir mon pays natal et de le débarrasser de cette souillure. Tous les jeunes gens ont eu de ces accès de fièvre, je suppose, mais alors....

— Mais alors, pourquoi n'avoir pas suivi cette généreuse inspiration ? — dit miss Ophélia. — Il ne fallait pas mettre la main à la charrue, puis regarder en arrière.

— Oh! que voulez-vous, les choses n'ont pas tourné pour moi, comme je l'avais espéré; je fus pris de ce profond dégoût de la vie qui accablait Salomon. Enfin, au lieu d'être un agent d'émancipation, un régénérateur de la société, je devins comme un morceau de bois flottant, je me laissai aller à la dérive, ou je tournoyai comme l'eau du fleuve autour de chaque obstacle que je rencontrais, puis le courant m'entraînait de nouveau. Alfred me querelle chaque fois que nous nous retrouvons ensemble, et je confesse qu'il a agi plus sagement que moi : car, enfin, il fait réellement quelque chose. Sa vie est le résultat logique de ses opinions, la mienne se consume dans un méprisable *far niente*.

— Mais, mon cher cousin, pouvez-vous être heureux en dépensant ainsi le temps de votre vie qui, comme vous le savez, est le temps de l'épreuve?

— Heureux ? mais est-ce que je ne viens pas de vous dire que je trouve très méprisable ma manière de consumer le temps de ma vie ! Mais pour en revenir à ce que nous disions... nous en étions, je pense, à la question d'affranchissement. Eh! bien, je ne crois pas que je sois seul à avoir les idées que j'ai émises sur l'esclavage. Je connais bien des hommes qui, au fond de leur cœur, pensent exactement comme moi sur ce point. Notre pays gémit sous cette institution, et tout mauvais qu'il est pour l'esclave, il est, peut être, plus mauvais encore pour le maître. Il ne faut pas prendre des lunettes pour voir qu'une population composée d'êtres vicieux, incapables de raisonnement, dégradés, vivant au milieu de nous, est pour nous un mal aussi grand que pour les esclaves eux-mêmes. En Angleterre, les capitalistes et les aristocrates n'ont pas à subir comme nous les conséquences de la dégradation dont ils sont les auteurs, puisqu'ils ne se trouvent pas mêlés comme nous aux êtres qu'ils ont dégradés. Ici, nos esclaves vivent dans nos maisons, ils sont les compagnons de jeux de nos enfants, ils exercent sur leurs jeunes esprits une influence plus grande et plus complète que nous : car cette race que nous maudissons presque tous, trouve toujours les plus vives sympathies chez nos enfants. Si Eva n'était pas une enfant extraordinaire, si elle n'avait pas la simplicité d'un ange, elle serait déjà gâtée. Autant vaudrait laisser la petite vérole exercer ses ravages parmi les esclaves et croire que le fléau n'atteindra pas nos enfants, que de les laisser croupir dans l'ignorance et le vice, et de croire que le cœur de nos enfants n'a rien à redouter de leur contact. Cependant nos lois défendent, positivement, de la manière la plus formelle, de tenter au milieu d'eux tout système d'éducation ; eh ! bien, au point de vue du maintien de l'esclavage, nos lois sont sages, car si une fois on commençait à instruire une génération, tout l'édifice de l'asservissement croulerait bientôt. Si nous n'affranchissions point nos esclaves, ils sauraient bien conquérir leur liberté.

— Et quel sera, pensez-vous, le dénouement de tout cela ?

— Je ne sais. Il y a une chose certaine, cependant ; c'est que, par toute la terre, les masses s'agitent, et tôt ou tard le *jour de la colère* arrivera. L'Angleterre, l'Europe tout entière est travaillée comme notre Amérique. Ma mère me parlait souvent d'un *millenium* (1) qui devait venir; alors que le Christ viendrait régner sur toute la terre et que le bonheur et la liberté seraient le partage de tous les hommes. Lorsque, tout enfant, j'apprenais d'elle à réciter l'oraison dominicale, elle me faisait insister sur ces paroles : *que votre règne arrive*. Quelquefois, en réfléchissant sur ces soupirs, ces gémissements que poussent les nations désolées, je ne puis m'empêcher de penser à la prédiction de ma mère et je me dis alors que le règne du Seigneur est proche. Mais qui pourra supporter le jour de son avènement ?

— Vraiment, Augustin, en vous entendant parler de la sorte, je serais tentée de croire, quelquefois, que vous n'êtes pas éloigné du royaume de Dieu, — dit Miss Ophélia en abandonnant son tricot et en jetant sur son cousin un regard plein de sollicitude.

— Grand merci de votre bonne opinion ; mais, voyez-vous, moi, je suis tantôt en haut, tantôt en bas. En théorie, je m'élève jusqu'aux portes du ciel ; dans la pratique je redescends dans la poussière de cette misérable terre. Mais j'entends la cloche qui nous appelle pour le thé, rendons-nous à son invitation. Vous ne direz plus maintenant, que je n'ai jamais parlé sérieusement une fois en ma vie. »

A table, Marie fit allusion à la fin misérable de la vieille Prue.

— Vous allez sans doute penser, cousine, — dit-elle, — que nous sommes tous bien barbares.

— Je ne puis m'empêcher de regarder les mauvais traitements qui ont amené la mort de cette pauvre femme, comme un acte de barbarie — répondit Miss Ophélia, — mais je suis bien éloignée de penser que vous soyiez tous barbares à ce point.

— Au surplus, — dit Marie — je sais qu'il est impossible de

(1) Espace de mille années.

rien faire de plusieurs de ces créatures. Elles sont si méchantes qu'elles ne méritent pas de vivre. Je n'éprouve pas la moindre sympathie pour elles en pareil cas ; je dis que si elles s'étaient bien conduites, cela ne leur serait pas arrivé.

— Mais maman, — reprit Eva — la pauvre Prue était malheureuse, c'est pour cela qu'elle s'est laissée aller à boire.

— Oh ! quelle ineptie ! est-ce là une excuse ! Je suis malheureuse aussi moi, très souvent. Je crois pouvoir affirmer que j'ai eu à endurer des chagrins bien plus réels et bien plus grands que ceux qu'elle avait. Encore une fois, c'est là un des résultats de leur excessive méchanceté : il n'y a pas d'autre cause. Il y a de ces créatures qu'on ne peut dompter, quelque sévère qu'on se montre envers elles. Je me souviens que mon père avait un esclave si paresseux qu'il se sauvait toujours pour échapper au travail ; il se cachait dans les marais, d'où il ne sortait que pour voler et faire toutes sortes de choses détestables. Il fut pris et fouetté maintes et maintes fois, et jamais on n'a réussi à le rendre meilleur. Enfin il se traîna une dernière fois hors de l'exploitation de mon père : à peine pouvait-il alors se tenir sur les jambes et on le trouva mort dans un marais. Et cependant rien ne justifiait ces évasions ; car tous les esclaves de mon père étaient traités avec bonté.

— J'ai pourtant, moi, dompté un jour un de ces hommes qu'on disait indomptables, — dit Saint-Clare. — Maîtres et contre-maîtres avaient épuisé inutilement sur lui la force de leurs bras, cependant.

— Vous ! — reprit Marie ! — Oh ! par exemple ! je serais bien désireuse de savoir quand vous avez fait ce tour de force.

— Eh ! bien, je vais vous satisfaire : c'était un gaillard très fort et d'une taille gigantesque, un Africain pur sang, et qui semblait avoir l'instinct de la liberté à un degré peu commun. C'était un véritable lion du désert. On le nommait Scipion. Personne n'en pouvait rien faire ; il avait été vendu de l'un à l'autre, il avait passé sous tous les surveillants des plantations du Sud, quand enfin, Alfred croyant pouvoir venir à bout de le conduire, en fit l'acquisition. Bien, un jour il assomma le surveillant et se retira aussitôt dans les marécages. J'étais précisément chez Alfred à qui je rendais visite, car c'était après notre séparation. Il était fort exaspéré contre ce pauvre esclave, je lui déclarai qu'à mon avis c'était de sa faute, qu'il s'y était mal pris, et j'offrais de parier que je dompterais cet homme ; bref, il fut convenu entre nous que si je pouvais le ressaisir il me serait abandonné, afin que je pusse faire l'expérience et me convaincre de l'impossibilité de réussir avec lui. Nous nous mîmes alors en campagne au nombre de cinq ou six, avec des fusils et des chiens pour donner la chasse à l'esclave rebelle. On s'enthousiasme pour la chasse à l'homme comme pour la chasse au cerf : c'est tout bonnement une affaire d'habitude ; j'avoue que moi-même je me sentais rempli de zèle, bien que je me fusse mis de la partie uniquement pour servir de médiateur dans le cas où il serait repris.

Fort bien ; nous nous mettons en route, les chiens aboient, hurlent, et nous chevauchons, nous lançons nos montures au galop et finalement nous débusquons le gibier. Il court, bondit comme un chevreuil et nous laisse bien en arrière pendant assez longtemps ; mais enfin, un impénétrable fourré de cannes à sucre lui ferme le passage, il nous fait face alors et bien qu'il se trouve dans la position d'un cerf aux abois, je vous promets qu'il se défend très galamment contre les chiens. Il les empoigne et les lance l'un à droite, l'autre à gauche, déjà son poing en a abattu trois à ses pieds ; mais dans ce moment un coup de feu l'atteint et il vient tomber, blessé et sanglant, tout près de moi. Le pauvre homme me regarde avec des yeux pleins de courage et de désespoir à la fois. J'écarte les chiens et les chasseurs qui se précipitaient sur lui pour l'achever et je le réclame comme mon prisonnier. Ils étaient tellement ivres du succès, que j'eus grand peine à les empêcher de le tuer : mais je réclamai l'exécution du marché que j'avais fait et Alfred me le vendit. Je l'emmenai donc avec moi et au bout d'une quinzaine je l'avais rendu aussi souple, aussi traitable qu'il était possible de le désirer.

— Quelle recette merveilleuse aviez-vous donc employée pour obtenir ce résultat ? — demanda Marie.

— Oh ! ma recette était des plus simples. Je le fis mettre dans ma propre chambre, je lui fis donner un bon lit, je pansai moi-même ses blessures et je fus enfin son garde malade jusqu'à ce qu'il pût se tenir sur ses jambes. Pendant le temps qu'il avait fallu pour arriver à la guérison, j'avais eu soin de faire préparer son acte d'affranchissement et je le lui remis, en lui annonçant qu'il pouvait aller où il voulait.

— Profita-t-il de cette permission — demanda Miss Ophélia.

— Non. L'insensé déchira en deux le papier qui le rendait libre et refusa obstinément de me quitter. Jamais je n'eus un serviteur plus brave, plus dévoué et plus fidèle. Dans la suite, il embrassa le christianisme et devint doux, aimable comme un enfant. Il surveillait la propriété que j'avais sur le lac et il s'en acquittait admirablement bien. Je l'ai perdu à la première invasion du choléra. Le fait est que le pauvre homme a sacrifié sa vie pour moi. Car j'avais été atteint par le fléau et la mort était bien près de me saisir. Lorsque tous mes serviteurs, pris d'une terreur panique, quittaient en hâte ma demeure, Scipion fit des prodiges pour me guérir et il parvint à m'arracher à la mort. Mais, pauvre diable ! il fut pris à son tour et je ne pus le sauver. Jamais perte ne m'a été aussi sensible que la sienne.

Eva s'était peu à peu rapprochée de son père pendant qu'il racontait l'histoire de Scipion. Ses petites lèvres entr'ouvertes, ses grands yeux attentifs indiquaient avec quel intérêt elle en suivait les détails.

Quand Saint-Clare eut achevé, elle lui sauta au cou, l'enlaça de ses bras, fondit en larmes et se mit à sangloter convulsivement.

— Eva, chère enfant ! qu'avez-vous donc ? — lui demanda

Saint-Clare en voyant que tout son petit corps tremblait et qu'une violente émotion semblait l'agiter. — Cette enfant est trop nerveuse — ajouta-t-il —, jamais elle ne devrait entendre des récits de cette nature.

— Non, papa, je ne suis pas nerveuse — répondit Eva en réprimant tout-à-coup son émotion avec une force de résolution vraiment extraordinaire chez une si jeune enfant. — Non ce n'est pas que je sois nerveuse ; mais ces choses-là me vont au cœur.

— Que voulez-vous dire, Eva !

— Je ne saurais vous l'exprimer, papa. J'ai une foule de pensées qui agitent mon esprit en même temps. Peut-être un jour vous les dirai-je.

— Eh ! bien, pensez à votre aise, chère enfant, mais ne vous laissez pas aller à l'émotion. séchez vos larmes qui font peine à votre papa — reprit Saint-Clare. — Tenez, voyez donc quelle belle pêche j'ai cueillie pour vous. »

Eva prit le fruit ; et s'efforça de sourire, mais les coins de sa bouche contractés laissaient deviner qu'elle n'était pas encore tout-à-fait remise de l'émotion qu'elle avait ressentie.

— Venez, allons voir le poisson doré — dit Saint-Clare en la prenant par la main et en se dirigeant avec elle vers le vestibule. Quelques moments après, de joyeux rires pénétraient, à travers les rideaux de soie des croisées, dans la salle où l'on avait pris le thé. C'étaient Eva et Saint-Clare qui se poursuivaient dans les allées de la cour en se jetant des roses l'un à l'autre.

Prenons bien garde que notre humble ami Tom ne soit oublié, tandis que nous nous occupons des aventures de personnages d'une naissance plus illustre ; si nos lecteurs veulent bien nous accompagner, nous les inviterons à monter avec nous à l'étage qui est audessus de l'écurie, ils pourront peut-être apprendre là quelque chose des affaires de notre héros. Dans une chambre bien propre, meublée d'un lit, d'une chaise et d'un petit pupître grossier, sur lequel sont déposés la Bible de Tom et son livre de cantiques, ils le trouveront assis, son ardoise devant lui, occupé de quelque chose qui paraît absorber toutes ses pensées.

Voici le fait : Le souvenir du pays s'était tellement emparé de son esprit, qu'il avait demandé à Eva une feuille de papier à lettre ; et cherchant à mettre à profit le petit fonds d'études littéraires qu'il avait acquis sous la direction de son instituteur maître Georges, il avait conçu le hardi projet d'écrire une lettre. Tom était dans un terrible embarras : d'un côté, la forme de certaines lettres de l'alphabet s'était complètement effacée de sa mémoire, et d'un autre côté il ne savait trop comment il devait employer les lettres dont il connaissait encore à peu près, la configuration. Tandis qu'il se mettait en quatre pour exécuter son projet, qu'il gémissait sur la détresse où le laissait sa malheureuse mémoire, Eva entra, courut se percher sur le dossier de sa chaise comme un petit oiseau et se mit à examiner, par-dessus l'épaule du pauvre écrivain, ce qu'il faisait sur son ardoise.

— O oncle Tom ! quelles drôles de choses vous faites-là !

— J'essaie d'écrire à ma pauvre vieille femme et à mes petits enfants, miss Eva, répondit Tom, en s'essuyant les yeux du revers de sa main, — mais je crains bien de n'en pouvoir venir à bout.

— Je voudrais être capable de vous aider, oncle Tom. J'ai appris un peu à écrire. L'année dernière je savais former toutes les lettres de l'alphabet. Mais j'ai peur d'avoir oublié. »

Eva mit alors sa petite tête dorée tout à côté de la tête d'ébène de l'oncle Tom, et tous deux commencèrent à discuter gravement, sérieusement sur la forme de chaque lettre. L'application était aussi grande d'une part que de l'autre, mais malheureusement pour le succès de l'entreprise, l'ignorance était égale aussi chez tous deux ; et, après une foule de discussions, de consultations sur chaque mot, la composition commença, du moins nos deux collaborateurs eurent la présomption de le croire, à ressembler tout-à-fait à un écrit.

— Oui, oui, oncle Tom, cela commence réellement à paraître bien, — dit Eva enchantée du griffonnage qui couvrait l'ardoise. — Comme votre femme va être contente ! et vos petits enfants, donc. Oh ! c'est vraiment une honte de vous avoir ainsi séparé d'eux ! J'ai envie de demander à papa pour qu'il vous laisse retourner au Kentucky pendant quelque temps.

— Maîtresse m'a promis qu'elle enverrait de l'argent pour me racheter aussitôt qu'elle et son mari auraient pu amasser la somme nécessaire. Je compte sur sa promesse. Le jeune maître Georges a dit qu'il viendrait lui-même apporter cet argent et qu'il me reconduirait avec lui ; il m'a donné ce dollar comme un gage de sa promesse. — Et Tom tira de dessous ses vêtements le précieux dollar que Georges avait suspendu à son cou.

— Oh ! il viendra certainement ! — dit Eva, — que je suis joyeuse d'apprendre tout cela !

— Je veux leur envoyer une lettre, voyez-vous, pour leur faire savoir où je suis, et annoncer à ma pauvre Chloé que j'ai rencontré un bon maître. Elle craignait tant que je ne tombasse en de mauvaises mains, la pauvre âme !

— Holà, Tom ! — dit Saint-Clare, qui se montra à la porte de la chambre en même temps que le son de sa voix parvenait à l'oreille des écrivains.

Eva et Tom tressaillirent.

— Qu'est-ce c'est que cela ? — demanda Saint-Clare qui s'était approché et qui regardait l'ardoise.

— Oh ! c'est la lettre de Tom. Je l'aide à écrire, — dit Eva. — N'est-elle pas bien ?

— Je ne voudrais pas vous décourager ni l'un ni l'autre,
— répondit Saint-Clare, — mais je pense, mon brave Tom, qu'il
sera plus commode pour ceux qui devront lire la lettre que vous
me chargiez de l'écrire. Je le ferai aussitôt que je rentrerai de
ma promenade.

— Il est très important qu'il écrive ; — reprit Eva, — car sa
maîtresse doit envoyer de l'argent pour le racheter, vous savez ,
papa , il vient de me dire qu'on le lui avait bien promis.

Saint-Clare pensa en lui-même que c'était probablement là une
de ces promesses comme en font quelques maîtres doués d'un
bon naturel pour adoucir la peine que ressentent les esclaves en
se voyant vendus, sans avoir l'intention de jamais réaliser l'espérance qu'ils ont fait naître. Mais il se garda bien de faire à
haute voix le moindre commentaire sur cette promesse, et se
contenta d'ordonner à Tom de préparer les chevaux pour la promenade.

Le soir du même jour la lettre de Tom fut écrite en bonne et
due forme par la main de Saint Clare, et elle fut soigneusement
mise à la poste.

Miss Ophélia continuait ses inspections et ses réformes dans
l'office d'intendante en chef de la maison. Il était généralement
reconnu par tout le personnel domestique, depuis Dinah , jusqu'au plus minime des aides de cuisine , que miss Ophélia était
décidément *curieuse*. Quand les domestiques du Sud donnent
cette qualification à leurs maîtres ou à leurs maitresses, cela
veut dire que leurs supérieurs n'ont pas le talent de leur plaire.

L'aristocratie domestique , c'est-à-dire Adolphe , Jane et Rosa
avaient déclaré que Miss Ophélia n'était pas une *lady* ; jamais ,
suivant eux, les *ladies* ne s'étaient avisées de travailler comme
elle le faisait ; de plus ils ne lui trouvaient pas la tournure d'une
personne de haut rang, et ils ne concevaient pas qu'elle pût être
parente des Saint-Clare. Marie de son côté trouvait extrêmement
fatiguant de voir la cousine Ophélia toujours si occupée. Il est
vrai que l'activité de Miss Ophélia était telle que la plainte de
Marie n'était pas sans fondements. Du matin au soir elle s'occupait à coudre ou à piquer , avec le même zèle qu'une ouvrière
pressée par la nécessité de gagner de l'argent ; lorsque le jour
baissait , elle pliait son ouvrage , pour ressaisir immédiatement
son tricot et elle se remettait à travailler avec plus d'activité que
jamais. Ce devait être, pour la pauvre Marie, un véritable supplice
de la voir ainsi continuellement occupée.

TABLE DES CHAPITRES

CONTENUS

DANS LE PREMIER VOLUME.

FIN DE LA TABLE DU PREMIER VOLUME.

RÉCRÉATIONS DRAMATIQUES DES PENSIONNATS ET DES FAMILLES (*pour les Jeunes Gens*), un volume in-8°, orné de jolies Gravures pour faciliter la Représentation et la mise en scène des Drames contenus dans l'ouvrage. Prix : 6 fr. ; par la poste, 7 fr. 50 c.

Cet Ouvrage est publié par Livraisons. Les quatre premières Livraisons ont paru.

Prix de chaque Livraison : 50 c. ; par la poste, 60 c.

L'Ouvrage sera complétement terminé vers la fin de l'année.

RÉCRÉATIONS DRAMATIQUES DES PENSIONNATS ET DES FAMILLES (*pour les Jeunes Personnes*).

Mêmes conditions que pour l'Ouvrage ci-dessus.

Cinq Livraisons ont paru, la sixième paraîtra en septembre et l'Ouvrage sera complétement terminé cette année.

COURS DE COMMERCE A L'USAGE DES MAISONS D'ÉDUCATION. — 2ᵉ édition revue et augmentée, 1 vol. in-8°. Prix : 2 fr. 50 c.

L'auteur s'est attaché à rendre l'étude de la Tenue des Livres, des Comptes d'Intérêts et de toutes les Opérations commerciales, facile et amusante.

Imprimerie de HENRI CARION, rue de Noyon, 11, à Cambrai.

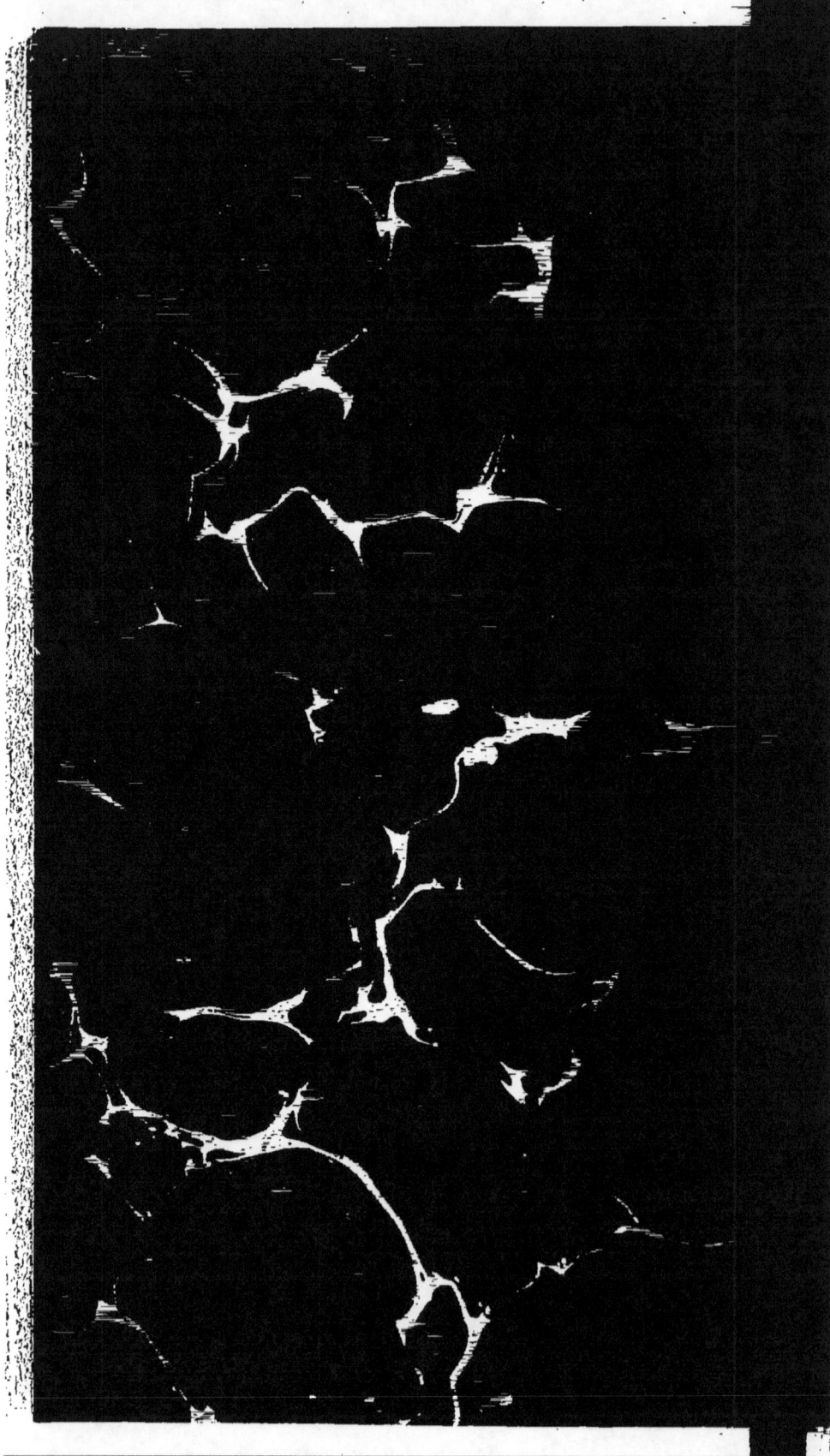

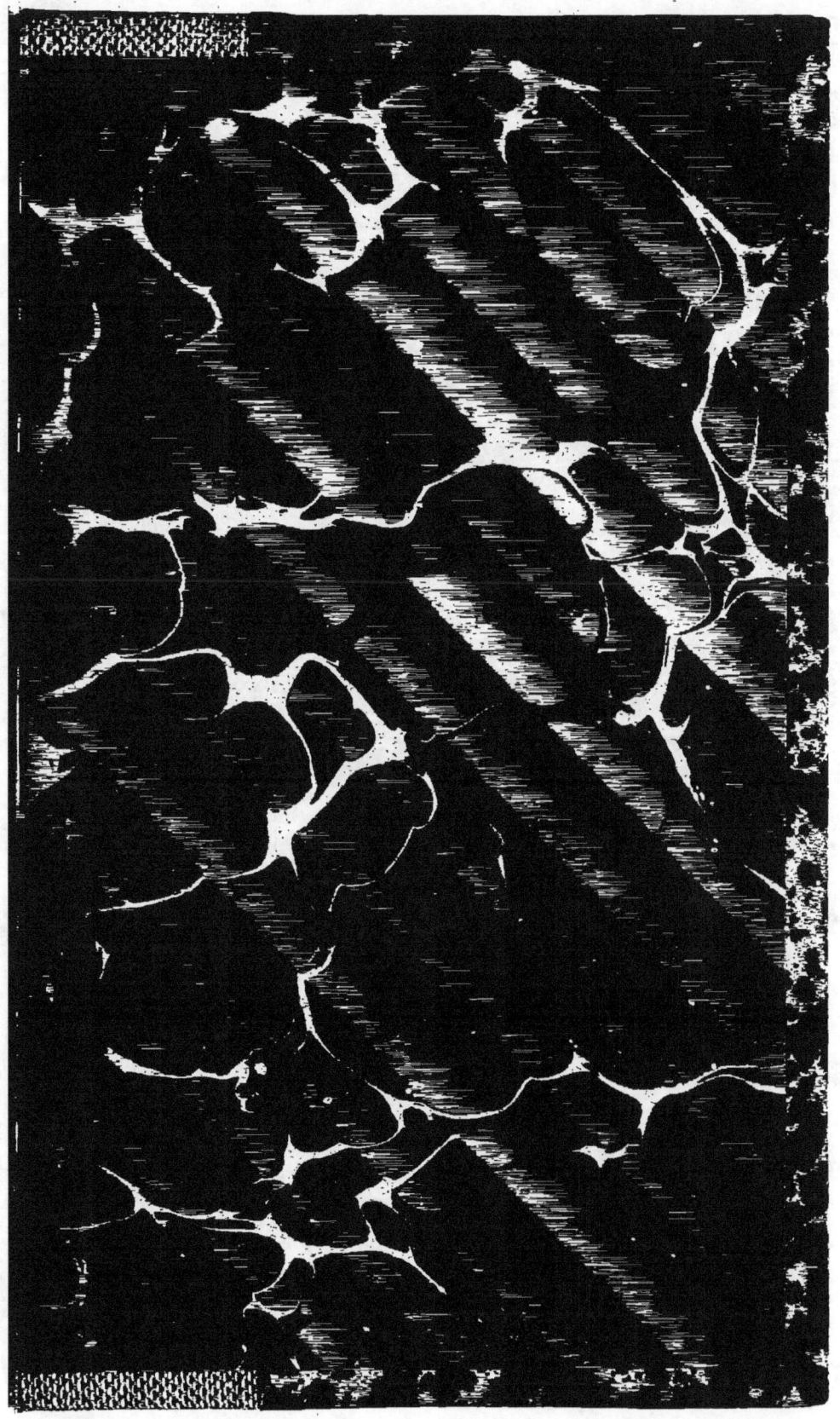

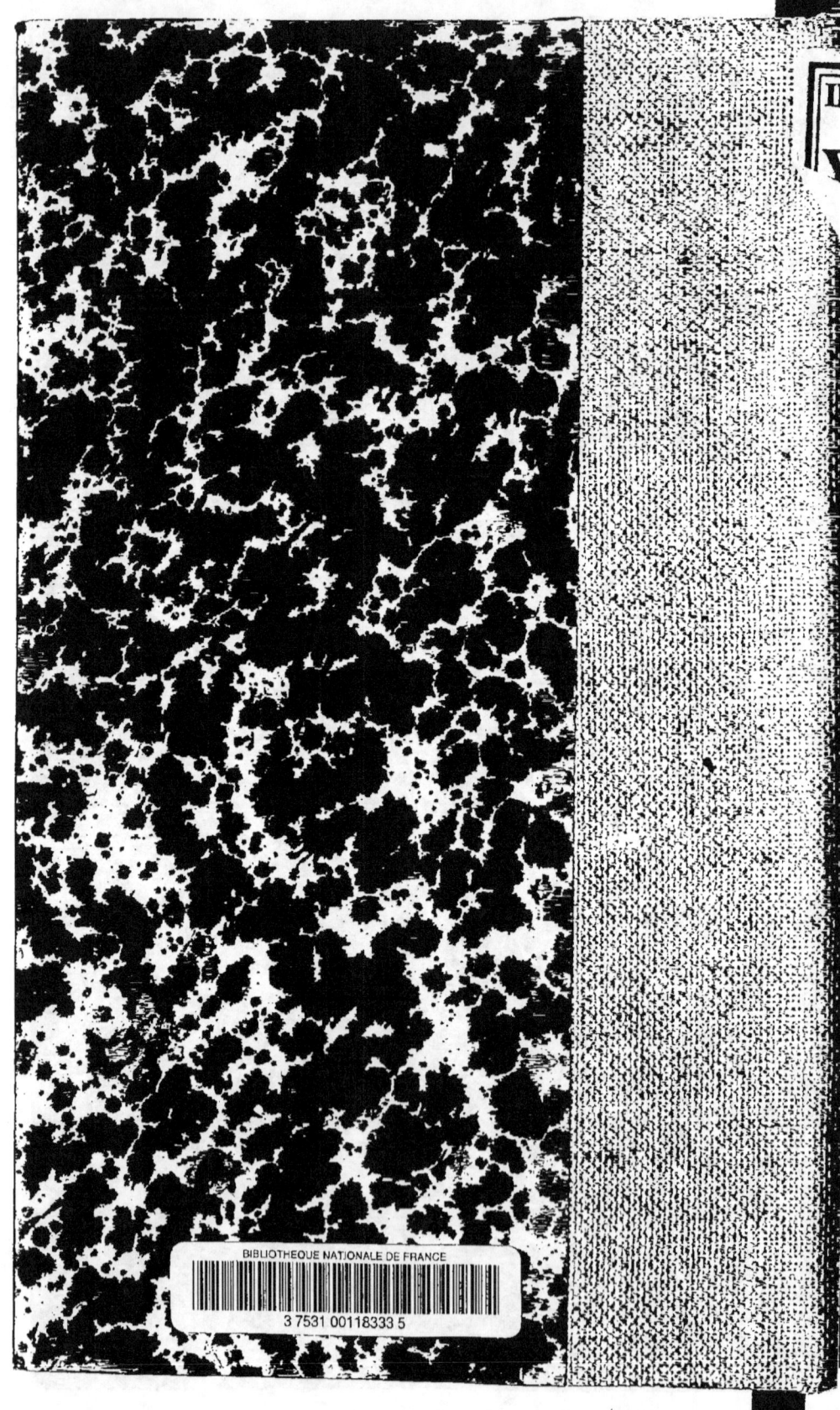